KB271375

제레미 핑크, 비밀 상자를 열어라!

SEOUL, 2009

제레미 핑크, 비밀 상자를 열어라!

초판 제1쇄 인쇄일 2009년 8월 17일 초판 제1쇄 발행일 2009년 8월 25일
지은이 웬디 매스 옮긴이 모난돌
발행인 전재국 본부장 이광자
주간 김문정 청소년팀장 권영민 디자인팀장 남희정 디자인 권영은
저작권팀장 민유리 마케팅실장 정유한 마케팅팀장 호종민
발행처 (주)시공사 주소 서울시 서초구 서초동 1628-1
전화 영업 2046-2800 편집 2046-2823, 2829
인터넷 홈페이지 www.sigongsa.com

JEREMY FINK AND THE MEANING OF LIFE by Wendy Mass

ISBN 978-89-527-5618-3 43840
ISBN 978-89-527-5572-8 (세트)

*홈페이지에 회원으로 가입하시면 다양한 혜택이 주어집니다.
*잘못 만들어진 책은 구입하신 곳에서 바꾸어 드립니다.

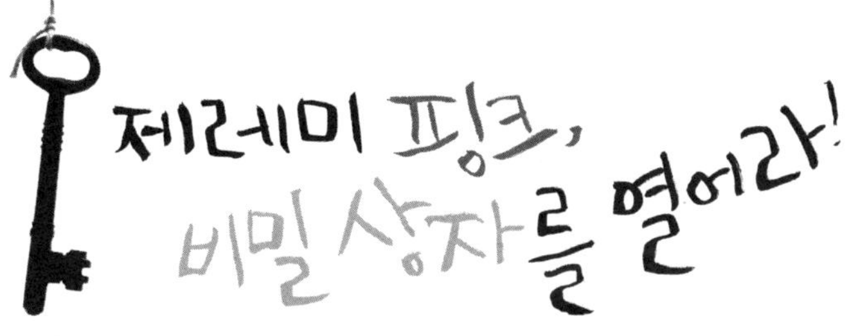

제레미 핑크, 비밀 상자를 열어라!

웬디 매스 지음 | 모난돌 옮김

시공사

우렁찬 울음을 터뜨리며 세상에 온 순간부터
우리의 사랑이었던 그리핀과 클로에에게.
내게 삶의 의미에 대한 깊은 통찰을 아낌없이 나눠 주고
나 자신의 의미를 찾게 도와준 가족과 친구들에게.
내가 한 장 한 장 원고를 쓰는 대로 바로 읽고 다듬어 준
스튜 레빈, 헤일리 호겐과 카렌 파커,
처음부터 믿음으로 지켜봐 준 편집자 에이미 수에게
특히 고마운 마음을 전한다.

신의 창조물은 목적을 지니고 있으며,
모든 눈이 반짝이는 것은 이 때문이다.
_존 키츠

차례

이야기를 시작하며

7월 22일

내 땀에서는 땅콩버터 냄새가 난다.

엄마는 심한 편식을 하는 내게 아침과 야식은 물론 끼니마다 땅콩버터 샌드위치를 준다. 나는 온 세상이 잠들어 있을 때(시간대가 달라서 깨어 있는 사람은 빼고. 하지만 내가 확인할 수는 없으니까.) 깨어 있기를 좋아해서 야식을 아주 많이 먹는다. 그래서 내 몸에 땀이 나면 몸내 대신 땅콩버터 냄새가 나는데, 그게 그렇게 나쁜 것 같지는 않다. 학교 체육관 냄새보다는 학교 식당 냄새랑 비슷하니까.

지금 내 가장 친한 친구인 리지가 옆에서 코를 쥐고 앉아 있다. 리지는 땅콩버터 냄새엔 이미 익숙해졌으니 그 때문이 아니다. 뉴저지 북서부 모슬리 호수의 축축한 습지와 썩은 물고기가 뒤섞여 내뿜는 그 유명한 악취 때문이다.

길고 더운 여름 한낮에, 도시에서 나고 자란 나, 제레미 핑크가 호수 한가운데 있는 큰 바위에 앉아 있다. 물론 냄새가 나긴 하지만 아주 평온하다. 하늘은 맑고 푸르며, 서쪽에서는 미풍이 불어오고, 옅은 초록빛 물결이 우리를 태우고 온 낡아 빠진 작은 배의 옆면을 가볍게 때리고 있다.

나는 옅은 색을 칠한 토스터 크기의 부드러운 나무 상자를 떨어지지 않게 무릎 위에 놓고 있다. 상자 뚜껑에 '삶의 의미'라는 글씨가 정성스레 새겨져 있다. 그 아래에는 좀 더 작은 글자로 '열세 번째 생일에 제레미 핑크가 열어 볼 것'이라고 되어 있다.

오늘이 내 열세 번째 생일이다. 한 달 전, 상자를 받았을 때만 해도 그 지시가 그렇게 따르기 어려울 거라고는 생각지도 못했다.

리지가 여기에 와서 하기로 한 일을 어서 하라며 내 팔을 계속 찔러 대고 있다. 그렇다. 내 가장 친한 친구는 여자애다. 그렇지만 내가 리지에게 남몰래 연정을 품고 있는 건 절대로 아니다. 리지와 리지 아빠는 우리 둘 다 한 살이었을 때 아파트 옆집으로 이사 왔다. 리지 엄마는 가족을 버리고 소 방목장에서 일하는 남자랑 사우스다코타인지 노스다코타인지로 가 버렸다(그래서 리지가 '소 방목장'이 무슨 뜻인지 알 나이가 되자마자 채식주의자가 되었던 것이다). 그래서 리지는 아빠가 우체국에 일하러 가 있는 낮 동안에 우리와 함께 지냈다. 우리 엄마는 우리 둘을 나란히 뉘어 놓고 기저귀를 갈아 주곤 했다. 그런 아이에게 연애 감정을 갖기는 어렵다.

게다가 리지는 악명 높은 말썽꾸러기다. 리지는 의견이 많은데, 대개는 부정적인 것들이다. 예를 들자면, 나의 돌연변이 사탕 수집품을 조잡스럽다고 생각한다. 내 생각엔 자기가 먼저 생각해 내지 못해 샘이 나서 그러는 것 같다. 내가 모은 돌연변이 사탕 중 최고는 네모난 굿앤플렌티(원래는 캡슐 모양 사탕 : 옮긴이)랑 흰색 층이 하나 더 있는 옥수수 모양 사탕(노랑, 주황, 흰색의 세 층으로 되어 있는 할로윈용 사탕 : 옮긴이), 그리고 나의 기쁨이자 자랑인 내 새끼손가락 크기의 엠앤엠 땅콩 초콜릿이 있다. 이베이(온라인 경매 회사 : 옮긴이)에 내놓으면 큰돈을 벌 것이다.

이 바위로의 여행은 오래전, 내가 태어나지도 않았을 때 시작되었다. 만약에 아빠가 열세 살 생일에 할아버지 할머니를 따라 억지로 애틀랜틱시티에 끌려가지 않고 친구들이랑 유소년 야구 경기를 했다면, 지금 내가 여기 앉아 있지 않았을 테고, 이 상자는 존재하지도 않았을 것이다. 누가 그 두 사건이 연결될 거라고 상상이나 했겠는가?

오래전 그날, 우리 할머니가 가게에서 소금물 태피(애틀랜

틱시티의 바닷가 산책길에서 널리 판매되는 쫄깃쫄깃한 사탕 :
옮긴이)를 사는 동안, 우리 아빠는 판자로 덮인 바닷가 산책
길을 따라 걷다가 손금을 보는 노파 앞에 서게 되었다. 그 노
파는 아빠의 끈끈한 손을 잡아 자기 얼굴 쪽으로 쳐들었다.
그러고는 아빠 팔을 벨벳 천이 덮인 탁자에 내려놓고 말했
다. "너는 마흔 살에 죽을꺼." 그때 마침 그곳에 온 우리 할
머니가 그 말을 듣고, 아빠를 얼른 끌고 나왔다. 복채도 안
내고. 아빠는 그 이야기를 할 때마다 웃었고, 우리도 따라 웃
었다.

결국 그 점쟁이의 말은 틀렸다. 우리 아빠는 마흔 살에 죽
지 않았다. 겨우 서른아홉 살에 죽었다. 내가 막 여덟 살이
되었을 때였다. 아빠는 겉보기보다 그 예언을 심각하게 받아
들였나 보다. 다가올 죽음을 준비했고, 이 상자가 바로 그 증
거다.

리지가 내 귀에 대고 소리쳤다.

"뭘 기다리는 거야?"

리지는 자기만의 이야기하는 방식이 있다. 보통 소리를 지
른다. 리지의 이 버릇은 일부는 리지 아빠가 젊은 시절에 록
콘서트에 너무 많이 가서 한쪽 귀가 안 들리기 때문이고, 또
한편으로는 리지의 키가 작은 편이라 약점을 메우려고 과잉
행동을 하는 것이다.

내가 대답하지 않자 리지가 한숨을 쉰다. 리지는 한숨도

크게 쉰다. 상자 모서리에 맨다리가 자꾸 배긴다. 나는 리지가 우리 사이의 바위에 펼쳐 놓은 수건 위로 상자를 옮겨 놓는다. 이 상자는 나의 모든 희망, 나의 모든 실패를 상징하는 것이 되었다. 다른 것보다 먼저 이번 여름에 일어난 모든 일들을 되짚어 봐야겠다. 큰 실수, 한 노인, 책, 램프, 망원경, 그리고 모든 일의 발단인 이 상자에 대해.

1. 상자

6월 22일

내가 리지에게 물었다.

"너 여름 방학 첫날에 세상이 얼마나 더 선명해 보이는지 알고 있었니? 새들은 더 크게 노래하고, 뭔가 일어날 것처럼 공기가 살아 숨 쉬는 것도?"

리지가 아서 삼촌이 운영하는 '핑크 만화와 마술' 가게의 벽에 꽂혀 있는 만화책을 더듬으며 중얼거렸다.

"그래, 물론이지. 더 선명하고, 더 크게 노래하고, 살아 숨 쉬지."

어떤 사람들은 친한 친구가 자기 이야기를 건성으로 들으면 짜증이 나겠지만, 나는 혼잣말을 하기보다는 리지에게 말하는 게 그래도 낫다고 생각한다. 이렇게 하면 적어도 길 가는 사람들이 날 이상한 눈으로 바라보지는 않는다.

앞으로 두 달 동안 나는 새로운 마술 한두 가지를 배우고, 도서관에서 8학년 교과서를 빌려서 남보다 뛰어난 숙제를 하고(리지에게는 말하지 않을 거다. 놀릴 게 뻔하니까.), 자고 싶은 만큼 잠을 잘 계획이다. 이번엔 한가로운 여름 방학이 될 것이다. 중간에 주 박람회와 오랫동안 기다려 온 내 열세 번째 생일 같은 중요 행사가 있긴 하지만 말이다. 보통은 주 박람회에 가는 것을 좋아하지만, 올해는 장기 자랑 대회에 나가야 해서 걱정이다. 그나마 내 생일이 같은 주라 위로가 된다. 난 '아이' 취급 받는 게 지긋지긋해서 공식적으로 십대가 되기를 손꼽아 기다리고 있다. 드디어 내가 십대의 비밀 관습을 배우게 되는 것이다.

그중에는 악수도 있으면 좋겠다. 나는 늘 비밀의 악수를 나누는 무리에 끼게 되기를 원했다.

갑자기 리지가 내 귀에 대고 작고 날카로운 소리로 말했다.

"뛰어!"

리지가 '뛰어.'라고 귀에 대고 말하는 것은 오직 한 가지 경우뿐이다. 뭔가를 훔쳤을 때다. 우리 삼촌이랑 사촌 미치 형이 뒷방에 있어서 리지를 못 본 게 다행이다. 삼촌이랑 미치 형은 가게 물건을 슬쩍하는 애들을 좋아하지 않는다.

내가 보던 만화책을 책꽂이에 겨우 쑤셔 넣는 동안, 리지는 벌써 문을 나서고 있다. 리지는 서둘러 나가다가 우리 사이에 잘 세워 놓았던 내 배낭을 쓰러뜨려 버렸다. 안에 있던 물건들이 지퍼를 채우지 않은 가방 밖으로 몽땅 튀어나오는 바람에 가게에 있던 사람들이 모두 돌아봤다. 나는 가방을 집은 뒤, 곳곳에 모서리를 접어 둔 책《초보자를 위한 시간 여행 안내서》, 먹다 남은 땅콩버터 샌드위치, 스타버스트 사탕 한 봉지, 두 입 크기의 페퍼민트 패티, 몇 년간 모은 종합 마술 도구, 수분은 늘 부족하기 마련이므로 언제나 갖고 다니는 물 한 병, 어떤 상황(물속이나 누운 상태)에서도 쓸 수 있는 우주인용 펜, 그리고 마지막으로 언젠가 아빠가 8달러만 있으면 어떻게든 집에 돌아갈 수 있다고 말씀하신 뒤로 적어도 8달러는 늘 넣고 다니는 내 지갑을 얼른 주워서 다시 넣었다. 그러고는 페퍼민트 패티 하나를 도로 꺼내어 얼른 껍질을 까서 입에 쑤셔 넣었다. 내가 단것을 좋아하는 것은 아빠 탓이다. 아빠의 모토는 '인생은 짧다. 고로 디저트 먼저 먹어라.' 였다. 그 말에 어찌 토를 달 수 있겠는가?

한쪽 어깨에 배낭을 메고, 문을 나와 리지가 어디 있나 길을 둘러봤다. 리지는 빨간 머리라 눈에 잘 띈다. 리지는 '래리 자물쇠와 시계' 가게의 창문에 기대어 새 노획물인《베티와 베로니카》합본호의 출시를 알리는 주황색 포스터를 보고 있었다. 조금 전까지 가게 벽에 테이프로 붙어 있던 포스터다. 마지막 페퍼민트 패티를 삼키며 내가 한마디 했다.

"넌 그 재능을 나쁜 짓 말고 착한 일에 쓸 수는 없니?"

리지는 대꾸 없이 포스터를 마구 접더니 자기 뒷주머니에 찔러 넣었다. 집 쪽으로 걸어가며 내가 물었다.

"왜 그래, 리지? 왜 그러냐고?"

리지가 씹던 포도 바주카 풍선껌을 불어 터뜨리며 되물었다.

"뭐가 왜 그래?"

리지가 내게도 하나 건네는데 나는 고개를 저었다. 포도랑 페퍼민트는 맛이 안 어울린다.

"왜 돈도 안 되는 걸 훔쳐?"

"넌 내가 정말 돈이 되는 걸 훔쳤으면 좋겠냐?"

"물론 아니지."

"그럼 잔소리하지 마. 내가 어떤 물건을 왜 훔치는지 설명할 수 없다는 거 너도 알잖아. 내가 뭘 선택하는 게 아니라, 그것들이 나를 선택하는 거야."

"그럼 너 때문에 다른 손님들이 《베티와 베로니카》 신판이 나온 걸 모르는 건 어떡할래?"

리지가 어깨를 들썩했다.

"아치 코믹스(미국의 만화 출판사 : 옮긴이)의 만화책은 이제 아무도 안 봐."

아치 코믹스의 만화책이 항상 월말까지 남아 있는 건 사실이다. 우리 아빠는 아치 코믹스의 만화를 좋아해서 늘 빼놓지 않고 들여왔다. 아서 삼촌은 '외계에서 온 돌연변이 엑스맨'과 '리치 리치'를 구별하지도 못할 만큼 만화에 대해 잘 알지 못하기 때문에 계속 모두 주문한다.

내가 말했다.

"그 얘기가 아니잖아."

"네 삼촌이 책 한두 권 못 팔았다고 네가 슬픈 건 아니잖아. 너도 네 삼촌이 맘에 안 든다고 그랬잖아."

나는 팔짱을 끼며 반박했다.

"삼촌이 마뜩잖아서가 아니야. 너도 돌아가신 아빠랑 일란성 쌍둥이면서도 널 본체만체 무시하는 삼촌이 있다면 절대로 좋아할 수 없을걸."

이제 리지는 조용히 팔꿈치 상처의 딱지만 떼고 있다. 그 말은 하지 말았어야 했는데. 우리 아빠 얘기는. 아빠가 돌아가셨을 때, 리지는 나 못지않게 슬퍼했다. 리지에게 우리 아빠는 제2의 부모였다. 리지는 슬퍼하면서도 내가 밤에 깨지 않고 제대로 잘 수 있을 때까지 3주 내내 방바닥에 침낭을 깔고 내 방에서 함께 잤다.

우리는 더는 서로를 우울하게 하지 않고, 리지도 물건을 더 훔치지 않은 채 머리 힐에 있는 우리 아파트까지 왔다. 이웃인 조더 씨가 천천히 계단을 오르고 있었다. 오늘이 금요일이라 조더 씨는 노란색 옷을 입고 있다. 우리 엄마 아빠는 뉴욕에는 괴짜들투성이라고 늘 말씀하셨다. 그래서 여기가 아닌 다른 곳에서 살고 싶어 하지 않았던 것이다. 조더 씨를 따라 아파트로 들어가려고 하는데 우편배달부 닉 아저씨가 커다란 푸른 수레를 끌며 나타났다. 리지가 아저씨에게 인사했다.

"안녕하세요, 닉 아저씨."

닉 아저씨가 인사로 모자를 살짝 들어 올리며 대답했다.

"허허, 리지 멀던이랑 제레미 핑크 아닌가."

리지 아빠가 우체국에서 일하기 때문에 동네 우편배달부들은 모두 우리를 안다.

"오늘은 너희들한테 뭐가 왔나 보자."

닉 아저씨는 수레에 손을 뻗어 커다란 상자를 들어 올렸다. 놀랍게도, 우리 집 주소에 일레인 핑크 앞으로 되어 있다! 엄마는 우편으로 뭘 산 적이 한 번도 없기 때문에, 그 상자가 무엇일지 도무지 상상이 되지 않았다. 사실 우리 집에는 식료품과 내 옷(우리 반 어떤 애가 자기 엄마가 지지난 주 버린 스웨터를 내가 입고 있다고 말한 뒤부터 나는 새 옷을 사 달라고 주장하고 있다.) 말고는 거의 다 벼룩시장에서 사거나 쓰레기 내놓는 날에 길에서 주워 온 물건들이다. 우리가 새 물건을 살 형편이 못 돼서가 아니다. 엄마는 도서관에서 대우가 괜찮은 일을 하고 있다. 그렇지만 엄마는 새 물건을 사는 것은 어리석은 사람들이나 하는 짓이며, 다른 사람의 물건을 재활용하면 어느 정도 환경을 살리는 데 도움이 된다고 굳게 믿고 있다.

그럼 도대체 저 상자에 뭐가 들었을까?

닉 아저씨는 상자를 내게 주려다 말고 다시 수레에 집어넣었다. 대신 늘 오는 청구서랑 쓸데없는 우편물 꾸러미를 건넸다. 아저씨가 리지에게 우편물을 주고 난 뒤, 내가 물었다.

"잠깐, 저 상자는요? 저 상자 우리 엄마한테 온 거 아닌가요?"

닉 아저씨가 대답했다.

"맞아, 하지만 저건 등기 우편물이야. 받았다고 어른이 서명해야 한다는 뜻이야."

"근데 우리 엄마는 하루 종일 직장에 있어요. 틀림없이 엄마는 내가 서명해도 괜찮다고 할 거예요."

리지가 거들었다.

"제레미는 키가 어른만 해요. 그 점도 참고해야 돼요."

아저씨가 고개를 젓는다.

"너희 엄마가 내일 출근하는 길에 우체국에 들러서 찾아가도 돼."

그런다고 물러설 리지가 아니다.

"저 상자 무거울 것 같은데. 배달하는 내내 저걸 질질 끌고 다니고 싶진 않죠, 그렇죠?"

닉 아저씨가 웃는다.

“그렇게 무겁지 않아. 가지고 다녀도 괜찮을 거야.”

아저씨가 수레를 옆 건물로 끌고 가기 시작했고, 우리는 아저씨를 따라갔다.

내가 애원했다.

“하지만 닉 아저씨, 내일은 토요일이고 우리 동네 우체국은 안 열어요. 우리 엄마는 월요일까지 그 상자를 받지 못할 거예요. 특별히 등기로 온 걸 보면, 아주 중요한 물건이라는 뜻일 수도 있는데…….”

리지가 덧붙였다.

“약 같은 거라든가!”

나는 열심히 설득했다.

“맞아요. 주말 내내 기다릴 수 없는 물건일 거예요.”

리지가 말했다.

“오늘 아침에 핑크 아줌마가 기침을 한 것 같았어요. 조류 독감이나 풍진에 걸렸을 수도 있고, 아니면…….”

닉 아저씨가 손을 들었다.

“됐다, 됐어. 너희들 나중엔 핑크 부인이 전염병에 걸려서 격리시켜야 된다고 나서겠다.”

아저씨가 상자를 들자, 리지와 나는 재빨리 싱긋 웃음을 주고받았다.

나는 인수증에 내 이름을 최대한 예쁘게 써서 아저씨에게 줬다.

아저씨가 내 팔 위에 상자를 놓으며 일렀다.

"꼭 엄마가 직접 열어 보시게 해야 해."

리지가 대답했다.

"네, 네. 다른 사람 편지를 열어 보면 연방법 위반이라는 거 우리도 배워서 알고 있어요."

나는 상자를 갖고 얼른 집으로 올라가고 싶어서 말했다.

"안녕히 가세요, 아저씨."

상자는 무겁지는 않은데, 들기가 불편했다.

닉 아저씨가 가면서 말했다.

"사고 치지 마라."

리지가 대꾸했다.

"누구요, 우리 말이에요?"

우리는 각자의 집이 있는 2층을 향해 짧은 계단을 올라갔다. 지난주에 엄마가 나한테 조만간 복도 끝 빈집에 새로운 가족이 이사 올 거라고 말했다. 어떤 사람들이 올까 매우 궁금하다. 서커스 하는 사람들일까? 마이너 리그 야구 선수일까? 대부분의 아이들은 아마도 또래가 더 많아지기를 바라겠지만, 나는 별로 상관없다. 좋은 친구 한 명이면 충분하지 무슨 친구가 더 필요할까?

짐 때문에 내게 손이 없어서 리지가 가진 우리 집 열쇠로 문을 열었다. 나는 곧장 부엌으로 가서 다리가 셋인 식탁에 상자를 내려놓았다. 원래는 다리가 두 개여서 우리 부모님이 넘어지지 않게 벽에 접착제로 붙여 놓았었는데, 그에 비하면 많이 나아진 거다.

리지가 예의 그 '사고 치자.'는 눈빛을 하고 묻는다.

"그럼? 우리 이거 열까?"

그와 동시에 우리는 둘 다 반송 주소를 보려고 상자 가까이로 몸을 기울였다. 글씨 부분이 닳아서 잘 보이지 않는다. 리지가 읽었다.

"폴가드와 레빈, 에스콰이어즈. '에스콰이어즈'가 무슨 뜻이지?"

"'에스콰이어즈'는 변호사들이란 뜻이야."

내가 설명했다. 나는 남들이 잘 모르는 것들을 알고 있는 게 자랑스럽다. 모두 한밤중 독서 시간을 통해 알게 된 것들이다.

"왜 변호사들이 떼거리로 너희 엄마한테 뭘 보내지?"

"나도 몰라."

리지가 떠오른 대로 말했다.

"네 엄마가 은행을 털었나 봐. 그래서 엄마한테 불리한 증거가 이 상자 안에 있는 거야!"

내가 말했다.

"야, 우리 집을 봐서 알겠지만, 우리 엄마는 멋진 물건 갖는 데 관심 없거든."

리지는 구슬을 꿰어 만든 커튼, 벽에 길게 간 금을 가린 홀

치기염색 천, 튀튀를 입은 강아지가 나오는 오래된 흑백 사진 엽서들, 다리가 셋인 탁자를 죽 훑어보았다. 그러더니 말했다.

"좋아, 너희 엄마가 은행을 털진 않았어. 그렇다면, 그래, 어디서 상을 탔나 보다! 너희 엄마 아직도 온갖 별난 대회에 나가니?"

나는 우물쭈물 대답했다.

"잘 모르겠어."

엄마와 나는 이제 자주 보지 못한다. 엄마는 낮에는 도서관에서 일하고, 일주일에 세 번 저녁에 엄마의 쌍둥이 자매 주디 이모가 가르치는 학교에서 미술 수업을 듣는다. 우리 엄마도 일란성 쌍둥이인데, 아빠와 아서 삼촌이랑은 달리 엄마랑 주디 이모는 사이가 좋다.

리지가 물었다.

"너희 엄마가 사과 파이를 열 단어로 묘사하는 대회에서 그해 내내 달마다 다른 파이를 상으로 타 온 거 기억나?"

당연히 기억하지. 그 '파이의 해'는 내게 흐뭇한 추억으로 남아 있다. 파이가 사탕보다는 못하지만, 지난 몇 년에 걸쳐 엄마가 내게 먹이려고 했던 다른 것들보다는 그래도 나았다. 우리는 그 마지막 파이(내 기억으론 순무 파이였던 것 같은데)를 한 번에 한 입씩만 먹어서 몇 주 동안 계속 먹었다.

그런데 이 상자에 파이가 들어 있는 것 같진 않다. 진공 봉투, 플로리다 오렌지, 젤리 과자 박스, 또는 지난 몇 년 동안 엄마가 광고 문구를 써내거나 상자 뚜껑이나 깡통 라벨을 모아서 받은 다른 어떤 것과도 다르다. 나는 상자를 살펴봤다. 두꺼운 판지로 되어 있고, 투명 테이프로 한가운데를 한 번 둘렀다. 리지가 테이프를 가리키며 물었다.

"너 이게 뭘 말하는지 알겠니?"

"상자가 찢어지지 않게 테이프를 뜯었다가 다시 붙여 놓으면 우리 엄마가 모를 거라고?"

"그래."

"그러면 안 돼."

난 엄마가 미처 작품으로 만들지 못한 부엌 의자에 털썩 주저앉았다. 다른 의자들은 따끔따끔 찌르는 가짜 표범 가죽으로 씌웠거나, 다리와 등받이에 병뚜껑들을 쭈르르 붙여 놓았다.

리지가 말했다.

"연방법 위반이 염려되나 본데, 내 생각에 그건 남의 편지일 때만 그럴 거야."

나는 단호하게 말했다.

"엄마가 집에 올 때까지 기다릴 거야."

나는 리지가 계속 자기주장을 펴길 바랐지만, 리지는 좀 지나치다 싶게 순진한 표정으로 그냥 상자 옆에 서 있었다.

내가 심각한 목소리로 물었다.

"리지, 너 뭔 일 저질렀지?"

리지가 얼른 변명을 했다.

"내 탓이 아니야! 테이프 끝이 살짝 들려 있었다고!"

나는 의자에서 벌떡 일어나 리지가 자기 쪽으로 향한 상자 옆면에서 테이프를 몇 센티 뜯어낸 것을 보았다. 사실이었다. 테이프는 정말 아주 부드럽게 뜯겨 있었는데, 판지 상자를 상하게 하거나 종이가 조금도 달라붙지 않았다. 나는 재빨리 말했다.

"좋아, 내 맘 변하기 전에 얼른 하자."

리지가 손뼉을 친 뒤 우리는 상자 양쪽 끝에서부터 테이프를 살살 떼어 내기 시작했다. 마침내 중간에서 만나자 바로 테이프 전체를 떼어 냈다. 리지가 테이프를 식탁 의자에 걸쳐 놓았다. 나는 상자의 네 귀를 열고 안을 들여다봤다.

맨 먼저 눈에 띈 것은 여러 장을 구겨 넣은 신문지 뭉치였다. 잠시 나는 안에 신문지 말고 아무것도 없나 하는 생각이 들었다. 나는 만지기가 두려운데, 리지는 분명 그런 양심의 가책 같은 것이 없나 보다. 상자 안에 바로 손을 집어넣어 양손으로 신문지 뭉치를 꺼냈다. 리지가 신문지 뭉치들을 탁자에 꺼내 놓고 그 아래쪽에 손을 대려는 순간 내가 말렸다. 신문지 뭉치를 단정하게 쌓으며 내가 말했다.

"기다려. 나중에 처음에 있던 그대로 다시 넣어야 해."

신문지 뭉치 더미에 뭉치 하나를 더 올리려다가, 신문의 머리기사 하나가 눈에 들어왔다. 나는 구겨진 신문을 탁자 위에 살살 폈다. 그리고 심장 박동이 빨라지는 걸 느끼면서 리지에게 그 신문을 내밀었다.

"이 기사 좀 봐."

리지는 고개를 저었다.

"나 신문 읽기 싫어하는 거 알잖아. 신문은 너무 암울해. 왜 지금 그걸 읽으라는 거야?"

나는 고집을 부렸다.

"그냥 읽어. 과학 면에 나온 기사야."

리지가 눈을 굴리더니 내 손에서 신문을 가져갔다.

"'과학자들은 블랙홀이 시간 여행의 열쇠라고 믿는다.' 그 래서 뭐? 네 시간 여행 파일에 넣으면 되잖아. 네 엄마가 신 문 한 장 없어진 것쯤은 눈치 못 챌 거야."

나는 신문을 다시 가져와 공 모양으로 뭉치며 말했다.

"파일에 넣을 필요는 없어. 이미 있으니까."

"그래?"

"이 신문은 5년 전 신문이야!"

리지는 날짜가 적힌 것을 찾을 때까지 상자에서 신문지 뭉 치를 계속 꺼냈다. 리지가 거칠게 숨을 들이쉬면서 말했다.

"네 말이 맞아! 이 신문은 그, 그다음 주…… 신문이 야……."

리지는 말꼬리를 흐리며 상자에서 신문지 뭉치들을 꺼내

느라 정신이 없었다. 리지가 하려던 말이 뭔지 나는 안다. 그 신문은 우리 아빠가 돌아가신 다음 주에 나온 거다.

우리는 말없이 나머지 뭉치들을 다 꺼냈다. 그러자 상자에는 두 가지만 남았는데, 회사명과 주소, 전화번호가 인쇄된 편지지에 타이핑한 편지 한 장과 얇은 포장지로 싼 신발 상자 크기의 직사각형 물건이 있었다. 우리는 눈을 동그랗게 뜨고 서로 바라봤다. 리지가 편지를 집으려다 그만두고 말했다.

"네가 해야 될 것 같아."

"근데 이거 엄마가 우리가 안 봤으면 하는 거면 어쩌지?"

리지가 말했다.

"여기까지 왔는데."

그러고는 재빨리 덧붙였다.

"그래도 네 마음대로 해."

나는 땀나는 손바닥을 바지에 문질렀다. 인정하고 싶지는 않지만 나는 이 신비한 소포에 매력을 느끼고 있었고, 나를 억제할 수가 없었다. 나는 어깨를 펴고 편지가 구겨지지 않도록 조심스럽게 꺼냈다. 편지 윗부분에 적힌 주소는 반송 주소와 같았다. 어제 날짜가 적혀 있으니까 적어도 편지는 5년 전 것이 아니었다. 나는 목소리가 흔들리지 않도록 노력하면서 큰 소리로 읽어 나갔다.

친애하는 레이니,

이 소포가 당신에게 잘 전해지길 바랍니다. 원래는 올 늦여름에 보내 드리기로 했지요. 그런데 이번에 맨해튼 지사 문을 닫고 롱아일랜드 사무실로 가게 되어, 이사하다가 잃어버릴까 봐 먼저 보냅니다. 당신이 좋아하지 않겠지만, 미리 보내는 이유가 하나 더 있어요. 열쇠 둔 곳을 잊어버렸답니다. 분명히 당신이 상자와 같이 열쇠를 우리 사무실로 보냈고, 내가 아무도 모를 장소에 잘 숨겨 놓은 기억이 납니다. 그런데 세상에, 너무 잘 숨겨 놔서 도저히 못 찾겠어요. 정말 미안합니다.

열쇠장이한테 가 봤더니 상자의 잠금장치가 지렛대와 도르래로 복잡하게 되어 있대요. 네 개의 열쇠 구멍마다 서로 다른 열쇠가 필요하고, 내부에 걸쇠가 있어서 지레로 들어 올리는 방식으로는 열리지 않는답니다. 대니얼이 다른 사람들처럼 열쇠 구멍 하나짜리 평범한 상자로 만족할 사람이 아니지요. 당신과 제레미가 때가 되기 전에 방법을 찾아내리라 믿습니다.

대학 시절 대니얼과는 좋은 추억이 참 많습니다. 그래서 지난 몇 년간 상자를 보관해 달라는 대니얼의 부탁을 들어주어 기뻤습니다. 잘 지내시길.

해럴드 드림

리지가 내 손에서 편지를 뺏어다가 다시 읽었다.

"이게 무슨 뜻이지?"

리지가 조용히 말했다. 리지가 조용히 말한 적은 거의 없기 때문에, 리지도 나만큼이나 놀랐다는 걸 알 수 있었다. 나는 할 말을 잃고 그저 고개만 흔들었다. 부모님이 옛날 대학 시절 추억을 이야기할 때마다 잘 듣지 않았다는 건 인정하지만, 그렇더라도 아빠가 해럴드라는 대학 친구 얘기하는 걸 들은 기억이 전혀 없다. 하지만 이 해럴드라는 사람이 두 분을 잘 아는 것 같긴 하다. 가까운 친구들만 엄마를 레이니라고 부르는데, 이 사람이 그렇게 부른 걸 보면. 그러니까 엄마가 이 소포를 그 사람에게 보내서 5년 뒤에 다시 보내 달라고 했다는 건가? 엄마가 왜 그랬을까? 그리고 우리 아빠의 부탁을 들어줬다는 건 무슨 소린가?

나도 모르게 손을 뻗어 상자에서 포장된 물건을 꺼냈다. 얇은 포장지가 벗겨져 바닥에 떨어졌다. 네 면에 열쇠 구멍이 있는 부드러운 나무 상자였다. 투명한 니스가 나무를 거의 살아 있는 것처럼 보이게 했다. 가장 먼저 든 생각은 상자가 너무 예쁘다는 것이었다. 나무 상자가 예쁠 수 있다고는 한 번도 생각해 본 적이 없다. 뭐야, 전에는 '예쁘다'란 말을 써 본 적도 없는 것 같다. 혹시 리지가 물어보면, 그 말을 쓰지 않았다고 할 참이다.

리지는 몸을 숙여 내 발밑에 떨어진 얇은 포장지를 주웠다. 그러고는 천천히 몸을 일으키며 날 불렀다.

“음, 제레미?”

“으으응?”

나는 내 손에 있는 상자에서 눈을 뗄 수가 없었다. 살짝 흔들어 보니 뭔가에 싸인 물건들이 움직여서 서로 부딪치는 소리가 났다. 무게가 1킬로도 안 나가는 것 같았다.

“음, 그거 한번 뒤집어 보고 싶지 않니?”

리지가 이렇게 말하는데도 나는 최면에 걸린 것처럼 상자를 앞뒤로 흔들기만 했다. 마침내 리지가 내 손에서 상자를 가져다가 획 뒤집어서 돌려줬다. 이렇게 새겨진 글씨가 나를 쳐다보고 있다. ‘삶의 의미: 열세 번째 생일에 제레미 핑크가 열어 볼 것.’

어디서건 나는 아빠의 솜씨를 알아볼 수 있다.

2. 설명

몇 분 후에 리지가 말했다.

"결국 이 상자는 네 엄마한테 온 게 아닌 것 같은데."

나는 대답하지 않았다. 손이 떨려서 나무 상자를 식탁에 내려놓았다. 우리는 두 걸음쯤 뒤로 가서 그 상자를 바라봤다. 리지가 물었다.

"그럼 이게 네 아빠가 보낸 생일 선물이야?"

나는 고개를 끄덕였다. 심장이 하도 빨리 뛰어서 박동 소리가 귀에 들렸다.

좀 더 바라보다 보니, 단어들이 눈앞에서 떠다녔다. *삶의 의미, 열세 번째 생일, 제레미 핑크*. 엄마는 이 상자에 대해서 적어도 5년 전부터 알고 있었던 게 확실하다. 엄마는 왜 내게 말하지 않았을까? 난 아무에게도 비밀이 없는데. 음,

지난 4월 레이첼 슈워츠의 유대교 성인식에서 레이첼과 뽀뽀한 것은 아무에게도 이야기하지 않은 것 같다. 하지만 그건 웨이터 쟁반에 하나 남은 셜리 템플(무알코올 칵테일 : 옮긴이)을 집으려다가 우연히 둘의 입술이 닿은 것뿐이지 진짜 뽀뽀라고 할 수도 없기 때문이다. 리지가 물었다.

"그래, 안에 뭐가 들어 있는 것 같니?"

이번엔 대답했다.

"전혀 모르겠어."

"삶의 의미가 상자 속에 있을 수 있을까?"

"그런 생각 해 본 적 없어."

"그런데 전에 이 상자 한 번도 본 적 없어?"

내가 고개를 끄덕였다.

"엄마가 얘기한 적도 없었어?"

나는 다시 고개를 끄덕이고는 공황 발작을 일으키지 않으려면 어떻게 해야 하는지 기억을 되살리려 애를 썼다. 딱 한 번 그런 적이 있었는데, 작년에 엄마랑 할머니를 뵈러 플로리다행 비행기를 탔을 때였다. 비행기 여행이 안전하다고들 아무리 이야기해도, 나는 구름 속을 날 수 있는 것은 새들이랑 슈퍼맨 같은 영웅들뿐이라고 생각했다. 숨을 깊이 들이마시고 넷 셀 때까지 참았다가 길게 내쉬었다. 나는 한 번도 삶의 의미에 대해 생각해 본 적이 없다. 왜 생각하지 않았을까? 내게 뭐가 잘못됐나? 나 말고 다른 사람들은 다 삶의 의

미에 대해 생각해 보나? 아마도 난 시간 여행에 대해 공부하
느라 너무 바빠서, 그 운명의 날에도 아빠가 차를 타고 나가
는 것을 막지 못했던 것 같다. 나의 시간 여행 연구는 인류
전체의 사활이 달렸다고는 할 수 없지만 그래도 중요하다.
그런 내가 어찌 삶의 의미를 고민하느라 시간 여행 연구를
제쳐 놓을 수 있었겠는가?

리지가 날 쳐다보며 물었다.

"괜찮니? 좀 창백해 보여."

심호흡을 했더니 정말로 약간 어찔어찔했다.

"좀 앉아야겠어."

우리는 거실로 가서 옅은 밤색 소파에 깊숙이 앉았다. 나
는 뒤로 기대고 눈을 감았다. 나는 세 살 때 이 소파를 '몽
고'라고 이름 붙였다. 이 소파는 우리 부모님이 내가 태어나
기 전, 한창 물건을 모으던 시절에 발견한 초창기 가구들 중
하나다. 아빠는 내게 사람들이 길에 내놓은 물건을 몽고라고
한다고 말해 줬는데, 그 이야기를 이 소파에 앉아 있을 때 했
던 것 같다. 나는 아빠가 이 소파를 몽고라고 부르는 줄 알았
던 것이다. 소파는 처음 가져왔을 때도 낡았었는데, 지금은
더 낡았다. 세월이 흐르면서 소파에 구멍이 나면 엄마는 계
속 다른 천을 대고 기웠다. 이젠 소파에 제 천보다는 다른 천
조각들이 더 많을 지경에 이르렀지만, 엄마는 내가 이름을
붙였다는 이유로 소파를 없애려고 하지 않는다. 엄마는 그렇

게 감상적이다. 하지만 상자 이야길 안 한 걸 보면 아무래도 생각보다 감상적이지는 않을지도!

리지가 날 보며 말했다.

"이제 좀 정상으로 돌아왔네. 이제 그렇게 창백하지도 않아. 땀이 좀 난 것 같은데."

이 상자의 출현 같은 일은 내게 한 번도 일어난 적이 없었다. 내가 아는 사람 누구에게도 없었다. 내가 책에서 읽은 어떤 사람에게도 없었다. 찬찬히 잘 생각해 보고 계획을 세워야겠다. 나는 눈을 뜨고 말했다.

"오늘 일어난 일을 되짚어 보자."

리지가 흥미진진한 얼굴로 앞으로 당겨 앉으며 말했다.

"좋아."

리지는 '되짚어 보기'를 좋아한다. 텔레비전에서 어떤 형사가 그러는 것을 본 다음부터 우리는 가끔씩 우리의 하루를 되짚어 보곤 했다.

나는 일어서서 커피 탁자를 돌기 시작했다. 그리고 말했다.

"좋아, 우리가 집에 막 들어가려는데 닉 아저씨가 왔어. 우리가 닉 아저씨에게 우리 엄마 이름이 적힌 커다란 소포를 우리한테 주고 가라고 설득했어. 엄마한테 그대로 전해 주겠다고 약속했지. 그런데 어쩌다 보니 우리도 모르는 사이에 상자를 열었어."

리지가 격려하며 말한다.

"그렇게 말하는 것도 괜찮은 방법이겠다. 계속해."

"상자 안에 우리 아빠의 옛 친구인 변호사가 보낸 편지가 있었어. 내가 열세 살이 되면 주라고 우리 아빠가 맡긴 나무 상자의 열쇠를 잃어버렸다고 쓰여 있었어."

난 여기서 잠시 멈추고 심호흡을 했다.

"나는 한 달 있으면 열세 살이 되는데, 상자를 열 방법이 없어."

리지가 말했다.

"아마 너희 엄마가 여벌 열쇠를 갖고 있을 거야."

"글쎄, 그렇지 않을 거야. 해럴드란 아저씨는 열쇠를 잃어 버려서 무진장 미안해하는 것 같았어. 그러니까 그 아저씨는 틀림없이 그 열쇠가 여벌이 없다는 걸 잘 알고 있는 거지."

"혹시 너희 아빠가 직접 그 상자를 만들었다면? 그렇다면 열쇠들은 네 아빠의 오래된 연장들이랑 같이 있을 거야. 아 니다, 잠깐, 너희 엄마가 몽땅 다른 사람들한테 줘 버렸잖아, 맞지?"

엄마가 아빠 물건들을 없애면서 얼마나 힘들어했는지 생 각하며 나는 고개를 끄덕였다.

"그럴 리 없어. 아빠가 뭐든지 잘 고치긴 했지만 이 상자처 럼 열쇠 구멍이 많은 복잡한 물건을 만들었을 것 같지는 않 아. 하지만 뚜껑의 글씨는 분명히 아빠가 새겼어. 아빠는 그

조각 연장을 애지중지했지."

"그래."

리지가 생각에 잠겨 대답했다. 틀림없이 아빠가 나무로 된 곳에는 모두 아빠 이름 머리글자를 새기며 돌아다녔던 그 주말을 생각하고 있을 것이다. 아빠는 엄마가 연장을 치워 버릴 때까지 그 일을 계속했는데, 엄마도 리지가 자기 방문에 달아 놓을 이름표를 얻고 나서야 연장을 치울 수 있었다.

"네가 아빠의 손재주를 물려받지 못해서 안됐다."

"맞아, 하지만 내게 손재주가 있었다면 벽에 선반을 달다가 네 방이랑 내 방 사이에 구멍을 만드는 일도 없었을 거야."

몇 년째 리지와 나는 쪽지를 주고받는 데 그 구멍을 요긴하게 잘 이용하고 있다. 우리들 방 벽이 붙어 있어서 다행이다. 안 그랬다면 그 구멍이 리지네 집 부엌 한가운데로 났을지도 모른다.

리지가 단호하게 말했다.

"우리는 그 상자를 열 방법을 찾을 거야. 꼭."

"기분 나쁘게 하려는 건 아니지만, 네가 장담한 일은 깨지거나, 아니면 최소한 어긋나는 경우가 많아."

리지가 몽고에서 벌떡 일어나며 말했다.

"이번엔 아니야. 자, 같이 상자를 싸자. 너희 엄마가 곧 오실 거야."

나는 부엌으로 가서 리지가 상자에서 물건을 꺼낸 반대 순서로 다시 집어넣는 모습을 바라봤다. 리지가 너무나 깔끔하게 해서 놀랐다. 리지는 내가 아는 사람들 중에 최고로 정리를 못하는 사람이기 때문이다. 리지가 마지막 신문 뭉치를 집어넣자, 나는 엄마에게 상자 내용물을 모르는 척할 수 없을 거란 생각이 들었다.

리지가 긴 포장 테이프를 집으려는데 내가 말했다.

"다시 붙이려고 애쓸 것 없어. 그냥 열어 봤다고 엄마한테 말하는 편이 낫겠어. 난 너처럼 거짓말 잘 못해."

리지가 양손을 자기 허리에 대며 눈을 가늘게 떴다.

"어쩐지 나 욕하는 것 같은데."

"그게 아니라, 내가 만일 적진에서 잡힌 스파이라면, 내가 거기에 있는 이유를 네가 설명해 줄 수 있다는 거야. 우리는 각자 장점이 있는데, 다른 사람이 네 말을 믿게 하는 게 네 장점 중 하나잖아."

리지가 물었다.

"그럼 네 장점은 뭔데?"

좋은 질문이다. 내 장점은 뭐지? 내가 장점이 있기는 하나? 어쩌면 나는 장점이 너무 많아서 한 가지만 콕 찍어서 말하지 못하는 걸지도.

문으로 가면서 리지가 말했다.

"아, 신경 쓰지 마. 네 머리로는 무리인 것 같아. 그리고 나는 저녁 차리러 집에 가야 해."

내가 벌을 받고서 내 방에 가 있으라는 명령이 떨어지면 (아무리 생각해도 그렇게 될 게 뻔하다.) 벽에 난 구멍으로 쪽지를 보내기로 했다. 우리 집 괘종시계(83번가 2번로에서 가져온 몽고)가 종을 다섯 번 울렸다. 이건 엄마가 집에 오기 전까지 내가 엄마 소포를 열어 본 잘못을 조금이나마 용서받기 위해 착한 일을 할 시간이 20분 남았다는 뜻이다.

부엌 선반에서 물고기 밥을 꺼내어 긴 대리석 탁자(67번가 센트럴파크 웨스트에서 가져온 몽고)에 놓여 있는 어항 쪽으로 서둘러 갔다. 물고기들이 외톨이 야옹이 녀석만 빼고 모두 물 표면으로 올라와 나를 맞는다. 내 물고기들은 모두 다른 동물 이름이 붙어 있는데, 그건 엄마가 어릴 적에 죽은 토끼를 지금까지도 못 잊는 까닭에 내게도 진짜 애완동물을 키우지 못하게 했기 때문이다. 야옹이는 혼자 노는 줄무늬 타이거피시이다. 멍멍이는 갈색에 흰 점이 있는 녀석인데 그렇게 영리하지 않다. 하루 종일 어항 벽에 자기 코를 찧고 있다. 햄스터는 아주 활동적인 금붕어로, 마치 올림픽 릴레이 경주라도 하는 것처럼 온종일 왔다 갔다 헤엄친다. 가장 최근에 생긴 물고기인 페럿은 길고 은빛인데, 가끔 안 보일 때가 있다. 어항 바닥에 있는 회색 돌멩이들 사이에 섞여 있기 때문이다. 먹이를 주면 녀석들은 잽싸게 물 표면으로 헤엄쳐 와서 먹이를 물고 내려간다.

이 물고기들과 나는 많이 닮았다. 녀석들은 친숙한 환경 속에서 언제나 똑같이 사방으로 둘러쳐진 벽 주위를 위험 없이 안전하게 헤엄친다. 나 역시 그렇게 산다. 솔직히, 나는 내 이웃을 떠나야 할 이유를 모르겠다. 내가 갖고 싶거나 필요한 것은 모두 어느 방향으로 가든지 몇 블록 안에 다 있다. 아빠 가게(난 아직도 아빠 가게라고 생각한다.), 영화관, 학교, 병원, 식료품점, 치과, 옷 가게, 신발 가게, 공원, 도서관, 우체국, 모두 다. 나는 변화를 싫어한다.

나는 싱크대 밑에서 깃털로 된 총채를 꺼내서 집 안 구석구석 먼지가 쌓일 만한 곳은 다 돌아다니며 먼지를 털고 다녔다. 거울, 주디 이모의 조각 작품들, 탁자 위, 책 선반, 그리고 책등(거의 대부분이 도서관에서 버린 것이거나 벼룩시장에서 산 것들이다.)에 쌓인 먼지를 휙 쓸었다. 텔레비전 화면이랑, 엄마가 나를 임신했던 여름에 만들어서 침대 사이에 박아 놓은 구슬 커튼의 먼지도 털었다. 내 몸의 먼지까지도 털어 내고 싶은 유혹을 느꼈다!

내 방으로 뛰어가, 침대 시트도 가지런히 펴지 않고서 아무렇게나 담요를 깔았다. 아빠가 주 박람회에 갔을 때 오래된 우유병을 쓰러뜨리고 상으로 타서 내게 준 봉제 악어 인형이 담요 밑에 깔렸다. 그랬더니 침대 위가 울룩불룩 튀어나와서 마치 뭘 숨겨 놓은 것 같아 보였다. 반듯하게 펴려고 하는데 벽을 두 번 두드리는 소리가 났다. 리지가 쪽지를 보냈다는 신호다. 나는 벽의 구멍을 가리고 있는 태양계 포스터를 들어 올리고서 둥글게 말린 공책 종이의 끄트머리를 집었다. 두 벽 사이의 간격은 15센티미터쯤이라서, 처음에 작은 종이로 쪽지를 주고받을 때엔 벽 사이에 떨어지곤 했다. 세월이 흐른 뒤 어느 날 누군가가 쪽지들을 발견하면 우리가 누굴까 궁금해할 것이다. 이제 우리는 공책 종이만 쪽지로 사용하는데, 길게 접어서 넣으면 두 벽을 관통할 수 있기 때문이다.

쪽지 속에 콩 모양 젤리 두 알이 들어 있었다. 내가 좋아하는 수박 맛이다. 나는 젤리 두 개를 입에 쏙 집어넣고 쪽지를 읽었다.

행운을 빌어! 만약 벌을 받는다면, 젤리 더 줄게.

리지와 나는 그런 식으로 서로에게 마음을 써 준다.

나는 쪽지 밑에 '고마워.'라고 크게 써서 다시 구멍으로 넣은 다음, 리지 방 벽에 닿는 것을 보고는 벽을 두 번 두드렸다. 곧 저쪽 끝에서 쪽지가 사라졌다.

책상 위의 책과 종이들을 정리하고 있는데 현관문이 열리는 소리가 났다. 엄마가 집에 들어올 때 부엌에 가서 상자 옆에 있을 작정이었는데, 벌써 시간이 이렇게 돼 버렸으니 이제 가기엔 글렀다. 엄마가 문 옆에 있는 고리에 열쇠 거는 소리가 들린다. 엄마의 무거운 서류 가방이 쿵 하고 바닥에 떨어진다. 이제 아이스티를 한 잔 마시러 부엌으로 가고 있다. 나는 엄마의 행동 양식을 아주 잘 알고 있다. 세 발짝만 더 가면 엄마가 그 상자를 볼 것이다. 두 걸음 남았다. 한 걸음. 이제 엄마는 그 상자가 왜 열려 있나 의아해하며 살펴볼 것이다. 그런 다음 상자 안 신문지 속에 손을 넣어 편지와 나무 상자를 꺼낼 것이고, 바야흐로 내 이름을 부를 차례다. 자…… 지금!

지금?

왜 아무 소리도 안 들리지? 난 "제레미 핑크! 당장 이리 와!"를 기다리고 있었다. 그런데…… 아무 소리도 없다. 웬일이지? 몇 분이 더 흘렀는데, 감감 무소식이다. 어차피 일어날 일을 일부러 뜸을 들여서 나를 못 견디게 하려는 건가? 아니면 미끄러져 바닥에 의식을 잃고 쓰러지셨나?

부엌에 가서 보니 엄마는 다행히도 바닥에 쓰러져 있진 않았다. 엄마는 탁자 옆에 서서 아빠의 상자를 내려다보고 있었다. 눈에 익은 자세다. 나도 한참을 그러고 있었으니까. 내려뜨린 엄마 손에 편지가 들려 있었다. 엄마 얼굴이 창백했다. 검은 머리 사이에 삐져나온 흰머리가 왠지 날 슬프게 했다. 엄마의 손을 잡고 싶은 충동이 일었다. 하지만 그러지 않고 그냥 물었다.

"어, 엄마? 괜찮아요?"

엄마는 그렇지 않은 표정으로 고개를 끄덕이고는 병뚜껑으로 덮인 의자에 앉았다. 엄마가 편지를 내게 주며 말했다.

"이거 읽어 보렴."

그러고는 손가락으로 아빠가 상자 뚜껑에 새긴 글자들을 더듬었다. 엄마는 상자에서 눈을 떼지 않은 채 계속 말했다.

"사고가 나고 일주일 후에 바로 내가 이 상자를 해럴드에게 보관해 달라고 우편으로 보냈어. 네 열세 살 생일이 그때엔 아주 까마득하게 먼 것 같았지."

엄마가 너무 슬퍼 보여서 차라리 내게 화를 냈으면 좋겠다는 생각이 들었다. 엄마가 성격이 나쁘거나 뭐 그래서가 아니라 엄마는 경계가 확실한 사람이기 때문이다. 만약에 소포가 내 앞으로 왔다면 엄마는 절대로 열지 않았을 것이다.

"네 아빠는 이 상자를 여기서 직접 네게 줄 거라고 다짐했지만, 마음속으로는 믿지 않았다는 걸 나는 알고 있었어. 상자를 해럴드에게 보내라는 것은 아빠의 뜻이었어."

뱀이 내 목을 감기라도 한 것 같은 느낌이었지만 겨우 소리를 내서 물었다.

"아빠는 판자가 깔린 산책길에서 만난 그 손금 보는 사람 말을 믿고 있었군요, 그렇죠?"

엄마가 크게 한숨을 내쉬었다.

"모르겠어. 어떤 사람들은 자신의 운명에 대해 더 예민한 감각이 있는 것 같아. 너희 아빠는 자신에게 주어진 시간을 알고 있었던 거지."

우리 둘 다 잠시 아무 말도 없었다. 그러다가 내가 조그맣게 말했다.

"상자를 열어 봐서 죄송해요."

내가 좀 더 어렸을 때라면 리지가 그랬다고 했을 것이다.

놀랍게도 엄마가 웃음을 지었다.

"네 아빠라도 열어 봤을 거야. 모든 것에 호기심이 있었으니까. 그래서 벼룩시장이며 물건 수집하는 것을 그렇게 좋아했던 거야. 아빠는 사람들이 가지고 있었거나 버린 물건들이라면 뭐든지 매력을 느꼈단다. 아빠가 물건을 가져올 때마다 지어낸 이야기들 생각나니?"

나는 엄마 맞은편에 앉으며 고개를 끄덕였다. 기억이 나긴 했지만 아주 희미했다. 아빠가 돌아가시고 나서, 모든 가구들이 내게 말을 거는 것 같았다(모두 아빠 목소리로). 그리고 나는 거실 탁자는 그저 탁자일 뿐, 독립 선언문을 서명한 바로 그 탁자가 아니라는 것을 기억하려고 의식적으로 노력해야 했다. 당연히 사실이 아니지만 말이다.

엄마가 부엌 식탁에 깊게 파인 자국을 손으로 더듬으며 말했다.

"이 부서진 식탁을 발견했을 때 아빠가 한 얘기 기억하니?"

나는 고개를 저었다.

"중고 가정용품 할인 판매 하는 데서 이걸 발견했는데, 네 아빠가 말하길 이 탁자 주인은 아주 뚱뚱한 할머니였대. 할머니가 탁자에 앉아서 신문을 보다가 복권에 당첨된 걸 알고는 흥분해서 정신을 잃고 앞으로 고꾸라졌단다. 그때 할머니 무게를 못 이기고 탁자 다리 하나가 부러졌다는 거야."

엄마가 상자를 가리키며 말했다.

"이 상자를 사 온 날 아빠는 아주 들떠 있었단다. 저 열쇠 구멍들 때문에 아빠가 지금까지 본 상자들 중에서 가장 독특하다고 했어. 그때 너는 여섯 살이었는데, 바로 그날 밤부터 널 위해 상자를 채우기 시작했던 거지. 뚜껑에 글씨를 새긴 것은 몇 달 후야."

눈물이 나오려고 눈이 따가워졌지만 눈을 깜빡여서 참으며 말했다.

"그럼 안에 뭐가 있는지 아세요?"

엄마가 고개를 흔들었다.

"아빠는 상자에 대해 아주 비밀스럽게 굴었어. 만화 가게 지하실에다 줄곧 보관했단다."

그래서 내가 상자를 한 번도 못 봤구나!

"여벌 열쇠가 있나요?"

나는 엄마가 대답을 할 때까지 숨을 참았다.

엄마가 고개를 저었다.

"열쇠는 한 벌뿐이었어. 상자를 열려면 네 개의 열쇠가 필요하고, 그 열쇠들을 해럴드에게 우편으로 보냈단다."

"아빠가 여벌 열쇠를 만들어서 가게에 뒀을 수도 있잖아
요. 내가 아서 삼촌한테 물어……."

엄마는 그저 고개만 저었다.

"미안하구나, 제레미. 내가 아빠 물건을 가게에서 모두 치
웠는데, 여벌 열쇠 같은 건 없었어."

나는 진짜로 열릴 거라는 기대 없이 상자 뚜껑을 세게 당
겨 봤다. 상자는 굳게 닫혀 있었다. 내가 물었다.

"그럼 상자를 어떻게 열어요?"

"솔직히 나도 모르겠어."

엄마가 일어나서 냉장고에서 아이스티 병을 꺼냈다. 컵을
꺼내면서 엄마가 말했다.

"리지 아빠가 연장들을 좀 갖고 있으니까 만약에 네 생일
전까지 상자를 못 열면 리지 아빠더러 톱으로 잘라 달라고
할 수도 있어."

나는 의자가 넘어질 정도로 벌떡 일어났다. 탁자에서 상자
를 얼른 집어서 가슴에 꼭 안았다. 엄마가 재미있다는 듯 말
했다.

"그건 안 된다는 뜻이니?"

나는 상자를 더 꼭 안으며 단호하게 말했다.

"그래요, 그건 안 돼요."

아빠가 이 상자를 얼마나 사랑했는지 들었는데 톱으로 두

동강을 내게 둘 수는 없었다. 아빠는 내게 5년 뒤 열세 살 생일에 이 상자를 열라는 단 한 가지 지시를 담은 메시지를 보냈다. 아무리 불가능해 보일지라도, 나는 아빠가 하라는 대로 할 것이다.

3. 열쇠들

나는 리지에게 엄마가 열쇠를 안 갖고 있으며, 놀랍게도 내가 벌을 받지 않았다는 쪽지를 보냈다. 몇 시간 후 괘종시계가 열한 번 울릴 때, 마침내 답장이 왔다.

내게 계획이 있어. 오전 10시에 우리 집으로 와. 편지랑 상자도 갖고. 금요일 밤마다 하는 가족 영화를 보느라 답장이 늦었어. 미안. 《꿈의 구장》을 또 봤거든. 또!! 내일 늦지 마!

리지

리지의 계획은 늘 날 불안하게 하지만, 이번 경우는 내가 밑질 게 없다. 저녁 식사 시간부터 지금까지 나는 내 나름대로 이렇게 저렇게 상자를 열어 보느라 지쳐 버렸다. 극한 온도에서는 잠금장치가 좀 헐거워질까 싶어서 상자를 냉동실에 한 시간 동안 넣어 봤지만 아무런 변화가 없었다. 그다음엔 전자레인지에 넣었다. 그런데 시작 단추를 누르기 전에 다시 꺼냈다. 만약에 '삶의 의미'라는 게 아빠가 어떤 위기에서 구해 낸 살아 있는 외계인 아기이면 어떡하나 하는 생각이 들었기 때문이다. 작은 아기를 전자레인지에 돌려서 죽게 하고 싶지는 않았다.

마지막 시도는 버터 바르는 칼을 뚜껑 밑에 넣어 들어 올리는 것이었는데, 칼이 상자 속으로 들어가지는 않고 또 다른 나무 층에 부딪히기만 할 뿐 전혀 움직이질 않았다.

나는 뜻밖의 일을 안 좋아한다. 그래서 공포 영화는 안 본다. 발신자 정보를 확인하기 전에는 전화도 안 받는다. 누군가 내게 "어떻게 됐는지 알아?"라고 물으면서 내 대답을 기다리는 것도 싫다. 예상치 않은 일은 나를 불안하게 한다. 엄청난 충격과 함께 인생을 송두리째 변화시켜 버리는 진짜 뜻밖의 일을 한 번 겪고 나면, 자잘한 사건들까지도 예전에 당한 큰일을 생각나게 한다.

이 상자가 좀 그렇다.

녀석은 내 책상 한가운데 떡하니 앉아서 나를 비웃고 있다. 겨우 신발 상자만 한 것 때문에, 판지로 된 실물 크기의 《반지의 제왕》 호비트 족을 포함해서 내 방에 있는 모든 것들이 빛을 잃었다. 쉽사리 빛을 잃을 것들이 아닌데 말이다.

나는 리지에게 계획을 자세히 알려 달라고 답장을 보냈지만 리지가 쪽지를 가져가지 않았다. 몇 분 후 나는 쪽지를 도로 꺼내고 구멍에 귀를 갖다 댔다.

리지 방 벽의 구멍을 가린 포스터 때문에 빛은 전혀 새어 나오지 않지만, 리지의 고양이 질라가 크게 그르렁거리는 소리가 들렸다. 사실 질라는 그르렁거리기보다는 으르렁거린다고 하는 게 맞다. 질라('고질라'를 줄인 말인데, 자기가 가는 길에 있는 것들은 모두 파괴해 버려서 붙인 이름이다.)는 리지를 보호하는 데 너무 열심이라, 누가 리지 방에 들어가기만 하면 덤벼든다. 나는 지난 2년 동안 리지 방에 한 발짝 이상 들어가 본 적이 없다. 질라는 자기를 집 지키는 개 핏불로 착각하고 있는 것 같다. 나는 너무 소리가 크게 나지 않게 벽을 몇 번 두드렸다.

엄마가 문을 두드리더니 냅킨에 싼 땅콩버터 샌드위치를 갖다 줬다. 엄마는 책상 위의 상자를 오래 바라보다가 문을 닫고 나가려 했다. 그러다가 멈춰서 말했다.

"참, 잠깐만, 네게 줄 게 있는데."

몇 분 뒤 엄마가 다시 왔다.

"흥분해서 이거 주는 걸 까먹었어."

엄마가 평범해 보이는 노란색 스타버스트 사탕을 내밀었다. 하지만 자세히 살펴보니 아래쪽 반이 주황색이었다. 돌연변이 스타버스트다!

"고마워요, 엄마."

나는 침대에서 벌떡 일어나 그동안 모은 사탕들이 들어 있는 밀폐 용기에 그 스타버스트를 넣었다. 새로 사탕을 넣은 지가 몇 달 만인지 모르겠다. 밀폐 용기가 아닌 건지, 엠앤엠 땅콩 초콜릿이 군데군데 녹색으로 변하기 시작했다. 처음엔 노란색이었는데. 엄마가 말했다.

"힘든 하루였지? 너무 늦게 자지 마."

엄마는 내가 어릴 때처럼 이마에 뽀뽀를 할 듯한 자세를 했다. 그러더니 그냥 내 머리를 헝클어뜨리기만 하고는 다시 한 번 상자에 눈길을 준 뒤 문을 닫고 나갔다. 나는 11시에서 자정까지의 시간을 '제레미 시간(약자로 H.O.J.)'이라고 이름 붙였다. 이 시간이면 도시는 정말 조용하고 평화롭다. 경찰차와 구급차의 경보음, 자동차 경적 소리, 하수관으로 물 내려가는 소리만 빼면. 그러나 도시에서 자라다 보면 그런 것들은 배경음같이 느껴져서 거의 의식조차 하지 않게 된다. 마치 지구 위에 나만 살아 있는 사람인 것 같다.

제레미 시간의 독서 덕택에 나는 아는 것이 꽤 많다. 트리비얼 퍼수트('사소한 오락'이란 뜻의 보드게임으로, 잡다한 상식에 관한 질문에 답하는 게임이다 : 옮긴이)를 하면 난 늘 이긴다. 제퍼디 퀴즈 쇼에 나가면 꽤 훌륭한 점수를 얻을 것이다. 어젯밤에는 오늘날 지구에 사는 사람 한 명 뒤로 유령 30

명이 줄지어 서 있다는 것을 알게 됐다. 물론 글자 그대로 줄을 서 있는 것은 아니겠지만, 살아 있는 사람에 비해 죽은 사람의 수가 얼마나 많은지를 말해 주는 것이다. 결국 약 2천억 명이 지구를 걸어 다녔다는 이야기인데, 흥미로운 사실은 이 숫자가 우리 은하계의 별 숫자와 같다는 것이다. 과학은 내가 좋아하는 과목이다. 나는 은하수에 상당히 관심이 많은데, 초콜릿 바 이름이랑 같아서 그런 것만은 아니다.

나는 제레미 시간에 주로 책꽂이에 있는 책을 아무거나 섞어서 읽는다.(시간 여행에 관한 책은 적어도 15분은 읽는다.) 하지만 오늘 밤 제레미 시간에는 열쇠 공부만 할 것이다. 다음은 인터넷에서 찾은 정보다.

1. 열쇠는 4천 년 전 고대 이집트 인들이 무덤을 보호하기 위해서 처음 사용했다.
2. 자물쇠는 처음에는 서로 맞물리는 나무못으로 만들었는데, 나무 열쇠로 한쪽 나무못을 홈에서 들어 올리면 잠금장치가 풀리게 되어 있었다.
3. 훗날 로마 인들이 금속으로 열쇠와 자물쇠를 만들기 시작했는데, 대개는 청동과 철을 썼다. 그리고 자물쇠 안에 스프링을 사용하기 시작했다. 열쇠는 '워더' 라고 불렸는데, 대부분 꼭대기는 타원형이고 중간은 길게 직선으로 되어 있고, 끝에 사각으로 돌출된 부분이 한두 개

있었다.

4. 다음에 나온 것은 영국과 미국에서 만든 실린더 자물쇠
이고, 뒤이어 시한 자물쇠가 나왔다. 시한 자물쇠는 내
부에 시계가 들어 있어서 돌기가 달린 바퀴를 돌리는데,
이 돌기와 열쇠 구멍이 일렬이 되면 안에 있는 박스 스
프링이 열린다.(이 부분을 읽자마자 나는 상자를 들어
귀에 대 봤다. 째깍거리는 소리는 들리지 않았다. 시한
자물쇠는 믿기지 않을 만큼 멋진 발명품이다.)
5. 이제는 구부러지는 열쇠가 나와서 머리핀 같은 딱딱한
금속 조각으로는 자물쇠를 열 수 없게 됐다.
6. 나는 머리핀이 뭔지 모른다.

제레미 시간이 거의 다 흘렀다. 얼른 한 가지를 알아볼 시
간만 남았다. '삶의 의미'라고 검색란에 치고 숨을 죽였다.
2초 만에 2,560,000개의 결과가 나왔다. 이백오십육만 개.
시작으로 가장 적당해 보이는 '삶'의 정의부터 클릭해 봤다.

삶: 명사1. 죽음이 아닌 상태

바로 그거다. 삶의 정의는 죽음이 아닌 것이다.
나는 컴퓨터를 끄고 침대로 기어 올라가, 머리에 이불을
뒤집어썼다.

새날의 싱그러운 햇살에 모든 것이 선명해 보인다고 말하고 싶지만, 이제 새로운 하루는 상자를 열 방법을 찾을 수 있는 날이 하루 줄었다는 의미일 뿐이다. 리지가 한 손으로 문을 열어 주면서 다른 한 손으로는 블루베리 비타머핀을 입에 밀어 넣고 있었다. 리지 아빠는 리지에게 온갖 건강에 좋은 음식들을 먹게 하고, 리지는 그런 것을 잘도 먹는다! 내 생각엔 리지 아빠가 리지는 자기 몸매처럼 되지 않게 하려고 그러는 것 같다. 리지 아빠는 작은 몸집이 아니다.

리지를 따라 부엌으로 들어가자, 리지는 내가 매일 먹는 초콜릿 비타머핀을 건네주었다. 비타머핀 중에 내가 유일하게 먹는 맛이다. 나는 상자와 편지를 조리대 위에 내려놓고, 높은 비타민과 무기질 함량을 애써 무시하며 머핀의 달콤한 초콜릿 맛에 집중했다. 하루를 제대로 시작하기에 초콜릿(비록 지방이 없어 건강에 좋은 초콜릿일지라도)만 한 것이 없다. 우유를 꺼내려고 냉장고로 가면서 내가 물었다.

"그래, 네 계획이란 게 뭔데? 체포될 정도는 되는 거니?"

리지가 우유를 팩째로 꿀꺽꿀꺽 마시는 나를 째려보며 대답했다.

"언제 우리가 체포된 적이 있었나?"

"거의 그럴 뻔했지. 네가 나를 노인 복지관에 있는 수영장에 몰래 들어가게 했다가 경비가 일곱 블록이나 우리를 쫓아온 적 있잖아. 또 한번은 네가 야외 식당에서 메뉴판을 훔치면서 나더러 망을 보라고 했는데, 종업원이 우리한테 물을 끼얹었던 적도 있어. 그런 게 거의 체포될 뻔했던 거지 뭐냐."

리지가 말했다.

"우리가 수영장에 숨어 들어간 날은 공식 기록으로 온도가 38도가 넘었어. 그럴 만했던 거지."

그러면서 작은 소리로 덧붙였다.

"그리고 종업원이 끼얹은 건 물이 아니라 아이스티였거든."

리지가 계획표를 가지러 부엌에서 나갔다. 모든 계획에는 언제나 계획표가 함께한다. 어떤 것은 색을 칠해 구분하기도 한다. 나는 식탁으로 상자를 옮기고 앉아서 기다렸다. 식탁에 카드가 펼쳐져 있는 것을 보니, 내가 오기 전에 리지가 자기가 모은 카드를 구경하고 있었나 보다. 내가 돌연변이 사탕을 모으는 것처럼 리지는 카드를 모은다. 나는 누구든지 돌연변이 사탕을 찾아 주면 기쁘게 받는데, 리지는 자기가 밖에서 직접 주운 카드만 모은다. 똑같은 카드도 안 모으고, 33번가 브리지(카드놀이의 일종 : 옮긴이) 클럽 주변의 보도처럼 분명 있을 만한 곳은 찾아보지도 않는다. 지하철이나 공원 의자, 하수구의 격자 뚜껑이 튀어나온 곳 같은 데서 찾기를 더 좋아한다. 이제 리지는 클로버 2, 하트 8, 다이아몬드 잭, 이렇게 석 장만 더 모으면 된다.

리지가 카드 모으기를 시작했을 때 우리 아빠는 아주 대견스러워했다. 아빠는 리지의 카드 모으기가 아주 독창적이라고 생각했다. 물론 카드를 한 장 한 장 모아서 한 벌을 만드는 것은 분명 독특하다. 하지만 카드는 내가 수집한 사탕처럼 나중에 먹을 수 있는 게 아니다. 사실, 리지 카드 중 어떤 것은 너무 더러워 숫자도 안 보이고 짝도 잘 안 맞는다. 아빠는 우리에게 수집을 해 보라고 권했지만, 자신은 한 가지 수집에 안주하지 못했다. 한동안은 야구 카드를 모았는데, 1년만 뛴 선수들의 카드를 모았다. 그다음엔 사라져 버린 나라의 우표를 모으는 데 열을 올렸다. 그러다 우표 한 장이 아빠의 성배가 되어 어딜 가든지 그 우표를 찾아다녔다. 하와이가 미국의 주가 되기 백여 년 전인 1851년 하와이에서 발행된 우표다. 2센트, 5센트, 13센트짜리가 나왔다. 아빠는 엄마와 내가 어디에 가더라도 그 우표를 알아볼 수 있도록 그림을 그려 주었다. 나는 아직도 그 우표를 찾고 있지만, 아빠가 꾸며 낸 게 아닐까 하는 생각이 들기 시작했다. 돌아가시기 전에 아빠는 패스트푸드점의 무료 사은품을 모으기 시작했는데, 장난감을 받으려면 아이가 필요했기 때문에 나에게는 신나는 일이었다. 지금은 패스트푸드점에만 들어가려면 늘 슬퍼진다.

리지가 둥글게 만 색도화지 한 장을 팔에 끼고 돌아왔다. 질라가 따라 들어오며 나를 보고 으르렁거렸다. 리지는 언제나처럼 과장된 몸짓으로 우리 눈앞, 카드가 펼쳐진 식탁 위에 종이를 쫙 펼쳤다. 먼저 내 눈에 들어온 것은 연필로 그린 상자 두 개였다. 열쇠 구멍 위치가 정확하지는 않았지만, 썩 괜찮은 솜씨였다.

리지가 겸손하게 말했다.

"대충 그려서 미안해. 보다시피 우리가 할 수 있는 것들에 번호를 매겼어. 순서는 가장 쉬운 것부터 시작해서 가장 어려운 것까지야. 계획 A는……."

내가 리지보다 먼저 읽고 말했다.

"그건 지워도 돼. 벌써 해 봤어."

리지가 놀라며 물었다.

"상자를 냉동실에 넣어 봤다고?"

나는 고개를 끄덕였다.

"그리고 전자레인지에도."

리지가 나를 한참 바라보더니 계획 A와 B에 줄을 그어 지웠다.

"계획 C도 지워도 돼. 이미 뚜껑 밑으로 칼을 집어넣어 봤는데 꼼짝도 안 했어."

리지가 크게 한숨을 쉬더니 다음 것도 줄을 그었다. 리지가 물었다.

"계속할까?"

"물론이지."

"계획 D: 상자를 래리 자물쇠와 시계 가게에 가져가서 래리 아저씨가 열 수 있나 알아본다."

나는 동의의 뜻으로 고개를 끄덕였다.

"그건 좋은 계획이야."

리지가 계속했다.

"그리고 만약에 거기서 해결이 안 되면, 계획 E는 오늘 오후에 지하철을 타고 26번가 벼룩시장에 가는 거야. 거기서 행운을 만날 수도 있어. 거기 상인들 중에는 오래된 열쇠를 파는 사람이 있을 거야."

그 부분에서 나는 좀 움찔했다.

"거기서 열쇠는 한 번도 본 적 없는데."

"볼 이유가 없었으니까 그렇지."

"그럴지도 모르지. 하지만 그래도…… 시내를 지나 멀리까지 가야 하잖아."

리지가 날 비난하듯이 말했다.

"넌 어른 없이 지하철 타는 게 싫은 거잖아."

우리 엄마가 말했듯이, 우린 각자의 성장 속도에 따라 자란다. 나는 도전적으로 팔짱을 끼면서 말했다.

"내가 혼자서는 지하철 안 타는 것 알고 있으면서."

"너 혼자 가지 않아."

리지의 뺨에 짜증 날 때마다 올라오는 붉은 반점이 나타났다. 얼굴 전체로 번지는 게 보였다. 리지가 말했다.

"제발, 우린 곧 열세 살이야. 이제 혼자서 시내를 돌아다닐 때가 됐다고. 전에는 그럴 이유가 없었을지 모르지만, 이 상자를 여는 것보다 더 좋은 이유가 어디 있어?"

리지의 말에는 일리가 있었다. 거부해 봤자 부질없는 일이다. 내가 맥없이 대답했다.

"알았어. 래리 아저씨가 도와주지 못하면 벼룩시장에 가 봐야지. 갈게."

"좋아!"

내가 덧붙였다.

"엄마가 허락한다면 말이야. 어제 사건 이후로 엄마 기분을 잘 맞춰 드려야 하거든."

리지가 눈을 굴렸다.

"알았어. 아무튼, 일단 가 보자."

리지는 내가 마지막 항목을 보지 못하게 종이를 뒤집더니 상자를 들었다. 리지가 앞문으로 가려 하자 내가 불렀다.

"잠깐만, 자물쇠 가게랑 벼룩시장 계획이 잘 안 되면 계획 F는 뭘 하는 건지 말 안 해 줄 거야?"

리지가 잠시 멈춰 섰다가 고개를 흔들었다.

"네가 알 필요가 없길 바라자."

나는 그 소리가 마음에 들지 않았다. 배낭을 가지러 우리 집에 들렀다. 내가 배낭에 상자를 집어넣는 동안 리지는 부엌 조리대 위 접시에서 지하철 토큰을 한 움큼 집었다.

"래리 아저씨가 우릴 도와주지 못할 때를 대비해서 지금 너희 엄마한테 전화하는 게 좋겠다."

나는 투덜거렸지만 어쨌든 전화를 걸었다. 엄마는 우리가 조심하기만 한다면 지하철을 타도 좋다고 했다. 엄마가 안 된다고 하길 내심 바랐던 내가 잘못된 걸까?

거의 13년 동안을 두 블록 안에서만 살면서, 지금까지 래리 자물쇠와 시계 가게에 간 것도 딱 한 번뿐이었다. 아빠가 괘종시계를 발견하고는 시계가 어떻게든 작동하게 해 보려고 들렀을 때였다. 아빠는 모르는 사람이 집 앞에 내다 버린 물건 더미에서 괘종시계를 찾아내어 곧장 이 가게로 끌고 왔다. 아빠가 살아 계실 때, 엄마는 그 시계 종소리 때문에 돌아 버릴 지경이라며 시계를 부숴 버리겠다고 아빠를 협박하곤 했다. 하지만 아빠가 돌아가시고 나자 아무 불평도 안 한다.

창에 붙은 안내문에 토요일엔 정오까지 문을 연다고 되어 있으니 우리가 겨우 시간에 맞춰 온 거였다. 리지가 문을 밀자 머리 위에서 종이 울렸다. 가게엔 아무도 없었다. 수선을 기다리는 시계들로 가득한 선반이 우리를 에워쌌다. 새로 시계를 사지 않고 수리해서 쓰는 사람이 우리 아빠 말고도 이렇게 많은 줄 몰랐다. 자세히 보니 대부분 먼지가 두껍게 앉아 있는 것이, 수십 년 전에 맡기고는 귀찮아서 안 찾아간 것 같았다. 코가 간질간질해져서, 거기 있는 물건에 대고 재채기를 하기 전에 얼른 선반에서 멀리 떨어졌다. 나는 한번 재채기를 하면 크게 한다. 집안 내력이다. 한번은 아빠가 극장에서 재채기를 하도 심하게 해서 앞에 앉은 남자가 뒤돌아보더니 팝콘을 아빠 무릎에 던져 버렸다.

리지와 나는 가게 뒤로 연결되어 있는 좁은 계산대로 다가갔다. 계산대 뒤에 온갖 열쇠들이 고리에 걸려 있었다. 작업복 바지를 입은 마른 남자가 냅킨에 손을 닦으며 뒷방에서 천천히 나왔다.

"무엇을 도와 드릴까요, 손님?"

계산대에서 구긴 맥도널드 포장지를 튕기며 아저씨가 물었다. 쓰레기는 아저씨 왼쪽에 있는 양철 쓰레기통에 정확히 떨어졌다. 리지가 물었다.

"아저씨가 래리인가요?"

아저씨가 고개를 저었다.

"래리 주니어야."

리지가 내 쪽을 바라보았다. 나는 어깨를 들썩했다. 어떤 래리가 도와주든 무슨 상관이랴. 리지가 내 뒤로 와서 배낭을 열고 상자를 꺼냈다. 내가 속삭였다.

"내가 해도 되는데."

리지가 상자를 계산대 위에 탕 하고 놓았다.

"이거 열어 주실 수 있어요?"

아저씨가 상자를 들고 돌려 보며 감탄했다.

"상자가 정말 예쁜데!"

아! 인정을 받은 것 같은 기분이 들었다. 이 사람도 상자가 예쁘다고 했다.

"삶의 의미가 이 상자 안에 들어 있다고, 응?"

남자의 입꼬리가 위로 비틀려 올라갔다.

나는 못 들은 척했다. 아빠가 삶의 의미가 저 상자에 있다고 했으면 거기 있는 거다. 나는 최대한 인내심 있는 말투로 물었다.

"여기 맞는 열쇠가 있나요?"

아저씨는 상자를 가까이 살펴보더니 눈썹을 찡그렸다.

"흠, 어디 보자. 어디서 만들었는지, 누가 만들었는지 표시가 없군. 있었으면 도움이 됐을 텐데. 이 열쇠 구멍들은 아주 특별해. 이 상자만을 위해 제작된 거야. 어쩌면 다른 방법으로 열 수 있을지도 모르겠다."

아저씨는 전등 아래로 상자를 밀고 불을 켰다. 상자를 자세히 보려고 몸을 숙이며 혼잣말을 했다.

"상자 속에 삶의 의미라, 어떤 사람이기에 그런 생각을 했을까."

뒷방에서 똑같은 작업복 바지 차림의 나이 든 아저씨가 나오면서 물었다.

"상자 속에 삶의 의미라니 뭔 소리야?"

래리 주니어가 우리를 가리키며 대답했다.

"애들이 이 상자를 가져왔어요. 열쇠가 없대요."

나이 든 아저씨가 우리를 자세히 보며 말했다.

"열쇠가 없다고, 응? 내가 볼게."

아저씨는 계산대 뒤로 발을 옮겼다. 래리 주니어가 말했다.

"됐어요, 아버지. 제가 할게요."

가게 주인 래리로 보이는 나이 든 아저씨가 고개를 저었다.

"방금 전화가 왔는데, 창 부인이 또 갇혔대. 네가 가 봐야겠어."

래리 주니어가 어깨를 들썩하고는 선반에서 연장 상자를 꺼냈다. 그러고는 "행운을 빈다." 하며 문을 열고 나갔다. 종이 울렸다.

우리는 다시 아버지 래리를 봤다. 그는 눈을 감고 상자에 손을 올려놓고 있었다. 리지와 나는 의아한 눈빛을 주고받았다. 나는 주저하며 물었다.

"저, 상자를 열 수 있으신가요?"

래리 아저씨가 눈을 번쩍 떴다.

"아니."

내 어깨가 약간 처졌다. 아저씨가 계속 말했다.

"이건 평범한 상자가 아니야. 내부에 복잡한 잠금장치가 있어. 지렛대와 도르래랑……."

"알고 있어요."

리지가 끼어들었다. 그러고는 해럴드 아저씨의 편지 내용을 옮겼다.

"각 열쇠 구멍마다 다른 모양의 열쇠가 필요해요. 그리고 안에 걸쇠가 있어서 상자에 뭘 끼워 열지도 못하게 돼 있어요."

래리 아저씨가 말했다.

"그뿐이 아니란다. 나무 밑에 금속으로 된 층이 또 있어. 내용물을 부수지 않고서는 이 상자를 열 수가 없다는 뜻이지. 톱이나 도끼는 상자 전체를 부술 거야. 틈새를 자세히 보면 금속층 가장자리가 보일 거야."

우리는 계산대로 몸을 기울여 불빛 아래서 자세히 들여다봤다. 틈새를 따라 얇은 금속 조각이 둘러 있는 걸 못 봤었다. 왜 우리 아빠는 남들처럼 평범한 상자를 사지 못했을까? 열쇠 구멍 하나짜리로.

아저씨는 전등을 끄고 상자를 우리 앞으로 내밀었다.

"실망시켜서 미안하구나. 하지만 이 상자를 여는 방법은 열쇠 말고는 없어."

리지가 아저씨 뒤에 줄지어 있는 열쇠를 가리키며 물었다.

"저것들은 어때요? 맞는 게 있을까요?"

래리 아저씨는 뒤도 돌아보지 않고 말했다.

"아니. 저건 열쇠 복사본을 만들 때 쓰는 빈 열쇠들이야. 하지만 내게 오랫동안 모아 온 여분 열쇠 상자가 있으니 한 번 살펴보렴."

아저씨가 몸을 숙여 계산대 밑을 잠시 뒤졌다. 리지와 나는 까치발을 하고 열심히 들여다봤다. 마침내 아저씨가 일어나서 내게 자그만 시가 상자 하나를 건네주었다. 상자는 가득 찬 것 같지도 않았다. 나는 실망한 기색을 안 보이려고 애를 썼다. 열쇠가 수백 개는 되는 커다란 상자를 상상했는데.

리지가 씩씩하게 말했다.

"고맙습니다. 그런데 만약에 여기 열쇠가 하나도 안 맞으면, 우리가 맞는 열쇠를 찾을 가능성은 얼마나 될까요? 시내 어디 다른 곳에서 말이에요."

"불가능에 가깝지. 하지만 희박한 가능성이라도 붙잡을 수 있어. 무슨 말인지 알지?"

우리는 아저씨를 멍하니 바라봤다. 아저씨가 싱긋 웃었다.

"불확실하지만 뭐든 해 보라는 말이야. 어쨌든, 너희들은 엄청난 동기가 있잖니. 삶의 의미를 찾으려고 하잖아. 그럼 됐지."

나는 기분보다 더 과장해서 말했다.

"고맙습니다. 바로 돌려 드릴게요."

아저씨가 손사래를 치며 말했다.

"서두를 것 없다. 근데 네 열세 살 생일이 얼마나 남았냐? 네가 상자에 쓰여 있는 제레미 핑크인 것 같은데."

"한 달 좀 안 남았어요."

나는 문을 나서며 대답했다. 목소리에 실망을 감출 수가 없었다. 아저씨가 우리 뒤에 대고 소리쳤다.

"한 달이면 많은 일이 생길 수 있단다. 믿음을 가져."

리지가 대답했다.

"당연하죠. 아멘."

밖으로 나와서 내가 리지에게 말했다.

"'믿음을 가져'라는 말에 '아멘'이라고 대답하는 사람이 어딨냐?"

리지가 어깨를 으쓱했다.

"내가 어떻게 알겠어? 내가 종교에 대해 아는 거라고는 '개(dog)'의 철자를 거꾸로 쓰면 '신(god)'이라는 게 전부고, 그것도 토요일 아침에 하는 만화에서 배운 건데. 공원에 가서 열쇠나 맞춰 보자."

우리는 꼬마 때부터 같이 놀던 공원 모퉁이 근처로 갔다. 중요한 임무를 가지고 가니 색다른 느낌이 들었다. 공원 의자에서 신문을 읽는 남자들이나 모래밭에서 노는 아이들을 지켜보는 여자들이 우리가 중요한 일을 하려 한다는 걸 눈치 챘는지 궁금하다. 우리는 놀이터 가까이에 있는 나무 아래

자리를 잡았는데, 그곳은 사람들이 어찌나 많이 앉았던지 풀이 누워 맨들맨들해져 있었다. 나는 바닥에 열쇠를 쏟았다. 별로 많지 않았다. 기껏해야 서른다섯 개 정도나 될까. 우리는 열쇠마다 모든 구멍에 맞춰 보고, 아니면 다시 시가 상자에 넣기로 했다. 그렇게 해야 같은 열쇠를 실수로 두 번 넣어 보는 일이 없을 것이다.

리지가 첫 번째 열쇠를 집어서 구멍에 넣기 전에 열쇠를 두 손으로 쥐고 뭐라고 중얼거렸다. 내가 물었다.

"뭐 하는 거야?"

리지가 대답했다.

"행운을 비는 짧은 기도를 했어. 내가 종교에 대해서 아는 건 없지만 그렇다고 기도를 하지 말란 법은 없잖아. 우주의 힘이나 무엇에게든 말이야. 자, 너도 같이 해."

"뭐라고 해야 하는데?"

리지가 잠시 생각하더니 말했다.

"이건 어때? 오, 모든 잠긴 것들의 주인이시여, 이 열쇠가 제레미의 상자를 열게 해 주소서."

잠시 쉬었다가 리지가 덧붙였다.

"아멘."

나는 옆에 앉아 있는 사람들이 혹시 듣지는 않았는지 둘러봤다.

"그냥 네가 하지 그래? 모든 잠긴 것들의 주인이 다른 두 목소리에 헛갈리면 어떡해."

　리지는 "싫으면 관둬." 하고는 내가 생각했던 것보다 더 높은 소리로 기도했다. 그러고는 열쇠를 네 구멍에 모두 넣어 봤는데, 아니었다. 우리는 모든 열쇠를 다 그렇게 해 봤다. 하나도 맞지 않았다. 대부분은 아예 열쇠 구멍에 들어가지도 않았다. 나머지 한 움큼 정도는 구멍에 들어가긴 했지만, 끝까지 들어가질 않았다. 마지막 열쇠 하나만 남았을 때에는 리지의 기도가 '주인열쇠상자아멘' 이 되어 버렸다. 이번에는 나도 작은 소리로 '아멘' 이라고 했지만, 소용없었다. 래리 아저씨의 상자가 다시 가득 찼고, 이제 나는 지하철을 타고 가야 한다. 아이고.

4. 벼룩시장

　리지가 열쇠를 돌려주러 들어간 사이 나는 밖에서 기다리며 마음을 다잡고 있었다. 어른 없이 한 번도 대중교통을 이용해 본 적 없는 것이 자랑할 일은 아니지만, 그동안은 내가 필요한 것들이 대개 걸어서 갈 수 있는 거리 안에 다 있었다.

　리지가 종소리와 함께 가게에서 나와서 지하철 역 방향으로 걸어가기 시작했다. 가장 가까운 역은 몇 블록 떨어져 있었는데, 나는 끌려가듯 느릿느릿 따라갔다. 머릿속이 복잡했다. 그렇게 빨리 걷지는 않아도 될 것 같았다. 리지가 다음 모퉁이에서 조급하게 발을 구르고 있었다. 나도 열의를 가지고 있다는 걸 알리려고 애쓰며 말했다.

　"내게 생각이 하나 있어. 가까운 집 차고에서 하는 중고품 장터에 가 보는 거야."

"가장 확률이 높은 곳이 벼룩시장이잖아. 가정집 중고품 장터보다 거기서 찾을 가능성이 훨씬 많아."

리지가 단호하게 말하고는 다시 걷기 시작했다. 리지 말이 맞다는 건 나도 안다. 첼시 26번가 시장은 시내에서 제일 크다. 우리 부모님과 나는 여러 번 주말을 거기서 보냈다. 아빠가 돌아가시고 난 후 엄마랑 둘이 가 봤지만, 예전 같지 않았다. 최근 1, 2년간은 아예 발길조차 하지 않았다. 지하철의 후덥지근한 어둠 속으로 내려가며 내가 물었다.

"어느 지하철을 타야 하는지 어떻게 알아?"

"바로 여기 벽에 지도가 있어."

지하철 노선도 앞에는 남자애 둘이 서서 어느 방향으로 가야 하는지 입씨름을 하고 있었다. 한 명이 다른 한 명에게 코니아일랜드에 가서 네이던 핫도그 열다섯 개를 5분 안에 다 먹을 수 있겠냐며 내기를 걸었다.

내가 리지에게 속삭였다.

"나는 전에 막대사탕 스물일곱 개를 한꺼번에 입에 넣고서 다 먹었는데. 그래서 감히 나한테 내기를 걸 사람이 없었지."

"대단하다."

리지는 노선도를 가리고 있는 남자애들 들으라고 발을 구르며 말했지만 아이들은 못 들은 척했다.

마침내 남자애들이 사라지자, 우리는 노선도 가까이 갔다. 리지가 지하철 노선 하나를 손가락으로 쭉 짚었다.

"이걸 타면 바로 6번가로 갈 것 같아. 그다음에 두 블록만 걸어가면 돼. 그리고 기껏해야 다섯 정거장밖에 안 되니까 애처럼 굴지 마."

내가 넌지시 리지를 떠봤다.

"다섯 정거장밖에 안 되면 걷는 게 낫겠네. 돈도 절약되고."

리지가 반바지 주머니에 손을 찔러 넣으며 말했다.

"우리 돈 쓰는 게 아니야. 네 엄마의 토큰을 갖고 왔잖아, 알지?"

리지가 내 손에 토큰을 억지로 쥐여 주자 나는 작은 소리로 구시렁거렸다.

"토큰도 돈이야."

우리는 회전식 개표구에 다가가서 토큰을 넣으려고 했다. 그런데 둘이서 아무리 찾아봐도 개표구에 토큰을 넣는 구멍이 없었다. 엄마가 날 데리고 지하철을 탄 지가 몇 개월 전이고, 그때도 눈여겨보지 않았기 때문에 어떻게 해야 하는 건지 기억이 나지 않았다. 누가 내 어깨를 치는 것 같았다. 양키즈 모자와 티셔츠를 착용한 남자가 '토큰 사용 금지. 지하철 카드만 사용 가능'이라고 쓴 표지판을 가리켰다. 나는 구멍처럼 생긴 데마다 정신없이 토큰을 집어넣고 있는 리지를 톡톡 쳤다. 리지가 돌아서자 내가 표지판을 가리켰다. 우리는 창피해하며 줄에서 나와 양키즈 팬이 지하철 카드를 홈에 넣는 것을 바라봤다. 그 남자는 회전식 개표구를 밀고 들어가 안쪽에서 우리를 돌아봤다. 그러고는 카드를 내밀며 말했다.

"자, 착한 업을 쌓아야겠다. 양키즈가 오늘 레드삭스랑 경기를 하니까."

"고맙습니다!"

나는 그 남자가 내민 손에서 카드를 받았다. 카드를 집어넣고 통과한 다음 다시 리지에게 넘겨줬다. 리지가 통과한 다음, 남자에게 카드를 돌려주며 어색하게 고맙다는 인사를 중얼거렸다. 리지는 자기가 무엇을 못한다는 것을 인정하기 싫어한다. 나는 그러지 않는다. 나는 내가 할 줄 아는 게 거의 없다는 사실을 잘 알고 있기 때문이다.

씹다 버린 껌과 정체를 알 수 없는 웅덩이를 조심스럽게 피하면서, 내가 리지에게 말했다.

"엄마는 왜 이젠 쓸 수도 없는 토큰들을 부엌에 뒀을까?"

리지가 지적했다.

"너희 집 물건들 중 반은 존재의 이유가 없어."

사실은 반이 넘는다.

우리는 노란 안전선에서 멀찍이 떨어져 기차를 기다리면서, 작고 뚱뚱한 상고머리 남자가 기타를 치며 부르는 잃어버린 사랑 노래를 들었다. 전철역에서 노래하기보다는 축구장에 있어야 할 사람처럼 보였다. 나는 끼익하며 전철 들어오는 소리가 남자의 노랫소리를 삼켜 버릴 때까지 눈을 떼지 않았다. 리지가 내 팔을 잡고 전철 안으로 들어갔다.

나는 기둥을 필요 이상 꽉 잡고 서서, 가까이 있는 광고물을 쳐다보는 일에 정신을 집중했다. ‘성인 여드름 치료.’ 어른도 여드름이 나나? 나는 리지도 나랑 같은 생각을 하고 있는지 흘깃 바라보았다. 지난 크리스마스에 리지 얼굴에 난 첫 여드름 말이다. 우리는 그걸 ‘맨해튼을 삼켜 버린 여드름’이라고 이름 붙였다. 리지가 나를 보고 다시 포스터를 보더니 얼굴을 찌푸렸다. 하지만 내가 안 보는 것 같으니까 손으로 뺨을 문질렀다. 불빛 아래서 보면 아직도 리지가 여드름을 무식하게 코털 뽑는 족집게로 짜내다 생긴 불그스름한 자국이 보인다. 그 사건 이후, 엄마는 리지에게 미용에 관련된 응급 상황이 생기면 꼭 엄마에게 오도록 약속을 받았다. 여자애들만의 문제가 생기면 리지 아빠는 도움이 안 됐다. 코털용 족집게를 리지에게 준 사람이 바로 리지 아빠였으니까!

전철이 서려고 속도를 줄이자 내가 리지에게 물었다.

“아직 안 왔어?”

리지가 대답했다.

“이제 겨우 두 번째 정거장이야.”

“네 번째 같은데.”

“글쎄 아니야.”

"확실……."

"그래! 내 말이 확실해! 어린애처럼 그러지 좀 마!"

내가 중얼거렸다.

"어린애처럼 안 굴었어."

리지가 주머니에 손을 넣었다. 밀크더드 사탕을 내 손바닥에 쥐여 주며 말했다.

"이걸 먹으면 기분이 좀 나아질 거야."

밀크더드 사탕이 반쯤 녹은 채로 얇은 껍질에 싸여 있었다. 그래도 난 사탕을 입에 넣었다. 초콜릿 캐러멜 맛에 난 정말로 기분이 좋아졌다.

옆에 서 있던 키 큰 중년 남자가 킬킬거려서 쳐다봤다. 남자는 리지를 보고 고갯짓을 하더니 말했다.

"너랑 네 여동생을 보니 내가 내 여동생한테 그러던 때가 생각난다. 아, 얼마나 싸워 댔는지! 하지만 싸우는 것 말고는 할 게 없었어."

내가 얼른 말했다.

"얘 내 동생 아니에요."

나는 리지를 쳐다봤지만 리지는 이 대화엔 관심도 없는 것 같았다. 괴로운 표정으로 성인 여드름 포스터를 뚫어져라 보고 있었다.

남자는 놀라서 눈썹을 치켜 올리더니, 팔꿈치로 쿡 치며 알겠다는 듯이 말했다.

"아아, 여자 친구구나!"

"여자 친구 아니에요!"

내가 외쳤다. 이번엔 리지뿐 아니라 옆의 사람들까지 다 쳐다봤다. 나는 얼굴이 화끈거렸다. 이런 소리를 처음 듣는 것은 아니었다. 학교에서도 애들이 우리를 놀렸다. 하지만 그래도 그렇지! 모르는 사람한테! 지하철 안에서 이런 소리를 듣다니!

리지가 내 팔을 잡고 문으로 밀며 말했다.

"자, 다 왔어."

뒤돌아보니, 그 남자가 내게 살짝 윙크를 보낸다. 아이고, 내가 미쳐!

긴 계단을 올라 다시 밝은 햇빛 속으로 나가면서 리지가 물었다.

"그렇게 나쁘진 않았지?"

내가 작게 대답했다.

"그런 거 같아."

나는 배낭을 앞으로 돌려 내가 안 보는 사이에 누가 지퍼를 열어 보지 않았는지 확인했다. 그 남자는 어쩌면 공범이 내 가방을 뒤지는 사이에 내 주의를 돌리려고 말을 걸었는지도 모른다. 주머니마다 모두 확인해 봤지만 무사히 그대로 있었다.(있는지도 몰랐던 레즐 껌 사탕 한 봉지도 발견했다. 이런 일은 예상치 않은 것이어도 항상 기분 좋다.)

벼룩시장은 커다란 주차장 두 곳을 주말마다 온갖 물건을 파는 사람들이 점령한 것이다. 시장은 아주 붐비고, 끓인 핫도그와 땀 냄새가 섞인 것 같은 냄새가 났다. 향긋한 땅콩버터 땀 냄새랑은 달랐다. 벼룩시장은 한때 내게 제집 같은 곳이었지만, 나는 리지에게 꼭 붙어 다녔다.

예술가들이 직접 만든 공예품 파는 곳을 구불구불 지나 중고품 파는 곳까지 가는 데 시간이 꽤 걸렸다. 부모님이나 주디 이모 없이 여기에 있는 게 꽤 낯설었다. 엄마와 주디 이모는 벼룩시장 이곳저곳을 돌아다니며 물건을 샀다. 아빠는 그러지 않았다. 늘 곧장 사람들이 '고물'이라고 말하는 중고품 파는 곳으로 갔다. 나는 고물 파는 곳이 집처럼 편안하다. 따지고 보면 우리 집도 이 거리에서 가져온 물건들에서 시작됐기 때문이다. 아빠는 "어떤 사람의 쓰레기가 다른 사람에게는 보물이다."라는 말을 즐겨 인용했다. 아빠가 이 말을 할 때마다 리지는 이렇게 속삭이곤 했다. "어떤 사람의 쓰레기는 다른 사람에게도 쓰레기다." 하지만 아빠에게 들리게 한 적은 한 번도 없다. 아빠는 자신이 보물이라고 생각한 것을 찾으면 때와 장소를 가리지 않고 바로 거기서 잠깐씩 춤을 추곤 했다. 사람들은 웃고 나는 당황을 했다. 이제는 아무도 춤추는 사람이 없다.

입던 옷가지와 아이들 장난감, 오래된 《라이프 앤 내셔널 지오그래픽》 잡지들과 포장 비닐로 싼 희귀 만화책들을 파는 사람들을 지났다. 만화책을 지날 땐 내 걸음이 저절로 느려져서 리지가 나를 앞으로 밀어야만 했다. 우표 파는 사람은 안 보였다. 하지만 엄마가 좋아할 만한 오래된 엽서들을 파는 판매대가 있었다. 튀튀를 입은 강아지 엽서가 없어서 대신 박물관에 앉아 그림을 보고 있는 여자 그림엽서를 샀는데, 다시 보니 그림이 아니라 거울을 보고 있었다. 엽서가 꽤 독특해서 엄마에게 선물하면 맘에 들어 하시며 최근의 내 죄도 기꺼이 용서해 줄 것 같았다. 더구나 가격도 겨우 10센트밖에 안 했다.

엽서 파는 여자가 작은 봉투에 엽서를 넣어 줄 때 내가 리지를 보며 물었다.

"거울로 네 모습을 비춰 보면 실제보다 약간 젊어 보이는 거 알아?"

"그래?"

리지가 대충 아무렇게나 대답하며 눈으로는 옆 탁자를 흘끔거렸는데, 반쯤 쓴 싸구려 화장품들이 산더미처럼 쌓여 있었다.

"응. 거울과 거울 앞에 서 있는 사람 사이를 빛이 이동하는 데 시간이 걸려서 그래."

리지가 대답했다.

"으응."

나는 빛의 속도에 대한 설명을 관두고 리지더러 화장품 판매대를 보고 싶으냐고 물었다. 리지는 무슨 그런 끔찍한 소리 다 하냐는 듯 헛기침을 해 댔다. 리지는 말괄량이라는 자신의 명성에 매우 집착했다.

우리는 열쇠 파는 곳을 찾아 줄지어 늘어선 판매대를 왔다 갔다 했다. 세 번째 줄 중간쯤 지날 때, 바닥에 담요를 깔고 잡동사니들을 펼쳐 놓은 아줌마가 눈에 띄었다. 판매대도 하나 있었는데, 서로 잘 어울리지 않는 보석류가 접시에 담겨 있고, 놋쇠로 된 문손잡이도 그릇을 가득 채우고 있었다. 제대로 찾아낸 것 같았다. 그 판매대엔 사람이 많은 데다, 어느 덩치 큰 여자가 흥정을 하고 있어서 우리는 기다렸다가 남은 물건을 볼 수밖에 없었다. 흥정하는 이는 판매대 맞은편에 있는 못지않게 몸집이 큰 상인에게서 눈앞의 쟁반에 담긴 물건들을 몽땅 1달러에 사려고 애쓰고 있었다. 여자가 쟁반을 들고 있어서 쟁반에 담긴 물건들이 부딪치며 짤랑거리는 소리가 들렸지만 뭔지는 알 수 없었다. 간발의 차이로 이 여자가 ‘내’ 열쇠들을 가지고 집에 가 버리면 어쩌지?

리지는 까치발로 서서 여자 어깨 너머로 보려고 했지만 보진 못하고 그 여자 위로 엎어질 뻔하기만 했다. 원래 참을성이라고는 없는 리지가 마침내 틈새를 비집고 들어갔다. 리지가 하는 소리가 들렸다.

“아, 그냥 망가진 단추들이었어. 누가 망가진 단추 같은 걸 사려고 할까?”

단추를 사려던 여자가 고개를 돌려 리지를 노려보더니, 1달러를 상인의 손에 쥐여 주고는 휙 가 버렸다. 리지가 판매대 쪽으로 다가서며 말했다.

"휴우, 괜히 신경질이야."

상인이 1달러를 허리에 찬 작은 가방에 집어넣으며 말했다.

"신경 쓸 것 없어. 저 여자 여기 매주 와서 뭘 사든지 1달러 이상은 내지 않으려고 해."

리지가 엄지로 나를 가리키며 말했다.

"나도 그런 사람 알아요."

내가 기분이 상해서 말했다.

"야, 절약하는 거랑 싸구려 사는 거랑은 달라."

리지는 이미 다른 쟁반들을 샅샅이 뒤지고 있었다. 리지가 상인에게 물었다.

"불쾌하게 듣지 마시고요, 대체 사람들은 왜 단추나 오래된 손잡이 같은 물건들을 사는 거죠?"

상인은 어깨를 들썩했다.

"여러 가지 이유가 있지. 갖고 있는 물건을 고치는 데 쓰기도 하고 특별한 것을 찾는 경우도 있고. 어떤 사람들은 수집품에 넣을 물건을 찾기도 하지. 사람들이 어떤 것을 모으는지 아마 상상도 못할 거다."

리지가 아무것도 모르는 척 물었다.

“돌연변이 사탕 같은 것 말인가요?”

상인은 어리둥절한 표정을 지었다.

“그건 들어 본 적이 없는 것 같은데.”

나는 리지 옆구리를 팔꿈치로 쿡 찌르고 상인에게 물었다.

“우리는 오래된 열쇠들을 찾아요. 혹시 있나요?”

상인이 손가락을 꺾으며 말했다.

“물론 있지. 여기 어디 있었는데.”

상인이 바닥에 있는 물건들 속에서 열쇠를 찾는 사이에 리지와 나는 하이파이브를 했다. 상인이 빛이 바랜 쓰레기통을 짝이 안 맞는 구두 더미 뒤에서 끄집어내서 우리에게 흔들어 보였다. 우리는 서둘러 판매대를 돌아 들어가 낡아서 올이 드러난 담요에 무릎을 꿇고 앉았다.

우리는 허겁지겁 통 안에 손을 집어넣고 열쇠가 나오길 기대하며 한 움큼 꺼냈다. 하지만 우린 서로 바라보고 얼굴을 찌푸렸다.

상인은 방금 어떤 남자에게 1달러 50에 오래된 탭 댄스 신발 한 켤레를 팔고 거스름돈을 주느라 정신이 없었다. 나는 계산이 끝날 때까지 기다렸다가 통을 앞쪽으로 기울여 상인에게 보이면서 말했다.

“음, 이것들은 우리가 생각했던 거랑 딱 맞지 않네요.”

상인이 물었다.

“그래? 어째서?”

리지가 말했다.

"그게, 일단 그것들은 열쇠가 아니에요. 자물쇠지요."

상인이 통 안을 자세히 보며 물었다.

"정말이야? 저런, 미안하다. 열쇠, 자물쇠, 모두 그게 그거 아냐?"

상인이 잠시 웃고는 돌아서서, 노래하고 코도 고는 어니 인형을 만지작거리는 젊은 엄마에게 새 건전지를 끼우고 귀만 꿰매 주면 괜찮을 거라고 설득했다. 우리는 한숨을 쉬며 자물쇠를 통에 다시 넣었다.

우리는 피자 한 조각을 후딱 먹은 뒤에, 어떤 턱수염 난 남자가 다양한 구슬과 플라스틱 빗들 사이의 작은 접시에 열쇠를 가지런히 담아 팔고 있는 것을 보았다. 우리 엄마도 쓰던 빗은 사지 않는데. 그 남자가 저 빗들로 자기 텁수룩한 수염을 빗지나 않았을까 몹시 궁금해졌다. 리지가 잽싸게 열쇠에 손을 뻗치자, 남자가 손으로 막으며 퉁명스럽게 말했다.

"망가뜨리면 네가 사야 해."

리지가 자연스럽게 손을 허리에 대며 물었다.

"어떻게 열쇠를 망가뜨려요?"

남자가 대답했다.

"애들은 뭐든지 망가뜨려. 너희도 놀랄 거다."

이쯤에서 난 밝혀야 했다.

"우린 애들이 아니에요. 십대나 다름없어요, 진짜예요."

남자가 말했다.

"십대는 더 위험하지."

리지가 말했다.

"아저씨, 우린 아저씨 열쇠들로 우리가 갖고 있는 상자를 열 수 있는지 보려는 것뿐이에요."

"뭐? 어떤 상잔데?"

"보여 드려, 제레미."

난 배낭의 지퍼를 열려다가 이 남자의 지저분한 손이 우리 아빠의 상자를 만지는 게 싫다는 생각이 들었다. 내가 고개를 저었다. 리지가 뭐라 하려고 입을 열었다가 내 표정을 보고는 입을 다물었다. 남자가 물었다.

"열쇠가 필요하다고? 그러면 너희도 다른 사람들처럼 사야 해."

내가 주머니에 손을 넣으며 말했다.

"좋아요."

벼룩시장의 첫 번째 규칙은 1달러짜리 지폐와 잔돈을 조금씩만 주머니에 넣고 가서 상인에게 가진 돈이 그게 전부라고 믿게 하는 것이다. 돈이 더 있는 것을 보면 값을 올려 받으려 할 게 뻔하기 때문이다. 나는 50센트를 꺼냈다.

"이거면 되나요?"

남자가 고개를 흔들더니 말했다.

"2달러."

리지가 소리쳤다.

"2달러라고요? 겨우 열쇠 여덟 개에!"

둘은 서로 버티기에 들어갔다. 리지는 노려보고, 남자는 관심 없는 척했다. 그런데 갑자기 리지가 손을 뻗어 열쇠가 담긴 접시를 집었다. 리지가 뭘 하는지 남자가 깨닫기도 전에 리지는 통로를 내달렸다. 나는 입이 딱 벌어졌다. 남자가 리지를 따라가려다가, 곧 판매대를 두고 갈 수 없다는 것을 깨달았다. 그는 내 앞에 서더니 손을 내밀었다. 나는 떨리는 손으로 그 손에 황급히 2달러를 놓았다. 남자가 말했다.

"나머지 50센트도 내놔. 접시 값으로."

나는 25센트짜리 동전들도 내줄 수밖에 없었다. 남자가 감탄 어린 목소리로 말했다.

"네 여자 친구 완전 번개다."

나는 남자에게서 멀어져 가며 외쳤다.

"여자 친구 아니에요!"

나는 사람들 사이를 가로질러 최대한 빨리 뛰어갔다. 리지가 가게 앞 벤치에서 기다리고 있었다. 리지는 벌써 스노우콘(얼음과자의 일종 : 옮긴이)을 반쯤 먹고 있었다.

나는 리지 옆에 앉아서 파란 얼음물이 턱으로 흘러내리는 모습을 바라보며 말했다.

"어이없어서 말이 안 나와."

나는 배낭에서 레이즐 사탕을 꺼냈다. 사탕은 결코 날 어

이없게 하지 않는다. 나는 사탕 봉지를 뜯고 입으로 가져간
뒤, 봉지 속의 레이즐이 모두 입속에 들어갈 때까지 봉지를
흔들었다. 이젠 말하고 싶어도 할 수가 없다. 리지가 다 먹은
껍데기를 옆에 있는 쓰레기통에 던지며 말했다.

"네가 싫어할 줄 알았어. 하지만 그 남자는 진짜 얄미웠다
고."

나는 열심히 레이즐을 씹으면서 아무 대답도 하지 않았다.
리지가 다시 말했다.

"좋아, 아무 말 안 해도 돼. 열쇠나 맞춰 보자."

리지는 내 무릎에 있던 배낭에서 상자를 꺼내서 아까처럼
열쇠 구멍마다 열쇠를 넣어 봤다. 열쇠 하나가 구멍 하나에
반쯤 들어가서 우리는 둘 다 팔짝 뛰었다. 하지만 그러고는
아무리 밀어 넣어도 더는 들어가지 않았다. 다 해 보고 나서
리지는 열쇠 뭉치를 모두 쓰레기통에 던져 버렸다. 나는 커
다란 껌 덩어리에 거의 숨이 막힐 지경이 되어 물었다.

"왜 버려? 가지고 있었어야지."

리지가 물었다.

"뭣하러?"

"몰라, 하지만 내 돈이 2달러 50이나 들어갔는데."

리지가 비웃었다.

"너 그 작자한테 돈 냈어?"

"당연히 냈지! 날 때리려고 했단 말이야!"

"때리려고 하진 않았어."

다시 시장으로 발길을 돌리며 내가 말했다.

"난 네가 값나가지 않는 것만 훔치는 줄 알았어."

리지가 우겨 댔다.

"우리는 그저 빌리려고 했을 뿐이잖아. 그런데 그 남자가 너무 야비하게 굴었던 거고."

내가 몰아세웠다.

"변명하지 마. 자기 합리화도 하지 말고."

"됐어! 가기나 하자고."

나는 쓰레기통에 껌을 뱉으려고 잠시 멈췄다. 레이즐은 맛이 형편없이 빨리 빠져 버린다. 우린 판매대를 찾아 헤매면서 서로 한마디도 하지 않았다. 항아리나 접시에 열쇠를 놓고 파는 사람들을 계속 찾아다니며 열쇠를 꽂아 보았다. 공짜는 아니더라도 25센트 이상 요구하는 사람은 없었다. NYU(뉴욕대 약자 : 옮긴이)가 새겨진 탱크톱을 입고 코걸이를 한 여자가 계속 우리와 같은 판매대에 나타나 열쇠를 샀다. 한번은 같은 열쇠에 둘이 동시에 손이 가서 내가 손을 빼기도 했다. 나는 리지에게 고개를 돌리고 속삭였다.

"네가 물어볼래, 아니면 내가 물어볼까?"

"내가 할게."

리지는 바로 여자의 어깨를 쳤다. 여자가 돌아서서 우리를 보고 눈썹을 치켜세웠다.

“뭐야?”

리지가 여자의 코걸이를 가리키며 물었다.

“재채기할 때 그것 때문에 아프지 않나요?”

으아! 그걸 물어보라는 게 아니었잖아! 왜 그렇게 열쇠를 많이 사는지 물어보라는 건데!

여자가 리지를 빤히 바라보더니 고개를 흔들었다. 여자가 물었다.

“왜? 너도 하나 하게? 너한테 잘 어울리겠다.”

“진짜요?”

리지가 말했다. 아주 좋아하면서. 하지만 난 도무지 좋아하는 이유를 알 수 없었다. 리지가 가까운 코걸이 가게로 달려가 버리기 전에 내가 앞으로 나서며 물어봤다.

“왜 그렇게 열쇠를 많이 사는 거죠?”

여자가 웃었다.

“너희들 뭐야, 벼룩시장 경찰이야? 난 열쇠로 미술 작업을 한단다. 지금까지 100개쯤 모았어. 가끔 열쇠로 장신구를 만들기도 해. 이거 보이니?”

여자가 자랑하며 검은 머리를 들어 한쪽 귀를 보여 줬다. 조그만 은 열쇠가 고리에 매달려 달랑거리고 있었다.

“이건 내 5학년 때 일기장 열쇠로 만든 거야!”

“멋지네요.”

리지와 내가 말했다. 달리 무슨 말을 할 수 있겠나?

여자가 다시 머리를 내려 귀를 덮으며 물었다.

"더 물어볼 것 있어?"

우리는 고개를 흔들었고, 여자는 판매대로 몸을 돌려 또 한 접시나 되는 열쇠를 집어 들었다. 우리 아빠 상자 열쇠가 벌써 어느 미술 작업에 들어가 버렸으면 어떡하지? 아니면 어떤 여자애 귀에 매달려 있다면? 옛날처럼 사람들이 열쇠를 자물쇠 여는 데만 쓴다면 얼마나 좋을까? 시장의 마지막 블록에 다다랐을 때, 리지가 갑자기 멈춰 서더니 내 팔을 잡았다.

"저거 봐!"

리지의 시선을 따라가 보니 판매대 가득 온갖 열쇠와 자물쇠들이 투명 플라스틱 용기에 담겨 있었다. 우리는 다른 손님 한두 명을 밀치며 서둘러 다가갔다. 열쇠 천국이었다! 작은 열쇠, 긴 열쇠, 뚱뚱한 열쇠, 짧은 열쇠. 오래되어 녹슨 열쇠, 빛나는 새 열쇠. 내 눈은 우리 앞에 넘쳐 나는 열쇠들을 다 보지 못할 지경이었다. 내가 멍하니 리지에게 물었다.

"어디서부터 시작하지?"

리지도 똑같이 얼이 빠져서 고개만 흔들었다.

어느 노부부가 탁자 뒤 한 쌍의 흔들의자에 앉아 있었다. 그 부부는 맨해튼 중심가보다는 전원풍의 현관에 있어야 더 편안할 것처럼 보였다. 남편은 파이프를 물고 주변의 야단법석에도 전혀 아랑곳하지 않은 채 가만히 앉아 있었다. 부인은 흔들의자를 앞뒤로 천천히 움직이면서 종이부채로 더위를 식히고 있었다. 나는 참지 못하고 부인에게 말을 걸었다.

"있잖아요, 부채질을 하면 부채질로 생긴 바람보다 열량을 더 많이 쓴다는 연구 결과가 있어요. 그래서 결국 더 더워질 뿐이래요."

부인이 내 쪽으로 귀를 기울이며 물었다.

"뭐라고?"

리지가 나를 밀어냈다. 그리고 큰 소리로 말했다.

"쟤가 하는 말 신경 쓰지 마세요."

리지가 날 보며 물었다.

"두 분께 상자를 보여 드려도 될까? 안 그러면 여기서 몇 시간을 더 보내야 할 텐데, 깜깜할 때 지하철 타고 집에 가고 싶지 않잖아."

나는 얼른 배낭을 내리고 지퍼를 열었다. 리지가 상자를 받아서 탁자 위에 살살 놨다. 부부는 의자에서 몸을 숙여 관심 있게 상자를 살펴봤다.

할아버지가 입에서 파이프를 꺼내 탁자 모서리에 대고 탁탁 쳐서 담뱃재를 아스팔트 바닥에 떨었다. 그리고 상냥하게 말했다.

"그 상자 꽤 탄탄해 보이고 예쁘구나."

내가 몸이 달아 물었다.

"가지고 계신 열쇠 중에서 이 상자에 맞는 게 있을까요?"

할아버지가 친절하게 말했다.

"음, 자세히 봐도 되겠니?"

나는 상자를 할아버지에게 더 가까이 밀었다. 그러자 할아버지는 상자를 들어 몇 번을 돌려 가며 살펴봤다. 상자에 새겨진 글씨에 대해서는 물어보지 않았다. 그저 혼잣말로 이런 상자 구경해 본 지 몇 해는 됐으며, 진짜 수공예품이 사라지고 있다고 중얼거렸다. 내가 물었다.

"이런 상자 본 적 있으세요?"

그리고 리지를 보며 말했다.

"만든 사람을 찾으면 열쇠도 구할 수 있을 거야!"

리지가 대꾸했다.

"래리 주니어가 상자에 아무 이름도 없다고 했어."

나이 든 남자가 맞다고 고개를 끄덕였다.

"이건 이 지역 수공예품이야. 어떤 남자랑 아내가 이런 물건들을 팔았었지. 하지만 그 사람들 몇 년 전부터 벼룩시장에 오지 않는데."

리지가 물었다.

"연락할 방법이 없나요? 그 사람들은 이 상자 만든 곳을 알지도 모르는데."

할아버지가 고개를 저었다.

"안됐지만 연락할 방법이 없구나."

리지와 나는 실망한 눈빛을 나눴다. 할아버지가 내게 상자를 돌려주며 말했다.

"내가 모은 열쇠들에서 한번 찾아보렴. 보다시피 모든 종류의 열쇠가 다 있으니까."

할아버지는 일일이 통을 가리키며 설명했다.

"여기엔 철도 열쇠가 있고, 다음엔 감옥 열쇠, 여행용 가방 열쇠, 시계태엽 감는 열쇠, 그리고 포드 자동차 중 T 모델과 에드셀 모델의 열쇠도 있고, 또 이건 그 멋진 시뷰 모델이 잠금장치를 플라스틱 카드로 바꾸기 전에 쓰던 방 열쇠란다."

할아버지는 '플라스틱 카드'라고 말할 때 살짝 몸서리를 쳤다.

할아버지가 탁자 끝에 붙어 있는 길쭉한 판자를 가리키며 의기양양하게 말했다.

"그리고 이건 우리가 가장 자랑스러워하는 거지."

판자엔 고리들이 빼곡하게 줄지어 있었고 고리마다 아주 오래되어 보이는 열쇠들이 걸려 있었다. 열쇠 대부분이 녹슬었고 맨 아래 줄에 있는 열쇠 몇 개는 길이가 15센티도 넘었다. 그 열쇠들은 커다란 만능열쇠 같았다. 할아버지는 이 열쇠들이 전 세계를 돌아다니며 모은 것이고, 몇백 년이나 된 열쇠도 있다고 이야기해 주었다. 열쇠들은 정말 아주 멋졌고, 나는 왜 할아버지가 그렇게 자랑스러워하는지 이해가 갔다. 리지는 조바심을 내며 몸의 무게중심을 다리 이쪽저쪽으로 계속 옮겨 댔다. 마침내 리지가 불쑥 끼어들었다.

"평범한 열쇠는 없나요?"

나는 움찔했다. 리지는 정말이지 예절에 신경을 좀 써야 한다. 할머니가 흔들의자에서 몸을 일으키더니 말했다.

"자, 조지. 애들이 원하는 걸 보여 줘요."

할아버지가 내게 눈을 찡긋하며 말했다.

"알았어요, 여보."

남자가 시계태엽 열쇠와 여행용 가방 열쇠 사이에 있는 작은 통을 꺼내서 리지에게 줬다.

"이것들로 해 보거라. 어디에도 딱히 속하지 않는 열쇠들이야."

리지가 통을 가슴에 안으며 약속했다.

"금방 갖다 드릴게요."

할머니가 말했다.

"너희들은 믿을 만한 아이들로 보이는구나. 우린 계속 여기 있을 거야."

믿을 만하다는 말에 리지의 얼굴이 환해졌다. 리지는 두 사람에게 고맙다고 인사하고 가까운 벤치로 서둘러 갔다. 나는 탁자에서 상자를 집어 들고 리지를 따라잡으러 뛰어갔다.

벤치에 있는 리지에게 갔을 때, 리지는 뭔가 골똘히 생각하는 듯 눈썹을 모으고 있었다. 내가 물었다.

"뭐가 잘못됐어?"

리지가 방금 우리가 있던 판매대를 손짓으로 가리키며 말했다.

"모르겠어. 저 열쇠들 모두."

"열쇠들이 뭐?"

"저것들은 모두 뭔가를 열기 위해 만든 거잖아, 그렇지? 자물쇠든 문이든 서류 가방이든 뭐든 간에?"

"그렇겠지."

"그런데 세상에 우리 같은 사람들, 그러니까 자물쇠는 있는데 그 열쇠를 찾지 못하는 사람들이 있다면 어떻게 될까? 슬프지 않니?"

가끔가다 리지는 내게 뭔가 생각하게 만드는 말을 한다. 나는 리지가 말하고 싶은 게 뭔지 이해가 됐다. 온전한 하나의 두 부분이 갈라져 서로를 잃어버린 것이다. 내가 말했다.

"백조들처럼."

"뭐?"

"백조들은 한번 짝을 맺으면 배우자가 죽어도 끝까지 혼자서 헤엄치며 돌아다닌대. 열쇠들도 마찬가지야. 우리 아빠 상자도 마찬가지고. 오직 한 열쇠만 맞아. 아, 우리 경우는 열쇠 네 개구나."

리지가 내 말을 잠시 생각해 보더니 말했다.

"백조 얘기 따위는 잊어버리고 이 열쇠들이나 맞춰 볼까?"

내가 따졌다.

"시작한 건 너잖아."

"난 백조 얘기 안 꺼냈어!"

내가 입씨름을 벌였다.

"넌 도대체가 새로운 것을 배우려고 하지 않아."

"난 도무지 왜 쓸데없는 것들을 잔뜩 알아야 하는지 모르겠어."

다시는 이런 말싸움에 말려들지 말아야지. 나는 이를 앙다물고 말했다.

"열쇠나 맞춰 보자."

통의 반쯤 내려갔을 때 드디어 일이 일어났다. 열쇠 하나가 구멍 하나에 끝까지 들어갔다! 모든 돌기가 맞물렸다. 나는 정말로 들어가는지 확인하려고 몇 번을 계속 넣었다 뺐다 했다. 리지가 내 팔을 잡더니 꽉 누르며 숨 가쁘게 물었다.

"돌아가니?"

하지만 이쪽저쪽 다 돌려 봐도 꿈쩍도 하지 않았다. 난 고개를 흔들고 상자를 리지에게 건네주었다. 리지도 몇 번 해 보더니 포기하고 열쇠를 자기 주머니에 집어넣었다. 통에서 다음 열쇠를 꺼내며 리지가 말했다.

"계속 해 보자."

운 좋은 일이 더는 생기지 않았지만, 판매대로 다시 걸어갔을 때 새로 기운을 북돋는 일이 생겼다. 통을 제자리에 내려놓는데 할아버지가 물었다.

"어떻게 됐니?"

리지가 그 열쇠를 주머니에서 꺼내며 말했다.

"이거 한 개만 한 구멍에 맞아요. 근데 돌아가진 않아요."

할아버지가 고개를 끄덕였다.

"그것 너희 가지렴. 그런데 네 상자에 맞는 열쇠는 딱 한 벌밖에 없는 게 아닌가 싶구나. 어쩌다 구멍에 맞는 열쇠를 찾을 수는 있어도 열지는 못할 것 같다."

나는 내 손에 들린 상자를 내려다봤다. 아빠의 글씨가 나를 노려보다가 내 눈에 눈물이 고이자 슬슬 헤엄을 쳤다.

할아버지가 손을 뻗어 판자에서 커다란 열쇠 하나를 빼냈다. 그러고는 봉투와 함께 열쇠를 건네며 말했다.

"자, 선물이다. 너처럼 그렇게 열심히 열쇠를 찾는 사람은 나랑 같은 부류의 사람이니까."

나는 깜짝 놀라서 아주 조심스럽게 열쇠를 받았다. 손에 녹이 살짝 묻어났다. 내가 진심으로 말했다.

"고맙습니다. 이건 무슨 열쇠였어요?"

할아버지가 어깨를 들썩했다.

"아마 오래된 헛간이나 창고 열쇠였을 거야."

리지가 중얼거렸다.

"멋지다. 이제 우린 열쇠 없는 자물쇠가 네 개 있고 자물쇠 없는 열쇠가 두 개 있어. 전보다 상황이 더 나빠졌네!"

나는 조심조심 열쇠를 봉투에 담은 다음 상자와 함께 배낭에 넣었다.

내가 노부부에게 말했다.

"선물도 주시고 여러모로 도와주셔서 감사합니다. 정말 고맙습니다."

할아버지가 할머니와 함께 흔들의자로 돌아가면서 말했다.

"원래 열쇠를 잃어버리지 말았어야 해."

우리가 잃어버린 게 아니라고 말하려는데, 리지가 먼저 말했다.

"걱정 마세요. 어디 있는지 아니까 꼭 찾을 거예요."

리지에게 도대체 무슨 소리를 하는 거냐고 말하려는데, 할아버지가 파이프에 다시 불을 붙이고 말했다.

"좋아, 좋아. 찾으면 꼭 다시 와서 삶의 의미가 뭔지 말해 줘야 한다."

"그럴게요."

리지는 대답하기도 전에 이미 몸을 돌렸다. 내 어깨에 한 손을 올리고는 통로 쪽으로 나를 밀기 시작했다.

충분히 멀리 온 다음에 내가 물었다.

"왜 할아버지한테 열쇠가 어디 있는지 안다고 그랬어?"

리지가 대답했다.

"아니까 그랬지. 그리고 그게 내 계획표의 다음 항목이니까. 안 하길 바랐지만 해야 하게 됐어."

글자 그대로 냉기가 등줄기를 타고 내려갔다. 기온이 27

도인 날씨에 걸맞는 현상은 아니었다. 나는 두려워하는 것처럼 들리지 않게 신경 쓰며 물었다.
"혹시 주머니에 밀크더드 또 없니?"

5. 계획 F

"농담이지, 그렇지?"

리지가 방금 계획표의 마지막 항목을 읽었다. 내가 소리를 지르자 질라가 내게 으르렁대며 우리 둘 사이에 자리를 잡았다. 리지가 계획표를 식탁 위에 내려놓으며 말했다.

"우리 열쇠들이 해럴드 아저씨 사무실 어딘가에 있어. 아저씨가 그럴 거라고 했잖아. 벽장 속 안 보이는 구석의 카펫 아래 있을지도 몰라. 아니면 책상 서랍 뒤쪽에 끼었거나. 아니면 천장에 붙어 있을 수도 있어. 그 사무실에 들어가서 찾아내고 말 거야."

"몰래 들어간다고? 그게 네 대단한 계획이야? 그건 불법이야!"

나는 조심스럽게 질라를 지나 거실로 가서 서성이며 생각했다. 그 법률 사무소는 멀리 주택 지구에 있다. 엄마는 분명 우리가 거기까지 가는 것은 허락하지 않을 것이므로 거짓말을 해야 한다. 이 방법 말고는 다른 수가 없을까? 다른 사람들이 이미 그 사무실을 사용하고 있으면 어쩌지? 벼룩시장이랑 중고품 파는 곳을 뒤지다 보면 맞는 열쇠를 찾을 수 있지 않을까? 하지만 시간 내에 찾을 수는 있을까?

거실을 뱅뱅 돌다 보니 좀 어지러워서, 우리 집 소파와는 달리 구멍 난 곳도 없고 이름도 없는 소파에 앉았다. 나는 심호흡을 했다. 두 집은 구조는 똑같고 배치만 뒤집혀 있을 뿐이다. 하지만 내부는 전혀 딴판이었다. 리지네 집에 있는 모든 것은 대부분 베이지 색이다. 리지 아빠 말로는 베이지 색이 꾸미기 쉬워서란다. 나도 인정한다. 베이지 색이 우리 집의 요란한 색들보다는 훨씬 차분하다.

리지가 들어와서 내 옆의 소파 팔걸이에 앉았다. 그러고는 삐져나온 실밥을 뜯으며 날 보지도 않고 말했다.

"미안해. 상자는 네 건데 마치 내 것인 양 굴었어. 온갖 계획을 짜고, 너를 시내에 끌고 다니고. 이제 안 그럴 테니까 네가 하고 싶은 대로 해."

처음엔 너무 놀라서 내가 잘못 들었나 싶었다. 리지가 대장 노릇한 것을 사과하는 것처럼 들렸는데. 맞다, 정말 그랬다! 하지만 솔직히, 리지가 사과할 이유는 없다. 내가 주저하며 말했다.

"어, 그렇게 말해 줘서 고맙긴 한데, 이 일은 우리가 함께 한 거야. 내가 너한테 도와 달라고 했고, 너는 정말 멋진 아이디어들을 내놨어."

리지가 내 팔을 살짝 주먹으로 치며 말했다.

"에이, 쳇!"

항상 쉬운 방법부터 찾는 내가 말했다.

"해럴드 아저씨 사무실에 가기 전에 우선 전화부터 해 보자. 아저씨가 아직 거기 계실지도 모르고 그럼 더 샅샅이 찾아보실 거야."

"그래, 바로 그거야."

리지가 말했다. 그러고는 소파에서 뛰어내리더니 하이파이브를 하자고 손을 들었다. 나는 살살 손을 갖다 댔다. 리지가 내 배낭에서 편지를 꺼내더니 전화기를 들었다. 리지가 전화번호를 누를 때, 나는 오늘이 토요일이라서 월요일에 다시 해야 할 거라고 말해 줬다. 리지가 쉿 하더니 둘 다 들을 수 있게 수화기를 가운데로 옮겼다.

자동 응답기였다.

"폴가드와 레빈 법률 사무소입니다. 저희는 맨해튼 지점을 정리하고 아프리카 사파리 여행을 다녀온 다음 9월에 롱아일랜드에 지점을 다시 열 예정입니다. 그럼 안녕."

리지가 전화를 끊으며 따라했다.

"그럼 안녕? 이상한 아저씨 같으니."

내가 말했다.

"레빈 씨가 그 이상한 아저씨인가 보다."

"레빈 씨가 누군데?"

"사무실의 또 한 사람 말이야. 해럴드 아저씨는 틀림없이 정상일 거야."

리지가 고개를 흔들었다.

"해럴드 아저씨가 너희 부모님 친구면, 그 사람도 십중팔구 정상이 아닐 거야."

리지 말도 일리가 있다. 리지가 갑자기 사무적으로 말했다.

"목록을 만들어야 해."

리지는 커피 탁자에서 연필을 꺼내고 쓸 종이를 찾아 두리번거렸다.

"우리가 알게 된 것들을 되짚어 보자. 상자에 맞는 열쇠들을 찾기는 불가능하거나 무진장 어려울 것이다. 상자를 부수는 것 외에는 열 방법이 없다. 그러면 내용물까지 망가질 확률이 높다. 해럴드 아저씨는 이미 사무실을 비웠고 심지어 정글에 가 있다."

리지가 《주간 우체국》 과월호를 찾아서 아무 글씨도 없는 맨 뒷면을 뜯었다. 그러고는 써 내려갔다.

"필요한 물건은 장갑, 손전등, 드라이버, 서류 가방, 사탕, 시내 지도, 단정한 옷."

리지가 연필로 자기 이마를 몇 번 두드렸다.

"잊어버린 게 뭐 있나?"

내가 나서서 말했다.

"아예 부엌 싱크대도 가져가지 그래?"

"뭐 하러?"

"그럼 서류 가방이랑 손전등은 뭐 하려고? 한밤중에 갈 것도 아니고. 게다가 사탕은 또 왜? 물론 내가 어딜 가든지 사탕 가져가길 좋아하기는 하지만, 이 일에 왜 사탕이 필요해?"

리지가 말했다.

"뭐 그런 걸 묻냐? 뻔하잖아. 경비한테 뇌물로 주려고 그러지."

내가 웃었다.

"경비가 트위즐러 사탕 하나 받고 남의 사무실에 들어가게 해 줄 것 같니?"

"스키틀 한 봉지쯤은 주려고 했어. 그래도 못 들어가게 하면, 대형 스니커즈라도 줘야지."

그건 좀 말이 된다. 대형 스니커즈를 거절하려면 엄청 의지가 굳세야 할 것이다. 리지가 뒤로 묶은 머리를 풀며 말했다.

"그것도 안 통하면, 내 여성적 매력을 이용해야지."

"어떤 여성적 매력 말이야?"

리지가 머리칼을 풀어 헤치더니 입술을 뾰로통하게 내밀었다.

내가 웃음을 터뜨렸다.

"너 꼭 내 물고기랑 닮았다!"

리지가 머리카락과 엉덩이를 흔들고 입술을 씰룩거리면서 날 잡겠다고 방 안을 빙빙 돌았다. 내가 문 쪽으로 달아나며 말했다.

"물고기 말 나온 김에 가서 밥 줘야겠다. 어젯밤에 야옹이랑 멍멍이가 합세해서 페럿을 공격했어. 그놈들이 페럿을 먹어 치우지나 않았는지 가 봐야겠어."

"넌 내 여성적 매력이 두려운 거지."

리지가 말하고는 문을 닫았다. 난 살짝 몸서리를 쳤다. 나는 리지를 전혀 여자로 보지 않는다. 생각만 해도 어색하다.

일요일 아침, 나는 대형 트럭이 후진하는 소리에 잠에서 깼다. 끼익, 끼익, 끼익. 트럭이 멈추면서 브레이크 밟는 소리가 났다. 우리 집 앞에 대형 트럭이 왜 주차를 하지? 그건…….

나는 침대를 박차고 일어나 블라인드 사이로 내다봤다. 이삿짐 트럭이다! 새 이웃이 도착했다! 빨간색 소형차가 트럭

뒤에 따라와 멈추더니 문 네 개가 열렸다. 처음 보인 것은 네 개의 금발 머리였다. 엄마, 아빠, 아들, 딸. 동시에 네 명 모두 목을 빼고 집을 올려다봤다. 아빠가 먼저 지붕을 가리켰다. 해마다 7월 4일(미국의 독립 기념일 : 옮긴이)이면 사람들이 모여 앉아서 불꽃놀이를 구경하는 곳이다. 그다음엔 자신들이 살 집 창문을 가리켰다. 그 사람은 마이너 리그 야구 선수나 곡예사 내지는 내가 바랐던 그런 사람은 아닌 것 같았다. 양복을 입고 있었다. 일요일에 양복도 이상한데, 이사하는 날에 양복은 더 이상했다.

내 방 창은 그 사람들 머리보다 겨우 3미터쯤 위에 있어서 아주 잘 보였다. 남자애는 인상을 쓰고 있었고, 여자애 얼굴은 거의 구겨져 있었다. 갈색 화장 자국이 눈가에서 볼을 타고 내려와 있었다. 계속 울었나 보다. 나는 이곳이 살기 좋은 곳이라고 밑에다 대고 소리치고 싶었지만, 한 번도 이사를 해 본 적이 없기 때문에 그 아이들 기분이 어떨지 확실히 알 수 없었다. 나는 여기서 영원히 살 생각이다.

그 아이들 엄마 아빠가 이삿짐 나르는 사람들에게 지시를 하기 시작했고, 아이들은 차에 기대고 있었다. 남자애는 팔짱을 끼고 발로 바닥을 찼고, 여자애는 손가락으로 머리카락을 꼬았다. 엄마에게 새 이웃이 이사 왔다고 말하러 가려는데, 위층에 사는 다섯 살짜리 꼬마 바비 산체즈가 입구 계단을 뛰어내려가 차로 달려가는 게 보였다. 바비의 엄마가 잡으러 뒤쫓아 왔다.

바비가 손을 내밀며 새로 온 아이들에게 인사를 했다.

"안녕!"

창문 방충망을 통해 내게도 똑똑히 들렸는데, 이사 온 남자애는 못 들은 체했다. 여자애는 억지로 웃으며 악수를 했다. 여자애가 말했다.

"나는 사만다야. 이 버릇 없는 애는 내 동생 릭이야. 우린 오늘 이사 왔어."

"멋져!"

바비는 한 손으로 머리를 긁고 발로 바닥을 비비며 말했다. 저 애는 잠시도 가만히 있질 않는다. 바비가 물었다.

"나는 다섯 살이야. 몇 살이야?"

사만다가 대답했다.

"열네 살이야. 우린 쌍둥이인데 내가 6분 먼저 나왔어."

릭이 사만다의 정강이를 걸어차자 사만다가 펄쩍 뛰며 소리쳤다.

"왜, 사실이잖아!"

갑자기 천둥이 한차례 지나가서, 모두 하늘을 쳐다봤다. 나는 이사 온 사람들이 비를 안 맞기를 바랐다.

우리 부모님이 모두 쌍둥이라 살면서 쌍둥이들을 더 만나게 되리라고 예상은 했지만, 남녀 쌍둥이는 처음 봤다. 둘은 별로 닮지 않았다. 사만다는 얼굴이 갸름하고, 릭은 좀 각이

졌다. 그러다 그 애들을 몰래 훔쳐보는 게 비겁하다는 생각
이 들어서, 리지에게 쪽지를 써서 구멍에 밀어 넣었다. 화장
실에 갔다가 반바지와 티셔츠를 입고 나니 답장이 와 있었
다.

J—

오늘은 집에서 안 나갈 거야. 새 이웃도 안 만나. 원한다면 네가
와. 네 할머니가 주 박람회에 대해 이메일을 보냈어. 네가 와서 열
어 볼 때까지 기다릴게.
L

내가 답장을 보냈다.
L—

왜 집에서 안 나오는데?
J

리지의 답장이다.
J—

상관 마.
L

상관 말라고? 리지가 집 밖으로 나오지 않는데 내가 어떻

게 상관하지 않는단 말인가? 그리고 할머니가 나 대신 리지에게 이메일을 보낸 건 참 비겁하다. 내가 제목에 '주 박람회'라고 쓰여 있는 메일은 모조리 삭제한다는 것을 할머니는 알고 있다.

나는 다시 창가로 가 보았지만 새로 온 가족은 이제 거기 없었다. 자기 집으로 들어갔나 보다. 가랑비가 내리기 시작했고, 이삿짐 나르는 사람들이 가구들과 수없이 많아 보이는 상자들을 연신 계단으로 들고 올라갔다. 나는 그 집에 가 볼까 하다가 엄마가 가도록 기다리는 게 낫겠다고 결론을 내렸다. 아마 엄마는 케이크나 과자를 구워 가려고 할 거다. 누가 이사 오면 그렇게들 하니까. 만일 학교에 새로운 아이들이 전학 왔다면 나는 만나 볼 생각도 하지 않았을 것이다. 하지만 지금 경우는 이웃으로서 해야 할 도리라는 느낌이다. 그렇다, 이웃의 도리.

이제 옷을 다 입었으니까 리지네 집에 가는 게 좋겠다. 엄마 보라고 식탁 위에 쪽지를 남겼다. 난 이렇게 책임감이 강하다.

할머니는 내가 작년 여름에 했던 약속을 지키길 겁내고 있음을 알고 있다. 해마다 여름이면 리지와 엄마, 나 셋은 할머니가 운영하는 뉴저지의 아침 제공 민박집에 간다. 내가 유일하게 우리 주를 떠나는 때다. 작년 여름에 할머니는 여느 해처럼 우리를 근처에서 열리는 주 박람회에 데려갔다. 나는 언제나 원래 내 방식대로 캐러멜 사과, 설탕 사과, 퍼넬 케이크, 솜사탕, 루트비어 플로트 같은 온갖 달짝지근한 음식들을 먹었다. 엄마는 나중에 고생할 거라고 했지만, 난 괜찮았다. 내 위는 강철 위다.

할머니는 리지와 나에게 '몸무게 알아맞히기' 부스에 있는 아줌마가 우리 몸무게를 정확히 맞힐 수 있다며 내기를 걸었다. 할머니가 내기에 이기면 우리 둘은 다음 해 여름에 '어린이 장기 자랑 대회'에 나가야 한다는 것이다. 할머니는 몇 해째 우리를 대회에 나가게 하려고 무던히도 애를 썼다. 정신 건강에도 좋고 인격 형성에도 도움이 된다면서. 할머니도 매해 '테이블 세팅 대회'랑 '특별한 잼 만들기 대회'에 참가한다. 할머니는 만약에 그 아줌마가 틀리면 다시는 대회의 '대' 자도 꺼내지 않겠다고 약속했다.

리지는 키가 작지만 근육이 있다. 그래서 보기보다 몸무게가 많이 나간다. 우리는 서로 통하는 눈빛을 교환하고 할머니의 내기에 동의했다. 몸무게 알아맞히는 아줌마가 눈을 가늘게 뜨고 우리를 보더니, 자기 종이에 숫자를 적었다. 아줌마가 종이를 탁자 위에 놓고 우리에게 저울에 올라가라고 손짓했다. 종이에 적힌 숫자는 정확히 맞았다.

분명 뭔가 부정이 있었던 것 같은데, 자세히 조사를 하기 전에 할머니가 우리를 끌고 가 버렸다. 아마도 그 아줌마가 땅 밑에 저울을 묻고 자기만 볼 수 있게 해 놓은 것 같다.

그래서 이제 우리는 그 멍청한 장기 자랑 대회에 나가야만 한다. 그나마 무엇을 할지는 우리가 정할 수 있다. 너무 창피하지 않을 만한 것 한 가지를 오늘 중에 생각해야 한다.

리지 아빠가 문을 열었다. 아저씨는 아직도 파자마 차림이다. 오리와 작은 구름 그림이 있는 파자마다. 이미 말했듯이 멀던 씨는 덩치가 크다. 따라서 파자마에 오리랑 구름이 무지 많다. 아저씨는 내가 들어가도록 한 발 비켜 주느라 비틀거리며 말했다.

"네가 뭐라 하기 전에 말하자면, 이 파자마는 지난번 경매 때 남은 거란다. 다른 파자마는 전부 빨래 통에 들어 있거든."

우체국에서는 보내는 이나 받는 이의 주소가 없어서 배달이 불가능한 물건들을 항상 경매로 처리한다. 대개는 옷가지나 시디, 책이지만, 뱀이나 햄스터, 심지어는 어느 불쌍한 사람의 유골 단지가 나온 적도 있다고 한다! 멀던 씨는 미리 엄마에게 어떤 물건이 나왔는지 빠짐없이 알려 준다. 그렇게해서 내 컴퓨터도 생겼다. 언젠가 엄마는 여러 가지 구슬이 담긴 상자를 통째로 산 적도 있다. 우리 집에 필요했던 물건이 더 많은 구슬뿐이었던 거다. 법적으로 유골은 경매에 붙일 수 없어서, 그 유골 단지는 우체국 선반 맨 꼭대기에 얹어 놓았다. 가끔씩이라도 누군가 그 옆에다 꽃 한 송이를 놓아 둘 것이다.

나는 리지 아빠를 따라 부엌으로 가며 말했다.

"아무나 오리 무늬 옷을 소화할 수 있는 건 아니죠."

아저씨는 내게 블루베리 머핀을 줬다. 나는 공손하게 거절했다. 아저씨는 과장되게 한숨을 쉬고는 초콜릿 머핀을 줬다.

초콜릿 머핀을 우적우적 먹고 있는데 아저씨가 말했다.

"리지한테 네 아빠의 상자 이야기 들었다. 별일 없는 거지?"

내가 고개를 끄덕였다. 아저씨가 말했다.

"그 안에 뭐가 있는지 엄청 궁금하겠구나."

머핀 부스러기를 내뿜지 않도록 조심하며 내가 대답했다.

"무지 궁금해요."

아저씨가 바나나 껍질을 벗기며 말했다.

"흠, 난 네가 어디서 열쇠를 찾게 될지 알지."

난 놀라서 머핀에서 눈을 떼고 고개를 들었다. 아저씨가 열쇠 세트를 갖고 있다는 말인가?

"어디요? 어디 가면 찾을 수 있는데요?"

아저씨가 활짝 웃었다.

"맨 마지막 장소에 있지."

"네? 거기가 어딘데요?"

"무슨 소린지 몰라? 언제나 맨 마지막으로 찾아본 곳에서 찾게 되잖아. 일단 찾으면 더는 찾아보지 않으니까!"

내가 눈알을 굴리며 대답했다.

"아, 농담이었군요. 멍청하게 당하다니."

리지가 들어오며 물었다.

"뭘 당했는데?"

나는 막 대답을 하려다가 리지의 턱 한가운데 붙은 둥근 일회용 반창고에 주의를 빼앗겼다.

"면도하다 벴니?"

"웃기고 있네. 얘기하고 싶지 않아."

리지는 거실로 휙 가 버렸다. 나는 뒤쫓아 가면서 아저씨를 돌아보고 눈으로 물었다. 아저씨가 입 모양으로 '여드름'이라고 소리 나지 않게 말했다. 그래서 이사 온 애들을 안 만나려고 했구나!

리지와 리지 아빠는 컴퓨터를 같이 쓰기 때문에 책상이 거실에 있다. 리지가 할머니에게서 온 이메일을 소리 내어 읽자, 나는 소파에 가서 털썩 앉았다.

사랑하는 리지에게,

잘 있었니? 너도 알다시피 박람회가 이제 겨우 몇 주 밖에 안 남았다. 제레미에게 연락해 봤지만 그 애 이메일이 문제가 생겼나 보다. 그래서 내 맘대로 너희가 장기 자랑 대회에서 뭘 할지 결정했단다. 너희가 훌라후프를 가지고 했던 그 깜찍한 공연 기억나니? 그걸 보여 주기로 했어. 공연 시간은 3분에서 5분 사이니까 거기에 맞게 음악을 준비해라.

　너희를 사랑하는 애니 할머니가

　리지는 어찌나 놀랐던지 눈을 부릅뜨고 손으로 입을 가린 채 빙글빙글 맴을 돌았다.

　바로 이래서 내가 뜻밖의 일을 안 좋아하는 거다. 충격에서 벗어나자, 난 소파에서 벌떡 일어났다.

　"이건 악몽이야. 모르는 사람을 수백 명이나 앞에 놓고 그 연기를 할 수는 없어!"

　시간이 흐를수록 리지의 얼굴이 점점 더 빨개졌다.

　"설마 옛날에 내가 훌라후프를 돌리면서 네가 던진 축구공을 받아서 다시 던져 주던 거 얘기하시는 건 아니겠지? 그다음엔 내가 바나나를 먹고?"

　나는 거의 울상이 되어 고개를 끄덕였다.

　"그거 맞아. 우리가 할머니 댁에 가 있는 동안 내내 비가 와서 그런 걸 했었지."

　리지가 소리쳤다.

　"그땐 여섯 살이었다고!"

　리지의 아버지가 급히 거실로 들어왔다.

　"무슨 일 있니?

　리지가 아저씨에게 우리의 끔찍한 상황에 대해 하소연했다.

아저씨가 어깨를 으쓱했다.

"그렇게 나쁠 것 같지 않은데. 하고 나면 너희들 성장에 도움이 될 거야."

우리는 아저씨에게 눈을 흘겼다. 아저씨가 물었다.

"상도 주니?"

내가 대답했다.

"우승하면 상금이 50달러였을걸요."

아저씨가 윙크를 하며 말했다.

"그거면 누구는 스니커즈 초콜릿 바를 원 없이 살 수 있겠네."

흐음. 일리 있는 말이다.

리지가 팔을 들며 말했다.

"좋아요. 하지만 우리가 하모니카를 코로 부는 꼬마한테 지면 누구라도 우리에게 상금을 줘야 해요."

내가 리지를 안심시켰다.

"그 애가 다시 우승할 수는 없어. 작년에 우승했는데 똑같은 걸로 두 번 출전할 수는 없거든."

리지가 말했다.

"그나마 내가 너희 할머니를 좋아해서 다행이지. 내가 아무 앞에서나 훌라후프를 하지는 않거든."

"그래, 나도 알아."

나는 리지가 어렸을 때는 모두가 자기를 봐 주길 원했다는 사실을 상기시키려다 꾹 참으며 말했다.

"근데 너 진짜로 이사 온 애들 보러 안 갈 거야? 걔들은 여기로 이사 온 게 별로 기쁘지 않은 것 같더라."

리지가 거칠게 턱에 붙인 일회용 반창고를 가리켰다. 그 얘긴 그걸로 끝이었다.

월요일 아침이 너무 빨리 왔다. 리지가 긴 치마에 새하얀 윗옷을 입고 내 방에 나타났다. 하나로 묶었던 머리를 풀고 빗질까지 했다. 일회용 반창고도 사라졌다. 나는 진짜 리지가 맞나 보려고 눈을 비볐다. 리지가 다그쳤다.

"왜 아직 옷도 안 입고 있어?"

그래, 리지가 맞긴 맞다.

나는 다시 베개를 베며 대답했다.

"겨우 8시 반이야!"

리지가 침대로 오더니 베개를 잡아 뺐다.

"일찍 출발해야 하는 거 알잖아. 가기 전에 할 일이 많다고."

내가 투덜댔다.

"무슨 할 일?"

리지가 목록을 손가락으로 튕겼다.

"첫째, 옷을 입어야 해. 단정하게. 둘째, 목록을 보고 가져 갈 물건들을 챙겨야 해. 셋째, 사탕 사러 가게에 가야 해. 운 좋게도 사무실에 가려면 버스를 타는 게 가장 빨라서 오늘 너는 지하철을 안 타도 돼."

나는 잠이 덜 깬 채 일어나 앉아서 침대 가장자리로 움직였다.

"너 내가 나가면서 엄마한테 거짓말해야 하는 건 생각 못 했지? 엄마가 월요일엔 일 안 나가니까 계속 집에 계실 거란 말이야."

리지가 오만하게 손짓하며 말했다.

"내가 벌써 해결했지. 너희 엄마가 내가 들어오는 걸 보더니 왜 옷을 빼입었냐고 묻더라. 그래서 우체국에서 아빠를 만나서 아빠가 우릴 데리고 구경시켜 주기로 했다고 했어."

"그랬다가 나중에 우리 엄마가 너희 아빠랑 얘기하다 들통 나면 어쩌려고?"

리지가 내 옷장을 열고 손을 집어넣으며 말했다.

"그렇게 걱정할 것 없어. 만일을 위해서 우리 아빠한테 내일 진짜로 구경을 시켜 달랄 거니까. 자, 갈색 바지랑 이거 입어."

리지는 단추가 달린 파란 셔츠를 침대로 던졌다.

난 인상을 썼다.

"내가 이걸 입은 건 이모의 화랑 개관식에 갈 때뿐이었어.

나더러 평일에 이걸 입으란 말이야?"

리지가 옷장 바닥에서 갈색 정장 구두를 꺼내며 말했다.

"그럴 만한 이유가 있어. 우린 그럴듯하게 보여야만 해. 그리고 네가 그 옷 입으면 얼마나 멋있어 보이는지 다들 말하지 않았니?"

내가 투덜거렸다.

"딱 할머니 한 분이었지. 게다가 그 할머니는 거의 장님이나 마찬가지였어. 좋아, 10분만 기다려."

나는 다리를 질질 끌며 목욕탕으로 가서 리지가 골라 준 옷을 입었다. 셔츠의 단추를 다 채우느라 시간이 꽤 걸렸다. 티셔츠를 입어도 되는데 대체 왜 이런 옷을 입는 거지? 나는 리지가 적은 목록에서 내가 챙기기로 한 손전등, 장갑, 드라이버를 찾아 내 배낭에 집어넣었다. 리지는 지도랑 아빠의 오래된 서류 가방 하나를 가지고 왔다. 이제 우리는 만화 가게에 들러 사탕을 사야 한다.

내가 방에서 나왔을 때 엄마와 리지는 거실에 있었다. 엄마는 무릎 위에 몽고 다리 하나를 놓고서 천을 대고 깁고 있었다. 지난달 리지네 집을 소독해서 괴물 고양이 질라가 여기서 하룻밤을 지내고 난 뒤로 계속 표면이 벗겨지고 있었다. 질라는 밤의 반은 소파 다리를 긁어 대며 보냈다. 우리 중 어느 누구도 질라를 막을 용기가 없었다.

엄마가 나를 보자 말했다.

“정말 멋지구나, 제레미.”

나는 엄마 눈을 똑바로 보지 못하고 더듬거렸다.

“어, 고마워요.”

리지가 급히 엄마 앞을 지나 문으로 가며 말했다.

“자, 이제 가야겠어요. 우편물은 누구도 기다려 주지 않는
다, 아닌가, 뭐 그 비슷한 말 있잖아요.”

“잠깐만.”

엄마가 바늘이 떨어지지 않게 조심조심 일어나며 말했다.
엄마가 내게 다가올수록 내 심장 박동은 더 빨라졌다. 내 얼
굴에서 뭔가를 읽은 게 틀림없다. 나는 정말 거짓말을 못한
다. 그런데 놀랍게도 엄마는 나를 지나쳐 가더니 리지의 턱
을 들여다봤다. 엄마가 말했다.

“화장품이 제대로 잘 발렸는지 확인하고 싶어서. 잘 가려
진 것 같구나. 감쪽같아.”

리지는 화가 나서 얼굴이 붉어졌고 내 쪽을 바라보지 않았
다. 나는 웃고 싶었지만, 그랬다간 리지가 날 죽일 거다.

“괜찮아요, 도와줘서 고마워요.”

리지는 중얼거리며 문 밖으로 뛰어나가 버렸다. 엄마가 리
지에게 여자애들의 고민거리에 대해 도와주려고 해서 다행
이다.

엄마가 문을 닫고 들어가자, 리지가 우리 집 문에서 좀 떨
어진 곳에 둔 서류 가방이 보였다. 리지가 서류 가방을 든 뒤

함께 계단을 내려가려고 하는데, 새로 이사 온 아이들이 자기 집에서 나왔다. 우리 넷은 어색하게 서 있다가, 사만다란 여자애가 먼저 인사를 해서 모두 자기소개를 했다. 릭은 오늘은 그렇게 화가 난 것 같지 않았다. 아마 운명을 받아들이기로 마음먹었나 보다. 리지가 물었다.

"어디서 이사 온 거야?"

리지는 무의식적으로 화장품으로 가린 여드름 자국에 손을 댔다가 얼른 내렸다. 사만다가 대답했다.

"뉴저지에서 왔어. 아빠가 시내에서 일하는데 통근하기 힘드셔서."

리지는 어울리지 않게 높은 목소리로 물었다.

"너희 주 박람회에 가 본 적 있니? 우린 다음 달에 간다."

리지가 모르는 사람들에게 저렇게 수다스럽게 군 건 한 번도 본 적이 없다. 주 박람회 같은 이야기를 왜 하는 걸까?

릭이 웃으며 말했다.

"주 박람회? 시골뜨기들이나 가는 데지. 가서 뭐 할 건데? 이빨로 트랙터 끌기? 아니다, 돼지 경주 할 거구나!"

사만다가 릭을 벽으로 세게 밀며 소리쳤다.

"닥쳐, 릭!"

사만다가 눈을 굴리며 말했다.

"무시해 버려. 쟤는 원래 저렇게 못됐어."

"괜찮아."

진심은 아니었지만 나는 그렇게 중얼거렸다. 릭은 여전히 웃고 있었고, 리지는 입을 다물었다. 이제 내 차례인 것 같았다. 릭은 무시하고 사만다에게만 말했다.

"음, 이곳이 네 마음에 들었으면 좋겠다."

그러고 나서 엄마가 교육시킨 대로 덧붙였다.

"뭐 필요한 것 있으면 말해."

나는 우리 집이 어딘지 가리켰다. 그러고 나서 리지를 보니 여전히 입을 다물고 있어서, 나는 리지를 끌고 계단을 내려왔다. 밖으로 나와서 몇 미터쯤 간 다음 물었다.

"도대체 왜 그런 거야?"

발에 스프링이 달린 것처럼 통통 튀는 걸음걸이는 어디로 갔는지 리지는 아주 천천히 걷고 있었다. 릭 때문에 예민해졌나? 릭이 귀엽거나 뭐 그렇다고 생각하나? 마침내 리지가 입을 열었다.

"내가 바보처럼 느껴져. 사만다는 내가 매일 이런 멍청한 치마나 입는다고 생각할 거야. 게다가 그 멍청한 주 박람회 이야기나 하고 있었으니. 내가 그 얘기를 왜 했지? 그리고 이 바보 같은 서류 가방. 너 개 귀걸이 봤어? 그리고 개 발톱은 빨간색이었어!"

"네가 왜 그 애 발을 보고 있었는지는 묻지 않을게. 하지만 알지도 못하는 여자애가 네가 매일 이런 차림일 거라고 생각하든 말든 왜 신경을 써? 네가 어떻게 보이든지 그게 무슨 상관이야?"

리지가 말했다.

"아, 됐어. 넌 여자애들을 전혀 이해하지 못해."

리지가 빨리 걷기 시작했다. 거의 뛰다시피. 그래서 따라가기 위해서 나도 빨리 걸어야 했다. 어쨌든, 리지의 발에 다시 스프링이 달렸다.

6. 사무실

우리가 가게에 도착했을 때, 미치 형이 막 핑크 만화와 마술 가게의 자물쇠를 열고 있었다. 형 손에 있는 커다란 열쇠고리가 눈에 들어왔다.

미치가 느릿느릿 말했다.

"안녕, 애들아아."

미치 형은 항상 캘리포니아 출신처럼 말하려고 하는데, 사실 캘리포니아에는 가 본 적도 없다는 걸 나는 훤히 알고 있다. 나는 미치 형이 대학을 졸업하면 정말로 그리로 갔으면 하고 내심 바라고 있다. 그렇게 되면 아서 삼촌이 은퇴할 거고, 내가 가게를 차지하게 될 것이다. 어린이는 뭐든지 꿈꿀 수 있지 않은가?

형이 리지의 옷차림을 만족스러운 눈길로 흘깃 봤다. 하지만 리지는 눈치 채지 못했다. 리지 역시 열쇠고리를 보느라 정신이 없었다.

형을 따라 안으로 들어가면서 리지에게 소근거렸다.

"아빠가 가게에 여벌 열쇠를 남겼는데 엄마가 모르고 있는 것일 수도 있으니까 미치 형 열쇠를 확인해 봐야겠어. 그러면 시내까지 안 가도 될지 몰라."

리지가 동의의 뜻으로 고개를 끄덕였다.

"나도 그 생각 하고 있었어."

"내가 형한테 열쇠 좀 달라고 할게."

리지가 날 잡아당기며 말했다.

"잠깐, 미치 오빠가 우리가 왜 그 열쇠를 보고 싶어 하는지 알려고 할 거야. 너 정말 미치 오빠에게 상자 이야기 해 주고 싶니?"

맞는 말이었다. 나는 형이 상자에 대해 알길 바라지 않는다. 형이 상자에 대해 어떤 식으로든 권리를 주장할지도 모르고, 그러지 않더라도 날 놀리려고 들 것이 뻔하다. 열쇠들을 계산대 아래 둔다는 것을 알고 있으니까, 적당한 때를 봐서 꺼내기만 하면 된다. 우리는 형이 금전 등록기 작동 준비를 하는 동안 만화를 보는 척했다. 형이 뒷방에 가서 새로 돈 서랍을 준비할 테니 나더러 잠깐 계산대를 봐 달라고 했다. 리지와 내가 동시에 대답했다.

"그럴게요."

형이 뒷방으로 가고 나자 리지가 속삭였다.

"너무 쉽게 풀리는데."

우린 얼른 계산대 뒤로 갔다. 리지가 열쇠를 꺼냈다. 가방을 열고 둘이서 상자 열쇠 구멍마다 열쇠들을 맞춰 봤다. 운이 없었다. 조금도 들어가지 않았다. 이젠 나도 해럴드 아저씨의 사무실만이 우리의 유일한 희망이라는 것을 인정할 수밖에 없었다. 내가 가방을 막 잠그는데 삼촌이 계산대 뒤에서 나왔다. 내게 의심의 눈초리를 보냈다.

"너희 뭐 하냐?"

삼촌의 시선이 내게서 가방으로, 다시 리지에게로 옮겨 갔다. 삼촌은 아빠랑 생김새만 닮은 게 아니라 목소리도 똑같다. 삼촌 목소리를 들을 때마다 소름이 돋는다.(그렇지 않으면 울고 싶어질 때도 많다.)

내가 배낭을 어깨에 메며 대답했다.

"아무것도 아니에요. 형이 우리더러 부탁해서 계산대를 보고 있었어요."

리지가 아서 삼촌을 슬슬 피해서 계산대 앞으로 돌아 나가며 말했다.

"맞아요, 그리고 이제 사탕을 사려고요."

나는 삼촌에게 살짝 웃어 보이고 리지가 있는 쪽으로 갔다. 리지는 벌써 트위즐러 두 봉지와 대형 스니커즈를 계산대 위에 올려놨다. 삼촌이 나를 쓱 훑어보더니 물었다.

"면접 보러 가니?"

나는 고개를 저었다.

"리지 아빠가 일하는 곳에 우리를 데려가신대요."

내가 삼촌에게 이렇게 술술 거짓말을 하다니 놀랍다. 6학년 때 아빠랑 함께하는 캠프에 삼촌이 날 데려가기로 해 놓고 오지 않았던 때를 기억하기만 하면 된다. 거짓말하는 것을 용서해 주진 않지만 죄책감은 덜어 준다.

삼촌이 리지에게 거스름돈을 내주고 사탕을 봉지에 넣어 줬다. 리지가 삼촌에게 환하게 웃으며 말했다.

"고맙습니다!"

문을 나오며 우리는 손을 흔들었다. 반 블록쯤 왔을 때 리지가 말했다.

"아까 아슬아슬했어."

리지가 트위즐러 한 봉지를 여는 것을 보며 내가 물었다.

"왜? 우리가 뭘 훔친 것도 아닌데."

리지가 트위즐러 한 개를 내게 건네주었을 때 불현듯 내가 어떤 사람이랑 이야기하고 있는지 깨달았다.

내가 물었다.

"아무것도 안 훔쳤지, 맞지?"

리지가 말했다.

"그래, 우린 아무것도 훔치지 않았어! 하지만 네 삼촌이 우리가 훔쳤다고 생각해도 그리 놀랄 일은 아니잖아."

내가 말했다.

"삼촌 탓만 할 수도 없어. 매년 가게에서 수백 달러어치 사탕이랑 만화가 없어져."

트위즐러를 빨아 먹으며 리지가 말했다.

"참 너답다. 항상 사람들에게서 좋은 점만 보려고 하니. 삼촌한테까지 말이야."

"야, 근데 경비한테 스키틀 사 주기로 하지 않았어? 트위즐러가 아니라?"

"정신이 없었단 말이야. 그냥 트위즐러나 드셔."

바로 그때 버스가 모퉁이를 돌아오는 게 보였다. 우리는 뛰어갔다. 배낭이 등을 때렸다. 회사원 두 명이 버스 승차권을 손에 들고 정류소에서 기다리고 있었다. 버스가 모퉁이에 섰을 때, 차비가 얼마인지 아냐고 리지에게 물었다. 그런 일들은 늘 엄마 몫이었다. 이제부터는 정말 좀 더 주의를 기울이며 살아야겠다. 리지가 말했다.

"2달러야. 이번엔 확인했어. 너 돈 있지?"

"넌 없어?"

"사탕 사는 데 다 썼어!"

내가 지갑을 꺼내는데 걸 스카우트 단원들이 서로 밀고 낄낄거리며 우리 뒤에 줄을 섰다. 앞의 두 남자가 버스에 올라 승차권을 구멍에 넣었다가 다시 뺐다. 지하철에서 사용하는 카드와 같은 것이었다. 이 도시에서는 저런 것들이 큰 힘을 발휘하는구나! 버스 기사가 우리가 올라타기를 기다리고 있었다. 내가 4달러를 기사에게 냈다. 늘 8달러를 가지고 다닌 게 천만다행이었다. 안 그랬으면 집에 올 차비가 모자랄 뻔했다. 기사가 우리를 쳐다보지도 않고 말했다.

"25센트짜리만 받습니다."

내가 기어 들어가는 소리로 말했다.

"25센트짜리 없는데요."

기사가 눈을 굴리더니 소리쳤다.

"카드 있는 분 계세요?"

우리 뒤의 걸 스카우트들이 짜증을 내기 시작했다. 그 애들 중 누군가 "촌뜨기들!"이라고 하는 소리가 들렸고 다른 아이들이 키득거렸다. 워낙에 무례하게들 굴어서, 올해에 걸 스카우트 애들이 기금 마련 쿠키를 팔러 오면 공짜로 달라고 해도 될 것 같았다. 앞 좌석에 앉은 중년 아주머니가 일어서며 말했다.

"내가 할게요."

나는 팔꿈치로 리지를 툭 쳤다. 아주머니가 지난번 지하철에서 우릴 도와준 남자처럼 양키즈 팀 모자와 티셔츠를 입고 있었기 때문이다. 야구팬들이 그토록 미신을 잘 믿는 게 얼마나 다행인지! 아주머니는 자기 카드를 구멍에 두 번 넣더니 내 손에서 4달러를 가져갔다.

버스 앞쪽에서 최대한 멀어지고 싶어서 우린 맨 뒤로 가서 앉았다. 리지는 곧바로 고개를 돌려 창밖을 내다봤다. 두 번째 대중교통 이용하기도 제대로 안 돼서 리지 기분이 엉망일 것이다.

"야, 리지, 걸 스카우트 한 애가 막 다른 애를 울렸어. 이제 기분 좀 좋아졌지?"

유리창에 비친 리지의 얼굴에 웃음이 번졌다. 리지는 쉽게 기분이 나빠지지만 화가 풀리는 것도 금방이다.

나는 가방에서 책을 꺼냈다. 시간 여행과 끈 이론에 대한 도표를 몇 분이라도 공부할 수 있어 기분이 좋았다. 끈으로 타임머신을 만들려면, 그 전에 도대체 뭔 소리인지 이해부터 해야 할 테니.

접어 놓은 페이지를 펴는데 갑자기 버스 안에 퍼진 강력한 마늘 냄새가 코를 찔렀다. 나는 열심히 냄새의 근원지를 찾다가, 건설 노동자 복장을 한 아저씨가 완전히 마늘로만 만든 게 틀림없는 샌드위치를 깨물어 먹고 있는 현장을 찾아냈다. 왜 다른 사람들은 전혀 모르는 거지? 그 아저씨 귀에 안 들리게 리지에게 말을 할 수도 없었고, 아저씨는 내가 잘못 건드리면 안 될 사람처럼 보였다. 아저씨는 이상하리만큼 천천히 먹어서 다 먹는 동안 열 블록이나 지났다. 다 먹고 나자 구슬 같은 땀방울이 아저씨 이마에 맺혔다. 그는 샌드위치 종이를 구겨서 도시락 통에 넣었다. 냄새를 풍기긴 했지만 그나마 깔끔하긴 했다.

리지가 작은 시내 지도를 접으며 말했다.

"다음 정류장에서 내려."

나는 마늘 냄새가 조금이라도 내 입속으로 들어올까 봐 입을 꾹 다물고 고개만 끄덕였다. 샌드위치는 없어졌지만 악취는 더 지독했다. 이런 냄새는 감히 상상조차 해 보지 못했다. 아저씨는 초인임에 틀림없었다. 슈퍼맨은 비켜라. 여기 냄새나는 입김 한 방으로 높은 빌딩을 뛰어넘을 수 있는 마늘맨이 나타나셨다.

난 내리기 위해 책을 집어넣었다. 내가 겨우 알아낸 거라곤 끈 이론은 실제 끈과는 전혀 상관없고, 미세한 에너지 파장의 띠들과 관계있다는 것이었다.

우리는 자리에서 나와 뒷문 옆에 있는 기둥 손잡이를 잡았다. 버스가 모퉁이에 접근하면서 속도를 줄였지만 서지 않고 지나갔다. 처음엔 잘 몰랐다가 버스 뒷부분이 정류소를 완전히 지나간 뒤에야 나는 기사가 아예 서지 않고 가려고 한다는 것을 알았다. 리지가 앞에다 대고 소리쳤다.

"잠깐만요! 우리 내려야 해요."

기사는 속도를 줄이지 않았다. 백발에 은 지팡이를 짚은 할머니가 앞으로 몸을 기울이더니 리지에게 말했다.

"아가씨, 정류장에서 기다리는 사람이 없으면 기사는 서지 않아. 내리고 싶으면 저기 위에 있는 노란 띠 부분을 눌러야 해. 알겠지?"

할머니가 떨리는 손으로 가리키는 곳에 노란색 접착테이프처럼 생긴 두꺼운 띠가 있었다. 이제 생각해 보니 전에 사람들이 그걸 누르는 모습을 본 적이 있는데도 그땐 전혀 주의를 기울이지 않았다. 리지가 중얼거렸다.

"아, 그렇군요. 고맙습니다."

내가 물었다.

"지금이라도 누르면 되나요?"

할머니는 흐뭇한 듯 고개를 끄덕였다. 나는 가뿐하게 손을 뻗어 그 띠를 힘껏 눌렀다. 종이 한 번 울렸다. 키 작은 사람들은 키 큰 사람이 도와주기 전에는 버스에서 내리지 못하고 시내를 뱅뱅 돌아야 할 것 같았다. 할머니가 말했다.

"이제 기사가 다음 정류소에 설 거야. 알겠지? 원래 내리려던 곳에서 두 블록밖에 안 돼."

할머니는 다시 제대로 앉았다.

누가 뉴욕 사람들이 남을 도울 줄 모른다고 했나? 물론 두 블록 더 간다는 것은 그만큼 마늘맨과 더 갇혀 있어야 한다는 뜻이긴 하다. 냄새 때문에 죽은 사람은 없나 궁금했다.

다음 정류소에는 기다리는 사람들이 많아서 안 눌렀어도 버스가 섰을 것이다. 버스가 서고 앞문은 열렸는데 뒷문은 안 열렸다. 리지가 손잡이를 잡아당겼지만 꿈쩍도 하지 않았다. 마늘맨이 팔을 뻗어 문 옆의 쇠 조각을 누르자 문이 활짝 열렸다. 나는 아저씨에 대한 안 좋은 생각을 거둬들였다. 그 사람도 분명 배려심 많은 시민 중 하나였다.

우리는 기사가 맘이 변해서 출발하기 전에 얼른 계단 세 개를 서둘러 내려갔다. 어디선가 밟은 껌 때문에 계단을 디딜 때마다 왼발이 바닥에 달라붙었다. 사람들에게서 좀 벗어나자 나는 리지에게 길 모서리에 문질러 껌을 떼야 하니 기다리라고 했다. 리지가 내 팔을 꽉 잡으며 말했다.

"에구머니!"

(리지가 여섯 살 때, 리지의 아빠는 리지가 처음으로 유치원에 다녀와서 썼던 원색적인 감탄사들 대신 '에구머니'나 '어머나' 같은 말을 쓰도록 훈련시켰다.)

리지가 한 발만 땅에 딛고 있는 나를 팔 한 짝이 거의 떨어져 나갈 정도로 당기는 바람에, 나는 하마터면 중심을 잃을 뻔했다. 리지의 시선을 따라가 봤다. 우리로부터 60센티쯤 떨어진 도랑에 카드 한 장이 있었다. 아래쪽 반은 중국 요리 메뉴 아래 가려진 채 앞면을 드러내고 있었다. 하트 8, 바로 리지가 모으는 카드에서 마지막으로 남은 석 장 중 하나였다. 리지가 카드를 발견한 지 적어도 6개월은 지났다. 나는 마지막 석 장은 안 나타날 거라고 생각하고 있었다.

리지가 내 팔을 잡았던 손을 놓고 카드 쪽으로 몸을 숙였다. 떨리는 손가락으로 카드 한쪽 끝을 잡았다. 하지만 아직 집어 올리지는 않았다. 카드가 온전하기를 바라며 짧은 기도를 하고 있는 것이다. 리지는 종종 찢어진 카드를 발견하곤 했는데, 그런 카드는 수집품에 넣지 않았다.

마침내 리지가 카드를 살짝 잡아당기자 카드가 빠져나왔다. 온전한 모양이었다. 리지는 안도의 한숨을 내쉬고는 챔피언 전에서 이긴 권투 선수처럼 머리 위로 카드를 들어 올렸다. 리지가 말했다.

"기대하시라! 이제 두 개만 더 찾으면 된다!"

리지는 서류 가방을 단번에 열고는 카드를 위쪽 주머니 하나에 조심스럽게 넣었다. 리지가 사무실 쪽으로 몇 걸음 가다가 내가 꼼짝도 안 하자 멈춰 섰다. 리지가 물었다.

"왜 그래? 내가 카드 찾은 거 엄청 놀랍지 않니?"

나는 리지의 말은 제대로 듣지도 않고 고개를 끄덕였다. 우리가 정류장을 놓치지 않았다면, 원래 계획이 틀어지지 않았다면, 여기서 내리지 않았을 거고, 리지는 그 카드를 찾지 못했을 것이다. 우리를 이곳으로 오게 만든 것은 운명이었을까, 아니면 단순히 행운이었을까? 운명과 악운은 또 어떤가?

그날 아빠가 다른 길로 갔거나, 빨간 신호등에 1초만 더 멈춰 있었다면 죽지 않았을지도 모른다. 아빠는 어느 부인과 부딪치지 않으려고 피하다가 차선을 벗어났는데, 그 부인이 1초만 더 기다렸다 길을 건넜다면 어떻게 됐을까? 아니면 그 부인이 쇼핑백 손잡이가 아니라 아래쪽을 받쳐 들어서, 횡단보도를 건너다 쇼핑백이 터져 중간에 멈춰 서는 일이 없었더라면?

또는 그날 아침에 비가 오지 않아 길이 그렇게 미끄럽지 않아서 아빠 차의 바퀴가 미끄러지지 않았다면? 그날 내가 아프지 않아서 아빠와 같이 갈 수 있었다면? 우린 우선 아이스크림 가게에 들렀을 것이고, 그러고 나서……

"괜찮니?"

리지가 내 얼굴을 들여다보며 묻는 바람에 거기서 생각이 멈추었다. 그런 다른 일들이 일어났다면 어떻게 됐을지 알 수는 없을 것 같다. 내가 어찌어찌해서 타임머신을 만들어 내기 전에는. 게다가 만들게 될지 장담할 수도 없다.

나는 심호흡을 했다. 다시 한 번. 그리고 대답했다.

"괜찮아. 가자."

리지가 걸으며 말했다.

"내가 카드를 찾은 건 좋은 징조야. 좋은 징조고말고!"

리지 말이 맞았으면 좋겠다. 목적지가 가까워 오자 불안해지기 시작했다. 몇 블록 더 가자, 리지가 어떤 높은 건물 앞에 섰다. 우리 엄마에게 온 해럴드 아저씨의 편지를 꺼내 주소를 보며 말했다.

"여기야. 해럴드 폴가드 변호사의 옛 사무실."

건물 꼭대기를 보려면 고개를 있는 대로 젖혀야 했다. 우리 둘 다 들어갈 엄두를 못 내고 있었다. 내가 손으로 눈에 쏟아지는 햇빛을 가리며 말했다.

"엄청…… 높다."

리지가 나를 회전문으로 이끌며 말했다.

"밖에서 기어 올라가 유리 자르는 칼로 뚫고 들어가지 않아도 돼서 얼마나 다행이야. 만약에 대비해서 그럴 생각도 했다고."

로비는 대리석과 유리로 되어 있었고 천장도 높았으며 엘리베이터가 두 대 있었다. 너무 조용해서 마치 도서관 같았다. 리지가 말했다.

"사무실은 14층이야."

리지의 목소리가 울려 퍼졌다. 로비엔 몇 사람 없었는데 아무도 우리에게 눈곱만큼도 관심이 없었다.

나는 표지판을 읽으려고 벽으로 다가갔다. 그러고는 우리 오른편에 있는 엘리베이터를 가리키며 조용히 말했다.

"이거야. 1층에서 16층까지 운행하는 엘리베이터."

리지가 머리를 어깨 뒤로 넘기며 작은 소리로 되받았다.

"너 여기 출근하는 사람 같다."

리지는 서류 가방을 앞뒤로 살짝 흔들며 첫 번째 엘리베이터로 갔다.

나는 등을 꼿꼿이 세우고 턱을 약간 들어 올렸다. 내 키 때문에 뒤에서 보면 틀림없이 회사원으로 보일 것이다. 비쩍 마르고, 배낭을 둘러멘 회사원.

리지가 올라가는 단추를 누르려는데 로비 저쪽에서 큰 목소리가 났다.

"너희들 어디 가려고 그러니?"

우린 그 자리에 꼼짝없이 멈춰 섰다. 내 심장이 빠르게 뛰기 시작했다. 한 아저씨가 우리 뒤로 다가오자 우리는 천천히 뒤로 돌았다. 아저씨는 검은색 경비 복장을 하고 있었다. 누가 우릴 못 들어가게 막으면 리지가 말하기로 미리 정해 두었다. 솔직히 나는 무슨 말도 할 수 있을 것 같지 않았다. 리지가 여성적 매력은 이용하려 들지 않기를 바랐다.

과연 리지답게 아주 침착했다. 리지가 경비를 똑바로 쳐다보며 차분하게 말했다.

"우리 삼촌이 14층에서 일해요. 삼촌을 놀래 드리려고요."

아저씨가 바로 대답을 하지 않아서 나는 리지에게 텔레파시를 보냈다.

'경비에게 대형 스니커즈를 줘…… 스니커즈!'

하지만 리지는 못 들었거나 듣고도 무시하는 것 같았다. 경비 아저씨가 입을 열었다.

"모든 방문객은 안내 데스크에서 등록을 해야 해. 따라와."

우리는 마음이 놓여 어깨가 저절로 내려갔다. 아저씨를 따라가다 보니 로비 한쪽 구석에 들어올 때는 미처 보지 못했던 긴 대리석 책상이 있었다. 경비 아저씨는 책상 뒤로 가서 손을 내밀었다.

"운전 면허증."

전에 많이 해 본 투로 아저씨가 말했다.

리지와 나는 놀라서 서로 쳐다봤다. 역시 날 회사원으로 볼 줄 알았다! 이번에도 리지가 말했다.

"음, 우린 겨우 열두 살이에요."

내가 얼른 덧붙였다.

"열세 살 다 됐어요."

아저씨가 물었다.

"학생증 있어?"

리지가 대답했다.

"지금 여름 방학이잖아요."

경비 아저씨가 한숨을 쉬었다.

"좋아, 여기에 서명해."

아저씨는 서류 판을 우리 쪽으로 밀었다.

"그다음엔 한 사람씩 사진을 찍을 거야."

내가 물었다.

"우리 사진을요?"

아저씨가 고개를 끄덕였다.

"요즘은 모든 방문객 출입증에 사진을 부착해야 해."

상황이 바라던 대로 순조롭게 풀리고 있지 않았다.

리지가 서류에 서명하고 내게 건넸다. 리지는 '티아 캐스터웨이'라고 서명했는데, 우리가 어릴 때 즐겨 보던 디즈니 영화 《마녀의 산》에 나오는 여자애 이름이었다. 리지가 내 정강이를 살짝 찼다. 우린 오누이 행세를 하기로 했기 때문에, 나는 조심스럽게 '토니 캐스터웨이'라고 서명한 다음 서류 판을 경비 아저씨에게 줬다.

아저씨는 책상 뒤 컴퓨터에 달린 사진기로 우리 사진을 찍었다. 몇 초 후 프린터에서 방문객 출입증이 출력됐다. 아저씨는 우리에게 출입증을 주며 뒷면을 벗기고 항상 몸에 부착하고 있으라고 말했다. 우리는 서둘러 엘리베이터 쪽으로 가서 출입증을 제대로 보지도 않고 가슴에 붙였다. 엘리베이터에 무사히 타고 나서야 나는 리지의 셔츠에서 내 얼굴이 한쪽 눈을 감은 채 날 노려보고 있고, 그 아래에 '토니 캐스터웨이'라는 이름이 찍혀 있는 걸 알아차렸다. 우린 잽싸게 출입증을 바꿔 달았다. 내가 말했다.

"이 엘리베이터 진짜 느리네."

리지가 대답했다.

"그러게. 거의 움직이지도 않는 것 같아."

나는 숫자 판을 봤다.

"우리 둘 다 단추를 누르지 않았으니까 그렇지!"

내가 몸을 숙여 14를 눌렀다. 엘리베이터가 약간 덜컹하더니 위로 올라갔다.

우리는 웃기 시작했다. 리지가 말했다.

"집 밖에 한 번도 나와 본 적 없는 애들인 줄 알겠다."

나는 엘리베이터가 각 층에 도착할 때마다 그 층 숫자에 불이 들어오는 것을 쳐다보며 리지에게 말했다.

"너 13이 재수 없는 숫자라는 이유로 대부분 건물에 13층이 없는 것 알고 있었어? 물론 13층이 있는데 사람들이 그냥 14층이라고 하는 거야."

리지의 눈이 가늘어졌다.

"그러니까 우리가 14층으로 가고 있으니까 재수가 없을 거라는 얘길 하는 거야?"

내가 알고 있는 세상의 지식을 이야기할 때 차라리 리지가 귀담아듣지 않는 편이 더 나을지도 모르겠다.

"음, 안 들은 걸로 해."

엘리베이터 문이 열리자 우린 나와서 42호 쪽으로 갔다. 가는 도중에 여러 회사원들을 지나쳤는데, 모두 우리를 못 본 체하거나 어른들이 보통 꼬마에게 하듯이 입꼬리만 올리는 억지 미소를 지었다. 마침내 사무실 문을 찾았다. 문에는 아직도 '폴가드와 레빈, 에스콰이어즈'라고 새겨진 놋쇠 명판이 붙어 있었다. 리지가 한 걸음 물러나더니 나더러 문을 열어 보라는 몸짓을 했다. 나는 심호흡을 하고 손잡이를 돌렸다. 당연히 손잡이는 움직이지 않았다. 리지가 조언했다.

"반대쪽으로 돌려 봐."

내가 말했다.

"안 될 거야. 문을 열 땐 항상 오른쪽으로 손잡이를 돌리잖아."

그렇지만 어쨌든 해 봤다. 손에서 손잡이가 돌아가는 느낌이 나자 너무 놀라 잠시 문을 밀어젖힐 생각도 하지 못했다. 리지가 문을 밀며 외쳤다.

"와, 정말로 됐네!"

난 얼른 뒤따라 들어가서 문을 닫았다. 사무실 안에 전기는 들어오지 않았지만 창으로 들어온 빛 덕분에 주변이 잘 보였다. 마치 유령 사무실 같았다. 빈 책상과 서류 보관 장, 얼룩진 카펫, 비어 있는 종이 상자들, 부서진 전구. 리지가 속삭였다.

"시작하자. 넌 해럴드 아저씨 방을 찾아봐. 난 여기 대기실을 확인할게."

고개를 끄덕이고 해럴드라는 명패가 붙어 있는 방으로 향했다. 우선 방 한가운데에 있는 책상부터 확인했다. 멋진 책상이었다. 해럴드 아저씨가 왜 이 책상을 버리고 갔을까 궁금했다. 서랍들을 모조리 꺼내 놓아서 확인하기 쉬웠다. 서랍 안도 손으로 더듬어 보고, 열쇠를 테이프로 붙여 놨을까 봐 서랍 바닥도 일일이 확인했다. 나온 것이라곤 쓸모없는 조각들이랑 종이 클립 세 개, 이삿짐 회사 명함 한 장이 다였다. 옆방에서도 리지가 서랍 여닫는 소리가 들렸다.

계획한 대로 카펫 위를 기어 다니며 튀어나온 곳을 확인했다. 중간쯤 갔을 때 진짜 뭔가 만져졌다. 한쪽 벽에서 한 30센티미터쯤 떨어져 있고 크기도 딱 열쇠 네 개와 고리가 들

어 있을 만했다. 나는 거기서 낼 수 있는 최대한 큰 소리로
외쳤다.

"야, 리지. 나 뭔가 찾은 것 같아!"

리지가 뛰어오자 내가 튀어나온 곳을 가리켰다. 리지가 뛰
어나가서 사무실 문 옆에 뒀던 내 가방과 서류 가방을 가지
고 돌아왔다. 서류 가방을 열더니 드라이버를 꺼내 내게 주
었다. 리지 스스로도 카펫을 자를 수 있는데 나한테 양보하
는구나 싶었다. 우리가 하려는 짓에 죄책감이 들기도 했지
만, 카펫이 워낙 낡고 얼룩진 데다 찢어져 있어서 새 거주자
가 오면 바꿀 게 뻔했다. 어떤 면에서는 우리가 그 사람들을
도와주고 있는 셈이다.

드라이버의 날카로운 모서리를 카펫이 벽에 닿는 가장자
리 아래로 집어넣었다. 그런 다음 드라이버 모서리를 카펫에
대고 톱질하듯이 앞뒤로 움직였다. 카펫은 낡았지만 섬유는
질겼다. 내가 잘라 낸 부분을 리지가 양손으로 잡아 벌리자
아래 콘크리트 바닥이 드러났다. 마침내 튀어나온 덩어리가
있는 데를 자를 때는 온몸이 땀범벅이 되어 있었다. 마지막
한 조각을 잘라 내자 카펫이 감췄던 보물이 드러났다.

리지가 비명을 지르며 뒤로 급히 물러나다가 팔다리를 휘
저으며 바닥에 쿵 하고 넘어졌다. 그러더니 다시 소리를 지
를까 봐 자기 입을 막고 겨우겨우 비틀거리며 일어섰다. 내
가 들어 올렸던 카펫을 다시 내려놓으며 말했다.

“여자애들처럼 그러지 마. 죽은 지 오래된 거야.”

우리는 내 상자 열쇠가 아니라 작은 갈색 생쥐의 마지막 안식처를 찾아낸 것이었다.

리지가 몸서리를 쳤다.

“그만 두자. 여기 소름 끼쳐.”

내가 아직 확인하지 않은 곳은 천장뿐이었다. 천장은 여러 장의 널판자로 되어 있어서 밀면 들리게 되어 있었다. 내가 한 손을 내밀며 “손전등 좀.” 하고 말했다. 그러자 리지는 의사에게 해부용 메스를 건네는 간호사처럼 “손전등.” 하고 되뇌며 내 손에 놔 줬다. 책상 위에 올라가니 천장에 쉽게 손이 닿았다. 널판자 한 장을 밀어서 옆으로 치우고 손전등으로 비춰 봤다. 머리를 들이밀기 전에 우선 거미줄부터 치워야 했다. 리지 대신 내가 하게 돼서 다행이다. 리지는 억센 여자애지만 다리가 많은 것들에게는 약하다. 리지가 물었다.

“뭐가 보여?”

위에서 들으니 리지의 목소리가 희미하게 들렸다.

내가 아래를 향해 말했다.

“파이프랑 먼지, 전깃줄 같은 거.”

천천히 둘레를 비춰 봤지만 똑같은 것들만 보였다.

“너도 한번 볼래?”

리지가 대답을 하지 않았다. 내가 다시 물었다. 그래도 대답이 없었다. 천장에서 머리를 빼고 아래를 보니 리지가 방

한가운데 뻣뻣이 서 있었다. 동그랗고 붉은 얼굴을 한 경찰이 뉴욕 경찰 제복 차림으로 리지 옆에 서 있었다. 아래층에서 온 경비는 문을 거의 막고 있었다.

책상을 내려오며 내가 할 수 있는 말은 이것뿐이었다.

"경비 아저씨한테 대형 스니커즈를 주라고 말했잖아!"

7. 일

"너 스니커즈 얘기 안 했어!"

건물 바로 지하에 있는 작은 경찰서로 끌려가며 리지가 속삭였다. 내가 어설프게 대답했다.

"글쎄, 그렇게 생각했다고!"

우리를 밀고한 게 분명한 경비가 경관과 몇 마디 주고받더니 뒤도 안 돌아보고 나갔다. 이름표에 폴란스키라고 적혀 있는 그 경관은 우리에게 자신의 작은 책상 앞에 있는 나무 벤치에 앉으라고 손짓을 했다. 그 경관은 턱수염이 없는 것 말고는 백화점 산타클로스에 딱 어울리게 생겼다. 하지만 그다지 유쾌한 성격이 아니라서 아마 오래 하지는 못할 것이다. 경관이 의자에서 앞으로 몸을 기울이며 물었다.

"무슨 까닭으로 위층 사무실을 고의적으로 파괴하고 있었는지 이야기해 보겠니?”

리지와 나는 눈빛을 교환했다. 안 그런 척하고 있지만 리지가 겁먹은 걸 알 수 있었다. 나는 미처 다 생각을 정리하지 못한 채 말했다.

“그게, 우리가 그 사람을 알거든요. 폴가드, 그러니까 해럴드 아저씨요. 경비 아저씨한테는 삼촌이라고 했지만 사실은 우리 부모님의 친구예요. 그러니까 우리 엄마의 친구죠. 우리 아빠는, 아빠는…… 안 계시니까, 그래서…….”

리지가 끼어들었다.

“우리 오빠 말은 그러니까 고의로 파괴했다는 말은 완전히 틀린 표현이라는 거예요. 보시다시피 우린 출입증을 갖고 거기 올라갔어요.”

리지가 우리 가슴에 붙어 있는 출입증을 가리켰다.

“그러니까 이러는 건 다 크게 실수하시는 거라고요.”

리지가 서류 가방을 들려고 하자 폴란스키 경관이 말했다.

“그렇게 성급하게 굴지 마라. 그 사무실은 이제 폴가드와 레빈 씨의 소유가 아니야. 지난주에 제이앤제이 회계 사무소가 계약을 했어. 너희는 그 사람들 사무실을 고의적으로 파괴한 거야.”

리지가 한쪽 입으로 속삭였다.

“저 아저씨 또 그 말을 쓰네.”

“로비에 있는 경비는 빈 사무실 모두를 직접 비추는 감시 화면을 볼 수 있어. 무단 입주자가 들어오지 않게 지켜야 하니까. 경비가 너희들이 사유 재산을 파괴하고 있는 걸 본 거지."

나는 무단으로 눌러 살지도 않았는데 왜 무단 입주자라고 하는지 알 수 없었지만 물어보지 않았다. 그 대신 이렇게 말했다.

"솔직히, 우린 그냥 해럴드 아저씨가 오래전에 숨겨 둔 열쇠 세트를 찾고 있었어요. 뭘 파괴하려고 한 게 아니에요."

경관 아저씨가 말했다.

"알다시피 문을 부수고 들어가는 것은 매우 심각한 범죄란다."

나는 리지를 바라봤다. 리지는 앉은 자리에서 약간 밑으로 내려앉으며 말했다.

"하지만 문이 안 잠겨 있었어요. 그러니까 부순 건 아니에요. 그냥 들어간 거죠. 근데 진짜로, 거기 들어간 게 뭐가 그렇게 잘못된 거예요?"

리지의 말에 전혀 휘둘리지 않고 폴란스키 경관이 말했다.

"내 판단으로는, 너희는 제이앤제이 회계 사무소에 새 카펫 비용을 지불해야 할 뿐 아니라, 다른 사람의 재산을 존중하지 않은 데 대해 사회적 대가를 치러야 해."

우리는 둘 다 잠시 말이 없었다. 나는 새 카펫을 사서 까는 데 몇 주치 용돈이 들까 계산하고 있었다. 내 목소리에 담긴 진실성을 아저씨가 알아주기를 바라며 물었다.

"우리가 제이앤제이랑 아저씨가 말한 '사회'라는 곳에 잘 모르고 그랬다는 사과 편지를 쓰면 안 될까요?"

아저씨는 내 질문을 무시하고 말했다.

"자, 토니, 티아, 이거 다 너희 진짜 이름 아니지, 그렇지?"

우린 아무도 먼저 대답하지 않았다. 토니 캐스터웨이로서는 이런 실제 상황에서 보호받는 느낌이 들었지만, 제레미 핑크로서는 도망갈 곳이 없었다. 폴란스키 경관은 우리에게 진짜 이름과 주소를 말하게 하고 컴퓨터에 입력했다. 독수리 타법으로 천천히 입력해서 리지가 내 허벅지를 꼬집을 시간이 충분했다. 난 움찔하며 내가 숨을 참고 있다는 것을 깨닫고 얼른 내쉬었다. 내가 입 한쪽 끝으로 물었다.

"왜 꼬집었어?"

리지가 속삭였다.

"네가 파랗게 질려 있어서."

나도 속삭이며 대꾸했다.

"맹세코 체포되지 않을 거라며!"

리지가 속삭이는 것을 잊고 말했다.

"우린 체포된 게 아니야!"

그러고는 다시 작은 소리로 물었다.

"체포된 건가?"

폴란스키 경관이 우리를 한참 바라봤다. 우린 눈을 최대한 크게 뜨고 순진한 표정을 지었다. 힘들 때는 나비, 아기의 웃음, 화창한 날 야구장에서 먹는 핫도그같이 행복한 걸 생각해 보라고 엄마가 언젠가 말해 주었다. 그래서 핫도그를 먹는 나비들로 둘러싸인 야구장에서 웃고 있는 아기를 생각했다. 아주 아주 작은 핫도그. 리지가 무슨 생각을 하고 있는지 확인할 수는 없지만, 좋은 생각이었나 보다. 왜냐하면 폴란스키 경관이 이렇게 말했으니까.

"아니야, 너희를 체포하진 않을 거야."

리지가 경관을 가는 눈으로 쳐다보며 물었다.

"우릴 소년원에 보낼 거죠?"

나는 신음 소리를 냈다. 폴란스키 경관은 웃었다.

"아니, 소년원에도 안 보내. 사회봉사를 생각하고 있었단다. 너희들 이번 여름에 별다른 계획 없지, 그렇지?"

내가 상자를 생각하며 말했다.

"그게, 사실은……."

리지가 끼어들었다.

"없어요. 사회봉사 좋아요."

아저씨가 책상 서랍에서 서류철을 꺼내며 말했다.

"할 게 뭐가 있나 보자."

내가 물었다.

"저, 사회봉사는 판사님이 정해 주는 것 아닌가요?"

경관 아저씨가 설명했다.

"절차를 간소화하고 있단다. 하지만 너희들이 판사가 개입하기를 원한다면……."

리지가 내 발목을 발로 찼는데, 진짜 꽤 아팠다. 아저씨가 말했다.

"난 그럴 생각이 없었는데."

경관이 자기 앞에 있는 목록을 찾았다.

"마음을 곱게 써서 너희들이 직접 고르게 할 작정인데."

난 작은 목소리로 중얼거렸다.

"멋지세요."

방학한 지 며칠 안 된 지금, 경찰 앞에 앉아서 여름 방학 동안 해야 할 사회봉사 일거리를 받고 있다는 것이 믿어지지 않았다. 어떻게 이런 일이 생겼나? 서쪽 고속도로 변에서 쓰레기를 줍거나 교회 화단에 꽃을 심느라 바빠서 열쇠를 찾을 새가 없으면 어떻게 상자를 열지?

"어디 보자."

폴란스키 경관이 목록을 손가락으로 짚어 내려가며 말했다. 틀림없이 내가 속으로 외치는 비명 소리는 못 들은 것 같았다.

"여기 하나 있군. 센트럴 파크에서 주말 무료 공연이 끝난 다음 쓰레기 줍는 게 있는데, 그건 어때?"

나는 말이 나오지 않았다. 아저씨가 말했다.

"그렇게 나쁘지 않을 거야. 집게를 줄 거니까 손으로 쓰레기를 만지지 않아도 돼. 그리고 캔을 주우면 재활용 센터에 가져가서 5센트로 바꿀 수도 있고."

리지가 불쑥 물었다.

"다른 것은 뭐가 있는데요?"

경관 아저씨가 목록을 다시 찾아봤다.

"글쎄, 너희 나이의 애들이 할 수 있는 건 오스월드라는 분의 물건 배달을 돕는 것뿐이다. 그분은 전당포를 정리하고 플로리다로 이사 갈 예정이거든. 그 일을 하려면 물건을 들어야 할 텐데, 솔직히 내가 보기에 너희들은 힘이 센 아이들은 아니야."

리지와 내가 동시에 말했다.

"그거 할게요."

내가 덧붙였다.

"우리, 보기보다 튼튼해요."

리지는 그럴지 몰라도 난 아마도 딱 보이는 대로일 거다.

경찰은 잠시 생각하더니 말했다.

"좋아. 오스월드 씨에게 전화해서 언제 너희가 일을 시작하면 좋은지 물어보마."

그러면서 아저씨는 작은 공책 두 권을 우리에게 내밀었다.

"너희가 일한 시간이랑 느낀 점을 기록해야 해. 아무 때고 보여 달라고 해서 너희가 맡은 일을 제대로 하고 있는지 확인할 거야."

내가 물었다.

"느낀 점이요? 무엇에 대한 느낀 점 말인가요?"

"사회봉사는 단순히 공짜로 사람들을 부려 먹는 게 아니야. 시민들이 봉사 경험을 통해서 뭔가를 배우도록 하는 거지. 봉사를 하고 나면 더 나은 사람이 되어야 해."

리지가 되뇌었다.

"더 나은 사람이라고요? 지금 우리가 뭐가 잘못됐는데요?"

아저씨가 말했다.

"나도 잘 모르겠구나, '티아' 야."

그 말에 리지는 입을 다물었다.

경관 아저씨는 오스월드 씨에게 전화를 걸어 폴란스키 경관이라고 소개했다. 그 뒤로 우리가 들은 말은 "열세 살 정도 된 남자애 한 명, 여자애 한 명입니다. 예. 아니요. 예. 보기보다는 튼튼하다고 합니다."가 전부였다. 아저씨는 컴퓨터 화면을 보면서 우리 주소를 불러 줬다. 그러고는 "알겠습니다. 예. 애들이 거기로 갈 겁니다. 괜찮습니다. 선생님도 안녕히 계세요."라고 말했다.

아저씨는 서류철 일자리 목록 옆에 뭔가를 적어 넣으며 말했다.

"내일부터 일해."

내가 물었다.

"저, 그분을 어떻게 만나러 가야 하나요? 우리 엄마는 하루 종일 근무하고, 리지의 아빠도 마찬가지예요. 그래서 어떻게 가야……."

아저씨가 손을 들어 내 말을 막았다.

"오스월드 씨가 기사를 보내 너희들을 데려갔다가 끝나면 집으로 데려다 줄 거야."

리지가 물었다.

"기사요? 기사까지 있는 분이 왜 자기 물건 싸는 것 도와 줄 사람을 고용하지 않나요?"

폴란스키 경관의 얼굴이 좀 어두워졌다.

"그럼 첫 번째 일을 할래?"

리지가 도리질을 쳤다.

"그냥 물어본 것뿐이에요."

아저씨가 말했다.

"오스월드 씨는 우리 시를 위해 많은 일을 했단다. 그래서 우리는 할 수 있을 때마다 그분을 도와 드리려고 해."

나는 전당포 주인이 어떻게 시를 위해 도움을 줄 수 있는지 궁금했지만 묻지 않았다. 폴란스키 경관의 인내심이 한계점에 다다른 것 같았다. 또다시 안락한 우리 마을에서 벗어나 어딘지도 모르는 곳에 가야 한다고 생각하니 싫었다. 아저씨가 말했다.

"이제 가도 좋아. 아침 9시 정각이야. 그리고 옷은 좀 더…… 편하게 입도록 해. 여름 방학에 이렇게 갖춰 입은 애들은 본 적이 없구나."

내가 재빨리 설명했다. 별로 중요한 것은 아니었지만.

"보통은 이렇게 입지 않아요."

아저씨가 한마디 덧붙였다.

"한 가지 더. 일 열심히 하면 새 카펫 값은 받지 않겠다. 너희가 건드리기 전에도 꽤 낡은 상태였으니."

"고맙습니다."

우린 합창을 하면서 어서 빨리 그곳에서 나가고 싶어 벤치에서 벌떡 일어섰다.

배낭을 메는데 아저씨가 말했다.

"아, 잠깐만, 내가 무슨 생각을 하고 있었던 거야? 네 부모님들에게 연락해야 하는데!"

리지가 서둘러 말했다.

"지금 직장에 계시는데요. 우리가 직접 말씀드릴게요."

아저씨는 싱긋 웃었다. 하지만 그리 상냥하지는 않게 말했다.

"그렇게는 안 돼. 자, 부모님들 직장 전화번호 몇 번이야?"

나는 손을 약간 올렸다가 얼른 내리며 말했다.

"실은 우리 엄마는 오늘 집에 계세요."

아저씨는 두 번호를 컴퓨터에 입력하고 말했다.

"자, 이제 가 봐. 오늘은 사고 그만 치도록 해."

리지가 서류 가방을 들고 우리는 서둘러 방에서 나와 엘리베이터로 갔다. 로비 단추를 누를 때까지 우린 아무 말도 하지 않았다. 부모님께 전화하기 전에 우리를 가게 해 준 것만도 다행이었다. 엄마가 뭐라고 했을지 듣고 싶지 않았다. 곧 집에 가서 듣는 것만으로 충분하다.

한 시간 뒤 집에 들어서는데, 엄마가 다그치며 물었다.

"무슨 생각 하고 다니는 거야? 집엔 어떻게 왔니?"

"버스 타고 왔어요."

돌아올 때 버스 타기는 훨씬 순조로웠다. 프레첼 장수한테 25센트짜리 동전을 받았고, 마늘맨도 보이지 않았다.(냄새도 안 났다.) 버스 앞쪽에 앉아서 리지가 프레첼을 먹는 동안 난 땅콩버터 샌드위치를 입에 대 보았다. 그런 일을 겪고 난 뒤라 샌드위치를 넘기기가 쉽지 않았지만, 엄마가 벌로 저녁에 몸에 좋은 것만 먹게 할지도 모르니까 먹을 수 있을 때 먹어 둬야 했다. 그래도 반밖에 먹지 못했다.

내가 소심하게 말했다.

"우체국 간다고 거짓말한 것 잘못했어요. 엄마한테 어디 가는지 말했어야 했어요. 하지만 엄마가 안 된다고 할까 봐 그랬어요."

엄마가 나를 몽고로 데려가며 말했다.

"와서 앉아."

엄마가 오늘 하루 동안 그렸던 것으로 보이는 그림이 놓인 이젤을 지나쳤다. 천으로 씌워 놔서 무슨 그림인지는 알 수 없었다. 몽고에 앉자 엄마가 내 손을 잡고 부드럽게 말했다.

"이번 일이 네게 힘겹다는 것 잘 알아. 넌 아빠가 하라는 대로 하고 싶겠지만 다른 방법을 찾을 수도 있어."

내가 엄마에게 말했다.

"리지랑 나는 해 볼 건 다 해 봤어요. 상자를 여는 유일한 방법은 열쇠뿐이에요. 아니면 부수는 수밖에 없어요."

엄마가 말했다.

"나도 그건 원치 않아. 하지만 이제 그 문제는 제쳐 두고 네가 자초한 사회봉사 일을 해야 해. 그분을 돕는 의무를 게 을리하면 안 돼."

"공짜로 사람 부려 먹는 얄팍한 전당포 주인이면 어떡해 요?"

엄마가 자신 있게 말했다.

"그렇지 않아. 폴란스키 경관에게 그분 전화번호를 달래서 알아봤어. 내가 아무나 우리 아기를 데려가게 두지는 않지."

내가 투덜댔다.

"엄마는!"

엄마가 고쳐 말했다.

“미안, 아무나 십대가 다 된 우리 아들을 데려가게 내버려
두지는 않는다고.”

“좀 낫네요.”

“그분 아주 재미있는 사람이더라. 네가 이 일을…….”

내가 지적했다.

“이건 일이 아니에요. 돈을 받고 하는 게 일이죠.”

엄마가 고개를 흔들었다.

“주어진 과제에 대해 최선을 다해 완수해야 하는 게 일이
란다. 돈을 받건 안 받건 말이지. 아무튼 아까 말한 대로 넌
오스월드 씨랑 일하는 걸 정말로 좋아하게 될 거야. 너랑 공
통점도 많을걸.”

“어떤 점이요?”

묻긴 했지만 정말로 관심이 있진 않았다. 배에서 꼬르륵
소리가 났다. 엄마가 벌주지 않으리라는 것을 알게 되자 식
욕이 돌아왔다.

“그분은 다른 사람들 물건이랑 평생을 지내 왔어. 네가 아
는 사람이랑 비슷하지 않니?”

엄마가 대답을 기다리지 않고 소파에서 일어나며 말했다.

“그리고 참, 너 일주일 간 외출 금지야. 더 길게 줘야 맞지
만 이미 벌을 받았다고 생각해. 사회봉사 끝나면 곧장 집으
로 와야 해.”

난 땅이 꺼질 듯이 한숨을 내쉬었다.

"엄마는 내가 열쇠를 못 찾길 바라는 것 같아요."

엄마가 말했다.

"그렇지 않다는 것 너도 알잖아. 세상만사는 모두 나름의 방식으로 풀리는 거야."

엄마가 부엌으로 가자 나도 따라가며 물었다.

"그게 무슨 뜻이에요?"

엄마가 대답하기 전에 전화벨이 울렸다. 발신자 표시 창에 리지 아빠 이름이 떴다. 엄마가 전화를 받고 말했다.

"네, 얘는 일주일간 외출 금지시켰어요. 네, 내일 차가 올 때까지 기다렸다가 우체국으로 전화할게요. 고마워요, 허브."

엄마가 전화를 끊었다.

"얘, 넌 벌 조금 받은 줄 알아. 리지는 2주일 외출 금지래."

가엾은 리지. 날 도우려고 했을 뿐인데. 리지도 이번 여름을 이렇게 보내고 싶진 않았을 텐데. 엄마가 찬장에 있는 마카로니 치즈 상자를 집은 채 물었다.

"저녁으로 뭐 먹을래?"

"알면서 왜 물어요?"

"난 항상 네가 날 놀라게 해 줬으면 하니까."

"오늘 저녁은 아니에요."

엄마는 내가 정상적으로 먹게 하려고 몇 년을 노력하다가 이제 포기했다. 저녁 메뉴는 네 가지 중 하나다. 마카로니 치즈, 핫도그, 피시 스틱(손가락 모양 생선 튀김 : 옮긴이), 나가서 먹을 때는 피자. 한번은 피시 스틱 모양으로 닭고기를 튀겨 줬는데, 난 바로 알아챘다.

엄마가 불에 냄비를 올리고 물을 부었다.

"네 까다로운 식성 때문에 내가 술을 마시게 될지도 몰라."

우리 집엔 술이 없기 때문에 난 별로 걱정 안 한다. 나 때문에 초콜릿 우유를 마시게 될 수는 있겠지. 엄마가 말했다.

"몇 주만 있으면 너도 열세 살이야. 이제 네 한계를 뛰어넘어야 할 때지. 매주 월요일 저녁마다 새로운 음식을 줄 생각이야."

오늘 있었던 일 때문에 난 감히 싫다고 하지 못했다.

"그래야죠, 엄마."

말은 그렇게 했지만 엄마가 날 좀 봐줘서 바로 브로콜리로 넘어가지는 않기를 바랐다. 엄마가 냉장고 문을 열며 말했다.

"오늘이 월요일이니까 오늘 저녁부터 시작하는 게 좋겠다. 하지만 걱정 마, 심하게 하진 않을 테니까."

엄마가 랩으로 덮은 유리그릇을 꺼냈다. 나는 조심스럽게 다가가서 들여다봤다.

브로콜리였다!

8. 노인

엄마와 리지, 나는 아파트 계단에 앉아서 오스월드 씨의 기사가 우리를 데리러 오기를 기다리고 있다. 어젯밤에는 리지에게서 쪽지가 오지 않았고 나도 보내지 않았다. 리지가 내게 화나 있지 않을까 걱정이었다. 리지는 다시 머리를 하나로 묶었고 반바지 차림이었다. 치마도 입지 않았고 긴 머리를 날리고 있지도 않았다. 엄마가 물었다.

"너희 둘 다 경찰이 준 공책 가지고 왔지?"

우린 고개를 저었다. 엄마가 말했다.

"그걸 가져가야 하는 것 같던데. 올라가서 가져와. 기사 아저씨가 올지 모르니까 내가 여기서 기다리고 있을게."

리지는 계단을 오르며 나더러 화났냐고 물었다. 나는 마음이 놓여 고개를 저었다.

"난 네가 나한테 화났을 거라고 생각했어. 결국 나랑 상자 아니었으면 네가 이런 곤경에 빠지지 않았을 거 아냐."

리지가 되받았다.

"너라면 날 위해서 이런 곤경에 빠지지 않았겠니?"

내가 물었다.

"우리가 시간 내에 열쇠를 찾을 수 있을까?"

리지가 단호하게 말했다.

"계속 찾아봐야지. 이 바보 같은 사회봉사 때문에 우리 계획을 망칠 순 없어."

우리가 그러기로 다짐하며 막 악수를 하려는데 이사 온 아이들이 자기네 아파트에서 나왔다. 릭이 우리에게 말했다.

"신경 쓰지 말고 계속해."

우리는 얼른 손을 뺐다. 리지가 거의 꽥꽥거리는 것처럼 높은 목소리로 물었다.

"어떻게 지내니?"

사만다가 대답했다.

"잘 지내. 이사 뒷정리도 거의 끝났어."

"좋아."

리지가 대답하더니 불쑥 또 말했다.

"네 귀걸이 마음에 들어."

사만다가 귀로 손을 가져갔다.

"나 귀걸이 안 했는데."

릭이 낄낄 웃었다. 재는 도대체 나아질 기미가 보이지 않는다. 이젠 새로운 곳에 이사 와서 안됐다는 생각도 들지 않았다.

리지의 얼굴이 홍당무처럼 새빨개졌다.

"어제 네가 한 귀걸이 말이야."

사만다가 말했다.

"아, 고마워. 우리 할머니가 선물해 준 거야."

리지가 고개를 끄덕이며 말했다.

"좋아. 언제 우리 집에 오면 이웃 사람들이나 이런저런 것들 이야기해 줄게."

사만다가 말했다.

"그래, 언제라도."

리지가 말했다.

"좋아."

난 리지에게 '좋아' 말고도 다른 단어가 많이 있다고 알려 주고 싶었지만 한 대 맞을까 봐 관뒀다.

릭이 자기 누나를 복도로 끌어당기며 물었다.

"이제 우리 가도 되지?"

사만다가 외쳤다.

"안녕, 애들아."

리지도 살짝 손을 흔들며 인사했다.

"안녕."

내가 리지에게 물었다.

"언제부터 네가 그렇게 다정해졌냐?"

리지가 순진한 표정으로 물었다.

"무슨 소리야?"

"무슨 소린지 알면서."

자기 집 문에 열쇠를 꽂으며 리지가 말했다.

"난 그저 친절하게 굴려는 것뿐이야. 네가 말한 대로, 이웃 사촌답게. 나도 새 친구들을 사귈 수 있지 뭐."

"누가 안 된다고 했어?"

나는 리지가 대답하기 전에 얼른 우리 집으로 들어가 버렸다. 공책을 찾아서 리지를 기다리지 않고 밖으로 나왔다. 잠시 뒤에 리지가 아파트 현관 계단에 앉아 있는 내 옆에 와서 앉았다. 리지는 머리를 풀었다. 왠지는 모르겠는데 신경에 거슬렸다. 난 책을 꺼내서 코를 박고 읽었다. 엄마가 일어나서 눈가에 손차양을 치며 말했다.

"저 사람인가 보다."

리지를 보니 입을 딱 벌리고 쳐다보고 있었다. 우리를 향해 다가오는 것은 다름 아닌 리무진이었다. 리무진이 우리 아파트 바로 앞에 섰다. 우리 아파트에 리무진이 오다니! 영화배우들이 타는 그런 차다. 기사가 내리더니 우리에게 모자 챙을 살짝 올렸다 내린다. 그 사람은 진짜 기사 복장을 하고 있었다! 난 실제로도 그렇게 사는 사람들이 있다는 사실을 까맣게 모르고 있었다!

"제레미 핑크와 엘리자베스 멀던입니까?"

우린 열심히 고개를 끄덕였다. 보통 리지는 누가 자기 이름을 줄이지 않고 전부 부르면 얼른 고쳐 주지만, 지금은 그러기엔 너무 흥분한 것 같았다. 기사 아저씨가 말했다.

"전 제임스입니다. 여러분을 오스월드 씨에게 모셔다 주러 왔습니다. 핑크 부인이시지요?"

엄마는 그렇다고 하고, 사회봉사 단체에서 보낸 서류들을 보여 달라고 했다. 리지와 나는 놀란 눈빛을 나누고 비틀 걸음으로 차 옆에 가서 엄마가 다 됐다고 할 때까지 기다렸다. 엄마는 뒷걸음질로 인도로 올라서며 말했다.

"너희 둘 잘해."

엄마가 리무진에 별로 충격 받은 것 같지 않은 점도 놀라웠다. 오스월드 씨가 미리 엄마에게 우리가 어떤 차를 타게 될지 귀띔을 해 준 게 틀림없다. 근데 나한테 말하는 걸 깜빡했나? 엄마가 물었다.

"샌드위치 챙겼지?"

제임스 아저씨가 보고 있어서 난 얼굴을 붉히며 대답했다.

"네, 엄마."

엄마가 비켜서자, 제임스 아저씨가 우리에게 뒷문을 열어 줬다.

리지가 먼저 안으로 들어가고 내가 뒤따라 시원한 차 안으로 들어갔다. 우리가 리무진을 타고 시내를 간다는 게 도무지 믿어지지 않았다!

시트는 크림색이었는데 난 그렇게 부드러운 것에 앉아 본 적이 없다. 밖은 환하고 화창한 날이었지만 리무진 안은 색유리 때문에 좀 어두웠다. 작은 냉장고가 텔레비전이랑 라디오와 함께 차 벽에 붙어 있었다. 우리 앞에 다른 긴 시트가 있어서 나는 곧바로 다리를 올려놓았다. 리지는 거기까지 다리가 닿지 않았다. 차가 아파트에서 떠날 때 엄마에게 손을 흔들었지만 아마 유리창 너머로 우리가 보이지 않았을 거다.

리지가 냉장고 문을 활짝 열었다.

"이것 봐! 딸기! 주스! 병에 든 탄산음료! 믿어지니?"

난 사치스러운 생활에 익숙한 사람처럼 시원한 시트에 등을 기대며 고개를 저었다. 리지가 말했다.

"세상에, 오 세상에. 사회봉사가 이런 건 줄 알았더라면 벌써 몇 년 전에 사고 단단히 칠걸!"

첫 번째 빨간 신호등에서 제임스 아저씨와 우리 사이의 칸막이가 천천히 내려갔다. 제임스 아저씨가 고개를 돌리고 우리를 봤다. 살짝 웃는 얼굴로 물었다.

"다 마음에 드니?"

리지가 콜라 병뚜껑을 열면서 물었다.

"오스월드 씨는 진짜 진짜 진짜 엄청난 부자인가요?"

제임스 아저씨가 웃었다.

“꽤 부유하지.”

내가 말했다.

“전당포 주인이 그렇게 돈을 잘 버는지 몰랐어요.”

제임스 아저씨가 다시 앞으로 몸을 돌리며 고개를 저었다.

“아, 그건 그저 부업일 뿐이야. 그 집안의 가업이었지. 오스월드 씨의 본업은 골동품상이야. 그분은 골동품을 찾아내고 복원해서 자신이 산 가격보다 훨씬 비싸게 파는 데 수완이 있으시단다.”

나는 구미가 당겼다.

“그분은 어디서 그런 물건들을 찾나요?”

“어디든지. 벼룩시장, 골동품 시장, 경매장. 때론 길에서도 찾지. 사람들은 자신이 갖고 있는 것이 뭔지도 모르고 그냥 내다 버리거든.”

리지가 내게 몸을 돌렸다. 말 꺼내기도 전에 무슨 말을 하려는지 알것 같았다.

“그분이랑 네 아빠는 잘 통했겠는데.”

난 고개를 끄덕였다.

“하지만 우리 아빤 고쳐서 팔진 않았어. 직접 사용하기만 했지.”

리지가 말했다.

“너희 아빠도 그랬을지도 몰라.”

유리 칸막이가 천천히 다시 올라갔다. 눈을 감으며 내가 말했다.

"그랬을지도 모르지."

아빠가 돌아가시고 처음에, 나는 아빠가 보지 못한 내게 일어난 일들을 모조리 기록해 두곤 했다. 체육 시간에 내가 홈런을 쳤을 때(딱 한 번이었지만 그래도 진짜 홈런이었다.)나, 어떤 소년이 돋보기로 개미를 태웠는데 그날 밤 그 애의 집에 불이 나자 소년은 그게 다 자기 탓이라고 생각했다는 내용의 단편 소설로 6학년 때 상을 탄 일 같은 것들. 하지만 그 기록은 전부 나에 관한 것이었다. 만일 아빠가 살아 계셨다면 어떤 일을 하고 어떤 일은 하지 않았을지에 대해서는 한 번도 생각해 본 적이 없었다. 어쩌면 아빠가 찾아낸 물건들을 팔아서 큰돈을 벌었을지도 모른다. 아니면 핑크 만화 가게를 체인 사업으로 확장했을지도 모르고. 지금 내게 남동생이나 여동생이 있을 수도 있다. 내가 전혀 모르는 아빠의 꿈이 있었을 것 같다. 바로 그것이 상자 속에 있나? 아빠가 이루지 못한 꿈들이?

차가 멈춰서 눈을 떠 보니 리지가 맛있게 딸기를 먹고 있었다. 리지가 딸기 상자를 내밀며 물었다.

"먹을래?"

난 고개를 저었다. 난 진짜 과일을 보면 스타버스트나 멘토스 같은 과일 맛 사탕 생각만 난다. 그리고 지금 내게는 그 사탕이 하나도 없다.

제임스 아저씨가 차 문을 열자 우리는 눈이 부시게 환한 보도 위에 내려섰다. 나는 아저씨가 우리를 허름한 동네에 있는 전당포로 데려갈 거라고 생각했었다. 그런데 우린 지금 어퍼 웨스트사이드의 강변 도로에 자리한 갈색 사암으로 된 삼층집 앞에 있는 것이다. 내가 탄성을 지르기도 전에 문이 열리더니 갈색 줄무늬 정장을 입고 그에 맞는 모자를 쓴 키 큰 할아버지가 나왔다. 할아버지는 파이프 담배를 피우고 있었다. 어떤 이유인지 몰라도 할아버지의 옷과 할아버지가 잘 안 어울려 보였다. 둥글고 혈색 좋은 할아버지의 얼굴에는 작업복과 밀짚모자가 어울리지 않을까?

할아버지가 엄하게 말했다.

"너희들이 바로 그 땡땡이친 녀석들이구나."

할아버지의 빛나는 눈을 보니 진심으로 그러는 게 아니라는 것을 알 수 있었다.

어떤 모욕도 가볍게 넘기는 법이 없는 리지가 말했다.

"땡땡이치는 건 학교를 빼먹는 거죠. 하지만 지금은 여름 방학인데요."

할아버지가 파이프로 리지를 가리키며 말했다.

"맞는 말이구나, 젊은 아가씨. 내가 단어를 좀 더 신중하게 골라 써야겠군."

리지가 말했다.

"그렇다면 봐 드리죠."

우리가 들어가게 할아버지가 비켜섰다.

"들어와라. 인사를 나누자꾸나."

제임스 아저씨의 안내를 따라 우리는 계단을 올라가 집안으로 들어갔다. 작은 입구를 지나니 커다란 상자들과 나무틀로 가득한 넓은 방이 나왔다. 벌써 짐을 거의 다 싼 것 같았다. 그림 몇 점이 아직 벽에 걸려 있었지만 가구는 하나도 없었다. 나무판으로 된 천장이 너무 높아서 그렇지 갈색 사암 건물 전체는 내가 생각했던 3층 건물이 아니라 단층 건물인 것 같았다. 지금은 거의 7월이 다 되었는데 뒷벽 커다란 벽난로에는 불이 지펴져 있었다. 내 시선을 보고 오스월드 할아버지가 말했다.

"노인네 뼈는 온기가 필요하단다. 그래서 내가 플로리다로 이사 가는 거야. 내 사무실로 들어가서 너희들이 할 일을 말해 주마."

앞치마를 입은 통통한 아줌마가 방 저쪽 끝에서 오자 할아버지가 파이프를 건네줬다. 아줌마는 할아버지에게 우편물을 내밀었다. 오스월드 할아버지가 상냥하게 말했다.

"우리 집 가정부 메리가 없으면 우리 집은 제대로 돌아가질 않을 거야."

메리 아줌마가 우리를 보고 미소 지었는데, 앞치마 한쪽 주머니에 허쉬 초콜릿 바가 보였다. 나도 미소를 지어 보였다. 아줌마는 분명 친절한 사람일 것이다. 리지는 활짝 열린 나무틀 안을 들여다보느라 전혀 관심이 없었다.

　오스월드 할아버지는 우리를 데리고 상자들의 미로를 지나 첫 번째 방 크기의 반쯤 되는 방으로 들어갔다. 이 방에도 난로가 있었지만 불은 없었다. 커다란 참나무 책상이 가운데 있었고, 책상 앞에는 커다란 가죽 의자들이 있었다. 방의 두 벽을 따라 선반이 줄지어 있었는데, 색깔과 크기가 다양한 물건들이 그 위에 쌓여 있었다. 야구공, 야구 방망이, 축구공, 하키 채 같은 운동 기구들뿐만 아니라 램프, 시계, 그림, 조각품, 나란히 세워진 책, 망원경, 라디오, 보석 상자, 플라스틱 우표첩에 든 우표들, 오래된 동전이 담긴 접시도 있었다. 말 그대로 하늘 아래 있는 것은 무엇이든 다 있었다. 이런 것이 바로 우리 부모님이 생각하는 천국이 아닐까 싶었다. 난 애써 벌어진 입을 다물어야 했다. 문득 내가 여기 와서 한마디도 하지 않았다는 걸 깨닫고 목청을 가다듬었다.

　"저, 할아버지?"

　할아버지가 책상 뒤에 앉으며 대답했다.

　"그래, 핑크 씨?"

　난 어떻게 대답해야 할지 난감했다. 우리 아빠랑 삼촌이 핑크 씨라고 불리는 것만 봐 왔을 뿐인데. 내가 크면 사람들이 날 우리 아빠와 같은 성으로 부를 게 틀림없으니 딱히 놀랄 이유가 없는데도 어쨌든 깜짝 놀랐다. 그래서 난 이렇게 말했다.

“그냥 제레미라고 하세요.”

오스월드 할아버지가 말했다.

“그럼, 제레미라고 부르지.”

“저, 우표 모으신 것 제가 잠깐 봐도 될까요? 잠깐이면 돼요.”

할아버지는 선반을 향해 손짓을 하며 말했다.

“되고말고. 너 필라텔리스트가 된 지 오래됐니?”

“그게 뭔가요?”

할아버지가 미소 지었다.

“우표 모으는 사람 말이야. ‘필라텔리스트’라고 한단다.”

난 좀 바보 같은 느낌이 들어서 말했다.

“아, 아니요, 저희 아빠가 모으셨어요. 아빠가 늘 찾으시던 우표가 한 장 있어서, 그래서 이제 제가, 그러니까, 제가……”

할아버지가 마저 내 말을 마무리했다.

“이제 아버지가 찾던 걸 네가 이어서 찾으려고?”

난 고개를 끄덕였다.

“훌륭하구나. 다 보고 나서 둘 다 앉으면 우리 서로 이야기를 나눠 보자꾸나.”

그 우표는 파란색이고 위에 “하와이”라고 적혀 있으니까 쉽게 눈에 띌 것이다. 빠르게 우표들을 훑어봤지만 역시 없었다. 나는 우표첩을 선반에 다시 올리고, 리지가 커다란 푸른 눈을 한 대형 인형과 아쉬운 작별을 하기까지 리지의 소매를 두 번이나 잡아당겼다. 나는 어떤 것이 더 무서운 건지 알 수 없었다. 멍한 눈을 하고서 다시 살아나 사람을 잡아먹을 것 같은 인상을 풍기는 인형인지, 아니면 리지가 다른 걸 제쳐 두고 인형에 넋을 잃었다는 사실인지.

우린 책상 앞 큰 의자에 앉았다. 또래에 비해 큰 편인 나도 그 의자에 앉으니 아주 작게 느껴졌다. 할아버지가 이야기를 시작했다.

"그래, 너희가 무슨 일을 하게 될지 궁금하지?"

리지가 대답했다.

"무슨 일을 하든 상관없어요. 여긴 진짜 감동이에요!"

오스월드 할아버지가 웃었다. 마음 깊은 곳에서 우러난 웃음이었다.

"고맙구나. 내 집이 마음에 들었다니 기쁘다. 나도 이 집을 떠나면 아쉬울 거야. 그래도 어쨌든 난 정말로 너희들에게 일을 시킬 거다."

아빠의 우표를 찾을 때면 난 늘 목이 멘다. 어렵게 침을 삼키고 말했다.

"폴란스키 경관 아저씨 말씀으로는, 어, 짐을 싸는 데 저희가 필요하다고 하셨는데요. 이것들인가요?"

난 방을 빙 둘러 가리키며 말했다. 할아버지가 두 손의 손가락 끝을 마주 댄 채로 대답했다.

"비슷하긴 한데, 좀 달라. 너희들이 배달을 해 줬으면 해. 아주 먼 데는 없다. 다 여기 맨해튼이야. 제임스가 너희와 함께 갈 거야."

어떤 배달인지 물어보려고 내가 입을 떼려는데 리지가 말했다.

"야호! 리무진 또 탄다!"

오스월드 할아버지가 처음으로 알파벳을 외우는 귀여운 아이를 바라보듯 리지에게 미소를 지었다. 그러고는 일어서며 말했다.

"지금은 내가 회의에 늦었지만, 그래도 너희들에게 첫 번째 배달을 시키려고 해. 얘기는 내일 더 하자."

나도 얼른 일어섰다.

"오늘 다시 할아버지를 뵙게 되나요?"

할아버지가 고개를 저었다.

"걱정 마라, 제임스 아저씨가 어떻게 해야 하는지 알고 있으니까."

"하지만 오늘 일 끝나면 서명해 주셔야 하지 않나요?"

할아버지가 책상을 돌아 나와 내 어깨에 손을 얹었다.

"너무 걱정하지 마라. 오늘 밤에 소감을 기록해 두면 내일 함께 보면 된단다. 알겠지?"

난 고개를 끄덕였다. 리지가 스타버스트를 입으로 쏙 집어 넣으며 말했다.

"제레미를 이해해 주셔야 해요. 쟤는 선생님들이 숙제 잊어버리고 안 내줄까 봐 말씀드리는 애거든요."

리지는 스타버스트가 어디서 났을까, 그리고 왜 나보고 먹으란 소리도 안 하는 거야? 그건 그렇다 치고, 선생님한테 내가 그런 건 정신 못 차렸을 때 딱 한 번뿐이었는데!

리지는 사탕을 열심히 씹으면서 한마디 더 했다.

"얘는 여름 방학 때 책도 읽어요."

나는 오스월드 할아버지 앞에서 다투고 싶지 않아서 이를 악물고 말했다.

"가끔 책 좀 꺼내 봐도 너 안 죽거든."

오스월드 할아버지가 서류 가방을 들더니 넥타이를 매만졌다.

"요즘은 뭘 읽고 있니, 제레미?"

할아버지는 불룩한 내 배낭을 힐끗 훔쳐봤다.

리지가 눈을 굴렸지만 난 배낭을 열고 안을 이리저리 뒤졌다. 가장 최근에 읽고 있는 《시간 여행과 그에 관한 영화들》을 할아버지에게 드렸다. 할아버지가 책의 목차를 보며 물었다.

"시간 여행에 관한 영화를 좋아하니?"

난 고개를 끄덕였다. 자랑하는 것처럼 들리지 않길 바라며 말했다.

"시간 여행에 관련된 영화는 전부 다 봤어요."

할아버지가 다시 물었다.

"어떤 게 제일 맘에 들었니?"

난 잠시 생각해야 했다.

"얼마나 현실적인가에 달렸어요. 정말로 일어날 수 있는 것들 말이죠. 그러니까, 과학적으로 말이에요."

할아버지가 대답을 하지 않아서, 난 계속 횡설수설했다.

"그러니까, 어떤 사람이 그냥 침대에 누워 있다가 정말로 정말로 열심히 집중하다 보니 마침내 과거로 돌아가는 식의 영화가 있어요. 그런 일은 실제로 일어날 수 없는 거죠."

"나도 그렇게 생각해."

할아버지는 내 말에 동의하고 책을 돌려주었다. 책을 가방에 다시 집어넣느라 아빠 상자를 잠깐 꺼냈다. 오스월드 할아버지가 말했다.

"재미있는 상자구나. 내가 좀 봐도 될까?"

잠시 난 마음을 정하지 못했다. 아무에게도 보여 주지 않겠다고 결심했었다. 하지만 무례하게 굴 수는 없어서 할아버지에게 상자를 건넸다. 리지를 바라보자 입을 달싹거리며 '너 그걸 가져온 거야?' 하고 말하고 있었다.

난 어깨를 으쓱했다. 상자를 집에 내버려 둘 수는 없었다. 할아버지가 상자를 돌려주며 말했다.

"예쁜 상자구나. 이걸 포장하고 싶으면 발포 비닐을 주마. 상자를 보호해 줄 거야."

나는 할아버지가 상자에 대해 더 이상 말하지 않아서, 아니 상자에 새겨진 글에 대해서도 별말이 없어서 놀랍기도 하고 약간 모욕감이 들기도 했다.

"네, 그러세요."

너무나 많은 것들을 봐 와서 나무 상자 하나쯤은 별것도 아닌가 보다. 할아버지가 말했다.

"나가는 길에 필요한 만큼 가져가렴. 모든 포장 재료는 옆방에 있다. 그러면 이제 너희가 할 일을 알려 주마."

할아버지는 왼편으로 돌더니 벽에 있는 선반 하나를 천천히 살폈다. 할아버지가 꺼내려는 게 뭔지 짐작이 가지 않았다. 대형 인형을 지나고 낡은 금속 타자기를 지나 책등을 손으로 더듬어 갔다. 그중 한 권을 꺼내더니 앞표지를 열었다가 다시 선반에 꽂고 다른 책을 꺼냈다. 이런 식으로 계속 책을 열어 보다가 파란색 표지의 작은 책을 열자, 거기서 바닥으로 봉투가 떨어졌다.

나는 봉투를 주우려고 몸을 숙이며 "제가 주울게요."하고 말했다. 봉투는 누렇게 변했고 얇았으며, 앞에 검은 잉크로 이름이 적혀 있었다. 메이블 파슨즈. 오스월드 할아버지가 내 손에서 봉투를 가져다 다시 책 속에 넣었다. 표지가 너무 바래서 제목을 읽을 수가 없었다. 할아버지는 책을 책상 위에 열어 둔 종이 상자 속에 살살 내려놓으며 말했다.

"너 같은 독서가도 이 책의 주제에는 별로 관심이 없을 거

174

다. 숲에 사는 동물들에 관한 이야기야."

"숲에 사는 동물들이요?"

할아버지가 두꺼운 포장용 테이프로 상자를 붙이며 고개를 끄덕였다.

"부엉이, 곰, 토끼. 그런 것들."

꽤나 지루할 것 같았다. 내가 물었다.

"도서관에 기증할 건가요?"

"아, 아니."

할아버지는 그렇게만 대답하고 더는 설명하지 않았다. 노란색 메모지를 한 장 떼서 상자 위에 붙였다. 거기에 주소를 또박또박 쓰는데, 공들여 쓰느라 손이 살짝 떨리는 게 보였다. 할아버지 연세는 얼마나 됐을까? 분명 우리 할머니보다 많을 것이다. 할아버지가 책상 위 인터폰을 누르자, 몇 개 방 너머에서 낮은 신호 음이 들렸다. 잠시 후 제임스 아저씨가 나타나자 할아버지는 포장한 상자를 아저씨에게 주며 말했다.

"주소는 여기 위에 있네. 자네가 아이들을 문앞까지 데려다 주고 그다음엔 아이들이 알아서 하도록 하게."

제임스 아저씨가 대답했다.

"알겠습니다."

두 사람을 따라 방을 나가다가 리지를 돌아다보니 팔에 파란 눈 인형을 안고 있었다. 내가 쳐다보는 걸 보고는 얼른 인형을 선반에 내려놓았다. 내가 눈썹을 치켜세웠더니 리지도 날 노려봤다. 우리는 앞문으로 되돌아가는 길에 잠시 멈춰서 발포 비닐 한 장을 집어 왔다.

오스월드 할아버지가 우리 뒤로 문을 닫으며 푸근한 목소리로 말했다.

"행운을 빈다."

리지가 계단 꼭대기에서 물었다.

"잠깐만요, 왜 우리에게 행운이 필요하죠? 우리가 진짜 무슨 일을 할 건데요?"

"걱정 마라, 내일 얘기할 테니."

이 말과 함께 문이 닫혔다. 우린 제임스 아저씨를 봤다. 아저씨가 말했다.

"나 쳐다보지 마라. 난 그저 여기서 일하는 사람일 뿐이야."

9. 책

제임스 아저씨가 우리에게 다시 뒷문을 열어 줬다. 내가 열 수 있다고 했는데도 말이다. 아저씨는 짐과 함께 앞에 있고, 또다시 우리는 어디로 가는지, 거기에 가면 뭘 해야 하는지 모른다. 내 기분을 달래 줄 만한 사탕이 배낭 어디에 굴러다니지 않을까 하고 뒤져 봤지만 하나도 없었다.

난 리지에게 손바닥을 내밀었다.

"스타버스트 좀 줘."

리지가 주머니에서 스타버스트를 꺼내며 물었다.

"어떤 맛?"

"빨간색."

리지에게 왜 아까 주지 않았느냐고 묻고 싶었지만 참았다. 싸움은 때를 가려 가면서 해라, 아빠가 늘 하던 말이다.

리무진이 낯선 곳으로 가기 시작하자 우리는 유리 칸막이 조종 단추를 누르며 놀았다. 그다음엔 리무진이 지나갈 때 사람들이 몇 명이나 뒤돌아보는지 세 봤다. 그것도 지루해지자 난 발포 비닐로 상자를 포장했는데, 본의 아니게 공기를 터뜨렸다. 리지는 그때마다 움찔움찔했다. 그 일이 끝나자 나는 땅콩버터 샌드위치 한 개 반을 싹 먹어 치웠고, 리지는 자기 아빠가 만들어 준 시금치 콩 치즈 랩 샌드위치를 먹었다. 나는 차마 쳐다보지도 못했다. 텔레비전을 켜려는데 차가 멈추고 유리 칸막이가 내려졌다. 제임스 아저씨가 어깨 너머로 말했다.

"다 왔어. 준비됐니?"

리지가 물었다.

"무슨 준비를 해야 하나요? 말해 주기 전에는 차에서 안 내릴 거예요."

난 차 문손잡이에서 손을 떼고 다시 자리에 앉았다.

제임스 아저씨가 몸을 비틀어 우리 얼굴을 마주 보았다.

"물건 하나를 배달하면 돼. 그게 다야."

난 앞으로 몸을 기울였다.

"오스월드 할아버진 이 일을 하는데 왜 우리가 필요한 거죠? 버릇없이 굴려는 건 아닌데요, 아저씨나, 아니면 오스월드 할아버지를 위해 일하는 다른 사람이 하면 안 되는 일인가요?"

제임스 아저씨가 미소 지었다. 이가 매우 희고 밝았다.

"나는 사회에 갚을 빚이 없거든."

리지가 손사래를 치며 말했다.

"오, 제발. 그건 큰 오해였어요."

제임스 아저씨가 유리 칸막이를 올린 뒤, 차에서 내리는 소리가 들렸다. 내가 문을 열려고 하는데 리지가 내 팔을 손으로 잡았다. 무슨 말을 하려고 입을 벌렸다가 다시 닫았다. 내가 물었다.

"왜 그래?"

"아무것도 아니야."

리지가 말하는데 제임스 아저씨가 리지 쪽 차 문을 열었다. 리지가 몸을 돌려 나갔다. 나는 옆으로 움직여 따라 나갔다. 리지는 여기서 무슨 일이 일어날지 불안해하는 것 같았지만 결코 자기가 그렇다고 인정하지 않을 거다. 난 거리낌 없이 순순히 인정하는데. 제임스 아저씨가 내게 일렀다.

"가방은 차에 놓고 가도 돼. 지금은 필요하지 않을 거야."

난 망설였다. 만에 하나 아빠 상자를 도둑맞는다면, 난 내 자신을 절대로 용서 못 할 것 같았다. 아저씨가 말했다.

"안전할 거야. 약속하지."

그걸로 요란 떨고 싶지 않아서, 난 가방을 어깨에서 벗어서 자리에 놨다. 그랬다가 얼른 좌석에서 바닥으로 옮겼다. 그러면 눈에 덜 띌 것 같아서. 차 문을 꼭 닫고 보니 리지가 차에 기대서 색유리 창을 손가락으로 두드리고 있었다. 좋아, 그럼 내 가방은 안전할 거야. 제임스 아저씨가 과장된 몸짓으로 경보 장치를 딸깍하고 눌렀다.

우리는 아저씨를 따라 문 몇 개를 지나서, 문지기로 보이는 사람이 있는 커다란 아파트 건물 앞에 이르렀다. 문지기가 우리에게 모자를 살짝 건드리며 인사했고, 우린 제임스 아저씨를 따라 건물로 들어가 경비가 신문을 읽고 있는 책상 앞으로 갔다. 제임스 아저씨가 헛기침을 하고 말했다.

"메이블 빌링슬리 부인을 만나러 왔어요. 우릴 기다리고 계실 겁니다."

경비가 신문을 느릿느릿 책상에 내려놓고 전화기를 들더니 번호 세 개를 눌렀다.

"근데 누구시죠?"

제임스 아저씨가 대답했다.

"오스월드 씨의 심부름으로 왔다고 하세요."

"오, 그럴까요?"

경비가 중얼거리더니 번호 하나를 더 눌렀다. 제임스 아저씨는 경비가 하는 소리를 들은 게 분명했지만 못 들은 체했다. 경비가 말을 전하고는 전화를 끊었다.

"됐어요, 올라가세요."

우린 엘리베이터에 들어갔고 제임스 아저씨가 14를 눌렀다. 리지가 말했다.

"또 14층이야!"

아저씨가 물었다.

"14층이면 무슨 문제라도 있니?"

리지가 몸서리를 치며 말했다.

"듣고 싶지 않을 거예요."

내가 물었다.

"그런데 어떤 사람이기에 숲에 사는 동물들에 관한 오래된 책을 갖고 싶을까?"

리지가 어깨를 들썩했다.

"골동품인지도 몰라. 여기 별로 말이 없는 제임스 아저씨가 오스월드 할아버지가 골동품상이라고 했잖아."

갑자기 리지가 눈을 동그랗게 뜨며 덧붙였다.

"어쩌면 아예 책이 아닐 수도 있어!"

"그거 재밌네."

난 리지의 추측에 관심이 갔다. 아까는 오스월드 할아버지가 워낙 빠르게 책을 덮었기 때문에 똑바로 볼 수가 없었다.

"네 말이 맞아! 겉만 책 모양이고 안은 비어 있어서 돈이나 보석, 아니면 보물 지도를 감춰 놨을 수도 있어."

리지가 내 팔을 잡으며 말했다.

"맞아! 그래서 오스월드 할아버지가 우리더러 배달하라고 하는 거야! 미성년자니까 어른만큼 말썽이 나지는 않을 거 아냐. 마피아와 관련이 있나 봐!"

우린 제임스 아저씨를 비난하는 눈으로 쳐다봤다. 리지는 자신의 전매특허인 허리에 손을 얹은 자세로 노려봤다. 제임스 아저씨가 고개를 절레절레 흔들며 눈을 굴렸다. 아저씨가 단호하게 말했다.

"이건 책이야."

엘리베이터 문이 열리고 아저씨가 나갔다. 우리는 움직이지 않았다. 아저씨가 더욱 더 단호하게 말했다.

"이건 책이라고."

엘리베이터 문이 닫히려고 하자 아저씨가 발을 문 사이에 디밀어 문이 다시 열렸다. 내가 리지에게 말했다.

"그냥 아저씨를 따라가는 게 좋겠어. 오스월드 할아버지는 우리를 그런 식으로 이용할 사람 같지는 않아."

리지도 수긍했다.

"나도 그렇게 생각해."

우리가 엘리베이터에서 내리자, 아저씨가 우리보다 몇 걸음 앞서서 조용한 복도를 걸어갔다. 이 아파트는 확실히 우리 아파트와는 달랐다. 우선, 복도에도 냉방이 된다. 그리고 카펫에 얼룩도 없다. 나는 연속무늬로 된 벽지를 손으로 쓸면서 갔다. 먼지 한 점 없다. 일정한 간격마다 의자와 작은 탁자도 놓여 있다. 이웃끼리 이야기를 나누라고 있는 건가? 제임스 아저씨가 14G호 앞에 서며 말했다.

"여기다. 이제 두 사람만 들어가. 난 여기 밖에서 기다리고

시공
청소년 문학

시공 청소년 문학은 깊이 있는 작품들로
청소년들의 내면세계를 넓혀 주고 올바른
지성을 키워 주는 문학 공간입니다.

01 아빠는 아프리카로 간 게 아니었다

나는 사랑의 힘을 믿노라,
그것이 그를 돌려보내 주리라.
오스트리아 청소년 문학상 수상 작가 마르야레
나 렘브케의 작품. 자신의 꿈을 쫓아 오토바이를
타고 훌쩍 떠난 아빠를 기다리고, 상상하고, 실
망하고, 다시 사랑하는 소년의 성장기.

마르야레나 렘브케 지음 | 이은주 옮김 | 156쪽 | 7,500원
한우리 권장 도서 · 책교실 추천 도서

02 안데스의 비밀

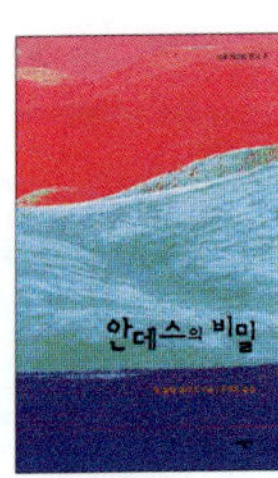

눈을 뜨거라.
너를 기다리는 이 날에 마음을 열어라.
진정한 가족의 의미와 자신의 정체성을 찾아 길
을 나선 신비로운 잉카 소년 쿠시의 이야기. 자
신이 진정으로 원하는 것을 찾아가는 능동적인
삶과 가족과 전통의 중요성을 안데스 산맥의 장
엄한 자연의 모습과 함께 서정적으로 그렸다.

앤 놀란 클라크 지음 | 공경희 옮김 | 187쪽 | 7,500원
뉴베리 상 수상작 · 책교실 추천 도서

03 열네 살, 그 여름의 이야기

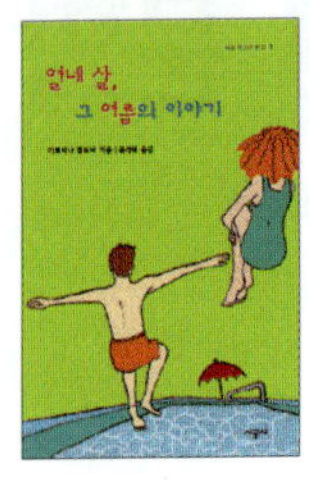

너무 심심해서 그랬니?
관심을 끌고 싶었던 거야?
다이빙, 익명의 편지, 그리고 소녀 D. 이 세 가
지는 여름 방학 동안 빅토르가 알아내야 할 비밀
스런 과제이자 성장의 열쇠. 빅토르는 생일날 카
드 대신 익명의 편지를 받는다. 누가 썼을까? 소
녀 D는 누굴까? 빅토르에게 이번 여름은 의문투
성이다.

마르티나 빌드너 지음 | 문성원 옮김 | 311쪽 | 8,500원
페터 헤르틀링 상 수상작 · 책교실 추천 도서

국내 최초 출간!
삐삐의 작가 아스트리드 린드그렌의
자전적 여행 소설!

바다 건너 히치하이크_ 미국에 간 카티

베네치아의 연인_ 이탈리아에 간 카티

아름다운 나의 사람들_ 프랑스에 간 카티

아스트리드 린드그렌 지음 | 강혜경 옮김 | 각권 200쪽 내외 | 각권 10,000원

꿈도 모험도 없이 사는 삶은 너무 초라해!

미국에 다녀온 남자 친구가 어찌나 자랑을 하는지,
듣다 못한 카티, 까짓 비행기에 몸을 싣는다!
미국을 여행하며 누리는 자유와 독립, 이탈리아에서 만난
소꿉친구와의 새로운 사랑, 프랑스 파리로 이어지는 꿈같은 여행!

✤ 눈앞에 생생하게 펼쳐지는 사물에 대한 묘사는 반세기가 지나도 수그러들지
않는다 _중앙일보

✤ 어딘지 모르게 카티는 말괄량이 삐삐를 연상시킨다. 자존심과 모험심 강한 카
티는 각국을 여행하며 나름의 시선으로 문화를 비판하고 수용한다. 유쾌하고 흥
미진진한 모험도 빼놓을 수 없다 _경향신문

✤ 학교와 학원만 오가는 여자 조카나 사촌 동생이 있다면 선물하고 싶은 책이다
_씨네21

시공사

www.sigongsa.com
www.sigongjunior.com

*홈페이지에 회원으로 가입하시면
다양한 혜택이 주어집니다.

서울시 서초구 서초동 1628-1
영업 (02)2046-2800 편집 (02)2046-2823, 2829

있을게."

리지가 중얼거렸다.

"그래요, 그래야 우리가 부정한 물건을 전달하는 동안 아저씨는 안전한 곳에 떨어져 있을 수 있겠죠."

제임스 아저씨가 문 몇 개를 지나 놓여 있는 의자로 가며 다시 힘주어 말했다.

"그건 '책' 이야."

우리는 둘 다 노크할 엄두를 내지 못한 채 가만있었다. 결국 내가 그 물건을 팔에 끼고 초인종을 눌렀다. 잠시 후, 문이 조금 열리더니 분홍색 드레스를 입은 할머니 한 분이 우리 앞에 섰다. 할머니는 가는 금 목걸이를 하고 있었는데 서로 엮인 하트 두 개가 달려 있었다. 물빛처럼 푸른 눈은 투명할 정도로 맑았다. 할머니는 매우 꼿꼿이 서 있었다.

할머니가 나를 보고 말했다.

"오스월드 씨가 이렇게 젊은 사람일 줄은 몰랐네."

그러고는 우리가 들어가게 한 걸음 비켜섰다. 우리가 들어가자 할머니는 제임스 아저씨가 복도에 있는지도 모른 채 문을 닫았다. 이제부터는 우리가 알아서 해야 한다.

아파트는 내가 생각했던 것보다는 작았지만 시야가 넓은 커다란 창이 있었다. 이스트 강이 보이는 것으로 보아 여기는 어퍼 이스트사이드인가 보다. 리무진에서 좀 더 유심히 봤었더라면 알았을 텐데. 내가 할머니에게 말했다.

"저는 오스월드가 아니에요. 제 이름은 제레미 핑크이고
얘는 리지 멀던이에요."

손을 내밀며 할머니가 말했다.

"나는 메이블 빌링슬리란다."

창문으로 흘러 들어온 햇빛 속에서 본 할머니는 더 나이
들어 보였다. 피부가 종잇장처럼 얇아 보였다. 악수할 때 내
가 할머니 손을 너무 세게 잡지 않을까 걱정했는데, 할머니
의 아귀힘은 놀라울 정도로 셌다.

"그래, 누추한 내 집에 무슨 일로 오셨는지?"

리지와 나는 걱정스러운 눈빛을 나눴다. 리지가 물었다.

"어, 모르시나요?"

빌링슬리 부인이 고개를 저었다.

나는 물건을 내밀었다.

"오스월드 씨한테 이걸 주문하지 않으셨나요? 골동품상
말이에요."

할머니가 말했다.

"골동품상? 아니. 지난 몇 년 동안 골동품은 사지 않았는
데."

할머니가 우리에게 비밀을 이야기하려는 듯 상체를 구부
렸다.

"솔직히 말하면, 골동품은 소름끼쳐."

할머니가 우리를 어린애 취급하지 않으며 이야기하는 것

이 마음에 들었다.

"그러면 이게 뭔지 모르세요?"

내가 물으며 상자를 할머니에게 드렸다. 할머니가 또 고개를 젓고는 말했다.

"뭔지 보자꾸나."

할머니는 우리를 데리고 거실을 지나 작은 부엌으로 들어갔다. 식탁 위에 상자를 놓고 서랍에서 칼을 꺼냈다. 깔끔하게 테이프 가운데를 쭉 벤 다음, 상자를 열었다. 이 모든 것이 내가 아빠의 소포를 열어 보던 때와 아주 비슷했다. 이번에는 내가 안의 내용물이 뭔지 알고 있다는 것만 빼면. 빌링슬리 부인은 모르지만 말이다.

할머니가 상자에서 작은 책을 꺼냈다. 몇 번을 손 안에서 돌려 보더니 앞 장을 펴 보았다. 거기 적힌 것을 읽고서 다시 책을 닫더니 가슴에 꼭 안았다. 할머니가 고개를 들었을 땐 눈에 눈물이 그렁그렁했다. 그런데 그 눈물도 빛났다. 할머니가 속삭였다.

"너희들 이거 어디서 났니?"

리지가 말했다.

"아까 말씀드렸듯이, 오스월드 씨가 우리더러 갖다 드리라고 했어요. 우리는 그분 심부름을 한 거죠."

할머니가 멍한 눈으로 우리를 바라보다가 별안간 눈에 초점이 맞춰지더니 한 걸음 뒤로 물러섰다.

"오지 할아버지가? 아니야, 그럴 리 없어. 살아 계신다면 지금 120살일 텐데!"

내가 노인들 나이를 잘 못 맞히긴 하지만, 오스월드 할아버지는 많아야 일흔에서 일흔다섯 살일 거다. 빌링슬리 할머니보다는 분명 젊다.

나는 고개를 저었다.

"그분은 겨우 칠십대예요. 그리고 아무도 그분을 오지라고 부르지 않을걸요."

리지도 그렇다며 고개를 끄덕였다.

할머니는 책을 내려다보며 떨리는 목소리로 물었다.

"얼마를 내야 하지?"

리지와 나는 놀라서 서로 쳐다봤다. 오스월드 할아버지가 돈을 받아 오라는 말은 한 적이 없었다. 내가 자신 없게 대답했다.

"저⋯⋯, 공짜일걸요?"

그러나 할머니는 더 이상 우리에게 관심이 없는 것 같았다. 계속 책 표지만 손으로 문지르고 있었다. 갑자기 할머니가 부엌에서 나가더니 거실 소파에 가서 앉았다. 리지가 내게 몸을 기울이고 속삭였다.

"지금 가야 될까?"

나도 속삭였다.

"몰라. 뭐가 어떻게 되고 있는 건지 모르겠어."

"나도 마찬가지야. 그래도 할머니는 저 책이 마음에 드나
봐."

내가 고개를 끄덕이며 말했다.

"근데 왜 주문한 걸 기억 못 하지?"

리지가 말했다.

"할머니가 진짜 진짜 늙어서?"

"그래서는 아닌 것 같아."

"가 보자."

우린 거실로 가만히 가서 할머니 맞은편 의자에 각각 앉았
다. 리지가 물었다.

"저, 할머니, 괜찮으세요?"

할머니가 무릎 위에 펼쳐 놓은 책에서 눈을 들었다. 내가
오스월드 할아버지 사무실에서 주웠던 봉투가 할머니 옆 쿠
션 위에 있었다. 할머니가 미소 짓고는 물었다.

"내가 좋아하는 부분 한번 들어 보겠니?"

숲에 사는 동물들에 관한 책에서 좋아하는 부분이 있다는
게 잘 안 믿어졌다. 우리 대답을 기다리지도 않고 할머니는
읽기 시작했다.

그 후, 푸우와 피글렛은 크리스토퍼 로빈에게 "안녕, 고마워."
하고 인사했어요. 둘은 황금빛으로 물든 저녁에 생각에 잠겨 함께
집으로 걸어갔어요. 그리고 오랫동안 말없이 걸었답니다.

리지가 의자에서 벌떡 일어나 씩씩거리며 말했다.

"숲에 사는 동물들이라고! 이건 《아기 곰돌이 푸우》잖아요!"

내가 리지를 다시 끌어 앉히며 말했다.

"쉿! 다 읽으시도록 기다리자."

할머니는 계속 읽었다.

마침내 피글렛이 말했어요.

"푸우야, 아침에 일어나서 너 자신한테 맨 처음으로 하는 말이 뭐니?"

푸우가 말했어요.

"'아침밥이 뭘까?' 야. 넌 무슨 말을 하니, 피글렛?"

피글렛이 말했어요.

"나는 '오늘은 어떤 신나는 일이 생길까?' 라고 해."

푸우가 찬찬히 고개를 끄덕이며 말했어요.

"그건 같은 말이야."

할머니가 읽기를 멈췄다. 하지만 고개를 들지 않았다. 왜 오스월드 할아버지는 우리한테 이 책이 《아기 곰돌이 푸우》라고 말해 주지 않은 걸까? 모든 게 다 이상하다. 갑자기 나는 아까 할머니가 책을 꺼냈을 때부터 눈치 챘어야 했던 걸 비로소 깨달았다. 내가 물었다.

“할머니, 이 책이 원래 할머니 책이었나요?”

할머니는 처음엔 대답을 하지 않고 손으로 펼쳐진 페이지를 만지기만 했다. 그러더니 말했다.

“반은 내 것이었어. 나머지 반은 내 가장 친한 친구, 비치거였지.”

리지가 물었다.

“베치 말씀이세요?”

빌링슬리 부인이 고개를 흔들었다.

“비치. 비치 솔로몬이야.”

리지가 한마디 했다.

“그 시절 사람들은 이름이 이상했네요.”

난 리지를 노려보고는 할머니에게 부탁했다.

“계속하세요.”

할머니가 살짝 한숨을 쉬더니 말했다.

“비치와 말을 안 한 지 65년이 넘었어.”

리지가 말했다.

“하지만 그분이 할머니의 가장 친한 친구라고 했잖아요.”

할머니가 차분하게 대답했다.

“내가 잘못 말했구나.”

난 할머니의 왼손이 약간 떨리는 걸 봤다. 내가 보는 것을 알고 할머니는 얼른 그 손을 다른 손으로 포갰다. 나도 성급히 눈을 돌렸지만 일단 보았다는 게 죄송했다. 65년이 영원처럼 느껴졌다. 리지와 내가 가장 오래 말 안 하고 지낸 건 일주일이었는데, 리지가 《스타 트렉》의 내용들이 실제로는 일어날 수 없다고 했기 때문이었다. 할머니가 이야기를 계속했다.

"비치는 한때 내 가장 친한 친구였지. 내가 멋진 드레스를 사려고 이 책을 팔기 전까지는. 비치가 날 추궁했지만 난 내가 안 가져갔다고 잡아뗐어. 내가 그랬다는 걸 이미 비치가 알고 있다는 걸 알면서도 말이야. 친한 친구라면 상대방이 거짓말해도 다 알거든. 몇 년 동안 사과하고 싶었지만 나는 어찌해야 할 줄을 몰랐어."

리지가 말했다.

"이해가 안 돼요. 그 책값으로 어떻게 드레스 한 벌을 살 수가 있죠?"

빌링스 부인이 책 앞 장을 열고 우리가 볼 수 있도록 책을 돌렸다. 우리는 책 가까이 몸을 숙여 바랜 글씨를 읽었다.

미국에 사는 푸우의 열렬한 팬,
비치와 메이블에게.
고마움을 담아, 앨런 알렉산더 밀른 드림

리지가 "오!" 하고 감탄했다.
나도 "와!" 하고 감탄했다.

"오지 할아버지는 이 책값으로 20달러를 줬어. 그 시절 1930년대에 아이들에겐 대단한 금액이었지."

할머니가 아직도 오스월드 씨에 대해 착각하고 있음에 틀림없다는 생각이 들었다. 왜냐하면 오스월드 할아버지가 할머니에게서 이 책을 샀을 리는 만무하기 때문이다. 하지만 할머니에게 착각하시는 거라고 감히 말할 용기가 없었다. 리지는 늘 그렇듯이 하고 싶은 말을 하는데 전혀 주저함이 없었다.

"그 드레스가 왜 그렇게 필요했나요?"

할머니가 눈을 감았다. 한동안 대답이 없었다. 난 좀이 쑤시기 시작했다. 잠이 드셨나? 리지가 내 팔을 꼬집으며 입 모양으로만 말했다.

'우리 어떻게 하지?'

내가 가야 할 것 같다고 말하려는데 할머니가 눈을 뜨더니 낡은 편지 봉투를 집었다. 편지를 봉투에 다시 넣고 나에게 주며 말했다.

"여기 다 나와 있단다. 부탁 좀 들어주렴. 그 편지는 나중에 읽고 지금은 혼자 있게 해 주겠니?"

나는 내 반바지 뒷주머니에 편지를 집어넣으며, 난생처음으로 좀 덜 후줄근하게 입었더라면 하는 생각이 들었다. 리지가 물었다.

"남편분이 곧 들어오시나요?"

리지의 목소리에 평소와는 다른 뭔가가 있었다. 진심으로 걱정하는 목소리였다.

할머니는 고개를 젓고 커피 테이블 위에 있는 낡은 결혼 사진을 건너다 봤다.

"아니, 리처드는 이제 여기 없어."

리지가 물었다.

"두 분은 어떻게 만나셨나요?"

처음에 나는 제발이지 리지가 할머니께 이런 질문을 그만 했으면 좋겠다고 생각했다. 하지만 곧 리지가 왜 그러는지 깨달았다. 우리가 떠나는 게 너무 갑작스럽게 느껴질까 봐 계속 말을 시키고 있는 것이었다. 할머니는 그리움에 젖어 말했다.

"그 드레스를 입은 날 그이를 만났어. 난 열여섯 살이었지."

할머니는 손을 목으로 가져가더니 목걸이에 매달린 작은 하트들을 매만졌다. 완전히 무의식적인 동작이었다. 자신이 그러는 줄 알면 할머니는 깜짝 놀랄 것 같았다. 할머니가 계속 말했다.

"비치는 그이를 한 번도 못 만났어. 그런 일만 없었으면 내 결혼식 들러리를 섰을 텐데."

리지가 말했다.

"슬픈 얘기네요."

이 말에 빌링슬리 할머니는 추억에서 깨어나 소파에서 일어섰다.

"이제 너희 둘은 여름날 오후에 늙은 할머니랑 시간 보내는 것 말고 더 재미있는 일이 있겠지?"

우리를 손으로 진짜 밀지만 않았지 문 쪽으로 몰아가는 거나 다름없었다.

"오지에게 내가 진심으로 고맙다고 하더라고 전해 다오."

리지가 말을 꺼냈다.

"하지만 오스월드 씨는……."

내가 리지 말을 중간에 끊고서 말했다.

"그럴게요."

할머니는 우리 뒤에서 문을 닫았고, 우린 그 멋진 복도로 돌아와 있었다. 우리 둘 다 잠시 말이 없었다. 제임스 아저씨가 다가와서 물었다.

"그래, 어땠어?"

난 적절한 대답을 찾을 수가 없었다. 리지가 나섰다.

"내일 오스월드 할아버지께 설명 들을 게 많아요!"

리지는 엘리베이터를 향해 쏜살같이 가 버렸다.

리지를 뒤따라 가는 동안 내가 물었다.

"제임스 아저씨, 오스월드 할아버지를 오지라고 부르는 사람이 있나요?"

아저씨가 고개를 흔들더니 미소 지었다.

“네가 보기엔 오스월드 씨가 오지 같냐?”

“아니요.”

엘리베이터 문이 닫히자 아저씨가 말했다.

“오지 할아버지는 오스월드 씨의 할아버지란다.”

10. 오스월드 오스월드

집에 오면서 리지와 나는 별로 이야기를 나누지 않았다. 리지는 아직도 오스월드 할아버지가 세세한 것들을 자세히 말해 주지 않은 데 대해 잔뜩 약이 올라 있었고, 나는 엄마에게 할 얘깃거리를 궁리하느라 정신이 없었다. 엄마에게 모든 것을 다 이야기할 수는 없을 것이다. 적어도 내가 무슨 일을 겪었고, 그에 대한 내 생각을 정리하기 전까지는. 집 문을 열자 카레 냄새가 내 코를 가득 채웠다. 주디 이모가 와서 이국적인 요리를 하고 있다는 뜻이다. 엄마와 이모가 내 이야기를 들으려고 달려들었다. 두 사람이 서로 짝 맞춰 입은 앞치마에 손을 닦으며 한 목소리로 물었다.

"그래, 어땠어?"

주디 이모가 말했다.

"너희 리무진 타고 승 사라졌다며!"

내가 연습한 말이 홍수처럼 흘러나왔다.

"리무진이요? 환상이었죠. 안에 음료수랑 텔레비전도 있고요! 오스월드 할아버지는 또 얼마나 친절하신데요. 기사인 제임스 아저씨가 첫 번째 배달할 집에 데려다 줬어요. 어퍼 이스트사이드에 사는 어떤 할머니께 책을 갖다 드리는 일이 었는데요, 그분도 착한 분이셨어요. 대충 그게 다예요. 이제 내 방으로 가도 돼요?"

이야기를 마칠 때쯤에는 숨이 좀 찼다. 주디 이모는 여전히 환하게 웃고 있는데 엄마의 미소는 입꼬리 부분이 약간 샐쭉해졌다. 엄마가 날 오래 바라보다 말했다.

"10분이면 저녁 다 되는데."

그러면서도 엄마는 허락해 주었다.

난 침대에 배낭 속 물건들을 꺼내 놓고 편지 봉투를 찾았다. 거기 없었다. 낭패감에 사로잡혔다가 내 옷 주머니에 넣어 둔 걸 기억해 냈다. 편지는 누레지고 해졌지만 펼쳐 보니 글씨는 아직 읽을 만했다. 컴퓨터로 친 글씨가 아닌 게 분명했다. 잉크 얼룩이 있고 글씨도 줄이 안 맞는 곳이 있었다. 틀림없이 키 하나를 누르면 끝에 금속 스프링이 달린 글자가 튀어나와 종이를 때리는 구식 타자기로 친 편지였다. 우리 할머니도 한 대 갖고 계신데, 내가 한 번 쳐 보려고 하면 키가 엉켜 버리곤 했다. 나는 리지 방과 붙어 있는 벽에 기대서 편지를 읽기 시작했다.

오스월드 전당포

날짜: 1935년 3월 31일

이름: 메이블 파슨즈

나이: 15 3/4

거주지: 브루클린

물품: 《아기 곰돌이 푸우》 작가 사인본

이용자의 진술: 내가 이 책을 파는 건 코티용에 입고 갈 드레스를 살 돈이 필요하기 때문인데, 우리 부모님은 새 드레스를 사 줄 돈이 없어서 난 제니 언니의 낡은 드레스를 입어야 해요. 하지만 내게 너무 커서 그 안에서 헤엄을 칠 정도라 그걸 입고 가면 아무도 내게 춤을 추자고 하지 않을 것이고, 그렇게 되면 난 결혼을 못 하게 될 테니 이번이 내게 유일한 기회가 될 거예요. 나는 제대로 된 옷이 없어서 결혼을 못 했다고 입버릇처럼 얘기하는 실비아 대고모 같은 노처녀는 절대로 되고 싶지 않아요. 제발 우리 부모님께는 비밀로 해 주세요.

흑백 사진 한 장이 이용자 진술 아래쪽에 테이프로 붙어 있었다. 그렇게 오랜 세월이 흘렀어도 사진 상태는 놀라울 정도로 좋았다. 물방울무늬 옷을 입고 머리를 뒤로 묶은 소녀가 책을 안고 있는 사진이었다. 표지에는 곰 그림이 있었는데, 곰이 꿀단지에 머리를 디밀고 있었다. 소녀의 얼굴에서 메이블 부인의 모습을 찾아보려 했지만 지금의 모습은 전혀 보이지 않았다. 그런데 소녀의 목에 하트 두 개 달린 똑같은 목걸이가 걸려 있는 게 눈에 띄었다. 할머니 남편이 준 선물일 거라고 생각했는데 할아버지를 만나기 전부터 갖고 있었던 건가 보다. 어린 메이블의 눈은 살짝 카메라 옆을 보고 있었고 흔들림이 없는 단호한 표정을 짓고 있었다.

사진 밑에 이렇게 쓰여 있었다.

가격: $20.00(이십 달러)

서명: 오스월드 오스월드, 사장

오스월드 오스월드? 어떤 사람이 자기 자식에게 오스월드 오스월드라는 이름을 지어 줬을까? 정말이지 개념 없는 사람이다. 그러니까 내가 만난 오스월드 할아버지는 그 책을 자신의 할아버지에게서 물려받은 것 같다. 그런데 지금 왜 우리더러 그걸 돌려주라는 걸까? 오지 할아버지는 그걸 왜 팔지 않았지? 전당포는 그런 일을 하는 곳 아닌가?

엄마가 문을 두드렸다. 문 밖에서 "5분이야."라고 했지만 방에 들어오지는 않았다. 난 다시 한 번 편지를 오래 바라보았다. 그리고 둥글게 잘 말아서 리지 방으로 통하는 구멍에 집어넣었다. 왜 오늘 일어난 일을 시시콜콜 엄마에게 이야기하고 싶지 않은지는 잘 모르겠다. 그렇게 하는 건 메이블 빌링슬리 부인과 열다섯 살 메이블의 신의를 저버리는 것 같은 느낌이랄까. 나는 책꽂이에서 사전을 꺼내서 '코티용'이란 단어를 찾아봤다. 정식 무도회란 뜻으로, 옛날엔 그 자리에서 젊은 아가씨들을 사교계에 소개하곤 했단다. 나는 리지가 사교계에 소개되는 장면을 상상하고는 혼자 웃었다.

저녁을 먹으면서도 난 이야기를 많이 하지 않았다. 엄마와 주디 이모는 다음 주에 이모의 미술 학교에서 열리는 비주류 미술 전시회에 대해 이야기했다. 엄마가 말했다.

"비주류 미술의 발상 자체가 이들 화가들이 화랑이나 학교, 미술관 같은 것에 관심이 없다는 뜻이라고 생각해."

주디 이모가 닭고기 카레와 밥을 접시에 뜨며 말했다.

"그 사람들이 소위 사회의 주변이라는 곳에 있는 건 사실이지만, 전시회를 하지 않으면 목소리를 내지 못해."

엄마가 따졌다.

"그 사람들은 목소리를 내고 싶어 하지 않을지도 몰라. 그냥 자기만족을 위해서 미술을 할 뿐이지."

이제 난 대놓고 두 사람의 이야기를 듣지 않는다. 이것은 두 사람이 흔히 하는 논쟁이다. 엄마는 예술을 개인적인 것이라고 생각하고, 이모는 예술은 대중에게 보여야만 예술이라고 믿고 있다. 난 아무런 견해가 없다. 예술을 이해하지 못한다. 엄마는 내가 나이가 들면 이해하게 될 거라고 말한다.

카레 냄새가 우리 집 전체에 진동을 해서, 내 저녁 식사인 두 겹짜리 땅콩버터 샌드위치 맛이 이상해질 정도였다. 사실 아주 나쁜 건 아니었지만 제맛이 나지는 않았다는 얘기다. 이렇게 생각하는 것만으로도 내겐 긍정적인 발전이라는 생각이 들었다.

그날 제레미 시간에, 나는 폴란스키 경관이 우리에게 준 공책을 꺼냈다. 첫 페이지를 펴자 학교에 간 첫날 기분이 들었다. 난 사실 빈 노트를 좋아한다. 학교라는 곳에서 가장 맘에 드는 부분이다. 둘째 날이 되면 그런 기분은 싹 사라져 버린다.

나처럼 숙련된 되짚어 보기 선수에게 이런 것쯤은 식은 죽 먹기여야 마땅하다. 그런데도 어느 순간 나는 연필 꼭지를 씹고 있는 내 자신을 보았다. 쇠 맛과 톱밥 맛이 아주 불쾌하기만 한 것은 아니었다.

난 공책으로 고개를 숙이고 쓰기 시작했다.

사회봉사 첫째 날 소감

1. 리무진 타는 일에 익숙해질 수 있었다. 사람들은 영화배우, 정치가, 운동선수 같은 사람들이나 리무진을 탄다고 생각하는데 그렇지 않다.

2. 리지가 나와 뭐든지 나누는 건 아니다. 예를 들어 스타버스트처럼.

3. 오스월드 씨가 우리가 할 일에 대해서 거짓말을 했다고 딱 부러지게 말할 순 없지만, 그렇다고 거짓말을 안 한 것도 아니다. 그 이유는 정확히 모르겠다.

나는 다시 연필을 씹다가 내 책꽂이에 쌓인 책들을 쳐다봤다. 상자가 온 이래 난 책을 읽을 시간이 없었다. 이건 내게는 기록임에 틀림없다. 문득 빌링슬리 부인의 집에서 책을 한 권도 못 봤다는 생각이 들었다.

4. 빌링슬리 부인은 친구를 잃은 것 때문에 책에 대한 사랑을 포기했나?

5. 부인은 그 무도회에서 남편을 만났다고 했고 남편을 그리워하는 것 같았다. 그렇다면 책을 판 결정에 만족한다는 뜻일까 궁금하다.

6. 선택에는 분명히 두 종류가 있다. 아무에게도 해가 되지 않으리라 생각했지만 결국은 일이 꼬여 누군가의 아버지를 죽음으로 이끌 수도 있는 선택이 있다. 예를 들면 어느 날 아침 커피 한 잔을 더 마시기로 결정하는 바람에 커피를 사러 나가야 했고, 제대로 보지 않고 길을 건너다 다가오던 차가 당신을 치지 않으려고 길에서 벗어나 전신주를 들이받는 일처럼 말이다. 또 다른 하나는 자신이 하려는 일의 결과가 좋을지 나쁠지 알고서 하는 선택이다. 빌링슬리 부인의 경우처럼 결과가 둘 다인 경우도 있다. 친구를 잃었지

만, 남편을 만났다.

7. 내가 살면서 결정을 많이 내리지 않아도 돼서 다행이다. 어느 날 내가 버터핑거를 두 개 먹지 않고 세 개 먹기로 해서 캐나다와 전쟁이 일어나게 되면 어떻게 하나?

공책을 덮는데 문득 빌링슬리 부인이 친구를 되찾기에 너무 늦은 건 아닐지도 모른다는 생각이 들었다. 비치도 친구를 그리워하고 있다면? 6분 남은 제레미 시간에 난 인터넷을 켜고 "비치 솔로몬"과 "브루클린"을 쳤다. 찾기 어렵겠지만 브루클린에 비치 솔로몬이 많아 봤자 얼마나 많이 있겠는가?

딱 한 명이 나왔다.

2002년 12월 5일. 비치 솔로몬 슐츠의 장례식이 12월 8일 일요일 오전 10시 브루클린 메모리얼 예배당에서 거행됩니다. 조화 대신 더블 하트 독서 문화 재단에 기부하시기를 부탁드립니다. 슐츠 부인은 자신에게 평생 책 사랑을 심어 준 어린 시절 친구를 기리며 더블 하트 독서 문화 재단을 창설했습니다. 고인은 1989년부터 2000년까지 재단의 명예 회장을 지냈습니다.

비치 할머니의 전화번호를 찾아 빌링슬리 부인의 집에 방문하려던 내 야심 찬 계획은 수포로 돌아갔다.

사진이 나올 때까지 화면을 내려 봤다. 슐츠 부인은 우리 할머니와 비슷하게 생겼고, 목에 빌링슬리 부인과 똑같은 더블 하트 목걸이를 하고 있었다.

나는 공책을 다시 펴서 세 가지를 더 적었다.

8. 어떤 선택들은 영원하다.

9. 빌링슬리 부인은 비치가 자신이 만든 재단 이름을 두 사람이 하고 있는 목걸이 이름을 따서 만든 것을 알고 있었을지 궁금하다.

10. 사람들이 살아 있지 않다고 해서 우리 생각을 하지 않는 것도 아니고, 우리가 그 사람들을 생각하지 않는 것도 아니다.

난 침대에 올라가서 봉제 악어 인형을 꼭 안았다. 때로는 인터넷이 알고 싶은 것 이상을 알려 주기도 한다.

제임스 아저씨가 데리러 왔을 때까지도 리지는 내려오지 않았다. 나는 가방을 좌석에 던져 놓고 아저씨에게 금방 들어갔다 오겠다고 약속했다. 숨이 턱에 차도록 뛰어 올라가서 리지네 아파트 문을 두드렸다. 대답이 없었다. 내가 가진 열쇠로 문을 열고 고개를 디밀었다.

"리지?"

그래도 리지는 여전히 대답이 없었다. 거실 화장실에서 물 내려가는 소리가 들렸다. 난 닫힌 화장실 문에 대고 크게 불렀다.

"리지?"

리지가 짜증 난 목소리로 대답했다.

"잠깐만 기다려! 아, 이제 됐어, 들어와."

욕실 문을 열었더니 리지가 거울 앞에서 젖은 수건을 눈에 대고 있었다. 내가 황급히 물었다.

"무슨 일이야?"

리지가 수건을 눈에서 떼고 새빨갛게 된 한쪽 눈을 보여 줬다.

"꼭 알고 싶다면, 내가 눈을 찔렀어."

나는 화장실에 날카로운 막대기가 있나 살피며 물었다.

"뭘로?"

리지가 뭐라고 했는데 알아듣지 못했다.

"뭐라고?"

리지가 끙끙거리더니 다시 말했다.

"'아이라이너'로 내 눈을 찔렀다고!"

"아이라이너가 뭔데?"

내가 목욕탕 발 매트에 서 있는 걸 그제야 보고 리지가 말했다.

"야, 여기 신발 신고 들어오면 안 돼."

"왜 안 돼?"

리지가 멀쩡한 한쪽 눈으로 노려봤다.

"네가 밖에서 벌레를 밟고 여기 들어와서 내 목욕탕 매트를 밟은 거면 어쩔래? 벌레 조각들이 매트에 묻었는데 내가 샤워하고 나오다가 맨발로 벌레 창자라도 밟아 봐. 그러길 바라는 거야? 응?"

난 천천히 복도로 물러났다. 리지 기분이 저럴 때는 대답을 안 하는 게 상책이다. 난 리지에게 일러 줬다.

"서두르는 게 좋겠어. 제임스 아저씨가 밖에서 기다리고 있거든. 둘째 날이라고 지각하고 싶지는 않으니까."

리지가 크게 한숨을 내쉬더니 수건을 내려놨다.

"정말 흉해 보이니?"

꽤 흉해 보였지만 난 고개를 저었다.

"아무도 모를 거야."

리지는 믿지 않는 것 같았지만 나를 따라 목욕탕에서 나오며 마지막으로 거울을 흘끗 쳐다봤다. 리지가 신발을 신는 동안 난 서둘러 아래층으로 내려와서 제임스 아저씨에게 무슨 일이 있었는지 이야기했다. 아저씨는 고개를 흔들며 다 안다는 듯 말했다.

"여자들과 화장이란! 눈에 선을 그리거나 뺨이 분홍색이면 남자들이 알아줄 거라고 생각하나?"

난 아저씨에게 알려 줬다.

“리지는 화장 안 해요.”

“이젠 해.”

뒤에서 여자애 목소리가 들렸다. 새로 이사 온 사만다였다. 내가 물었다.

“네가 어떻게 알아?”

사만다는 리무진 유리창에 얼굴을 딱 붙이고 들여다보느라 내 질문에 대답할 새가 없었다. 주위를 둘러봤지만 사만다의 사악한 쌍둥이 남동생의 흔적은 없었다.

아파트 출입문이 활짝 열리고 리지가 계단을 뛰어 내려왔다. 리지는 나와 제임스 아저씨는 보지도 않고 사만다가 몸을 돌리자 잽싸게 앞머리로 빨개진 눈을 가렸다.

사만다가 나와 리지를 번갈아 쳐다봤다. 그러고는 믿기지 않는다는 듯 물었다.

“이 차 너희들이 타고 갈 차야? 너희들, 그러니까 갑부나 뭐 그런 거야?”

리지가 입을 여는데, 내가 얼른 먼저 말했다.

“부자 삼촌이 있어.”

이번엔 제임스 아저씨를 기다리지 않고 내가 리무진 뒷문을 획 잡아당겨 열었다. 리지가 서둘러 먼저 탔는데, 아직도 앞머리로 얼굴을 가린 채였다. 아저씨가 문을 닫을 때 사만다가 부르는 소리가 들렸다.

“잠깐만! 누구 삼촌인데?”

리지가 냉장고에서 오렌지 주스 캔 하나를 꺼내며 말했다.

"아슬아슬했어."

내가 아침 샌드위치 포장을 벗기며 물었다.

"무슨 일인지 말해 줄래?"

리지가 어깨를 들썩하며 말했다.

"별거 아냐. 어젯밤에 사만다가 잠깐 왔었어. 그게 다야."

나는 반쯤 먹다 말고 남은 샌드위치를 무릎 위에 놨다. 놀라거나, 더 나쁘게는 질투하는 것처럼 들리지 않도록 신경 쓰며 내가 물었다.

"정말?"

리지가 말했다.

"그래, 정말이야. 왜 그게 그렇게 안 믿기냐?"

나는 얼른 샌드위치를 한 입 베어 물었다. 누가 땅콩버터 샌드위치를 하나 가득 물고 있는 사람에게 대답하길 바라겠는가? 다 씹고 나서 내가 물었다.

"그래서 너희들 뭘 했는데?"

리지가 다시 어깨를 들썩했다.

"여자들 일. 넌 흥미 없었을 거야."

지금 우린 서로 알 수 없는 영역에 들어와 있다. 내가 말을 돌렸다.

"너 빌링슬리 부인 편지 읽었어?"

리지가 고개를 끄덕이더니 말했다.

"자기 자식에게 오스월드 오스월드라고 이름을 지어 주는 사람이 누굴까?"

"난 알지!"

내가 소리치자 우린 둘 다 웃었다. 차 안의 긴장감이 사라졌다. 그러는 사이 오스월드 할아버지 집 앞에 차가 섰고 모든 것이 정상으로 돌아왔다. 나는 분위기를 망칠까 봐 비치솔로몬 소식은 리지에게 말하지 않았다. 리지가 건물로 올라가며 물었다.

"지금 내 눈 어때?"

"빨갰었는지도 모르겠어."

난 리지를 안심시켰다. 거의 사실이기도 했다.

리지가 단호하게 말했다.

"좋아. 오스월드 할아버지에게 내 마음속 이야기를 할 때 할아버지가 다른 데 신경을 쓰지 않았으면 하니까."

리지는 제임스 아저씨를 휙 지나 오스월드 할아버지 집 문 앞으로 곧장 걸어갔다. 주먹을 들고 문을 두드리려는데 할아버지가 문을 열었다. 하마터면 할아버지를 칠 뻔했지만 다행히도 조금 못 미쳤다. 할아버지가 뒤로 물러서며 말했다.

"이게 누군가, 젊은 아가씨. 빨리 시작하고 싶은가 보네."

리지는 허리에 손을 얹고 최대한 눈에 힘을 주고 노려봤다.

"설명해 주셔야 할 게 많아요, 할아버지."

할아버지는 미소를 감추지 못하고 대답했다.

"오, 이런. 내 사무실로 가서 이 화창한 여름날에 너를 괴롭히는 게 뭔지 다 이야기해 보자꾸나."

집으로 들어가면서 리지가 말을 낚아챘다.

"모르는 척하시는군요."

난 들어가며 할아버지에게 어색한 웃음을 날렸다. 리지 못지않게 나도 궁금했지만 그래도 예의 바르게 물어볼 수도 있는 일이니까. 상자로 가득 찬 거실을 지날 때 난 깊이 숨을 들이마셨다. 누군가 빵을 굽고 있다!

메리 아줌마가 서재에서 오렌지 주스와 초콜릿 가루가 뿌려진 케이크를 준비해 놓고 우리를 기다리고 있었다. 오스월드 할아버지가 혹 우리를 자기편으로 만들려는 거라면 나한테는 성공한 거다. 리지가 초조해하며 할아버지가 책상 뒤에 앉기를 기다리는 동안 나는 기쁘게 케이크를 먹어 치웠다. 할아버지가 물었다.

"어제는 다 순조로웠겠지?

"몇 가지 여쭤 볼 게 있어요. 그러니까……."

내가 말하기 시작했는데 리지가 내 말을 끊었다.

"빌링슬리 부인이 우리가 가는 걸 모른다는 얘길 왜 하지 않았어요? 왜 할아버지의 할아버지는 그 책을 60년 넘게 갖고 있었나요? 우리 아빠가 그러는데 열여덟 살 미만 어린이는 전당포에 물건을 맡길 수 없대요. 불법이래요."

'불법'이라고 할 때엔 리지의 목소리가 약간 작아졌다.

리지에게 대답하기 전에 할아버지가 나를 보고 물었다.

"제레미, 넌 어땠니? 더 물어보고 싶은 것 없어?"

왜 어떤 사람이 자기 자식에게 오스월드 오스월드라는 이름을 지어 준 거냐고 묻고 싶었지만, 오지는 그의 할아버지이기 때문에 실례가 될 것 같았다. 나는 고개를 저었다. 리지가 다시 물었다.

"다른 배달도 다 어제 같은 건가요?"

할아버지는 고개를 저었다.

"똑같진 않을 거야. 어떤 것도 똑같은 것은 없어. 어제 너희들을 충분히 준비시키지 못한 것에 대해서는 사과하마. 너희가 날 용서해 주고 설명할 기회를 줬으면 좋겠다. 괜찮겠니, 제레미?"

할아버지가 내게 용서를 구했다는 사실에 놀랍기도 하고 기분도 좋아서 대답했다.

"네, 좋아요."

오스월드 할아버지가 리지에게도 물었다.

"리지는?"

리지가 크게 한숨을 쉬었다.

"할 수 없죠."

할아버지는 가죽 의자에서 일어서며 외쳤다.

"좋아!"

"다른 물건을 보여 주면서 설명하마."

할아버지는 가장 가까운 선반으로 가서 제일 위 칸에 딱 하나 있는 물건인 놋쇠 망원경을 꺼내려고 했다. 할아버지가 까치발을 했는데도 충분히 손이 닿지 않았다. 갑자기 나는 할아버지가 넘어져서 한쪽 골반이 부러지면 우리가 센트럴 파크에서 쓰레기를 줍게 될 것 같은 생각이 들었다. 나는 의자에서 벌떡 일어나 도와 드리겠다고 했다.

나는 아래 칸을 딛고 올라서서 망원경을 꺼냈다. 망원경은 내가 생각했던 것보다 훨씬 무거웠다. 그래서 선반에서 발이 미끄러졌다. 내가 뒤로 자빠지려고 하자 리지가 비명을 질렀다. 할아버지가 생각보다 빨리 움직여서 나를 잡아 줬다. 내 어깨를 꽉 안으며 할아버지가 말했다.

"네가 무겁지 않아서 다행이다."

난 얼굴이 빨개지며 말했다.

"죄송해요."

나는 조심스럽게 망원경을 할아버지에게 드렸다. 할아버지가 넘어질까 걱정한 사람이 오히려 할아버지를 짜부라뜨릴 뻔하다니! 리지가 속삭였다.

"괜찮아?"

난 당황해서 고개를 끄덕였다. 이제 근력 운동이라도 좀 해야겠다.

할아버지는 망원경을 우리 앞에 있는 책상 위에 놓으며 자랑스럽게 말했다.

"이건 브로드허스트야. 당시 가정용 망원경으로서는 가장 성능이 좋았지."

리지가 물었다.

"그게 언젠데요?"

할아버지가 대답했다.

"1930년대. 아름답지 않니? 맑은 날 밤에는 이걸로 태양계 전체를 볼 수도 있었단다."

내가 참지 못하고 불쑥 말했다.

"에너지가 넘치는 우리 엄마가 방금 우리에게 피자 아홉 판을 시켜 줬어요."(원문은 "My very energetic mother just served us nine pizzas."로, 우리말의 '수금지화목토천해명'처럼 태양계 행성 순서를 외우기 쉽게 만든 문장 : 옮긴이)

리지가 머리 둘 달린 사람을 바라보듯이 날 멍하니 쳐다봤다.

"정신이 나갔네. 마침내 정신이 나갔어. 언젠가는 이런 날이 올 줄 알았다니까."

할아버지가 껄껄껄 웃었다.

"제레미는 방금 행성의 순서를 쉽게 기억하는 방법을 말한 거야."

리지가 눈을 굴렸다.

"봤죠? 애는 책을 너무 많이 읽는다고 했잖아요."

오스월드 할아버지가 말했다.

"책은 아무리 많이 읽어도 지나치지 않단다. 제레미, 네가 외운 게 바뀌게 될지도 몰라. 명왕성이 행성에서 제외될 거란 얘기를 읽었어. 천문학자들은 명왕성이 행성으로 정의하기엔 너무 작다고 보고 있거든."

나는 고개를 끄덕였다. 나도 그런 글을 읽은 적이 있다. 리지가 투덜거렸다.

"미키 마우스의 개 이름(명왕성이란 뜻의 '플루토' : 옮긴이)을 따라 지은 걸 없애는 거네."

나는 책상 가까이 몸을 숙여 망원경을 살펴봤다. 정말 오래된 망원경이었다. 재질이 플라스틱이 아니라 놋쇠나 구리 같은 무거운 금속이었다. 나는 여덟 살 때부터 생일 선물로 망원경을 사 달라고 졸랐지만 번번이 거절당했다. 도시에서는 불빛이 많아서 별을 거의 볼 수 없기 때문에 쓸모가 없다는 게 엄마의 주장이었다. 학교에 자기 집에 망원경이 있다고 뽐내던 애가 있었는데, 그 망원경은 하늘을 향해 있지 않고 건너편 아파트를 향하고 있다고 했다. 그 이야기를 듣고 나서, 우리 집 근처에도 혹시 호기심 넘치는 이웃이 있을까 봐 내 방 블라인드를 항상 쳐 두기로 했다.

나는 손을 뻗어 손가락으로 망원경의 경사진 몸체를 쓸어 봤다. 어떤 사람들이 저 파인더에 눈을 댔을까? 그 사람들은 무엇을 봤을까? 내가 공손하게 물었다.

"이거 어디서 사셨어요?"

"1944년에 에이모스 그래디란 청년이 켄터키에서 브루클린으로 이사 왔는데, 그 청년이 이걸 우리 할아버지 가게로 가져왔어. 할아버지는 에이모스에게 망원경 값으로 45달러를 지불했지. 당시엔 큰돈이었단다. 할아버지는 그것을 정부에 고철로 신고했어야 했지만 당신만이 간직하고 있던 이유로 하지 않았단다."

리지가 말했다.

"제가 맞혀 볼게요. 오늘 우리가 이 낡은 망원경을 에이모스 그래디에게 돌려줄 거죠, 맞죠?"

할아버지가 대답했다.

"아니."

할아버지는 선반으로 가더니 화려한 스테인드글라스로 장식되어 있고 낡은 밤색 코드가 달린 램프를 꺼냈다.

"오늘은 이 램프를 B 거리에 사는 사이먼 루돌프 씨에게 배달하면 된단다."

할아버지는 리지의 놀란 손에 램프를 올려놨다. 리지가 램프를 살펴봤다.

"이거 지금도 불이 들어오나요?"

할아버지가 웃었다.

"켜 볼 생각도 안 해 봤다."

리지가 다시 끼어들었다.

"에이모스 그래디가 열여덟 살 아래였나요?"

할아버지가 대답했다.

"당시에 열네 살이었지."

리지가 물었다.

"그럼 할아버지의 할아버지께서 하신 건 불법이었네요?"

난 눈을 어디에 둘지 몰라 의자에서 몸을 아래로 내렸다.

할아버지가 고개를 끄덕였다.

"오, 그래. 그렇다고 할 수 있지."

리지가 큰 소리로 말했다.

"그럴 줄 알았어요! 뭔가 수상쩍었다니까요. 내가 뭐랬어, 제레미?"

난 의자에서 더 밑으로 내려갔다. 이젠 내 눈높이가 책상 이랑 같아졌다.

할아버지가 의자로 돌아가 앉으며 손을 들었다.

"너희들이 이상한 생각을 하기 전에, 아까 약속한 대로 설명해 주마."

리지가 램프를 책상 위 망원경 옆에 놓은 뒤 팔짱을 끼고 의자에 깊숙이 앉았다.

할아버지가 목청을 가다듬었다.

"뉴욕에 사는 사람은 누구나 우리 할아버지를 알았단다. 오지 할아버지라고들 불렀어. 할아버지가 되기도 전부터. 성 직자, 랍비, 사업가들이 할아버지에게 와서 현명한 조언을

구하곤 했단다. 어린아이들도 길에서 할아버지를 따라다녔
어. 할아버지는 꼬마들 주려고 항상 태피 사탕이나 피클을
가지고 다니셨지."

나는 불쑥 끼어들 수밖에 없었다.

"피클이요? 아이들이 피클을 얻으려고 그분을 따라다녔다
고요?"

할아버지가 웃었다.

"몇 블록씩이나 이어졌지. 그 피클은 부둣가 나무통에서
숙성시킨 거란다. 그 전에도 후에도 그런 피클은 없었지."

나도 모르게 몸서리가 쳐졌다. 할아버지가 계속했다.

"피클뿐이 아니었단다. 아이들은 우리 할아버지에게 자신
들의 고민을 갖고 찾아가도 된다는 걸 알고 있었어. 1930년
에서 40년 사이 그 시절에는 걱정거리들이 많았단다. 지금이
라면 멀던 양 말대로 전당포에서 어린애 물건을 받는 것에
사람들은 눈살을 찌푸렸을 거야. 하지만 말했듯이 그때는 어
려운 시절이었기 때문에, 모두들 돈이 궁했단다. 애들까지도
말이야. 그래서 오지 그분은 당신을 찾아온 아이들과 거래를
했던 거야."

할아버지가 잠시 말을 멈추고 물었다.

"지금까지 한 말 이해했니?"

우린 고개를 끄덕였다. 난 겨우 의자 끄트머리에 엉덩이만
걸친 상태였다. 피클 이야기를 들을 때부터 그랬다.

"오지 할아버지는 아이들에게 한 가지 조건을 달고 아이들이 가져온 물건들을 샀단다. 특별한 양식을 만들어서 아이들에게 어디서 난 물건인지, 왜 그 물건을 팔아야 하는지를 적어 넣게 했어. 아이들을 타자기 앞에 앉히고, 하루 종일 걸려도 자기들 이야기를 기록하게 했지. 오지 할아버지는 아이들이 댄 이유에 대해서 절대로 판단하는 법이 없었어. 그리고 항상 값을 후하게 쳐 줬지. 양식을 쓰게 하니까 아주 의지가 굳은 아이들이 아니면 모두 달아났단다."

내가 물었다.

"그런데 왜 오지 할아버지는 생각을 바꿔 이 물건들을 다른 사람한테 팔아넘기지 않았을까요? 전당포는 그렇게 운영되는 것 아닌가요?"

할아버지가 고개를 끄덕였다.

"맞지. 그렇지만 이 어린아이들을 도와준 것은 결코 돈 때문이 아니었단다. 오지 할아버지는 그 물건들을 안전한 곳에 두고 아무도 모르게 하셨지. 심지어 30년간 가게를 운영했던 우리 아버지조차도 모르셨어."

내가 물었다.

"오지 할아버지가 아이들에게 물건을 돌려주기 위해서 그랬다고 생각하세요?"

오스월드 할아버지는 책상 위의 오래된 흑백 사진을 바라보며 대답했다.

"나도 궁금하단다."

전엔 그 사진을 눈여겨보지 않았는데 이제야 몸을 기울여 자세히 봤다. 중년 남자가 물고기 한 마리와 낚싯대를 쳐들고 나무 표지판 옆에서 포즈를 취하고 있었는데, 표지판에는 '도망친 녀석을 찾아야 합니다!' 라고 쓰여 있었다.

내가 물었다.

"오지 할아버지라는 분이신가요?"

할아버지가 고개를 끄덕였다.

"젊었을 때 낚시광이셨어."

리지가 물었다.

"근데 그렇게 오랜 세월이 지났는데 이 사람들을 어떻게 찾았어요?"

"유능한 탐정을 고용했지. 인터넷에 너무나 정보가 많아서, 심지어는 알고 싶지 않은 것들까지 어렵지 않게 찾아냈단다."

내가 중얼거렸다.

"얘기해 주세요."

두 사람 다 날 돌아봤다. 나는 램프를 들고 말했다.

"그러니까 이 소년의 사연은 뭔데요?"

할아버지가 손목시계를 봤다.

"오늘 아침에 여기서 이렇게 오래 있을 생각이 아니었는데. 램프를 포장할 시간이 없구나. 들고 갈 수 있겠지?"

할아버지는 대답을 기다리지도 않고 맨 위 서랍을 열어 봉투 하나를 꺼냈다. 그리고 내게 봉투를 건넸다. 어제처럼 정갈하게 손으로 쓴 '사이먼 루돌프'라는 이름이 적혀 있었다. 난 봉투를 뒷주머니에 넣었다.

내가 할아버지에게 사이먼이나 램프에 대해서 아직 설명하지 않았다고 말하려는데, 제임스 아저씨가 나타나서 할아버지에게 파이프와 신문을 드렸다. 제임스 아저씨가 말했다.

"아이들이 타고 갈 차가 준비됐습니다."

리지가 작게 중얼거렸다.

"십대라니까요, 사실상."

오스월드 할아버지가 제임스 아저씨에게 말했다.

"좋아, 좋아."

그러고는 책상 위쪽에서 메모지 한 장을 떼어 제임스 아저씨에게 줬다.

"루돌프 씨 집 문에는 주소가 적혀 있지 않아."

할아버지가 이번엔 우리 모두에게 주의를 주었다.

"루돌프 씨는, 좀, 흔히 말하는, 괴짜야. 다음에 올 때 공책을 가져오너라. 내가 이틀 동안 집을 비울 거니까 금요일에 만나자. 오늘 일 잘해 주면 고맙겠다."

할아버지는 방을 나갔고, 제임스 아저씨도 따라 나갔다.

리지와 나만 남았다. 둘 다 램프를 들 생각을 하지 않았다. 내가 제안했다.

"음, 우리도 가야겠지?"

"지난번이랑 똑같잖아."

리지는 투덜거리면서도 램프를 들었다.

"이 사람에 대해서 아무것도 모르고 앞으로 무슨 일이 생길지도 전혀 알지 못해."

정문으로 가며 내가 속삭였다.

"저번이랑 완전히 똑같지는 않아."

"알아, 알아."

그러면서 리지는 어설프게 할아버지 목소리를 흉내 냈다.

"어느 것도 완전히 똑같은 건 이제껏 없었으니까."

"그 말이 아니라, 이번에는 봉투가 왜 있는지 우리가 알고 있다는 거야."

리지가 걸음을 멈추고 나를 한참 봤다.

"설마 내가 잘못 들은 건 아니겠지? 고귀하신 제레미 핑크 님께서 거기 도착하기 전에 봉투를 열어 보자는 거야?"

난 당당하게 미소를 지으며 말했다.

"아마도 그럴걸."

리지가 만족해하며 말했다.

"너도 아직 희망이 있네."

내가 규칙을 어기려고 하는 것에 리지가 흡족해 하는 걸 보니 기뻤다. 비록 할아버지가 편지를 읽지 말라는 얘길 하지는 않았지만. 하지만 솔직히, 호기심보다는 두려움 때문에

그런 마음이 들었다. 난 무슨 일이든지 준비되지 않은 걸 좋
아하지 않는다. 게다가 루돌프 씨가 할아버지 말대로 '괴짜'
라면, 내가 어떤 일에 뛰어드는지 정확하게 알고 싶었다.

11. 램프

"네가 열어."

나는 리지에게 봉투를 밀며 속삭였다.

리지가 다시 봉투를 내게 밀며 말했다.

"싫어, 네가 해."

"네가 하라니까!"

내가 리지 무릎 위로 봉투를 던졌다. 리지도 바로 다시 던졌다.

앞 좌석에서 제임스 아저씨가 말했다.

"아, 정말. 내가 열어 줄게."

나는 죄책감을 느끼며 살짝 열린 유리 칸막이를 통해 봉투를 넘겼다. 뜯는 소리가 들리자 난 좀 움찔했다. 잠시 후 편지가 나타났다. 이번 편지는 저번 것만큼 누렇지 않았다. 난 천천히 편지를 폈다.

오스월드 전당포

날짜: 1958년 8월 11일

이름: 사이먼 루돌프

나이: 14(오늘)

거주지: 맨해튼

물품: 여러 빛깔 유리로 된 램프

이용자의 진술: 나는 은시계를 사기 위해 돈이 필요해요. 내 친구들 모두 멋진 시계가 있는데, 우리 엄마는 버그도프와 블루밍데일 백화점에서 자기 물건 사느라 바빠서 내 물건은 하나도 못 사요. 엄마는 이런 램프가 스무 개나 있어요. 하나 없어져도 알지도 못할 거예요. 엄마는 아무것도 제대로 알지 못해요. 한번은 내가 얼굴이 시뻘게지도록 20분 동안이나 물구나무를 서 있었어요. 엄마는 전화로 친구에게 저녁 모임에 뭘 입고 갈지에 대해 계속 수다를 떨고 있었지요. 전화는 그런 데 쓰라고 있는 게 아니라는 건 누구나 다 아는데 말이죠. 아빠는 내가 돈의 가치를 배워야 한다고 주장하지만, 나는 돈의 가치를 충분히 알고 있어요. 나중에 난 아빠보다 더 부자가 될 거예요. 그러면 전당포에 물건 맡길 일도 없을 거예요. 나는 은시계 쉰 개를 살 거라고요!

다 읽고 나자, 리지가 말했다.

"와, 버르장머리 없는 녀석이군!"

나는 리지에게 편지를 줬다.

"여기 램프 값으로 20달러를 받았다고 돼 있어. 그때엔 은 시계가 20달러보다 훨씬 쌌을 텐데."

리지가 편지 밑단에 클립으로 끼운 사진을 보며 말했다.

"굉장히…… 고집 있어 보이네. 이때 애가 무슨 생각을 했을까."

리지는 내가 볼 수 있게 종이를 기울였다.

나는 넌지시 의견을 말했다.

"아마 삶의 의미를 생각하고 있었을 거야."

"그렇다고 생각해?"

"아니라고 생각해?"

리지는 몸을 기울여 반쯤 열린 유리 칸막이로 편지를 다시 제임스 아저씨에게 보냈다.

"아저씨는 어떻게 생각하세요?"

아저씨는 길에서 눈을 떼지 않은 채, 편지를 자기 앞으로 가져가서 한 번 쓱 봤다.

"내가 보기엔 마지막 피클을 내가 먹을걸 하고 생각하는 것 같은데."

제임스 아저씨가 편지를 다시 돌려주고 열린 유리 칸막이를 다 올려 닫아 버리자 리지와 나는 웃음을 터뜨렸다.

차에 빗방울 떨어지는 소리가 들리기 시작했다. 지금 이 순간 내가 바로 여기, 이 차 안에 있다는 게 기뻤다. 하지만 상자 열쇠를 찾아야 한다는 생각이 한시도 마음을 떠나지 않아서인지 다른 일을 하고 있을 때마다 불안한 심정을 떨칠 수가 없었다. 리지가 뒤쪽 유리창으로 흘러내리는 비를 구경하다가 몸을 돌려 청량음료 뚜껑을 열었다.

나는 목을 가다듬었다. 리지에게 심각한 질문을 해서 잘 넘어간 적이 드물었지만 어쨌든 시도는 해 봐야겠다.

"있잖아, 리지?"

"왜?"

음료수를 어찌나 빨리 벌컥벌컥 들이키면서 대꾸를 하는지 코로 다시 나올까 봐 겁이 났다. 리지네 집에서는 청량음료를 먹지 못하게 한다.

"너…… 그러니까, 한 번이라도…… 그러니까……."

리지가 연극이라도 하듯이 손목시계를 봤다.

"얼른 말해, 네 말 기다리다가 늙어 죽겠다."

"좋아. 너 삶의 의미에 대해서 생각해 본 적 있어? 넌 그게 뭔지 알고 있는 것 같니?"

리지가 머리를 흔들었다.

"나는 어떤 것이든 너무 깊이 생각하지 않으려고 해. 골치 아프거든."

그러더니 창으로 몸을 돌려 다시 비 구경을 했다.

루돌프 씨 집 앞길에는 특별한 허가 없이는 주차를 할 수가 없어서 제임스 아저씨는 두 블록이나 떨어진 곳에 주차를 해야 했다. 주차료가 한 시간에 20달러라니! 아저씨는 날강도 어쩌고 공정거래위원회 저쩌고 중얼거리고는 마지못해 주차 요원에게 차 열쇠를 맡겼다. 우리가 차에서 나오는데 주차 요원이 차를 눈여겨보며 군침을 흘렸다. 거기에 이런 리무진이 매일 주차하진 않을 테니까. 루돌프 씨 집이 있는 길로 걸어가며 나는 제임스 아저씨에게 주차 요원이 몰래 재미삼아 폭주 운전을 하지 못하도록 주행 기록계를 확인해야 한다고 속삭였다.

"너 영화를 너무 많이 봤구나."

그러더니 아저씨는 잊어버린 게 있다며 차로 다시 뛰어갔다.

다행히도 갑자기 내리던 폭우가 시작할 때처럼 금방 그쳐서, 미리 대비하지 못한 걸 속상해하지 않아도 됐다. 이제부터는 배낭에 우산을 넣고 다녀야겠다고 마음속으로 다짐했다.

걸어가는 길에 뜨거운 보도에서 엷은 안개가 모락모락 피어올랐다. 그 때문에 주변이 기분 나쁘게 달아올랐다. 리지가 램프를 들고 가는 책임을 내게 떠맡겼는데, 지나가는 사람들이 램프를 감탄하는 눈길로 쳐다본다는 걸 알 수 있었다. 그것은 정말로 아름다운 램프였다. 이전에는 램프 따위에 관심조차 가져 본 적이 없었는데 말이다. 해가 지지도 않았는데 램프에 불이 들어온 것처럼 보였다. 이 램프가 내 것이었다면 전당포에 맡기지는 않았을 것 같았다.

제임스 아저씨가 소리 내어 거리 번지수를 읽었다. 루돌프 씨 집에만 주소가 안 적혀 있는 게 아니라 그 이웃집들도 마찬가지였다. 우리가 들른 첫 번째 집은 아예 대답이 없었다. 두 번째 집에서는 축구 유니폼을 입은 꼬마가 나와서 빈정거리며 "낯선 사람하고 이야기 안 해!" 하더니, 우리를 남겨 두고 문을 꽝 닫아 버렸다. 아저씨가 그래서 자기는 애를 안 낳은 거라며 중얼중얼하더니, 옆집 문에 달린 인터폰을 눌렀다. 남자 목소리가 울려 퍼졌다.

"안녕하세요! 오늘은 무엇을 도와 드릴까요?"

아저씨가 인터폰으로 가까이 다가가 말했다.

"사이먼 루돌프 씨를 찾아왔어요. 저희는 오스월드 씨가 보낸 사람들입니다."

"아, 네."

목소리가 금속 상자를 통해서 울려 퍼졌다.

"무슨 일을 하는지 밝히려고 하지 않는 신비한 오스월드 씨. 그럼 어때요. 난 늘 내 집에 오는 손님들을 기꺼이 환영합니다."

잠시 후 문에서 삐 소리가 울리자, 제임스 아저씨가 문을 밀어 열었다.

리지와 나는 움직이지 않았다. 아저씨가 말했다.

"이번엔 뭐가 문제지?"

내가 대답했다.

"이 사람이 아닌 것 같아요."

리지가 주머니에서 편지를 꺼내며 자기도 같은 생각이라는 뜻으로 고개를 끄덕였다. 아저씨가 물었다.

"그렇게 생각하는 이유는?"

리지가 말했다.

"이 편지랑 이 사람이랑 전혀 어울리지 않아요. 이 사람은 꼭 환각제라도 먹은 사람 같잖아요. 근데 편지의 아이는 버릇없는 망나니거든요."

아저씨가 더는 못 참겠다는 듯 말했다.

"사람들은 변해. 거의 50년이 지났잖니, 세상에. 이 사람이 맞아. 우리를 기다리고 있잖아."

리지가 아저씨보다 먼저 건물로 들어가며 말했다.

"아, 좋아요. 하지만 우리가 납치되기라도 하면, 우리 아빠가 아저씨한테 무지 화낼 거예요."

우리는 무거운 발걸음으로 계단 세 층을 올라가 그 집 문 앞에 다다랐다. 문이 조금 열려 있었다. 아저씨가 속삭였다.

"나는 여기 밖에서 기다릴게."

나는 불안하게 문을 쳐다보며 속삭였다.

"확실해요?"

"아무 일 없을 거야."

아저씨가 다시 말하고는 우리에게서 몇 발짝 떨어졌다. 리지가 중얼거렸다.

"그래야 되겠죠."

나는 주저하며 문을 살짝 더 밀어 보았다.

"루돌프 씨 계세요?"

몇 초가 흘러도 안에서 아무 소리가 들리지 않았다. 리지를 흘끔 바라보니 역시 불안해하고 있었다. 이번엔 리지가 나서서 문을 마저 열었다. 눈에 들어온 것은 흰 벽과 나무 바닥으로 된 커다란 방이었는데, 빈 방이나 다름없었다. 창문 하나, 탁자 하나, 작은 플라스틱 램프 하나, 등받이가 딱딱한 나무 의자 하나, 커다란 사진 액자(노을 지는 해변), 그리고 과일(사과 한 개)이 담긴 그릇 하나. 어디선가 꽃향기가 났지만 꽃은 보이지 않았다.

이상하다고 생각하고 있는데, 나이에 비해 날렵하고 탄탄해 보이는 아저씨가 방 끝에 있는 복도로 걸어 나왔다. 아저씨는 까맣게 그을렸고, 샌들에 밤색 반바지와 '장난감을 가장 많이 갖고 죽는 자가 승자다' 라는 뜻 모를 말이 적힌 흰 티셔츠를 입고 있었다. 오스월드 할아버지가 준 편지를 보면, 이 사람은 분명 예순이 넘었을 텐데. 적어도 열 살은 젊어 보였다.

나는 그 얼굴 속에서 빛바랜 사진 속 고집스럽게 보였던 꼬마의 모습을 부질없이 찾으며 물었다.

"사이먼 루돌프 씨신가요?"

"그렇습니다만."

아저씨가 고개를 살짝 숙이며 대답했다.

"그러면 두 분은?"

"저는 제레미 핑크이고 여기는 리지 멀던입니다."

리지가 고개를 까딱했다. 리지의 붉은 머리랑 주근깨가 내가 들고 있는 램프와 일몰 사진 다음으로 방 안에서 가장 환한 것이었다. 루돌프 아저씨가 싱긋 웃으며 말했다.

"손전등 들고 여행한다는 얘기는 들어 봤어도, 램프를 통째로 들고? 그것도 그렇게 화려한 것을."

나는 얼른 램프를 남자에게 내밀었다.

"이거 아저씨 거예요. 1958년에 오지 오스월드에게 맡기셨던 거요."

루돌프 아저씨의 눈이 어찌나 커졌던지 튀어나올까 걱정될 지경이었다. 아저씨가 한 걸음 다가와 내게서 램프를 가져갔다. 손으로 램프를 연신 쓰다듬으며 같은 말을 되풀이했다.

"그 옛날 엄마의 램프! 믿을 수 없어, 정말 믿을 수 없어."

그러더니 마침내 우리에게 물었다.

"이거 어디서 났니?

내가 설명했다.

"저희는, 에, 말하자면, 오지의 손자분을 위해 일하는 건데, 그분이 이걸 아저씨에게 돌려주라고 했어요."

나도 이 물건들을 되돌려 주는 이유를 모르기 때문에 그런 식으로 말했지만, 꽤 그럴듯하게 들렸다.

루돌프 아저씨가 탁자에 램프를 올려놓고 우리 쪽으로 몸을 돌렸다.

"참 아름답지 않니?"

난 진심으로 말했다.

"정말 아름다워요."

나는 리지도 고개를 끄덕이고 있을 거라고 믿으며 리지를 돌아봤다. 그런데 리지는 아랫입술을 깨물며 방 안을 둘러보고 있었다. 나는 그제야 리지가 방 안에 발을 들여놓고 나서 한마디도 하지 않았다는 것을 깨달았다. 얼굴도 좀 창백해 보였다. 루돌프 아저씨가 램프 주위를 돌며 램프를 이리 보고 저리 보고 하는 동안 슬며시 리지에게 속삭였다.

"괜찮니?"

리지가 말했다.

"여기엔 아무것도 없어. 텅텅 비었어. 가져갈 게 아무것도 없어."

"가져갈 게 아무것도 없다니?"

"손이 근질근질한 걸 보니 뭘 집어가야 한다는 신호인데 아무것도 집어갈 게 없잖아!"

난 얼른 루돌프 아저씨가 리지가 하는 말을 들었는지 살펴봤지만 아저씨는 여전히 램프에 넋을 놓고 있었다. 나는 리지 손에서 편지를 집으며 작은 소리로 말했다.

"그 얘긴 나중에 하자."

나는 루돌프 아저씨에게 가서 편지를 내밀었다.

"이것도 아저씨 거예요. 봉투가, 어, 좀 열렸어요."

아저씨는 편지를 받으며 놀라움에 고개를 흔들었다.

"오지는 이걸 왜 팔지 않았을까? 진짜 티파니 제품이라고 말해 줬는데. 팔면 돈깨나 받았을 텐데."

내가 아저씨에게 솔직하게 말했다.

"저도 몰라요. 오지 할아버지는 애들이 전당포에 가져온 물건들은 하나도 팔지 않았어요."

아저씨는 이번에도 머리를 흔들며 물었다.

"그게 정말이야? 착한 오지 할아버지."

갑자기 리지가 활기를 되찾으며 불쑥 끼어들었다.

"시계들은 다 어디 갔어요?"

루돌프 아저씨가 잠시 무슨 소린지 몰라 어리둥절해 하다가 곧 미소를 지었다.

"아, 은시계. 수십 년간 그 시계는 생각도 하지 않았네. 내가 일하던 때엔 매일 찼었는데. 난 오랜 세월 주식 시장에서 일했지. 시계는 끊임없이 째깍거리면서 내가 다시는 찾지 못할 생명의 힘이 계속 줄어든다는 걸 알려 줬어. 난생처음 백만 달러를 벌어서 가지고 나오던 날, 나는 시계를 거리 노숙자에게 줘 버렸단다."

방에 침묵이 내려앉았다. 잠시 후 리지가 소리쳤다.

"백만 달러를 갖고 있다고요? 그런데도 이 방에는 뭐든지 딱 한 개씩만 있는 건가요?"

루돌프 아저씨가 웃더니 말했다.

"이젠 백만 달러를 갖고 있지 않아. 거의 다 줘 버렸어. 봐, 나는 돈과 더불어 자랐단다. 그다음엔 주체할 수 없을 만큼 많은 돈을 벌었지. 근데 어떻게 됐는지 아니? 난 이렇게 사는 게 훨씬 더 행복해. 인생의 모든 문제는 집착에서 오는 거야. 사물에 대한 욕구나 집착을 버리면 말로는 설명할 수 없는 평화가 찾아온단다."

리지는 미심쩍어했다.

"그러면 무슨 돈으로 먹고사세요?"

아저씨가 또 웃었다.

"다 줘 버렸다고는 안 했다."

리지가 물었다.

"같은 것들만 보는 게 지겹지 않나요? 저 사진처럼요. 멋지고 좋긴 하지만, 뭐랄까, 저것 말고는 쳐다볼 게 없잖아요."

나 역시 궁금하던 참이었다.

아저씨가 고개를 저었다.

"나는 저걸 보는 게 지루하지 않아. 무슨 물건이든지 액자에 끼워져 어떤 공간에 놓이게 되면, 주변에 빈 곳이 생기고, 그러면 그 물건은 매일 조금씩 변해. 어떤 물건 스무 개를 갖고 있을 때, 스무 개가 다 빛날 수는 없어. 더구나 마음에 들고 뭔가 통하는 것을 발견했다면, 계속 다른 것들을 찾아야 할 이유가 있을까? 사람들은 늘 어딘가에 더 나은 게 있으리라고 생각해. 나는 오래전부터 더 나은 것을 찾기 위해 시간 낭비 하지 않고, 갖고 있는 것을 즐기기로 결심했단다."

내가 물었다.

"그게 아저씨 셔츠에 있는 말의 뜻인가요? 농담이죠? 아니면, 풍자 같은 건가요?"

아저씨가 셔츠의 글을 내려다보며 미소 지었다.

"맞아. 이건 내가 좋아하는 말 중 하나야. 슬프게도 나는 예전에는 이걸 사실이라고 믿었지. 죽을 때 아무것도 가지고 가지 못하는데, 모아서 무슨 소용이 있겠니? 너희 또래의 아이들이 이런 삶의 방식을 받아들이길 바라지는 않아. 그건 스스로 깨닫게 되는 거지, 때가 되면."

아저씨가 그렇게 말해 줘서 기뻤다. 내 모든 책들, 돌연변이 사탕 수집품, 만화책들, 또 나머지 내 물건들에 대해 죄책감을 갖고 싶지는 않았기 때문이다. 그러면서도 아저씨가 말하고자 하는 것을 이해할 수 있을 것 같기도 했다.

"너희들 '흐르는 대로 간다.' 란 표현을 들어 본 적 있지?"

우린 고개를 끄덕였다.

"그래, 바로 그렇게 나는 내 인생을 살기로 했단다. 다른 사람을 변화시키려고 하거나 자기 힘으로 안 되는 걸 억지로 바꾸려고 하지 않고 흐르는 대로 살면, 인생이 훨씬 평화롭단다."

아저씨가 갑자기 램프를 들더니 리지에게 줬다.

"자, 이거 네가 가지렴."

리지의 입이 글자 그대로 딱 벌어졌다.

"제가요? 왜요?"

"나는 이미 램프가 하나 있거든."

우린 모두 탁자 위에 놓인 파란색 플라스틱 램프를 바라봤다. 그건 집 앞 가게에서 5달러만 주면 살 수 있는 램프 같았다.

리지가 물었다.

"이걸 갖지 그러세요? 이게 훨씬 멋있는데."

아저씨가 고개를 저었다.

"내 것이 딱 좋아. 빛을 비춰 주지. 그게 램프의 목적이야. 모든 것은 만들어진 목적을 다하는 게 최고야. 램프는 빛을 비추고. 사과는 영양과 상큼한 맛을 주고. 의자는 있는 그대로 의자일 때 완벽하지."

리지가 램프를 경외심 어린 눈으로 내려다보며 말했다.

"무슨 말인지 전혀 이해가 안 되지만, 어쨌든 램프 주셔서 고맙습니다!"

내가 불쑥 말했다.

"한 가지 여쭤 봐도 돼요?"

아저씨가 웃으며 고개를 끄덕였다.

"이렇게 특별한 손님인데 뭐든 물어보렴."

"그게 바로 삶의 의미인가요? 방금 하신 말씀이?"

리지가 소리쳤다.

"제레미!"

내 질문에 리지가 깜짝 놀랄 줄 뻔히 알았지만, 도저히 참을 수가 없었다. 만약에 열쇠를 못 찾게 되더라도 상자 안에 있는 게 무엇인지 알고 싶었다. 이 사람은 확실히 인생에 대해 많은 것을 알고 있으며, 지금까지 어떤 어른도 내게 이런 이야기를 해 준 적이 없었다. 이 사람이 알고 있는 것을 더 알기 전에는 물러날 수가 없었다.

루돌프 아저씨가 고개를 기울이더니 곁눈질로 나를 바라봤다. 그리고 웃으며 우리더러 자기를 따라 복도를 지나 옆방으로 가자는 시늉을 했다.

"이번 방문은 정말 놀랄 일뿐이군! 그 이야기를 하려면 좀 앉아야겠는데."

난 아직도 조금 열려 있는 현관문을 뒤돌아보고 제임스 아저씨가 기꺼이 좀 더 기다려 주겠지 생각했다. 루돌프 아저씨가 우리를 데려간 방은 이전 방과 비슷했는데, 다만 이 방은 훨씬 작고 가운데에 색색의 큼지막한 방석들이 놓여 있을 뿐이었다. 원 가운데 있는 꽃병에는 어디서 본 적이 있는 흰색과 보라색이 섞인 커다란 꽃이 꽂혀 있었다. 아저씨가 설명했다.

"나는 이곳에서 명상을 해. 그리고 손님이 오면 이리로 오지. 방석 하나씩 골라서 편히 앉아라."

리지가 조심스럽게 램프를 자기 뒤에 놓고는 빨간 방석 위에 털썩 앉았다. 나는 노란 방석을 골랐고, 루돌프 아저씨는 흰색을 깔고 앉았다. 아저씨가 우리에게 지시했다.

"꽃을 봐. 무엇이 보이지?"

리지가 말했다.

"음, 꽃이요?"

그러고는 얼른 덧붙였다.

"흰색 보라색이 섞여 있고 향기로운 큰 꽃 한 송이?"

아저씨가 나를 보고 물었다.

"제레미? 넌 어떠니?"

난 꽃이 갑자기 고양이나 성냥 같은 다른 것으로 변하지 않을까 말도 안 되는 상상을 하며 꽃을 쳐다봤다. 그럴 기미가 없자, 난 얼른 말했다.

"리지랑 같아요."

"정답이야!"

아저씨가 소리를 쳐서 깜짝 놀랐다.

"이건 커다랗고 향기가 좋은, 흰색 보라색이 섞인 꽃이야.

정확히는 난초라고 한단다. 이제 여기서 기다려.”

아저씨가 일어나더니 성큼성큼 방에서 나갔다. 리지가 몸을 앞으로 숙여서 속삭였다.

“우리 지금 뭐 하는 거야?”

난 리지가 이해하길 바라며 설명했다.

“이건 우리 목록에 있는 다음 계획이야. 우린 어쩌면 아빠 상자를 영영 못 열지도 몰라. 내 생일 전에 삶의 의미를 알아낸다면, 상자를 못 연다 하더라도 그렇게까지 끔찍하지는 않을 거야.”

리지는 대답하지 않았다. 그저 생각에 잠긴 얼굴로 고개만 끄덕였다.

“좋아, 알았어. 그런데 이 사람이 답을 모르면 어떻게 하지?”

“그때는 물어볼 수 있는 사람마다 다 물어봐야지.”

바로 그때 루돌프 아저씨가 돌아왔다. 놀랍게도 일몰 사진을 들고 왔다. 사진을 벽에 기대 세워 놓고 방석 위에 다시 앉았다.

“자, 이 사진이 네게 무엇을 의미하니? 리지, 또 네가 먼저 말해 봐라.”

리지는 양볼을 잔뜩 부풀렸다가 천천히 공기를 내뱉으며 아저씨 말을 그대로 따라 했다.

“이게 무슨 의미냐고요? 누가 찍었는지 훌륭한 사진사인 것 같아요. 사진이 예뻐요."

"너는, 제레미?"

난 솔직히 말했다.

"저는 정말로 미술을 몰라요. 멋지다? 방을 환하게 해 준다?"

루돌프 아저씨가 자상하게 다른 말로 물었다.

"이걸 보면 넌 어떤 느낌이 들지?"

"음, 슬픈 느낌이랄까? 뭔가의 끝인 것 같아요, 하지만 조금은 나른한 느낌도 든다고 할까?"

"리지는?"

"음, 저 사진을 보니까 바닷가에 가고 싶어져요."

루돌프 아저씨가 웃었다.

"좋아, 훌륭한 대답이다. 나에게 이 사진은 시간은 어느새 흘러가 버리니 매 순간을 소중히 하라고 일깨워 준단다. 아주 잠깐 사이에도 하늘이 어두워지기도 하니까. 이 사진을 보면 또 내가 이 사진을 찍던 날과 함께 있던 사람이 생각난단다. 이 일몰의 아름다움을 내 안에 간직해 두었다가, 주변에 별로 아름다운 것이 없을 때면 조금씩 꺼내어 쓸 수도 있고. 그러니까 우리가 이미 봤듯이, 일몰 사진 하나도 우리 세 사람 모두에게 주는 느낌이 달라. 자, 이제 진짜 질문이 있다. 이 그림이 이 꽃에게는 어떤 의미라고 생각하니?"

리지와 내가 동시에 물었다.

“네?”

“정답이다!”

우린 똑같은 소리만 냈다.

“네?”

루돌프 아저씨는 손을 내밀어 꽃병에서 꽃을 집어 올렸다.

“꽃에게 이 사진은 아무 의미도 없다. 그렇듯 네가 삶의 의미가 뭐냐고 물으면, 모든 사람과 모든 것에 적용할 수 있는 답은 있을 수 없어. 사진이나 일몰이 꽃에게 무엇일까? 우리 모두는 우리가 하는 모든 것에 자신의 직관, 욕구, 경험을 동원하지. 우린 어떤 사건이든, 또는 일몰이든 모두 다르게 해석해.”

아저씨가 잠시 말을 멈췄고, 나는 아저씨의 말을 따라가려고 애썼다. 나는 내가 하는 말에 집중하면서 천천히 이야기했다.

“기본적으로, 아저씨가 하시는 말씀은 모든 것이 다 상대적이라는 거죠. 일몰의 의미나, 인생 자체의 의미나 사람마다 다르다는 건가요?”

아저씨가 대답했다.

“그렇지.”

리지가 일어나며 소리쳤다.

“아니에요! 전 그렇게 생각하지 않아요. 모든 사람에게 같은 의미를 갖는 어떤 의미가 있을 거라고 생각해요. 그렇지 않다면, 아무것도 의미가 없어요.”

루돌프 아저씨가 미소를 지으며 일어났다.

“다행히도 너희들은 그걸 찾아볼 시간이 많아.”

리지가 중얼거렸다.

“아저씨가 생각하시는 만큼 많지는 않아요.”

천천히 큰 방으로 가면서, 나는 아저씨를 돌아보며 물었다.

“일몰이 모두에게 의미가 다르다 해도, 그래도 의미가 있기는 있는 거죠?”

아저씨가 사진을 벽에 다시 걸기 위해 멈추며 말했다.

“그건 대답하기 까다로운 질문인데. 저 일몰은 결혼식에서 빛나고 있든 전쟁터에서 빛나고 있든 여전히 변함없이 찬란하게 빛날 거야. 따라서 일몰 자체는 우리가 부여하는 의미 말고는 고유한 의미가 없는 것처럼 보일 수 있어. 그저 자기 역할을 하고 있을 뿐이지. 일몰이 우리가 부여하는 의미 말고는 의미가 없다면, 바위는 의미가 있을까? 물고기는? 인생 그 자체는? 그러나 예를 들어 공원 벤치가 의미가 없다고 해서 ‘가치’ 가 없다는 뜻은 아닌 거지.”

리지가 중얼거렸다.

“난 골치가 아파 온다.”

이제 현관문에 가까이 왔는데, 나는 상자 안에 있는 것을 조금이라도 이해했는지 확신할 수가 없었다. 내 어깨가 축

처졌다. 루돌프 아저씨가 말했다.

"아마 이렇게 말하면 정확히 이해하는 데 도움이 될 거야. 네가 뭘 묻고 있는지를 확실히 알 필요가 있어. 사람들은 사실은 자신들이 왜 여기에 있는지 이유를 찾고 있으면서, 삶의 의미를 찾고 있다고 생각하는 경우가 가끔 있어. 자신들의 목적, 일반적인 삶의 목적을 찾으면서 말이지. 그리고 그게 삶의 의미보다는 답하기 쉬운 질문이지."

리지는 벌써 문 밖으로 반은 나가 있었다. 내가 리지 소매를 잡아끌며 물었다.

"그런가요?"

확신할 수 없었지만 리지 주머니에서 하얀 꽃 이파리 끝이 보인 것 같았다. 루돌프 아저씨가 설명했다.

"너도 램프나, 의자, 꽃과 마찬가지야. 네가 할 일은 할 수 있는 한 가장 진정한 네가 되는 거야. 정말로 네가 누구인지를, 왜 여기에 있는지를 알아내도록 해. 그러면 네 목적을 찾게 될 거야. 그러면 그와 더불어 삶의 의미도 찾게 될 거야."

내가 왜 여기 있냐고? 내가 왜 여기 있는지 난 모른다. 당연히 그걸 알고 있어야 했나? 나 말고 다른 사람들은 다 알고 있나? 내가 잘못된 건가? 내가 문제가 있다는 건 늘 알고 있었다. 리지가 속삭였다.

"쉬, 너 미친 사람 같아."

내가 그렇게 큰 소리로 말했나?

루돌프 아저씨가 친절하게도 내 횡설수설을 못 들은 체하
며 말했다.

"너도 빈손으로 가면 안 되지. 그건 불공평해."

아저씨가 그릇으로 가더니 사과를 잽싸게 집어 들었다. 아
저씨가 사과를 내게 던졌는데 내가 제때 손을 들어 받았다.
어떤 사람들은 자기는 사과 하나밖에 못 받고 자기 친구는
티파니 스테인드글라스 램프를 받으면 샘이 날 것이다. 다행
히 나는 그런 사람이 아니다. 하지만 만약에 리지는 초콜릿
을 받았는데 나는 사과 하나만 받았다면, 그건 문제가 될 수
있다.

리지가 문을 빠져나가 복도로 갔다. 나는 루돌프 아저씨에
게 도와주신 데 대해 감사드려야 한다는 것을 알았지만, 내
머리는 내가 왜 이 별에 존재하는지 모른다는 생각에서 벗어
나질 못하고 있었다. 나는 왜 존재하지?

"저, 저희에게 시간 내 주신 거랑, 모두 다 고맙습니다. 그
런데 전 아직도 좀 혼란스러운 것 같아요."

아저씨가 웃으며 내 어깨를 두드렸다. 아저씨는 내 손에
있는 사과를 가리키더니 말했다.

"언젠가 어느 현자가 말하기를, 사과 안에 씨가 몇 개 있는
지는 셀 수 있지만, 그 씨 안에 얼마나 많은 사과가 있는지는
셀 수 없다고 했어. 그가 하려는 말이 뭔지 아니?"

난 고개를 흔들었다.

"사과 씨를 땅에 심기 전에는 그 씨에서 얼마나 많은 사과
가 싹틀지 아무도 모른다는 거야. 잠재력에 관한 얘기지. 우
리가 그 잠재력을 깨닫고, 우리의 목적을 발견하고, 자신을
확립해서 성장하기 전까지 잠재력은 우리 모두의 내면에 숨
어 있단다. 나는 네가 찾고 있는 것을 발견하리라 믿어, 제레
미. 네게 은총이 충만하길 빈다."

그 말을 하고 아저씨는 문을 닫았다. 사과에 손톱자국이
나도록 꼭 쥐고 있는 나를 두고.

# 12. 실존적 위기

리지가 블라인드를 홱 잡아당기자 눈부신 빛이 내 방 안으로 쏟아져 들어왔다. 나는 끙끙 앓는 소리를 냈다. 마치 코끼리 한 마리가 가슴 위에 버티고 앉아 있는 듯한 느낌이 들었다. 차라리 내가 투명 인간이면 좋겠다는 생각뿐이었다. 내가 이곳에 있는 까닭을 알 수 없다면, 난 공간만 차지하고 있는 존재에 불과한 게 아닐까.

리지는 내 이불을 벗기려고 하면서 다그쳤다.

"아이 정말! 벌써 11시란 말이야."

나는 머리를 흔들며 내 이불을 사수하고자 안간힘을 썼다.

"일어나지 않겠다는데 왜 그래?"

투명 인간이 되면 다른 사람들의 존재 이유를 들여다볼 수 있을 테고 그러면 내 자신의 문제를 푸는 데도 도움이 될 텐데. 하지만 내가 아는 투명 인간이라고는 만화에 등장하는 캐릭터들이나 해리 포터처럼 변신 망토를 가진 인물들뿐인데, 내 이런 바람은 아마도 헛된 망상이겠지.

이제 리지는 머핀을 내 코에 바짝 대고 흔들며 흥얼거린다.

"너 주려고 초콜릿 비타머핀 가져왔는데."

"안 먹어."

리지는 슬그머니 내 책상을 보았다가 다시 내게로 시선을 돌리며 물었다.

"옆에 끼고 있는 것 네 아빠 상자 맞지?"

난 대답하지 않았다.

리지는 살짝 손을 뻗어 더듬어 보았다.

"맞네! 그러니까 지금 그걸 껴안고서 주무셨단 말이지?"

상자에 새겨진 글자 하나하나의 자취를 몇 번이고 손가락으로 짚어 보다가 잠이 들었다는 걸 어떻게 말할 수 있을까? 이제는 눈 감고도 똑같이 쓸 수 있을 만큼 글자 획의 구부러짐까지 눈에 환하다.

리지가 협박을 했다.

"네 엄마 직장에 전화한다. 너 이상하다고."

"네 맘대로 해."

"알았어. 그렇게 할게."

리지는 횡 밖으로 나가더니 금세 무선 전화기를 귀에 대고 들어왔다.

"아줌마, 아예 침대에서 나오지도 않아요. 아니요. 모르겠어요. 저한테도 말 안 해요."

리지는 내게 전화기를 건네주었다.

"네 엄마가 너 바꾸래."

나는 고개를 저으며 악어 인형으로 얼굴을 덮었다.

"전화 안 받겠대요. 알았어요. 제가 물어볼게요. 제레미, 너 어디 아픈 거 아니냐고 물으시는데?"

나는 또 고개를 저었다.

"아프진 않대요."

리지는 악어 인형을 치우고는 내 귀에 대고 소리를 질렀다.

"왜 안 일어나는지 얘기 안 하면 아줌마가 오셔서 직접 널 침대에서 끌어내시겠대."

나는 미심쩍은 눈초리로 리지를 쳐다보았다.

"좋아. 마지막 말은 아줌마가 안 했다고 치자. 그래도 왜 그러는지 제발 설명 좀 해 봐라."

나는 리지가 몸을 숙여야 겨우 들릴 만한 작은 목소리로 말했다.

"난 말이야, 내가 이곳에 존재하는 까닭을 알아낼 때까지는 절대로 세상 밖으로 나가지 않을 거거든."

"너 지금 농담하니?"

나는 격렬하게 머리를 흔들었다.

"진심이야. 난 기필코 내가 왜 여기 존재하는지를 알아낼 거야. 그러기 전엔 내가 일어나는 게 아무 의미가 없어."

리지는 내가 한 말을 그대로 전화기에 대고 옮긴 다음 한참을 가만히 듣고만 있다가 대답을 했다.

"알겠어요. 그렇게 전할게요. 안녕히 계세요."

리지는 수화기를 내 책상 위에 내려놓으며 말했다.

"아줌마가 실존적 위기에 대한 고민, 그게 뭔지도 잘 모르겠지만, 아무튼 그건 침대 밖에서도 얼마든지 할 수 있다고 전해 달래. 내가 생각해도 얼굴 위에 악어 인형 따위나 얹어 놓고 그렇게 누워서 실존이 어쩌고저쩌고 그런 걸 알아내겠다는 건 좀 말이 안 되는 것 같다. 얼른 일어나!"

"좋아."

나는 이불을 들추고 일어나 앉았다. 어제 입은 옷차림 그대로였다. 기분이 울적하면 잠옷으로 갈아입어야 한다는 하찮은 생각 따위는 아예 떠오르지도 않는다.

"그 대신 오늘은 혼자 있게 날 좀 내버려 둬. 정말이지 나 혼자 있고 싶다."

리지는 머핀을 내 무릎 위에 올려놓으며 말했다.

"미안하지만 10분 뒤에 현관으로 내려가야 해."

"뭐? 어디 가려고?"

"사만다네 집. 이제 빨리 일어나."

그러면서 리지는 날 침대 밖으로 끌어냈다. 머핀을 집을 틈도 주지 않아 하마터면 바닥으로 떨어뜨릴 뻔했다.

"난 절대 사만다 집에 안 갈 거야. 난 하루 종일 왜 내가 이 지구 한가운데, 그것도 바로 이곳에 존재하는지, 그 까닭이 나 연구해야겠어. 어쩌면 너도 그러고 싶은지 모르지."

하지만 리지는 벌써 문간에 서 있었다.

"난 이미 내가 왜 여기에 있는지 정확하게 알고 있거든."

"정말? 그 이유를 진짜 안단 말이지?"

참으로 세상일은 공평치 않은 것 같다. 나에 비해서 리지에겐 매사가 다 쉽다.

"내가 여기 있는 이유는 말이야, 사만다와 릭이 우릴 기다리고 있기 때문에 널 데리러 온 거지."

나는 리지를 방 밖으로 몰아내고 문을 잠갔다. 리지가 시끄럽게 쾅쾅 문을 두드렸다.

"야, 제레미. 내 말 좀 끝까지 들어 봐!"

두 손으로 양쪽 귀를 틀어막았지만 별로 소용이 없었다. 이제 방 안에서 꼼짝도 못하게 됐는데 갑자기 화장실도 가고 싶다. 머핀도 먹는 게 좋을 듯싶었다.

그나마 문에 막힌 리지의 목소리가 아주 조금은 작아져서 다행이다 싶었다.

"오늘 아침에 내가 너한테 쪽지를 보냈는데 아무 소식이 없어서, 아래층으로 내려가 현관 계단에 앉아 있었거든."

얼른 둘러보니 진짜 내 태양계 포스터가 살짝 비뚤어져 있
었다. 리지가 쪽지를 보내면서 벽 두드리는 소리를 못 들었
나 보다.

리지가 계속해서 말했다.

"그런데 개네 쌍둥이도 밖에 있더라고. 그래서 이야길 나
누게 됐는데, 이런저런 말을 하다 보니 네 상자 얘기랑 열쇠
못 찾는다는 얘기까지 하게 된 거야."

그 말에 나는 문을 확 열어젖히고 리지를 노려보면서 소리
를 질렀다.

"뭘 했다고?"

그 통에 입안에 있던 머핀 파편들이 다 튀어나왔다.

리지는 씹히다 만 그 파편들을 맞지 않으려고 한 걸음 뒤
로 물러서며 따지듯 말했다.

"난 네가 싫어할 거라고 생각도 못 했어. 아니, 사실은 내
가 개들에게 이야기할 때 네 기분 같은 건 생각하지 않았어.
그런데 사만다가 아주 그럴듯한 제안을 해서 얘기 꺼내길 참
잘했다는 생각까지 했단 말이야."

리지는 내게 말할 틈도 주지 않고 계속 쏘아 댔다.

"사만다 말이 열쇠의 행방을 알고 싶으면 직접 그 근원으
로 돌아가서 네 아빠에게 물어보래."

배 속이 조금 뒤틀리는 것 같았다.

"너 도대체 지금 무슨 말을 하고 있는 거야? 설마 사고 이

야기까지 한 거야?"

리지가 재빨리 대답했다.

"당연하지. 사만다 말로는 강신술로 아빠를 불러서 물어보면 된다는데, 걔한테 점판이랑 기타 도구가 다 있대."

"너 지금 누구 놀리는 거냐?"

리지가 고개를 저었다.

"한번 해 봐도 손해 볼 건 없잖아? 다른 건 다 해 봤으니까."

"하지만 난 릭이란 자식 정말 짜증 난단 말이야. 넌 그 녀석이랑 어울리고 싶냐?"

"난 릭이 친구가 없어서 그렇게 행동하는지도 모른다는 생각이 들어. 루돌프 아저씨도 우리 생각하고는 많이 달랐잖아. 아마 릭도 그럴 거야. 자, 이제 가자!"

나는 벽에 몸을 기대고 섰다. 혹시 사만다 말이 맞아서 정말로 아빠와 다시 이야기를 나눌 수 있다면? 그렇게만 된다면 그 쌍둥이들하고 한 번은 어울려 볼 만도 하겠다. 그리고 솔직히 내 존재에 대한 수수께끼도 시원하게 해결된 건 하나도 없다. 어제 제임스 아저씨가 집에 데려다준 후로 줄곧 그 문제에만 매달려 있었지만, 내가 지금까지 생각해 낸 거라고는 고작 세 가지 답뿐이다. 첫째 난 엄마의 아들로 여기 있는 것이고, 두 번째는 리지의 둘도 없는 친구로서 존재하며, 마지막으로 끊임없이 엄청나게 사탕이나 먹어 대는 존재일 뿐인 것이다. 아무리 생각해도 거창한 의미와는 거리가 먼 얘기들뿐이다.

"그래, 5분 있다가 계단에서 만나서 같이 가자."

리지는 급하게 자리를 뜨면서 말했다.

"좋아! 절대 후회 안 할 거야. 맹세해."

그런데 왜 난 자꾸만 후회할 것 같은 생각이 드는 걸까?

리지는 계단 맨 위에서 해를 올려다보고 있었다. 꼬마 바비와 바비 엄마도 그 계단의 그늘진 부분에 앉아 있었다.

리지가 물었다.

"제레미, 만나는 사람마다 붙들고 물었던 그 질문 산체즈 아줌마한테도 해 봐!"

리무진을 타지도 않고 전당포에 맡긴 물건 돌려주는 일도 하지 않는 일상으로 돌아왔는데, 사람들을 붙들고 삶의 의미 운운하는 질문을 한다는 게 조금은 민망하게 느껴졌다.

하지만 리지가 날 다그쳤다.

"해 봐! 빨리 하고 가자!"

산체즈 아줌마가 바비의 곱슬머리를 빗기다가 고개를 들었다. 나는 삶의 의미가 뭐냐고 묻는 대신 이렇게 물었다.

"우리가 왜 여기 있는 걸까요? 제 말은, 여기 아파트 계단이 아니라 이 지구를 말하는 거예요."

아줌마는 내 질문에 그다지 놀라지도 않으면서 슬며시 미소를 지어 보였다.

“정말 모르니?”

나는 고개를 저었다.

“너무 간단해. 다른 사람들을 돕기 위해서 있는 거지.”

바비가 얼굴을 들었다.

“그러면 그 사람들은 왜 또 이곳에 있는 건데?”

아줌마는 장난치듯 빗으로 바비의 머리를 톡톡 건드리며 대답했다.

“쉿, 아가. 하는 소리 하고는!”

리지는 웃음을 터뜨렸지만 나는 비웃음을 살 질문은 아니라고 생각했다. 그게 그렇게 간단한 문제일까? 모든 사람들이 서로 돕는다면 분명 평화롭기야 하겠지. 단순하게 생각하면 그럴지도 몰라. 하지만 왠지 정답 같진 않았다. 내가 다른 사람들과 서로를 돕기 위해 존재한다는 것은 내 존재에 대한 이유라기보다는 그냥 그럴싸한 의견인 것 같았다.

오늘 바깥 날씨가 그다지 덥지 않은데도 왠지 모르게 땀이 나서 온몸이 끈적거리는 느낌이었다. 마지막으로 샤워한 게 언제였더라?

나는 산체즈 아줌마에게 고맙다는 인사를 하고 리지를 따라 쌍둥이네 아파트로 갔다. 문을 열어 준 사만다는 머리부터 발끝까지 온통 검은 옷으로 치장하고 있었다.

“분위기 조성을 위해서.”

사만다는 우리가 자신의 복장을 훑어보자 그런 이유를 댔다. 아예 눈가까지 까만색으로 칠하고 있었다.

갑자기 내 머릿속에서 전구가 반짝했다.

"그래, 아이라이너! 저게 아이라이너가 존재하는 까닭이지!"

사만다는 이상한 눈으로 날 쳐다보고 리지는 내 정강이를 찼다. 인간에게 가장 근본적인 문제의 답을 찾다가, 그나마 제일 획기적인 답이라고 찾아낸 게 겨우 여자들 화장품에서라니. 나도 참 애처롭기 그지없다.

사만다는 우리를 거실로 안내하며 말했다.

"가자! 거실에다 점판을 세워 놓았거든!"

그러다 뒤를 돌아보지 않은 채로 말을 이었다.

"그런데 어디서 자꾸만 땅콩버터 냄새가 나지?"

나는 얼른 내 겨드랑이 냄새부터 확인했다. 에크, 범인은 나다. 무슨 일이 있어도 샤워는 빼먹으면 안 되겠다.

릭이 우릴 기다리고 있었다. 검은 옷차림은 아니었지만 망토를 걸치고 있었다.

"아무것도 묻지 마. 사만다 때문이니까. 내가 이거 안 입어서 네 아빠랑 접신하는 거 망치면 다 내 탓이라고 으름장을 놓았거든. 어찌나 협박을 하던지 결국 내가 지고 말았어. 예전에 할로윈 때 입었던 거야. 내가 입고 싶어서 입은 게 아니라니까."

지금까지 릭은 내게 이렇게 길게 말한 적이 없었다. 또한 불쾌한 감정 같은 것도 보이지 않았다. 어쩌면 리지 말이 맞을지도 모르겠다.

커튼을 모두 치고 전등을 다 끈 다음 사만다는 책상다리를 하고서 양탄자 위에 앉았다. 밖이 대낮이라고는 믿을 수 없을 만큼 캄캄했다. 리지와 릭과 나도 사만다를 따라 거실 바닥에 앉았다. 한가운데에 점판이 세워져 있고 점판 한쪽에는 자그마한 플라스틱 바늘 같은 게 달려 있었다. 6학년 때 실험실 짝꿍의 생일잔치 때 보고 처음이다. 그때 우리는 조지 워싱턴의 영혼을 불러 보기로 했었다. 이미 죽은 사람 가운데 우리 모두가 불러내고 싶은 유일한 사람이 조지 워싱턴이었기 때문이다. 하지만 아이들은 바늘을 속였거나 밀었다고 서로 남 탓을 했으며, 결국 두 아이는 울면서 집에 갔다. 이번에는 제발 그런 일이 없길 빌었다.

사만다는 속삭이는 목소리로 입을 열었다.

"시작할 준비 다 됐어. 이제 모두 손을 잡아."

나는 마지못해 한 손을 릭과, 또 한 손은 사만다와 잡았다. 사만다는 입꼬리만 움직이며 개미만 한 소리로 물었다.

"이제 망자의 영혼을 부를 거야. 네 아빠 이름이 뭐니?"

나도 똑같이 작은 목소리로 대답했다.

"대니얼 핑크."

말이 떨어지기 무섭게 사만다는 의식을 거행했다.

"저희는 대니얼 핑크의 영혼과 만나고 싶습니다. 핑크 씨,

제 목소리가 들리시면 신호를 보내 주세요."

멀리서 희미하게 들리는 자동차 소리와 우리의 숨소리만 들릴 뿐이었는데, 때맞춰 밖에서 경적 소리가 들려오자 사만다는 재빠르게 응대하며 말을 이었다.

"고맙습니다! 당신이 저희와 함께 이곳에 계시며 기꺼이 저희와 말씀을 나누겠다는 표시로 받아들이겠습니다."

내가 따지려고 막 입을 열려는 순간 리지가 점판 너머로 날 째려보았다. 사만다가 내 손을 놓자 나도 얼른 릭의 손을 놓았다. 릭과 리지는 계속 손을 잡고 있었는데, 내가 헛기침을 하자 리지가 허둥대며 먼저 릭의 손을 뿌리쳤다. 곧 사만다의 말이 이어졌다.

"잘했어, 애들아. 이제 모두 오른손 엄지와 검지를 조심조심 바늘 위에 올려!"

우리는 모두 점판 가까이 몸을 기울여 사만다가 시키는 대로 했다. 사만다는 눈을 감더니 몸을 살짝 좌우로 흔들기 시작했다.

"오, 위대하신 대니얼 핑크의 영혼이여! 저희 기도에 응답하시길 간절히 기원합니다. 부디 당신이 제레미에게 남긴 상자의 열쇠를 어디서 찾을 수 있을지 알려 주세요."

그러고도 몇 분을 더 기다렸지만 아무 일도 일어나지 않았다. 자그마한 플라스틱 바늘 위에 손을 살짝 얹고 가만히 기다리는 일도 생각보다 쉽지 않았다. 그때 내 왼발이 저리기

시작했다. 나 때문에 바늘이 움직여 일이 틀어지면 온통 그
죄를 뒤집어쓸까 봐 가만가만 다리를 폈다. 정말 아빠가 이
곳에 계신 것이 확실하다면 이미 내 온몸에 기별이 왔을 것
이다. 안 그런가?

리지는 내 마음을 읽기라도 한 듯 나지막하게 물었다.

"뭔가 느낌이 오니?"

"그래, 내가 정말 바보 천치라는 느낌이 팍팍 온다."

그 말에 릭이 키득키득 웃었다. 릭이 나랑 함께 웃는 것도
처음 일이다. 우릴 비웃는 웃음이 아니었다.

사만다의 속삭임이 커졌다.

"쉿! 자, 집중 좀 하자!"

릭이 물었다.

"제레미 아빠가 이미 환생하셨다면 어쩔 건데? 지금 다섯
살 꼬마 아이가 돼 있을 수도 있잖아. 꼬마 바비 산체즈인지
도 모르는 일이고."

사만다는 릭을 흘겨보며 화를 냈다.

"조용히 해! 제레미 아빠는 절대로 바비 산체즈가 아니
야."

그러자 릭도 가만있지 않고 따졌다.

"그걸 어떻게 알아?"

이번엔 리지까지 끼어들었다.

"바비랑 제레미랑은 정말 사이가 좋아."

나는 점판 바늘에서 손을 떼며 말했다.

"이런 짓, 정말 바보 같다. 이럴 시간에 차라리 투명 인간 되는 법이나 연구할걸."

말이 입 밖으로 나오자마자 아차 싶었다. 내가 왜 이러는 걸까? 사람들한테 웃음거리가 되지 못해 안달이 난 것 같다.

하지만 릭은 날 비웃지 않았다.

"투명 인간이 되는 법을 알고 싶다고? 내가 가르쳐 줄까? 식은 죽 먹긴데."

사만다가 으르렁댔다.

"제발 관둬라! 이곳에 와선 그래도 새롭게 시작하려고 한 거 아니었니? 부탁인데, 이제 이상한 짓 좀 하지 마!"

하지만 릭은 벌떡 일어서며 말했다.

"쟤 말 듣지 마. 자기가 못하니까 괜히 질투하는 거야."

릭은 망토를 휘날리며 거실에서 나갔다.

나는 어찌할 바를 몰라 리지에게 구원의 눈길을 보냈다. 하지만 리지는 어깨를 으쓱할 뿐이었다.

"밑져야 본전이잖아."

나는 점판을 가리키며 말했다.

"네가 말한 게 바로 이런 거라고!"

그러자 사만다가 대꾸했다.

"리지 잘못이 아니야. 내가 뭔가 잘못한 걸 거야."

사만다가 어찌나 실망스런 표정을 짓던지 순간적으로 나

도 안타까운 기분이 들었다.

나는 진심으로 들리도록 애쓰며 말했다.

"아냐, 넌 아주 근사했어. 다만 내가 아빠와 접신할 수 있다는 것에 확신이 없었던 거야. 어쨌든 노력해 줘서 고마워. 네가 진심으로 날 도와주려 했다는 거 충분히 알아."

나는 사만다가 대답할 틈도 주지 않고 릭을 쫓아 뛰어갔다. 모퉁이를 돌 때 나는 사만다가 리지에게 이렇게 말하는 걸 들었다.

"얘, 제레미 정말 다정다감하다. 너희 진짜 사귀는 거 아니지?"

리지는 전혀 주저함 없이 곧바로 대답했다.

"맹세코!"

내가 실존적 위기라는 시커먼 구름에 갇혀 헤매고 있지만 않았다면, 아마 '다정다감하다'는 소리에 얼굴이 빨개졌을 것이다. 그런데 '실존주의'란 걸 사전에서 찾아보니 그 풀이가 이랬다. '깊이를 헤아릴 수 없는 우주 안에서 개인의 존재, 그리고 무엇이 옳고 그르고 선하고 악한지 알지 못한 채 자유 의지에 따라 행동했다가, 결국엔 그 책임을 져야 하는 개인들의 고통에 대한 분석.' 나는 사전 속의 풀이를 두 번이나 읽고서야 조금이나마 감이 잡히는 것 같았다. 낱말 하나가 때로는 엄청나게 많은 의미를 담아내기도 한다.

릭 방은 커다란 해골 스티커 덕분에 한눈에 알아볼 수 있었다. 마음 한편으로는 릭이 사라져서 그곳에 없기를 바라며 방문을 두드렸다. 내가 지금 무슨 짓을 하고 있는 거지? 왜 릭 말을 믿는 걸까?

릭은 방 안에서 큰 소리로 대답했다.

"들어와서 신발 벗어."

나는 슬그머니 방문을 밀쳤다. 릭은 바닥에 앉아 있었는데 사방이 온통 책이었다. 나는 신발을 벗으면서 선과 문양들이 화려한 포스터 한 장이 침대 머리맡에 걸려 있는 걸 보았다.

릭이 눈치 챘는지 설명을 했다.

"스리 얀트라 도형이야. 서로 얽혀 있는 삼각형들이 널 최면 상태로 인도해 주는 거야. 우리가 해야 할 훈련 과정에 들어 있기도 해."

나도 릭처럼 바닥에 앉아 책 제목들을 쭉 훑어보았다. 《초심자를 위한 신비주의 안내서》, 《홀로그램 우주》, 《신 물리학: 아버지 세대를 뛰어넘는 물리학》. 갑자기 내 심장이 두근두근 쿵쾅거리기 시작했다. 내가 정말 읽고 싶어 했던 책들이었다. 아니, 신비주의 어쩌고 하는 책은 좀 그렇다 치고. 난 무엇보다 과학에 관심이 많으니까.

내가 물었다.

"이 책들 다 읽었니?"

"두 번씩! 투명 인간이 되려면 먼저 실제 세계의 본질을 이해해야 하거든. 잠깐, 너도 객관적인 실체 같은 건 사실상 존재하지 않는다는 것 정도는 알고 있지? 우리가 직접 그 존재를 확인할 수 있는 실체 말이야."

요전엔 루돌프 아저씨가 의미라는 말은 아무 의미가 없다는 요상한 말씀을 하시더니, 이건 또 뭐란 말인가! 나는 반신반의하며 물었다.

"도대체 어떻게 실체가 실제로 존재하지 않는다는 거니?"

릭은 찬찬히 설명을 시작했다.

"우리가 알고 있다고 생각하는 것 전부가 사실은 우리 감각 기관이 인식하는 것에 불과하다는 거지. 우리가 듣는 소리는 공기의 파동에 지나지 않고, 색이란 전자기파가 반사된 것이며, 미각도 우리 혀의 특정 부분에서 일어나는 분자 활동에 불과한 것처럼 말이야. 그러니까 만약에 우리 눈이 빛의 스펙트럼 중 적외선 부분까지도 받아들일 수 있다면, 하늘이 풀빛이 될 수도 있고 나무는 붉은 빛이 되기도 하는 거지. 어떤 동물들은 우리 인간들과는 완전히 다른 방식으로 사물을 인식하기도 한다는데, 개들 눈에 사물이 어떤 색으로 보이는지 그 누가 알겠니? 우리가 인식하는 것은 그 무엇도 실제가 아니야. 내 말 알아듣겠니?"

나는 릭의 설명에 너무 놀라 고개를 주억거렸다. 하늘이 파랗다는 것이 불변의 사실이 아니라면, 삶의 의미를 알아낸다는 게 가당키나 한 일일까? 하늘이 풀빛이 될 수도 있고 주황색이 될 수도 있는 세상에서 삶의 의미라는 걸 어떻게 찾을 수 있단 말인가?

릭은 계속 설명을 이어 갔다.

"물질이라는 건 말이야, 우리를 구성하고 있는 것 말인데, 이것도 사실은 서로 다른 형태로 움직이는 에너지의 파동일 뿐이야. 그런데 우리 몸 안 여기저기를 떠돌아다니는 이런 전자들이 어디나 다 존재하기도 하고 동시에 존재하지 않기도 한다는 거야. 네 손을 한번 들여다봐."

나는 오른손을 뒤집어 손바닥을 찬찬히 들여다보았다.

"전자 현미경이 있으면 네 손의 피부를 구성하고 있는 원자들을 볼 수 있을 텐데. 그 원자 한가운데엔 중성자와 양성자로 이루어진 핵이 있고, 그 주위를 전자가 돌고 있어. 알지?"

나는 솔직하게 인정을 했다.

"잘 모르는데. 화학은 내년에 배울 거거든."

"내 말이 맞아. 그렇게 되어 있어. 그런데 정말 웃기는 건 핵을 뺀 원자의 나머지 부분, 다시 말해 원자의 99.99%는 비어 있다는 거지. 그리고 또 원자들 사이에도 빈 공간이 있어. 그러니까 실제로 우리 몸이든, 또는 어떤 물질이든, 하나로 엮어 주는 건 아무것도 없어."

나는 눈알이 따가워질 정도로 내 손을 뚫어지게 바라보았다.

릭은 결정적 한 방을 날리듯이 결론을 지었다.

"네가 하나의 에너지 파장에 지나지 않는다는 사실을 깨닫는다면, 넌 비로소 사라질 수 있어."

내 눈이 화들짝 커졌다.

"언제 시작할까?"

"지금 당장. 일단 포스터에서 30센티미터 정도 떨어져 서봐. 이제 도형 중앙을 똑바로 응시해. 긴장하지 말고 네 눈이 약간 사시가 되게 눈을 편안하게 떠야 해. 됐으면 고개를 끄덕여."

나는 눈에서 힘을 빼려고 안간힘을 썼지만 그럴수록 눈이 감기려 했다. 그러다 마지막으로 그냥 멀리 떨어진 물체를 보듯이 포스터를 바라보았는데 효과가 있는 것 같았다. 릭에게 고개를 끄덕여 보였다.

"잘했어. 이제는 한줄기 환한 햇빛을 마음속에 그리면서 그 안에 네가 있다고 상상해 봐. 빛이 점점 밝아지고 있어. 이제 그 빛이 방 안에 있는 모든 물건들을 빨아들이기 시작했어."

"정말?"

"그래. 말하지 마! 이제 넌 빛 안에서 점점 희미해져 가고, 더는 그 빛을 볼 수 없어."

내 주위를 환한 빛줄기가 감싸고 있다고 생각하자 머릿속이 환해졌다. 마치 온 세상이 포스터 안에 들어와 있는 것 같더니, 도형의 윤곽들이 흐릿해지기 시작했다.

나는 흥분해서 물었다.

"잘돼 가고 있는 거니? 나 안 보이니?"

"아니. 아직은 그냥 보여. 계속해 봐."

나는 몇 분 더 집중을 하다가, 갑자기 이러다 정말 사시가 되지는 않을까 겁이 나기 시작했다. 결국 한숨을 푹 내쉬며 포스터에서 눈을 뗐다.

"너는 투명 인간이 되는 데 얼마나 걸렸어?"

릭이 놀라며 말했다.

"나? 난 사실 시도도 안 해 봤는데."

나는 어처구니없는 표정으로 릭을 빤히 바라보았다.

"야, 내가 언제 할 수 있다고 했냐? 그냥 너한테 방법을 가르쳐 주겠다고만 한 거지."

"그럼 너, 저 책 읽었다는 것도 다 뻥이었냐?"

릭이 어깨를 으쓱했다.

"읽은 거랑 대충 훑어본 거랑 눈요기로 살펴본 거랑 다 그게 그거 아냐?"

나는 잽싸게 운동화를 끌어당겨 신었다. 양쪽 신발을 바꿔 신었지만 바로 신을 생각도 하지 않았다. 답을 듣기가 두려웠지만 그래도 서둘러 한 가지만 더 물었다.

"지금까지 얘기한 실체의 본성 어쩌고저쩌고 했던 거, 다 네가 지어낸 얘기였어?"

릭이 진심 어린 표정으로 답했다.

"그건 아니야. 맹세코. 그건 사실이야."

그 말을 들으니 조금은 마음이 놓였다. 하지만 단 1분 동안이라도 내게 투명 인간이 되게 해 주겠다며 거짓말한 건 분이 풀리지 않았다. 나는 잘 있으라는 말도 하지 않고 릭의 방을 박차고 나왔다. 뛰다가 하마터면 내 발에 걸려 넘어질 뻔했다. 사만다 방을 지나는데 리지와 사만다가 음악을 들으며 웃는 소리가 들려왔다.

내가 릭 아파트 문을 반쯤 나섰을 때 릭이 달려 나와 내게 말했다.

"내가 왜 투명 인간이 되었어야 하는 건데? 그런 건 애들이나 하는 짓이야!"

나보다 겨우 한 살 많은 주제에. 하지만 굳이 그걸 따지려고 돌아서지 않았다. 그 녀석 말을 믿은 내 잘못이 크니까.

리지 잘못도 있고. 아니, 분명 리지 잘못이다.

13. 망원경

메리 아줌마는 레모네이드가 든 큰 잔을 우리 앞에 각각 하나씩 놓고 초콜릿 칩 쿠키 접시는 흰 테라스 탁자 중앙에 놓았다. 가운데 조그마한 리즈 땅콩버터를 넣어 만든 쿠키였다. 아줌마는 내가 좋아하는 모습을 보고 살짝 윙크를 해 주었다. 날 우울함에서 벗어나게 해 줄 수 있는 건 아무것도 없다고 생각했는데.

오스월드 할아버지의 집 안은 서랍 정리를 하는 중이라서 우린 지금 뒤뜰에 앉아 있다. 난 여태 맨해튼에서 공원이 아닌 곳에도 정원이 있을 수 있다는 사실을 모르고 지냈다. 이곳에 있으니 거리의 소음도 나지막하게 들리고, 키 작은 나무들 사이에서 진짜 새 한두 마리가 울어 대는 소리도 들렸다. 정말 평화로웠다.

오스월드 할아버지가 손을 내밀며 물었다.

"어디, 너희 공책 좀 볼까?"

나는 배낭을 열고 할아버지에게 공책을 건넸다. 리지는 자신의 옷 앞주머니에서 공책을 꺼내면서 그렇게 아무렇게나 가지고 다닌 것에 대해 용서를 빌었다.

나는 어젯밤 제레미 시간을 온통 루돌프 아저씨 댁에서 일어난 일을 적는 데 바쳤다. 아저씨가 들려준 얘기와 더불어 릭이 말했던, 가장 깊은 층으로 가면 아무것도 연결되어 있지 않다는 말이 줄곧 날 혼란스럽게 했다. 지난밤 내내, 눈을 감으면 존재하지 않는 공간으로 흘러가 버릴 것 같은 기분이었다. 루돌프 아저씨네에서 있었던 일을 집에 돌아오자마자 바로 썼으면 좋았을걸 하고 잠시 후회하기도 했지만, 나는 실존적 위기의 문제에 빠져 허우적거리느라 다른 데 신경을 쓸 겨를이 없었다. 나는 아직도 나비가 팔랑거리는 모습을 지켜보는 것만큼이나 평화로웠던 그곳에서 완전히 빠져나오지 못했다.

나는 오스월드 할아버지가 먼저 리지의 일기를 읽는 동안 할아버지의 표정을 살폈다. 할아버지는 이따금씩 슬며시 미소를 짓기도 하고 고개를 끄덕이기도 하다가 또 가끔은 당황스러운 표정을 짓기도 했다. 리지를 건너다보니 리지는 플라스틱 의자에 맨다리를 붙였다 떼었다 하면서 안절부절 몸부림을 치고 있었다.

할아버지는 공책을 덮어 리지에게 돌려주며 말했다.

"아주 잘했어, 멀던 양. 사람들의 소소한 환경까지 살피는 날카로운 시선을 가지고 있군."

리지는 공책을 받으며 얼굴이 환해졌다.

할아버지가 한마디 덧붙였다.

"다음번엔 만났던 사람들이 어떤 이야길 하고 그때 기분이 어땠는지 좀 더 길게 쓸 수 있을 것 같은데. 알겠지?"

하지만 리지는 좀 전의 칭찬에 푹 빠져 있느라 살짝 고개만 끄덕였다.

할아버지는 미소를 지으며 또 한마디 했다.

"그리고 새로 생긴 램프도 맘에 들었으면 좋겠고."

리지는 다시 기분이 좋아져서 대답했다.

"당연하죠. 아빠가 전구도 끼워 주시고 선도 새로 연결해 주셔서 아주 근사해요! 그 덕분에 우리 거실이 몰라보게 화사해졌어요."

그러더니 성급하게 덧붙여 말했다.

"루돌프 아저씨한테 안 받겠다고 사양했었는데. 정말이에요."

오스월드 할아버지는 따뜻하게 미소를 지었다.

"다 알고 있다. 아저씨도 그렇게 말씀하셨어."

나는 놀라서 물었다.

"루돌프 아저씨랑 이야기 나누셨어요?"

할아버지는 고개를 끄덕였다.

"그럼 우리에 대해서 별다른 애긴 없으셨나요?"

"너희들이 와 줘서 참 좋았다는 말씀뿐이셨다."

"네, 그러셨군요. 알겠어요."

나는 마음이 놓였다. 우리가 루돌프 아저씨한테 삶의 의미에 대해 여쭤 본 사실을 오스월드 할아버지가 알게 되면 싫어할 수도 있을 것 같았다. 그날의 일지를 써야 하는 숙제와도 관계없는 일 같았다. 아빠의 상자 열쇠를 찾아 거기서 삶의 의미를 배워야 하는데, 그 대신 이런 일을 하고 있는 건 할아버지 탓이 아니다.

할아버지가 내 공책을 펼쳐 읽기 시작하자마자 나는 얼른 사과부터 했다.

"할아버지, 제가 두서없이 너무 이것저것 써서 죄송해요. 써야 할 게 너무 많았어요."

할아버지는 고개를 들지도 않고 말했다.

"자신의 진실을 쓴 것에 대해서 사과 같은 건 할 필요 없어, 핑크 군. 옳은 답도 그른 답도 없는 법이니까."

이 점에 대해선 할아버지 생각이 확실히 틀린 것 같다. 옳고 그른 답이 없다면 학교에서 아이들은 누구나 다 전 과목 최고 등급을 받아야 마땅하다.

리지가 레모네이드를 홀짝거리며 끼어들었다.

"저는 제레미가 아무것도 못 쓸까 봐 걱정했어요. 아시겠지만 제레미는 요즘 실존적 위기를 겪고 있거든요."

발로 한 방 차 주고 싶었지만 아쉽게도 리지는 건너편에 앉아 있었다.

오스월드 할아버지가 눈썹을 치켜들었다.

"그래?"

리지가 고개를 끄덕였다.

"게다가요, 투명 인간이 되겠다고 법석을 떨었대요."

리지에게 레모네이드 잔을 확 끼얹고 싶은 마음이 굴뚝같았지만, 폭력을 쓴다고 해결되는 일은 없는 법이니, 아휴.

할아버지가 내 얼굴을 바라보았다.

"정말 정신없이 바빴겠구나. 이제 뭐라고 썼는지 좀 볼까?"

내 일지를 읽으며 할아버지는 나지막하게 중얼거렸다.

"이건 아주 재밌는 지적이군. 여기도. 정확한 뜻은 모르겠지만 뭘 하려는 건지는 대충 알 거 같아. 그래, 맞아. 아직까지 그런 생각을 해 본 적이 없을 수도 있지. 아주 좋아. 굉장히 날카롭네."

할아버지가 내 공책을 돌려줄 때 나는 얼굴이 빨개졌다. 나는 얼른 공책을 가방에 찔러 넣었다. 오스월드 할아버지가 리지를 보며 물었다.

"멀던 양은 여기 왜 있지?"

리지는 금방이라도 일어설 사람처럼 두 손으로 의자 팔걸이를 잡고 있었다.

"그러니까, 저보고 여기서 나가라는 말씀인가요?"

할아버지가 웃음을 터뜨렸다.

"아니, 아니, 천만에. 내 말은, 왜 이곳에 있는지를 물은 거야."

리지가 다시 애를 쓰며 대답했다.

"어떤 사무실에서 생긴 오해 때문이 아닌가요?"

"아니, 아니, 그런 말이 아니라, 오랜 역사에서 바로 이 순간에, 넓은 지구 위에서 바로 이곳에 있는 까닭이 뭐라고 생각하는지 묻는 거였어."

"글쎄요, 잘 모르겠는데요. 그런 건 생각해 본 적 없어요."

"여기 제레미는 아주 많은 고민을 한 모양인데, 절친한 친구로서 그냥 생각해 본 적 없다고만 할 참인가?"

리지는 좌불안석 궁둥이를 들썩이며 다 마시고 비어 있는 잔에서 애먼 빨대만 잡아당겼다. 그러다 웅얼웅얼 대답했다.

"정말 잘 모르겠어요."

그러다 다시 불쑥 곧추 앉으며 말했다.

"할아버지께서 잘 아시면 말씀해 주세요!"

나는 리지가 촐싹거리는 게 민망했지만, 오스월드 할아버지는 웃음을 터뜨리며 말했다.

"리지야, 네가 만약 우리 세대였다면 아마 여장부로 통했을 거다."

리지는 가슴을 앞으로 쭉 내밀며 말했다.

"감사합니다. 생각을 해 봤는데요, 죄송하지만 그런 질문에는 대답하지 않겠어요. 일단 질문 자체가 잘못된 것 같아요."

그건 말이 된다. 루돌프 아저씨에게 삶의 의미를 물었을 때 아저씨도 똑같은 말을 했다. 내가 잘못된 질문을 하는 거라고. 아직도 질문 자체에서 헤매고 있는데 어떻게 답을 알아내길 기대한단 말인가? 예전에 사우어 패치 키즈라는 사탕 한 봉지를 사기 위해 내 왼발을 팔고 싶어 했던 거나 마찬가지인 것 같다.

오스월드 할아버지는 뒝벌 한 마리가 날아와 레모네이드 잔에 앉았다 날아가는 모습을 조용히 지켜보며 말했다.

"내가 너라면 어떻게 우리가 여기에 있게 되었는지 한 번쯤은 고민해 볼 것 같은데. 아무것도 아닌 하찮은 존재가 아니라 뭔가 중요한 존재로서 말이야. 그걸 이해하면 존재의 이유도 알 수 있지 않을까?"

나는 의자 깊숙이 몸을 묻으며 물었다.

"하지만 그걸 어떻게 알아내죠?"

오스월드 할아버지가 자신의 등 뒤로 손짓을 해 제임스 아저씨에게 조그마한 놋쇠 망원경을 가져오게 했다. 제임스 아저씨는 언제부터 거기 있었던 것일까?

오스월드 할아버지는 놋쇠 망원경을 받아 내게 건네주며

말했다.

"너희가 오늘 만나게 될 사람이 혹시 그 답을 알지도 모르지."

리지가 끙 소리를 내며 말했다.

"그냥 센트럴 파크에서 휴지나 주우면 안 될까요?"

차를 타고 채 10분도 안 돼서 제임스 아저씨는 자연사 박물관 앞 한쪽에 깔끔하게 주차를 시키고는 뒤돌아 말했다.

"자, 내려라."

"하지만 우린 망원경을 돌려주러……."

나는 무릎에 놓인 봉투를 흘끔 보았다. 미처 봉투를 열어 볼 새도 없었다.

"에이모스 그래디한테 가야 하지 않나요? 켄터키에서 온 아이였네요."

제임스 아저씨가 고개를 끄덕였다.

"지금은 아주 유명한 천문학자인 에이모스 그래디 박사님이시지. 박물관 안에 있는 그분 연구실로 이 망원경을 가져다 드리면 된다."

리지는 건물 지붕 위에서 펄럭이는 깃발을 한참 쳐다보다가 소리를 질렀다.

"아, 이제 기억난다. 6학년 때 천문관에서 전시하는 거 보러 온 적 있다. 내가 꾸벅꾸벅 졸았을 때 네가 엄청나게 세게 꼬집어서 시퍼렇게 멍이 들었었잖아. 생각나니, 제레미?"

그러자 나도 그때의 기억들이 물밀듯 밀려왔다.

"네가 그때 코를 골았잖아. 지금도 난 이해가 안 된다. 머나먼 은하계에서 별이 탄생하는 모습을 보는데 어떻게 잠이 들 수가 있니?"

리지가 반박했다.

"어떻게 잠이 안 오냐? 나는 지금 여기서 박물관만 쳐다봐도 벌써 지겨운데."

나는 뭔가 심한 말을 하려다 관두고 발포 비닐로 싼 망원경을 집어 들고 차에서 내렸다. 제임스 아저씨는 25센트짜리 동전 여덟 개를 주차 미터기에 집어넣었다. 리지는 차에서 나오면서 보란 듯이 입이 찢어져라 하품을 했다.

나는 입구로 가는 계단을 오르며 제임스 아저씨한테 흉을 보았다.

"정말 구제불능이에요."

하지만 제임스 아저씨는 고개를 저으며 말했다.

"사람들 모두가 같은 것에만 관심을 가지면 세상이 얼마나 재미없겠니? 너나 나나 모든 사람이 다 요리사가 되겠다면 어떨 것 같니? 요리하는 사람은 많겠지만 농사짓고 배달하고 판매하는 사람은 없겠지, 안 그러니?"

그래도 난 여전히 투덜거렸다.

"하지만 새롭게 탄생하는 별 얘기였는데."

박물관 안엔 아이들 손을 잡고 끌고 가거나 아이들 뒤를 쫓느라 분주한 부모들로 붐볐다. 한 남자아이는 다리를 포개고 바닥에 앉아서, 공룡 보러 다시 가지 않으면 그 자리에서 움직이지 않겠다며 떼를 쓰고 있었다. 제임스 아저씨는 안내 창구로 향하고 우리는 어정어정 아저씨 뒤를 따라가며 두리번거렸다. 떼를 쓰며 소리치던 그 공룡 아이의 엄마가 아이를 질질 끌고 우리 곁을 지나갔다. 나는 무거운 망원경을 두 팔로 고쳐 들며 리지에게 말했다.

"봤지? 저런 꼬마도 나름의 열정이 있다고."

리지는 두 손으로 귀를 틀어막았다.

"내가 쟤 엄마라면 그 자리에 그대로 내버려 둘 텐데."

"아이들이 운다고 내버리고 가는 엄마는 없어."

리지는 날 외면한 채 물었다.

"진짜 그럴까? 그럼 어떻게 하면 버리고 가는데?"

그 사람을 미리 떠올렸어야 했는데. 그동안 나는 리지 엄마 생각을 거의 한 적이 없고, 리지도 엄마 얘길 거의 꺼내지 않았다. 난 정말 눈치코치 없는 멍청이 같다.

나는 발을 뻗어 리지 운동화 앞부리 쪽을 건드리면서 나지막이 말했다.

"미안해."

리지도 나처럼 나지막이 대꾸했다.

"걱정 마, 괜찮아."

제임스 아저씨가 다시 우리 쪽으로 다가왔다.

"안내 창구에 있는 전화로 그래디 박사님과 통화했는데, 아래층 천체 물리학 실험실에서 우릴 기다린다고 하셨다. 따라오너라."

제임스 아저씨는 손에 든 지도를 살펴본 뒤 '장미 센터'라고 표시된 통로로 향했다.

갑자기 심장이 뛰면서, 급히 아저씨를 쫓아가느라 하마터면 내 발에 걸려 넘어질 뻔했다. 진짜 과학 실험실에 가 보다니! 그것도 세계 최고 박물관에서!

뒤따라오던 리지가 가까이 따라붙으며 말한다.

"이봐요, 거기 공부벌레 씨!"

그러면서 내 팔에서 망원경을 빼 들었다.

"완전 넋이 나가서 망원경이 떨어져도 모르겠다."

공부벌레라고 불린 것과 넋 나갔다고 놀림 당한 것 중 무엇에 더 화가 났는지는 몰라도, 리지에게 퉁명스럽게 쏘아붙였다.

"위대한 과학자들은 다 공부벌레거든. 알베르트 아인슈타인이 축구를 했다면 상대성 이론 같은 걸 생각해 낼 수 있었겠니?"

"내가 그런 이론을 알아야 되니?"

"여기서 당장 설명할 순 없지만 암튼 엄청 중요한 거야."

우리는 통로를 지나 나선형 계단이 있는 넓고 탁 트인 공간으로 들어갔다. 그곳엔 우주에 관한 도표와 그래프가 잔뜩 붙어 있었다. 천장과 벽은 온통 유리로 되어 있었다. 박물관 내의 다른 공간하고는 완전히 달랐다.

제임스 아저씨를 따라 방 안으로 들어서며 리지가 내게 물었다.

"야, 망원경 소년의 봉투는 가지고 있지?"

나는 반바지 주머니를 여기저기 더듬어 봉투를 찾아냈다.

"어휴, 하마터면 이거 읽어 보는 것도 깜빡할 뻔했다."

나는 봉투 끝부분에 살짝 칼집을 넣어 봉투를 열었다. 자칫 안에 들어 있는 편지까지도 찢어질 뻔했다. 서둘러 편지를 펼쳐 다른 사람들과 부딪치지 않게 조심하며 소리 내어 읽었다.

오스월드 전당포

날짜: 1944년 4월 3일

이름: 에이모스 그래디

나이: 15

거주지: 브루클린

물품: 망원경

이용자의 진술: 이 망원경은 제 할아버지 것입니다. 망원경을 들여다보는 일은 제 할아버지의 가장 큰 낙이었습니다. 할아버지는 이 망원경을 제게 유산으로 남기셨습니다. 그런데 저는 육상팀 유

니폼을 살 돈이 필요합니다. 운동화에 박는 미끄럼 방지 징도 사야 하는데 너무 비싸 제 부모님의 형편으론 마련할 수가 없습니다. 내년 매사추세츠 공대의 장학금을 타려면 꼭 이번 육상 경기에 출전해야 합니다. 제 할아버지께서는 절 이해해 주실 겁니다. 저는 압니다. 맹세할 수 있습니다.

사진 속의 소년은 심한 곱슬머리를 하고 두 팔로 망원경을 꼭 끌어안고 있었다. 나는 좀 더 자세하게 살펴보았다. 눈에 눈물이 고여 있는 것 같았다.

그리고 사진 아래에 이렇게 쓰여 있었다.

가격: 45달러(사십오 달러)

서명: 오스월드 오스월드, 사장

나는 편지를 접어 봉투 안으로 다시 밀어 넣었다. 어린 에이모스가 울고 있는 모습을 리지는 보지 않길 바랐다.

리지가 물었다.

"사진 어때? 귀엽게 생겼니?"

나는 그 자리에 우뚝 멈춰 섰다. 제임스 아저씨는 벌써 전 시장을 반 너머 앞서 가고 있다. 하지만 우릴 떼 놓고 먼저 가지는 않을 걸 알았다.

"그런 건 왜 묻니?"

리지는 어깨를 으쓱했다.

"육상 선수들이 대개 귀엽게 생겼잖아. 육상 선수들이랑 야구 선수들이 제일 귀여운 것 같아. 미식축구 선수랑 하키 선수는 좀 덜하지. 누구나 다 아는 얘기 아냐?"

"이 특별한 육상 선수는 지금 70대란 걸 명심해라."

리지는 콧방귀를 뀌며 대꾸했다.

"내가 언제 사귀고 싶다고 했냐? 잠깐 있어 봐. 움직이지 말고 아래 좀 봐 봐."

나는 그 자리에 서서 무엇 때문에 그러는지 전혀 감을 잡지 못한 채로 천천히 고개를 숙였다. 그러자 곧바로 8.2kg이라는 숫자가 빨갛게 반짝이며 내 눈에 들어왔다. 나는 바닥 바로 밑에 설치된 저울 위에 서 있었던 것이다. 아하, 이렇게 땅속에다도 저울을 설치할 수 있구나. 이제 알았다!

리지가 환호성을 올렸다.

"와! 내가 진즉 너 삐삐 마른 건 알았지만 그 정도인지는 몰랐는데."

나는 저울에 대한 설명을 찾아보려고 여기저기 둘러보았지만 아무것도 눈에 띄지 않았다.

그때 제멋대로 뻗친 흰머리에 하얀 실험실 가운을 입고, 둥글고 큼지막한 안경을 낀 노인 한 분이 우리 쪽으로 다가왔다. 걷는 게 아니라 차라리 깡충깡충 뛴다고 해야 맞는 것 같았다. 옛날 과학 선생님이 벽에 걸어 둔 사진 속의 아인슈타인 모습이 떠올랐다. 놀랍게도 그 옆에 제임스 아저씨가 서 있었다.

노인이 저울을 가리키며 말했다.

"그게 달에서 쟀을 때 네 몸무게란다. 중력이 더 약하기 때문이야."

내 눈이 커졌다.

"와, 대단해요!"

리지는 망원경을 다시 내 팔에 안기며 저울 위로 올라섰다.

"나도 해 봐야지. 7.7kg!"

그러자 노인이 말했다.

"네가 태양에 가면 1톤이 넘는단다."

리지는 고개를 끄덕이며 말했다.

"굉장하네요. 그러면 아무도 내게 덤벼들지 못하겠군요."

그때 제임스 아저씨가 목청을 가다듬으며 소개를 했다.

"바로 이분이 그래디 박사님이시다. 박사님, 애들은 제레미 핑크와 리지 멀던입니다. 친절하신 박사님이 실험실에서 우릴 마냥 기다릴 수 없으셨나 보다."

그래디 박사는 수줍은 미소를 지어 보였다.

"내가 얼마나 성미가 급한지 눈감아 주었으면 해요. 우리 과학자들은 원래 완전 호기심 천국이거든. 두 젊은 친구가 내 물건을 가져올 거라는 이상야릇한 전화를 받고서 사무실에 가만 앉아서 기다릴 사람이 어디 있겠소?"

제임스 아저씨가 리지와 날 바라보며 말했다.

"너희 둘, 어떻게 해야 하는지 잘 알고 있지? 난 공룡 전시관에서 기다리고 있을 테니 끝나고 그리로 오너라."

리지는 "좀 있다 봐요."라고 인사를 했지만 나는 아무 말도 하지 않았다. 흰 실험실 가운을 입은 그래디 박사님을 보느라 반쯤 넋이 나가 있었다. 진짜 과학자를 이렇게 만나다니! 이런 사람이라면 세상 모든 일을 꿰뚫고 있겠지!

그래디 박사가 물었다.

"이게 그거니?"

내가 얼이 빠진 게 분명했다. 박사가 팔을 뻗어 내 팔에 안겨 있던 망원경을 톡톡 건드렸다.

나는 얼굴을 붉히며 소리를 높였다.

"아참! 네, 맞아요."

망원경을 건네주자 박사는 가까이에 있는 의자에 자리를 잡고 앉아 포장을 뜯기 시작했다. 반쯤 포장을 벗기던 박사의 손길이 갑자기 멈췄다. 너무나 놀랍고 당황스럽게도, 박사는 고개를 떨어뜨리며 두 손으로 얼굴을 감싸더니 흐느끼기 시작했다. 리지의 눈은 금방이라도 튀어나올 것 같았다.

리지가 낮게 속삭였다.

"어떻게 하지?"

나도 혼란스러워서 고개만 저었다. 다 큰 남자가 우는 모습을 본 건 우리 아빠가 《진품명품을 찾아서》라는 텔레비전 프로그램을 보다가 울었던 때뿐이다. 어떤 사람이 알뜰 장터에서 산 구리 주전자가 벤저민 프랭클린이 쓰던 물건으로 밝혀졌던 것이다.

하지만 이건 차원이 아주 다르다.

그래디 박사는 한참을 그러다가 어깨를 들썩이더니 손등으로 눈가를 훔쳤다.

"미안하다, 애들아. 난 늘 울보였거든. 그래서 학교 다닐 때도 엄청나게 놀림을 받았단다."

나는 봉투를 꺼내 그래디 박사에게 내밀었고, 박사는 천천히 손을 뻗어 봉투를 받았다. 편지를 읽는 사이에도 간간히 흐느낌이 새어 나왔다.

내가 박사를 달래 줄 능력이 없는 건 순전히 애완동물을 못 기르게 한 엄마 탓이다.

그래디 박사는 편지를 가운 주머니에 찔러 넣고는 다시 망원경으로 눈길을 주었다. 애정이 넘치는 눈으로 망원경을 바라보다 입을 열었다.

"이걸 다시 보게 될 줄 꿈도 못 꿨는데. 어떻게 이걸 가지게 되었는지 말해 주겠니?"

대답을 하려고 막 입을 열려는 찰나 리지가 선수를 쳤다.

"말씀드리기 전에 한 가지 조건이 있어요."

나는 리지를 노려보았다. 도대체 뭘 하겠다는 거지?

그래디 박사도 당황한 모습이 역력하다.

"그게 뭘까?"

하지만 리지는 전혀 아무렇지도 않게 답했다.

"저희에게 삶의 의미에 대해서 말씀해 주세요."

나는 리지를 보며 고개를 흔들었다. 리지는 말을 계속했다.

"아니, 잠깐만요. 삶의 '목표'를 말하는 거예요. 그거예요. 아시겠죠?"

나는 다시 고개를 저었다. 그래디 박사는 우리 둘을 보느라 번갈아 고개를 돌렸다.

리지가 덧붙여 말했다.

"어, 맞아요. 그러니까, 우리가 '왜' 이곳에 존재하게 되었냐는 거예요. 바로 그게 알고 싶어요."

나는 푹 한숨을 쉬었다.

"리지 말은요, 우리가 '어떻게' 이곳에 있게 되었냐는 거예요. 왜 아무것도 아닌 게 아니라 무언가로 존재하게 되었을까요? 오스월드 씨가 박사님은 아마 아실 거라고 했어요."

박사의 두 눈이 휘둥그레졌다.

"아니, 오지 할아버지가 아직까지 살아 계신단 말이냐? 말도 안 돼! 내가 어렸을 때도 노인이었는데."

나는 박사를 안심시켰다.

"아니, 아니에요. 저희가 말하는 오스월드 씨는 그분의 손

자세요."

그래디 박사는 의자에서 몸을 일으켰다.

"음, 이제야 안심이 되는군. 잠깐이지만 난 오지 할아버지가 손수 타임머신이라도 만든 줄 알았다."

내 귀가 쫑긋해졌다. 누군가가 타임머신을 만들 수 있다면 그건 바로 그래디 박사일 것 같았다.

늘 그렇듯 내 맘을 읽은 리지가 끼어들었다.

"어서 해 봐. 박사님께 물어보란 말이야. 항상 알고 싶어 했잖아."

그래디 박사는 조심스럽게 망원경을 들어올리며 말했다.

"뭘 말이냐? 우리가 이곳 은하계의 변두리에 어떻게 오게 되었는지보다 중요한 거니?"

나는 질문을 할 수 없을 것 같았다. 갑자기 그 질문이 어리석기 그지없어 보였다.

하지만 나 대신 리지가 까발렸다.

"제레미가 타임머신 만드는 법을 알고 싶어 했거든요. 시도한 지 5년쯤 됐어요."

나는 서둘러 변명을 했다.

"정확히 말하면 시도한 건 아니에요. 관련 서적을 읽었을 뿐이에요. 시간을 거슬러 올라가는 것에 대한 책이요. 미래로 가거나 뭐 그런 건 말고요. 그건 불가능하다고 생각하거든요."

박사는 가볍게 미소를 지었다.

"유감이지만 시간 여행은 아직도 이론상의 얘기일 뿐이란다. 그래도 네 얘기가 맞아. 지금까지 밝혀진 모든 물리 법칙에 따르면 미래로의 여행은 거의 불가능할 것 같아. 과거로의 여행은, 그래도 절대 불가능은 아니야. 하지만 미래로 돌아올 방법이 없기 때문에 과거의 너는 둘이 되고 현재에는 아무도 없게 되는 거지. 물론 이론상으로만. 아주 까다롭기도 하고 비현실적이기도 해. 그런데 너처럼 젊은이가 왜 그런 걸 알고 싶은 거지?"

목이 뻑뻑해졌다. 고맙게도 이번엔 리지가 먼저 나서지 않았다.

그래디 박사는 친절하게 말했다.

"잠깐 여기서 기다려 줄래? 이거 사무실에 가져다 두고 와서 구경 좀 시켜 줄게. 그러면서 조금 더 애기해 보자."

나는 말없이 고개만 끄덕이고 리지와 의자에 앉았다. 고개를 젖히고 천장에 매달린 커다란 금속 공을 보니 거기엔 '태양'이라는 글자가 새겨져 있었다. 그 옆엔 작은 공 하나가 매달려 있다. 지구. 예전에 왜 이 생각을 못했을까? 연결 고리 한 개만 끊어져도 우리는 박살이 나고 말 거다. 그 옆에 매달린 표지판에 이런 글귀가 새겨져 있었다. '백만 개가 넘는 지구가 태양 안에 들어갈 것이다.'

내가 엄청 작아진 듯한 느낌이다.

14. 삶, 우주, 그리고 만물

"너 괜찮니?"

리지가 물었다.

"좀 지쳐 보여. 너야 늘 지쳐 보이지만 지금은 더 그렇게 보여. 내가 타임머신 얘기 꺼낸 거 기분 상해 하지 않았으면 좋겠다. 그 어려운 얘기들 다 이해했니?"

나는 태양과 지구 모형에서 조금 비켜 앉으며 숨을 깊게 들이쉬었다.

"박사님 말은 결국 내가 우리 아빠를 찾으러 시간을 거슬러 올라가는 방법을 찾는다 해도 아빠를 구하진 못한다는 거야. 나랑 아빠랑 둘 다 돌아올 수 없다는 거지. 그리고 내가 돌아오지 못하면 나와 아빠 둘 다 없는 세상에 엄마만 홀로 남게 되는 거고."

"하지만 과거 세상엔 제레미 핑크가 둘 있는 거잖아. 그렇게 나쁘진 않을 거 같은데, 안 그래?"

나는 고개를 저었다.

"난 하나로도 충분히 많아."

"하지만 진짜 제레미인 네가 나랑 놀고 있는 사이에 또 다른 제레미가 수학 숙제를 해 놓을 수도 있잖아. 두 명의 제레미라니! 이 지구상에 나랑 있을 수 있는 사람이 한 명 더 생기는 셈이네."

"난 수학을 좋아하니까 그럴 필요 없단다. 내 기분을 바꿔 주려고 애써 줘서 고마워. 그리고 널 좋아하는 사람이 나 한 사람만 있는 건 아니야. 네 아빠도 계시고."

"그야 당연하지. 아빠니까."

"그리고, 사만다도 널 좋아하는 것 같았어."

리지는 어깨를 들썩였다.

"사만다가 릭에게 하는 소릴 들었는데, 내가 재밌는 애 같다고 그러더라."

"어, 그게 나쁜 말은 아니잖아."

리지가 얼굴을 찡그렸다.

"강아지들도 같이 놀면 재밌어."

내가 어깨를 들었다 내리며 말했다.

"다 그런 건 아니야."

리지가 살짝 미소를 지었다. 그때 그래디 박사 모습이 보였다. 이번엔 하얀 가운을 벗었지만 그래도 여전히 아인슈타인 같았다. 리지가 날 일으켜 세우며 말했다.

"자, 우리가 이곳에, 박사님이 뭐라고 했더라? 그래, 은하계의 변두리라 그랬지. 이곳에 어떻게 오게 됐는지 알아보러 가자."

그래디 박사가 내 어깨를 잡았다.

"핑크 군, 자네 질문을 다시 생각해 보았는데, 사실 우리가 원할 때마다 과거를 들여다볼 수 있는 방법이 하나 있긴 하지. 정확히 자네가 찾고 있던 것이 아닐지도 모르지만, 우리가 어떻게 이곳에 있게 되었고 궁극적으로 왜 존재하게 되었는지에 대한 해답을 찾는 데 더할 나위 없이 좋을 거야. 날 따라오게. 그리고 명심할 게 있는데, 이건 단지 현재의 장비로 관찰하고 측량한 것을 기초로 해서 만들어진 과학적인 가설에 불과하다는 점이야."

박사는 구불구불한 경사로의 꼭대기로 우릴 데려갔다. 사람들 대부분은 우리와 반대 방향으로 걷고 있어서 길을 뚫고 나가느라 꽤나 애를 먹어야 했다.

"광년이라는 말을 들어 봤겠지?"

박사가 묻자 나는 고개를 끄덕였다. 리지도 끄덕거렸는데, 내가 보기엔 긴 설명을 듣고 싶지 않아서 그랬을 것이다. 그래디 박사 또한 리지를 믿지 않는지 이렇게 설명을 시작했다.

"예를 들어 어떤 물체가, 그러니까 태양과 같은 어떤 별이 지구로부터 800광년 떨어져 있다고 하면, 그 별을 떠난 빛이 우리 눈에 들어오기까지 800년이 걸린다는 얘기지. 그러니까 너희가 보는 그 별의 모습은 지금 모습이 아니라 800년 전의 모습인 거야. 지금은 아예 존재하지 않을 수도 있어."

박사님의 설명이 이어졌다.

"너희가 보는 별은 다 과거의 별인 거지."

그러면서 밤하늘의 지도를 가리켰다. 그 안에 학교에서 배웠던 별자리 몇 개가 눈에 들어왔다. 리지는 반짝반짝하는 진열장 유리에 자신의 이를 비춰 보고 있었다. 이 모습을 본 박사가 말했다.

"내 말이 너무 지루한가 보구나. 그럼 선물 가게로 발걸음을 옮겨 볼까?"

나는 리지를 한 번 걸어찰까 했지만 리지는 어느새 재빠르게 멀찌감치 달아나 있었다. 그러다가 리지는 하마터면 태양계 모형 쪽으로 곧장 곤두박질할 뻔했다. 나는 박사님을 졸랐다.

"계속해 주세요, 박사님! 부탁이에요."

"그렇다면 좋다. 이제 팔을 걷어붙여라. 내가 짧고 간단하게 우주 역사에 대한 얘길 해 줄 테니. 준비됐니?"

리지가 박사의 말에 꼬투리를 잡았다.

"저희는 반팔 옷을 입고 있는데요."

"아, 그건 그냥 비유적인 표현이야. '중요한 건 목적지가
아니라 여정이다.' 라는 표현처럼 말이다. 이제 시작할까?"
리지가 묻는다.
"무슨 여정 말씀이세요?"
"그야 당연히 삶을 말하는 거지."
"오, 그렇군요."
그래디 박사는 경사로에서 몇 발짝 내려와 벽에 새겨진 인
용구를 가리키며 큰 소리로 읽었다.
"'우주는 우리가 상상하는 것보다 신비하며, 우리의 상상
을 초월한다.' 이 문구는 네가 처음에 했던 질문을 떠오르게
해 주지. 우리가 어떻게 이렇게 이상한 미지의 장소인 이곳
에 있게 된 거냐고 물었잖아. 그에 대한 답을 하자면 태초로
거슬러 올라가야 해. 약 137억 년 전에는 우리가 측정할 수
있는 게 아무것도 없었단다. 공간도 없고 시간이란 것도 없
었으니까. 그러다 갑자기 무언가가 생겨났어. 그 무언가를
특이점이라고 하지. 극도로 압축되고 뜨거운 그 점 안에 나
중에 우주를 가득 채울 모든 물질이 다 들어 있었단다. 그런
데 그게 어디서 왔는지는 아무도 몰라. 아마 조물주가 우리
모두를 위해 그 자리에 놓아 두었거나, 아니면 우리가 생판
모르는 전혀 다른 우주에서 왔을 수도 있겠지. 하지만 그다
음에 생긴 일은 우리가 아주 잘 알고 있단다."
나는 나도 모르게 손을 공중으로 번쩍 들어 올렸다. 리지

가 웃음을 터뜨리자 나는 얼른 다시 내렸다.

"빅뱅이요?"

그래디 박사는 신이 나서 두 손을 문질렀다.

"정답! 그러나 그걸 빵 하고 터지는 폭발이라고 생각하진 마라. 사실 그건 엄청난 팽창이라고 해야 마땅해. 상상을 초월할 정도로 작았던 풍선이 어마어마하게 큰 풍선이 되는 거라 할 수 있는데, 아직도 여전히 팽창을 계속하고 있지."

그래디 박사는 잠깐 멈추고는 손가락으로 머리카락을 쓸어 넘겼다. 하지만 별로 소용이 없었다. 머리카락은 곧장 본래의 모습으로 되돌아왔다. 리지는 혼자 흥얼거리기 시작했다. 내가 옆구리를 찌르자 험상궂은 눈초리로 날 쏘아보긴 했지만 흥얼거리는 건 그만두었다. 다행히 박사님은 눈치 채지 못한 것 같았다.

박사님은 신이 나서 설명을 계속했다.

"우리를 포함한 이 우주 안의 모든 물질과 에너지가 바로 이 풍선 안에 들어 있는 거야. 모든 행성과 별과 너와 나, 우리 모두가 그야말로 똑같은 물질에서 생겨난 거지. 시간적으로도 똑같은 시점인 137억 년 전에 말이야. 빛의 속도보다 몇 배나 빠르게 우주가 펼쳐진 거야. 엄청난 소립자들을 쑥쑥 토해 내고 중력이나 전자기장 같은 것들도 만들어 내면서 말이야. 가스나 먼지 구름에서 별이 생겨나고 그 파편과 얼음이 우주 공간에서 빙빙 돌다가 행성을 만들고. 잘 듣고 있는 거지?"

나는 머리가 핑핑 돌았지만 고개를 끄덕였다. 그렇다면 내가 12년, 아니 거의 13년 전에 태어난 게 아니란 말이야? 정말 137억 년 전에 태어난 거야? 엄만 내 생일 선물을 엄청 떼먹은 거네!

박사는 유쾌하게 이야길 이어 갔다.

"자, 이제 본질로 더 가까이 가 보자."

자기 일을 사랑하는 누군가를 지켜보는 일은 참으로 근사하다. 아빠도 만화 가게 일을 하면서 그랬다. 엄마는 도서관을 사랑하고 리지 아빠는 우체국을 사랑한다. 나도 그만큼 사랑하는 일을 찾을 수 있을까 궁금해졌다. 나는 다시 귀 기울여 박사님 애길 들었다.

"우리가 살고 있는 태양계는 약 45억 년 전에 만들어졌단다. 그리고 지구 표면의 온도가 내려가기까지 또 엄청난 시간이 걸렸지. 생명체가 살 수 있을 정도가 되자 곧바로 생겨나기 시작했어. 몇 가지 기본 화학 성분과 가스가 섞여 있던 '원시 수프'라는 것이 자외선을 쪼이고 번개를 맞으면서 생명의 기초 단위인 아미노산이 생겨난 거지. 뒤를 이어 박테리아가 생기고, 단세포·다세포 생물이 생겨나고, 식물·무척추동물·척추동물·파충류·포유동물 들이 생겨났단다. 모두 다 수십억 년에 걸쳐 끊임없이 변하는 환경에 적응하면서 말이야."

그때 여자 그래디 박사 같은 나이 든 여자의 뒤를 따라 흰 실험실 가운을 입은 십대 아이들이 다가왔다. 모두 서류철을 들고 있었다. 리지는 팔꿈치로 나를 쿡쿡 찌르며 속삭였다.

"5년 뒤의 네 모습이다!"

"웃기지 마셔."

나도 속삭이며 대꾸했지만 그러면서 내 곁을 스쳐 지나가는 사람들 얼굴을 찬찬히 살펴보았다. 그 사람들 눈은 열정으로 가득 차고 밝았다. 저렇게만 된다면 그리 나쁘진 않을 것 같았다.

그래디 박사는 그 아이들이 지나가길 기다렸다 다시 이야길 계속했다.

"우리가 아메바를 구성하는 것과 똑같은 아주 작은 물질에서 생겨났다는 말이 별로 설득력이 없어 보일지도 모르지만, 조상이 같은 건 분명한 사실이다. 둘 다 DNA가 똑같은 화학적 구조로 되어 있거든. 말하자면 너희나 나나 초파리나 모두 같은 삶의 설계도에서 생겨난 거지. 이 지구상의 모든 생명체는 서로 연관성이 있는 거야. 어떤 사람들은 영적으로 그걸 더 느끼기도 하지. 만약에 다른 행성에 생명체가 존재한다면 우리와는 다르게 진화했을 가능성이 커. 지구에서와 똑같은 일이 생겼을 가능성은 영에 가깝지."

나는 궁금증을 참을 수 없었다.

"왜 그렇죠?"

그래디 박사가 설명했다.

"사실이야. 분명히 우리는 수십억 년에 걸쳐 헤아릴 수 없을 만큼 무수한 변수들이 우연히 맞아떨어져서 만들어진 거야. 그 변수들은 얼마든지 다른 경로로 갈 수도 있었어. 그러므로 우리는 이 지구상에 살고 있는 수백만 다른 종들과 마찬가지로, 무엇에도 견줄 수 없을 만큼 아름다운 창조물인 거지. 우리의 세포는 머나먼 은하계, 그리고 오래전 이 지구에 살았던 수십억 종류의 유기물에서 온 원자와 소립자들로 이루어진 거야."

여기서 잠깐 말을 멈춘 박사는 눈가에 살짝 고인 눈물을 닦아 냈다. 리지와 나는 박사님이 무안하지 않게 시선을 돌렸다.

박사는 목을 가다듬으며 다시 설명을 시작했다.

"이제 우리가 '어떻게' 이곳에 존재하게 되었는지에 대한 과학적인 설명은 충분하겠지? 너희도 물론 알고 있겠지만 이건 또한 우리가 '왜' 이곳에 있는지에 대한 해답도 돼. 물리학적으로 보면 중력이 우리가 우주로 날아가지 못하게 막아 줘서 여기에 있는 게 되겠지. 그리고 가장 기초적인 생물학적 관점으로 보면 이 지구의 최초 생물 가운데 하나인 박테리아 덕분에 우리가 이곳에 있게 된 거고. 우리 몸은 박테리아가 없으면 제 역할을 못해. 우리를 둘러싸고 있는 공기 중이나, 살갗이나, 몸 안 장기나, 어디든 다 마찬가지야. 우리가 이 지구상에서 최고로 힘센 종이라고 생각하겠지만 전혀 그렇지 않아. 박테리아가 없으면 우린 단 하루도 살지 못할 거야. 박테리아는 적응력이 끝내주기 때문에 태양이 다 타서 없어진다고 해도 여기 살아남을 거란다. 박테리아와 바퀴벌레만!"

나는 리지를 바라보았다. 리지는 벌써 몸을 주체하지 못하고 있었다. 자기 몸에 살고 있는 박테리아 생각을 하고 있는 게 분명했다. 어쨌든 나도 우리가 여기에 존재하는 이유가 이보다는 좀 더, 뭐랄까, 근사할 거라고 생각했었다.

드디어 리지는 몸을 긁기 시작했다. 팔뚝에 길고 빨간 자국이 생겼다.

그래디 박사는 시계를 보며 말했다.

"너무 오랜 시간 걸렸나 보다. 내가 너희를 질리게 한 건 아닌지 걱정스럽다."

"아니에요. 정말 좋았어요."

나는 진심으로 내 맘을 전했다. 물어보고 싶은 말이 가슴 가득했지만 그랬다간 리지가 날 죽이려 들게 분명했다. 불현듯 리지가 제안했던 거래 내용이 생각났다.

"아참, 박사님 망원경은요……."

박사는 손을 들어 내 말을 막았다.

"생각이 바뀌었다. 50년이 지나서 망원경이 내게로 돌아온 이유는 그냥 수수께끼로 남겨 두기로 했다. 나는 지금껏 삶의 수수께끼에 대해 합리적인 설명을 찾아내는 데 내 인생 전부를 바쳤다."

나는 미소를 지으며 대답했다.

"알겠어요."

그러고는 소리를 죽이며 슬그머니 물었다.

"언제, 기회가 되면…… 다시 와도 되나요?"

박사는 내 등을 찰싹 치며 씩 웃었다.

"물론이지. 다음번엔 빈손으로 와도 된다."

나는 악수를 하고 리지에게로 돌아섰다.

"이제 갈래?"

리지는 미친 듯이 고개를 끄덕였다.

그래디 박사가 미간을 찌푸리며 걱정스럽게 물었다.

"리지야, 너 괜찮니?"

리지가 다시 고개를 끄덕였다,

"뜨거운 물에 목욕하고 나면 금세 좋아질 거예요."

박사가 웃음을 터뜨렸다.

"잊지 마라. 대부분의 경우에 박테리아는 우리에게 도움이 된단다. 그러니까 특별한 경우가 아니면 씻거나 긁어서 없애지 않아도 된다는 말이야."

리지는 긁지 않으려고 급히 두 손을 반바지 주머니 안으로 찔러 넣었다. 하지만 나는 리지가 박사님 말에 수긍하지 않았다는 것을 안다. 우리는 제임스 아저씨가 있는 공룡 전시관으로 가기 위해 통로로 향했다.

전시관에 접어들면서 박사가 말했다.

"절대 잊지 마라. 우주가 너무 광대해서 다 알 수 없지만 제레미 핑크도 딱 한 사람, 리지 멀던도 딱 한 사람이라는 걸. 물론 에이모스 그래디도 유일하고. 그렇기 때문에 이해를 하고 못하고를 떠나서 우리 각자는 특별하고 유일무이하단다. 우리가 왜 이곳에 있는 거냐고? 내 생각으론 우리가 진화 복권에 당첨됐기 때문이야. 그리고 우리가 아는 한 우리가 살 수 있는 유일한 곳이 이곳이기 때문에 여기에 있는 거야."

리지는 주머니 안으로 허벅지를 긁으면서 물었다.

"그러니까 박사님 말로는 우리가 여기 있게 돼서 여기 있다는 건가요?"

"정답!"

리지가 내 팔을 꼬집었다.

"제레미, 이제 좀 풀렸냐? 아님 아직도 실존적 위기가 계속되는 거니?"

그래디 박사의 이야기를 다 듣고도 내 머리는 아직도 핑핑 돌았다. 하지만 뭔지 몰라도 좋은 방향인 건 확실하다. 내가 대답했다.

"내가 요점을 정리하자면 시간이 좀 걸리는 거 알잖아. 너처럼 단번에 결정하는 거 난 못해."

리지가 이제는 걸으면서 배를 긁어 댔다.

"진짜 그래요. 옛날에 우리가 여섯 살이었을 때, 부모님이 아이스크림을 사 주시겠다고 했거든요. 그런데 제레미는 초콜릿하고 바닐라 둘 중 하나를 고르느라 시간이 너무 걸리는 바람에, 결국 가게 주인이 문을 닫아 버려서 아이스크림을 먹지 못했던 일도 있었어요."

나는 한숨을 쉬었다. 리지가 자기 살 껍질을 벗겨 내는 일에 열중하는 편이 차라리 더 나았다. 그래디 박사가 껄껄 웃으며 말을 받았다.

"우리가 왜 여기에 있으며 그 의미가 뭔지를 받아들이는 문제는 평생의 과제일 수도 있다. 너희가 나이가 들어서 결혼을 하게 되면 언젠가 과거를 회상하며……."

"아아악!"

우리는 동시에 소리를 질렀다.

"우린 절대 결혼 안 해요."라고 내가 외치자 "적어도 우리 둘이선 안 해요."라고 리지가 덧붙여 말했다.

바로 그때 실물 크기의 공룡 뼈가 서서히 눈에 들어왔다. 화제를 돌릴 심산으로 그래디 박사가 입을 열었다.

"운석이 지구에 떨어지지 않아 저 녀석이 멸종하지 않았다면, 포유동물의 크기는 큰 쥐나 작은 돼지 수준이었을 거야. 너희와 나도 여기에 없었을 거고. 결과적으로 우릴 위해선 잘된 거지."

박사는 장난스레 공룡을 올려다보았다.

"하지만 저 녀석에겐 참 안됐지. 저기 너희 친구 분이 계시는구나."

그래디 박사는 제임스 아저씨를 가리키며 말했다. 아저씨는 거대한 공룡 앞다리 뒤쪽에 서 있었다. 난간 위로 몸을 기울여 어찌나 가까이서 공룡을 보고 있던지, 아저씨 코가 거의 닿을락 말락 했다.

박사가 아저씨 쪽으로 다가가며 말했다.

"그거 진짜 아니에요."

아저씨는 실망한 표정이 역력했다.

"아니에요?"

박사가 고개를 흔들었다.

"하지만 저쪽 다리는 진짜예요."

아저씨는 곧장 그쪽 다리로 달려가 또 뚫어져라 바라보았다. 나도 아저씨 뒤를 쫓아갔다.

"전 아저씨가 공룡을 그렇게 좋아하는 줄 몰랐어요."

아저씨는 고개를 끄덕였다.

"우리 아버지께서 예전에 화석이랑 뼈를 모으셨거든. 한번은 백만 년도 더 된 갑각류를 찾아낸 적도 있단다."

"와!"

엄청난 감동이었다.

"우리 아빠가 찾은 것 중 가장 근사한 건 길에서 주운 책

속에 끼워진 당첨 금액 25달러짜리 복권이었어요."

제임스 아저씨가 리지를 힐끗 보며 물었다.

"리지한테 무슨 일 있었니?"

리지는 전시관 한쪽 구석에서 미친 듯이 머리를 긁고 있었다. 이제 아예 묶었던 머리까지 풀어헤쳐서 머리카락이 사방으로 헝클어져 있었다.

"아, 그래디 박사님께서 우리 몸의 안팎, 머리에서 발끝까지 박테리아가 덮고 있다는 얘길 해 주셨거든요."

"빨리 집으로 데려다주는 게 좋겠구나."

나는 작별 인사를 하려고 박사님을 찾았지만 박사님은 사내아이 둘을 데리고 온 아버지와 이야기 삼매경에 빠져 있었다. 그나마 우리가 떠날 때 손을 흔들며 인사를 보내긴 했다.

집으로 돌아오는 차 안에서 리지는 몸을 옹송그리고 앉아 이따금씩 실룩실룩 경련을 일으켰지만, 나는 기분이 훨씬 나아진 느낌이었다. 나를 내리누르던 검은 구름이 싹 걷힌 듯했다. 오스월드 할아버지 말이 옳았다. 어떻게 이곳에 있게 된 건지를 아는 것이 큰 도움이 되었다. 어마어마하게 큰 우주 안에서 우리가 얼마나 작은 존재인가를 깨닫는 건 우리를 쪼그라들게 하지만, 우리가 적응해서 살아가는 곳을 조금이나마 이해하게 된 건 작은 위안이 되었다. 앞으로도 더 많이 알기 위해 제레미 시간을 쓸 생각을 하니 그것만으로도 흥분이 되었다. 오늘 배운 내용들을 리지에게 다시 설명해서 리지를 괴롭혀 주고 싶은 마음이 굴뚝같았지만, 이번은 봐주기로 결론을 내렸다.

내가 요번 주 내내 삶과 우주와 기타 등등에 대해서 아무리 많은 걸 배웠다 해도, 아빠의 상자 안에 들어 있는 것을 알아내는 데 한 발짝이라도 가깝게 다가간 건지는 알 수가 없다. 나는 소형 냉장고에서 음료를 꺼냈다. 막 뚜껑을 따려고 하는 순간 퍼뜩 생각난 게 있었다. 엄마가 상자를 내게 주던 그날 생각해 냈어야 했던 건데. 그래, 바로 그거다!

나는 앞으로 몸을 숙여 리지 다리를 흔들었다. 리지가 투덜댔다. 내 말을 듣고 있다는 신호였다.

"우리 애틀랜틱시티에 갈까?"

리지가 한쪽 눈을 떴다.

"거기도 박테리아 있니?"

나는 거짓말을 했다.

"아니."

"그럼 좋아."

그러더니 리지는 다시 눈을 감았다. 그러다 1초도 안 돼 한쪽 눈을 다시 뜨고 물었다.

"거기 어떻게 갈 건데?"

"생각을 해 봐야지."

왜 가는 거냐고 묻길 기다렸지만 리지는 더 이상 묻지 않았다.

엄마가 퇴근해 집에 올 때까지도 묘안이 떠오르지 않았다. 오후 시간 내내 어항에서 페럿이 야옹이 꽁무니 따라다니는 것만 지켜보고 있었다. 멍멍이와 햄스터는 즐거워하며 그저 한가롭게 헤엄을 치고 있었다. 개네들이 내게 묘책을 줄 리 만무했다.

몇 번이나 리지 방문을 두드려 도움을 요청할까 고민도 해보았지만, 리지는 기록적인 긴 목욕을 하고 있었다. 게다가 매번 계획을 세우는 건 리지 몫이었다. 나 혼자서도 뭔가 하나쯤은 해야 할 텐데.

엄마가 내 방문을 두드리고는 슬며시 열었다. 엄마는 '승자들은 독서를 한다' 라고 적힌 배지를 달고 있었다. 아이스티를 홀짝거리며 내게 물었다.

"오늘 하루 어땠니?"

"정말 좋았지요. 자연사 박물관에 갔어요!"

"너희들이 감당하기엔 참 힘든 사회봉사였겠구나."

나는 씩 웃었다.

"재미로만 하는 건 아니었어요. 오늘은 리무진 안에 코카콜라도 없었어요. 펩시 콜라를 마셔야 했다고요."

"넌 펩시를 더 좋아하잖아."

"그렇긴 하지만 선택의 여지가 없잖아요."

엄마는 날 보고 고개를 흔들었다.

"잊어버리기 전에 말해야겠다. 주디 이모가 일요일에 애틀랜틱시티에서 전시회를 한단다. 너랑 리지도 함께 갈래?"

엄마가 하는 소릴 듣고 있긴 했지만 도무지 믿기지 않았다. 내가 이렇게 운이 좋은 적이 있었나?

나는 숨을 참으며 물었다.

"지금 애틀랜틱시티라고 하셨어요?"

"그래. 해변 산책길에 있는 한 카지노에서 한다는데. 지역 예술가들을 지원해서 이미지 개선을 하려고 하나 봐."

난 여전히 미심쩍어 하며 물었다.

"지금 해변 산책길이라고 하셨어요?"

엄마는 내게로 걸어와 귓불을 잡고 귓속을 들여다보며 말했다.

"너, 귀에 문제 생겼니?"

나는 머리를 흔들어 머리카락을 제자리로 돌려놓았다.

"갈 거야, 말 거야?"

나는 죽어라 머리를 끄덕였다.

"그러니까 십대랑 산다는 게 다 이런 거니?"

엄마는 푹 한숨을 쉬고는 내가 다섯 살 꼬마 아이인 양 머리를 헝클어 놓더니, 밖으로 나가며 문을 닫았다.

15. 바닷가 산책길

리지는 커피 테이블을 옆으로 치우고 훌라후프 연습을 시작했다.

나는 탁자 위에 놓인 그릇에서 바나나를 집어 던졌다. 리지는 가볍게 받아 냈다.

"난 아직도 네가 해냈다는 게 믿기지 않아."

리지는 바나나 껍질을 벗기며 말했다. 시디플레이어에서는 훌라후프 연습 때마다 틀어 놓는 곡이 흘러나오고 있었다. 훌라후프 돌리기와 딱 맞는 곡을 고르느라 몇 시간을 허비했는지 모른다. "빙빙 돌려 줘, 빙빙, 베이비. 레코드판처럼 빙빙 돌도록, 베이비."

"솔직하게 말하자면 내 공이 아니야. 주디 이모와 전시회 덕분이지."

리지가 고개를 흔든다.

"어쨌든 네가 한 거야. 어떻게 했는지는 모르겠지만 암튼 네가 했어."

내가 진짜 마술을 보여 줄 수 있다고 믿고 싶지만, 그건 이미 몇 년 전에 관뒀다. 그때 난 수저를 구부리겠다며 두 시간이나 수저를 노려보았지만, 결과적으로 내가 얻은 건 끔찍한 두통과 바보 같은 기분이 전부였다.

리지는 바나나 껍질을 어깨 너머로 던지다가 잘못하여 팔이 스치는 바람에 곧바로 훌라후프를 떨어뜨리고 말았다.

"아이!"

리지는 훌라후프를 집으며 말했다.

"훌라후프 연기도 제대로 준비가 안 됐고. 게다가 상자 여는 문제도 전혀 진전이 없고. 하지만 내일이 지나면 달라지겠지."

"어떻게?"

리지는 훌라후프를 허리에 댔다.

"그 점쟁일 찾아 물어보면 되지."

나는 리지가 내가 왜 그곳에 가려고 하는지 벌써 다 눈치채고 있다는 걸 깨닫고서 이렇게 말했다.

"혹시 우리가 찾게 된다면……."

진짜 큰 도박이다. 아빠가 만났을 때도 그 점쟁인 이미 노인이었는데. 지금은 그때보다 서른 살은 더 먹었을 텐데. 나

는 리지에게 공을 던졌지만 곧 리지의 손에서 미끄러져 나왔
다. 스니커즈 초콜릿 바를 실컷 먹으려면 아무래도 연습에
박차를 가해야 할 것 같다.

다음 날 동이 트자마자 엄마가 날 깨웠다.

"이모가 곧 도착할 거야."

엄마는 블라인드를 걷으며 말했다. 나는 투덜대며 악어 인
형으로 얼굴을 덮었다. 아침 해가 이렇게 빨리 뜰 줄 누가 알
았으랴.

엄마는 악어를 들어서 책상 위 아빠 상자 옆에 두었다. 그
러고는 서랍장에서 반바지와 티셔츠를 꺼내 침대로 던졌다.

나는 마지못해 몸을 일으키며 말했다.

"엄마, 요즘엔 제가 알아서 옷 입거든요."

엄마는 그다지 미안해하지 않으면서 "미안해. 서둘러야 하
니까."라고 얘기했다. 그러고는 내 위로 몸을 숙여 주먹으로
벽을 쾅쾅 치고는 태양계 포스터를 들어 올리며 구멍에 대고
소리를 질렀다.

"리지야, 일어나."

잠이 확 달아난 나는 깜짝 놀라 엄마를 빤히 쳐다보았다.

"알고 계셨어요?"

엄마가 웃는다.

"난 엄마니까. 엄마들은 뭐든 다 알거든."

"그래요?"

내겐 완전히 새로운 사실이다.

엄마는 어서 서두르라는 표시로 반바지와 티셔츠를 집어 든 채 대답했다.

"당연하지. 우리가 애틀랜틱시티에 도착하면 너랑 리지는 아빠가 열세 살 생일에 만난 점쟁이를 찾아가려고 이런저런 핑계를 대고 전시회에서 빠져나갈 궁리를 하고 있다는 것도 다 알고 있는걸."

내 입이 떡 벌어졌다. 엄마는 몸을 구부려 내 턱을 위로 올려붙였다.

난 겨우 정신을 차리고 물었다.

"초능력이나 뭐 그런 거 있으세요?"

엄마는 수수께끼 같은 미소만 지을 뿐 대답하지 않았다. 그러고는 다시 벽을 두드리며 포스터를 들어 올렸다.

벽에 막힌 리지의 목소리가 희미하게 들려왔다.

"일어났어요! 일어났다니까요! 으으!"

20분 뒤, 우리는 이모의 승합차 뒷좌석에 처박혀 있었다. 우리는 스티로폼으로 포장된 열 점의 조각상과 자리를 나누어 탔다. 차에서는 오래된 커피 향과 발 냄새가 섞인 묘한 냄새가 났다.

리지가 속삭였다.

"제임스 아저씨가 그립다."

나는 고개를 끄덕여 동감이라는 신호를 보냈다. 이 차는 이모 차도 아니었다. 같은 건물에서 일하는 예술가들과 공동으로 쓰고 있는 차였다. 아주 구닥다리여서 8트랙 녹음기가 장착되어 있었다. 1960년대 차인 셈이다. 엔진이 과열되거나 네 바퀴가 도망가 제멋대로 굴러다니는 일 없이 뉴저지까지 간다면 그건 아마 기적일 것이다. 엄마가 이런 차에 우리 목숨을 맡긴다는 사실에 난 조금 놀랐다. 하지만 엄마는 전혀 걱정하지 않는 눈치였다. 엄마는 창문 밖으로 팔을 내밀고 바람에 머리카락을 날리고 있었다. 나랑은 다르게 엄마는 먼 길 떠나는 걸 좋아한다. 나는 허드슨 강물이 강 밑 지하 터널로 넘쳐 들어갈까 봐 늘 노심초사했다. 이젠 정말 지하 터널이 어떻게 지어졌는지 알아보는데 제레미 시간을 할애해야겠다.

이모가 우리 쪽으로 소리를 쳤다.

"테이프 좀 틀까?"

생각만 해도 몸서리가 쳐졌다. 8트랙 테이프에 내가 듣고 싶어 할 곡이 있을까? 하지만 노랠 틀지 않으면 엄마와 이모가 나누는 '현대 사회 예술가들의 역할' 같은 이야길 들어야 한다. 나는 앞으로 몸을 기울이며 물었다.

"뭐 뭐 있는데요?"

이모는 무릎에 놓인 테이프 상자를 뒤졌다.

"브레드, KC 앤드 선샤인 밴드, 잭슨 파이브."

리지와 나는 서로 기가 막힌다는 듯한 눈빛을 교환했다. 내가 물었다.

"그냥 몰라서 그러는 건데, 노래하는 사람들인 건 맞나요?"

이모와 엄마가 웃음을 터뜨리고 이모가 대답했다.

"당연히 가수들이지."

리지는 눈알을 데굴데굴 굴리며 말했다.

"놀랍군요."

곧이어 낡은 스피커를 통해 시끄러운 디스코 음악이 흘러 나왔다. '나의, 나의, 나의, 나의 디스코 신발을 신고 싶어요.' 나는 틀림없이 긴 여행이 되겠다 생각하며 의자 깊숙이 몸을 묻었다.

"쟤들은 못 들어간다는 게 무슨 말이죠?"

리지와 나는 벽에 바짝 붙어 서서 몸을 움츠렸다. 목소리를 높이는 법이 거의 없는 엄마가 소리를 질렀고 사람들은 기가 질린 표정이었다. 하지만 카지노 안전 요원은 전혀 움츠린 기색이 없다. 그 사람은 떡 벌어진 가슴팍에 근육질의 팔을 끼고 서 있었다.

오히려 그 사람의 목소리가 쿵쿵 울려 퍼졌다.

"18세 미만은 카지노에 발을 들여놓지 못합니다."

엄마도 지지 않았다.

"도박하러 가는 게 아니잖아요. 내 동생이 작품 전시회를 한다니까요. 근데 거기 가려면 카지노를 지나갈 수밖에 없잖아요."

그 사람이 고개를 흔들며 여기저기 둘러보았다.

"예술 작품이라고는 코빼기도 안 보이는데요."

엄마는 이제 눈에 띄게 분이 난 것 같다.

"걔는 짐 내리는 곳을 통해서 들어갔어요. 지금 만나기로 했단 말이에요."

하지만 그 안전 요원은 다시 고개를 저었다. 바로 그때, 어차피 우리가 자릴 뜰 궁리를 하고 있다는 걸 엄마가 알고 있으니 지금 떠나면 되겠다는 생각이 떠올랐다. 나는 손을 뻗어 엄마 블라우스 소매를 잡아당겼다.

"있잖아요, 리지와 난 해변 산책길을 걷다 해변에 앉아 있을게요. 몇 시간 있다 여기서 다시 만나면 되잖아요."

엄마는 한숨을 쉬며 우리 둘을 오랫동안 바라보더니 이윽고 입을 열었다.

"좋아. 하지만 조심해라. 항상 둘이 함께 있어야 해. 너희 샌드위치는 있지?"

나는 내 배낭을 톡톡 치며 고개를 끄덕였다.

"12시에 여기서 다시 만나 점심 먹자. 알겠니?"

리지는 까치발로 서서 내 어깨에 팔을 두르며 대답했다.

"걱정 마세요, 아줌마. 제가 말썽 못 피우도록 잘 지킬게요."

엄마는 기운 없이 물었다.

"넌 누가 지키고?"

리지가 대답했다.

"누구요, 저 말인가요? 제가 말썽 피우던 건 다 옛날 얘기예요."

엄마가 대꾸할 말을 찾는 동안 리지와 나는 잽싸게 출구로 가서 해변으로 나갔다. 아침 9시도 채 안 된 시간이라 사람들 모습이 거의 눈에 띄지 않았다. 우리는 카지노 몇 개와 핫도그와 티셔츠를 파는 가판대를 수없이 지났다. 아직은 문을 연 곳이 거의 없었다. 리지가 물었다.

"사람들이 다 어디로 간 거지?"

"자고 있겠지."

"아니면 교회에 갔거나."

나는 어깨를 들썩했다.

"그럴지도."

"우리도 가 보자."

나는 가던 걸음을 뚝 멈추었다.

"교회?"

리지는 해변 가장자리에 서 있는 오래된 목조 건물을 가리

켰다. '애틀랜틱시티 심령 교회. 누구나 환영합니다. 예배는 9시 30분에 시작됩니다.'

리지는 날 잡아끌고 건물로 가면서 말했다.

"제 시간에 아주 잘 맞춰 왔다."

외양만 보면 그 교회 건물은 예전에 티셔츠를 팔던 가게 같아 보였다.

내가 뒷걸음질을 쳤다.

"너, 진심이야? 난 저기 안 들어가!"

"왜?"

"첫째, 난 반은 유대인이어서 교회에 안 다니거든."

리지는 손가락으로 표지판을 톡톡 두들기며 말했다.

"누구나 환영한다잖아. 너도 거기 끼는 거야."

나는 미심쩍게 물었다.

"그렇게 가고 싶어 하는 이유가 뭔데? 속죄할 거라도 있니?"

"정말 웃긴다. 난 그냥 한번 가 보려는 거야. 우주에 대해 공부하다 보니 모든 것에 호기심이 생겼어. 그게 다야. 최악의 경우라 해도 뭔 일 있겠냐?"

"모르지. 쇠스랑과 횃불을 들고 우릴 쫓아내려나?"

그때 우리 뒤에서 한 부인이 말했다.

"우리가 쇠스랑을 안 쓴 지 꽤 됐지요. 안 그래요, 헨리?"

남자가 대답했다.

"확실히 그럴 거야. 저번 한 번은 아마 예외였을 거야. 그 때 그 아인 진짜 당할 만했지."

나는 몸을 움츠리며 천천히 돌아섰다. 나이 든 부부가 서 로 손을 잡고 빙그레 웃으며 우리에게서 몇 발짝 떨어져 서 있었다.

리지는 그 사람들에게로 가면서 사과했다.

"제 친구에 대해 사과드려요. 아직 뭘 잘 모르거든요."

부인이 말했다.

"걱정 마라. 놀릴 생각은 전혀 없었다. 우리가 좀 그렇거 든. 예배에 참석해 보고 싶으면 그렇게 겁낼 필요 없다. 중간 에 나가도 어색하지 않게 뒷자리에 앉으면 되잖니."

리지가 물었다.

"그럴래?"

리지의 표정이 너무 희망에 부풀어 있어서 나는 감히 아니 라고 대답하지 못했다. 나는 반바지 주머니에 손을 찔러 넣 으며 대답했다.

"좋아. 하지만 언제라도 내가 나오자고 하면 그렇게 하겠 다고 약속해."

리지는 나를 끌고 열려 있는 문으로 가면서 말했다.

"약속할게."

문지방을 넘어서자 이상하게도 마음이 조금 편안해졌다. 정말 그렇게 겁나는 곳은 아닌 것 같았다. 뒤쪽 기다란 창문 너머로 넓은 바다를 낀 해변이 보였다. 자그마한 무대 앞쪽으로 대강 스무 줄쯤 접이식 의자들이 놓여 있었다. 그리고 벌써 열다섯 정도 되는 사람들이 자리에 앉아 있었다. 십자가도 보이지 않았고, 그 어디에도 종교적인 냄새가 나는 건 아무것도 없었다. 그때 어디에선가 헐렁하게 늘어진 흰 옷을 입은 여자가 나타나 불쑥 내 손에 성경을 놓았다. 깜짝 놀라 고개를 들었지만 벌써 다음 사람에게로 가 있었다.

나는 리지의 빈손을 보고 물었다.

"왜 넌 안 주는 거야?"

리지는 뒷줄에 있는 자리를 가리키며 대답했다.

"같이 보라고 말했어. 자, 빨리 가서 앉자."

나는 약간 멍한 상태로 리지 뒤를 따라갔다.

"언제 그 말 했어?"

리지는 눈알을 굴렸다.

"너한테 주기 바로 전에."

나는 머리를 흔들며 딱딱한 플라스틱 의자에 앉았다. 의자는 온갖 부류의 사람들로 빠르게 채워졌다. 정장을 갖춰 입은 사람들도 있고, 신발도 신지 않고 나달나달 해진 바지를 입은 아이도 있고, 서핑 보드를 끼고 온 사람도, 고딕 복장을 한 십대 몇 명도 눈에 띄었다. 사람들은 아주 오래된 친구인 것처럼 서로 인사를 나누었다. 몇 사람이 우릴 보고 싱긋 웃자 우리도 늘 해 왔던 것처럼 미소로 답했다. 나는 성경을 펼쳤는데 놀랍게도 그건 성경책이 아니었다. 노래 책이었다.

나는 리지에게로 몸을 돌리며 물었다.

"무슨 교회가 이러니?"

리지도 어깨를 으쓱해 보였다.

"그러게."

나는 의자 깊숙이 앉았다. 얼마 있으니 목사인지 누군지 알 수 없는 사람이 우리더러 일어서서 책 3쪽을 펴라고 지시했다. 나는 찬송가가 있겠거니 생각했는데 3쪽에는 〈내 날개 밑에서 부는 바람아〉의 가사가 적혀 있었다. 나는 허둥대며 주위를 한 번 둘러보고는 리지에게도 보이게 책을 비스듬히 들었다. 엄마는 열렬한 베트 미들러 팬이어서, 나는 《두 여인 (이 영화의 주인공은 베트 미들러이며, 주제곡인 〈내 날개 밑에서 부는 바람아〉를 불러 오랜 세월 큰 인기를 얻었다 : 옮긴이)》이라는 영화를 어떤 남자애보다도 여러 번 봐야 했다.

리지가 낄낄거리며 내게 속삭였다.

"당신은 나의 영웅이라고 내가 말한 적 있나요?"

나도 다음 줄에 있는 가사로 답을 했다.

"당신은 나의 모든 것, 내가 바라는 전부예요."

리지는 책에서 눈을 떼고 날 쳐다보며 물었다.

"정말?"

나는 입 모양으로 "아니." 하고 말하며 고개를 흔들었다.

교회 안에 모인 사람들이 함께 독수리보다 높이 난다는 가

사의 노래를 하고 나니 나는 진짜 가슴이 찡했다. 해변에 있는 이런 교회에서 이렇게 많은 사람들이 노래하는 걸 듣는 건 정말 감동이었다. 여기서 조금만 가면 피곤해지지 말라고 환풍기를 통해 산소를 팡팡 공급받으면서 도박꾼들이 카드 게임을 하리라고 그 누가 감히 상상할 수 있을까.

이래서 사람들이 교회를 찾는 모양이다. 어딘가에 속해 있다는 느낌을 갖기 위해서, 사람들이 모여 큰 소리로 노래하는 일은 좀처럼 없는 일상에서 탈출하기 위해서 말이다. 이곳에 있은 지 채 10분밖에 되지 않았지만 난 벌써 충분히 느끼고 있었다. 그때 리지가 내 옷을 세게 잡아당기는 느낌이 들었다. 아뿔싸, 나 혼자서만 서 있었다. 나는 잽싸게 자리에 앉았다.

목사가 이야길 시작했다. 목사는 구면인 사람에게도, 초면인 사람에게도 환영의 인사를 보냈다.

"성령은 인간이라는 눈을 통해 자신의 피조물을 바라봅니다. 오늘, 이렇게 아름다운 일요일 아침에 우리 모두 그 무한함을 볼 수 있는 그릇이 됩시다. 왜냐하면 그곳에 우리의 진정한 본성이 있기 때문입니다. 우리는 세속적인 삶을 사는 영적인 존재들입니다. 여기서의 우리 삶이 다하면 우리는 바로 그 원천으로 돌아갑니다. 인생이란 무엇일까요? 인생은 사랑입니다. 사랑은 쉽다고 생각하는 실수를 범하지 마세요. 사랑은 결코 쉽지 않습니다. 우리는 다른 사람들뿐 아니라 우리 자신도 사랑해야 합니다. 깨어 있어야 합니다. 살아 있는 동안 몽유병 환자처럼 행동하지 마십시오. 완벽하게 삶을 즐기십시오. 죽지 않고는 여기서 나갈 수 있는 사람은 없으니까요."

마지막 부분에서 사람들이 조금 웃었다. 리지가 내게로 몸을 숙이며 소곤거렸다.

"와, 정말 심오하다."

나는 고개를 끄덕였다. 원천으로 돌아간다는 목사의 말을 곰곰이 생각해 보았다. 지금 아빠가 계신 곳이 그곳일까? 이런 일이 있기까지 삶의 의미에 대해 생각해 본 적이 없는 것처럼, 지금까지 나는 한 번도 죽음 뒤의 일에 대해 생각해 본 적이 없다. 지난주에 리지가 강신술을 하게 했을 때도 진심으로 그 생각은 하지 못했다. 우리는 진짜 릭의 말처럼 다시 환생할 수 있을까? 천당과 지옥 얘기도 주일 학교에서 아이들 겁주려고 한 게 아니라 사실일까? 아니면 빈 화면처럼 끝은 그냥 완전히 끝일 뿐일까? 죽음의 의미는 분명 삶의 의미와 관련이 있을 거다. 좀 더 빨리 고민을 했어야 마땅한 문제다.

목사로 보이는 사람이 계속 말했다.

"지금은 치유의 시간입니다. 참여하실 분은 여러분 왼편에 있는 의자에 앉아 주십시오. 우리 치유 봉사자들이 우주의 생명의 기운을 넣어 드립니다. 육체적으로, 정신적으로, 감정적으로 괴로우신 분들에게 도움이 될 겁니다. 그분들은 여러분을 돕기 위해 기다리고 있습니다."

그러면서 목사는 따로 분리되어 놓여 있는 열 개의 의자를 가리켰다. 의자 뒤에는 각각 남자나 여자 한 명이 서 있었다. 사람들이 일어나 그쪽으로 갔다.

나는 하나하나 의자가 채워지는 걸 바라보았다. 리지는 이걸 어떻게 생각하는지 보려고 몸을 틀었는데, 믿을 수 없게도 리지는 자리에서 사라지고 없었다. 그 치유라는 것 때문에 리지가 내게 말도 없이 나가 버린 건가? 나는 미친 듯이 여기저기 둘러보았다. 그런데 전혀 예상치 못한 곳에서 리지의 모습을 찾아냈다. 여성 치유 봉사자 앞에 놓인 의자에서였다. 내 입이 쩍 벌어졌다. 그 봉사자는 예순 살 정도 돼 보였는데, 희끗희끗 흰머리가 섞인 갈색 머리가 허리까지 내려와 있었다. 그 사람은 리지의 어깨에 손을 얹고 리지 귀에 대고 뭔가 속삭였다. 리지는 두 손을 가지런히 무릎 위에 포개고 눈을 감았다. 나는 내가 본 게 진짜인지 확인하려고 눈을 두 번 깜박였다.

곧이어 봉사자가 리지의 어깨에 얹었던 손을 머리 위로 옮겼다가 다시 어깨로 가져갔다. 리지 앞뒤의 봉사자들도 모두 똑같은 행동을 했다. 어떤 봉사자들은 자기들도 눈을 감고 있었다. 사람들이 줄을 서 차례를 기다렸다. 한 사람 한 사람 의자에서 일어나 봉사자에게 감사의 인사를 하고 또 다른 사람이 그 자리에 앉았다. 나는 거기 있는 리지의 기분이 궁금해 미칠 것 같았다. 리지가 왜 거기 갔는지는 말할 필요도 없었다. 나는 소리를 내지 않으려고 조심하면서 땅콩버터 샌드위치를 까서 조금씩 베어 먹었다. 그러면서도 정신없이 그 광경을 뚫어져라 지켜보았다.

드디어 리지가 눈을 뜨고 봉사자에게 인사할 차례였다. 리지는 잽싸게 자리로 돌아와 나를 덥석 잡으며 "가자." 하고 말했다. 그 바람에 나는 샌드위치를 떨어트리고 말았다. 하지만 다행히도 샌드위치 포장을 많이 벗기지 않은 상태였다. 나는 바닥에 떨어진 샌드위치를 집었다.

리지는 다급한 목소리로 재촉했다.

"빨리! 나가자!"

"어? 왜 그래? 거기서 무슨 일 있었어?"

"그냥 가자고."

그러고는 나를 기다리지도 않고 혼자서 정문으로 향했다. 나는 서둘러 샌드위치를 다시 가방에 밀어 넣고 노래 책을 내려놓은 다음 리지를 따라 그곳에서 빠져나왔다. 예배 중간에 빠져나온 게 조금은 무례하다는 생각이 들었지만 우리를 본 사람은 많지 않은 것 같았다.

밖으로 나온 리지는 왔다 갔다 어쩔 줄 몰라 하고 있었다. 도무지 리지의 표정을 읽을 수가 없었다. 당황하거나 화가 난 것 같지도 않고, 그렇다고 침착하게 뭔가 생각에 빠진 것 같지도 않았으며, 정말이지 알 수 없는 표정을 하고 있었다.

"리지?"

리지가 걸음을 멈추었다.

"왜 나오자고 한 거야? 그리고 거긴 왜 간 거고?"

리지는 대답하지 않았다.

나는 점점 걱정스러워져 물었다.

"괜찮은 거니? 왜 치유를 받았어? 기분은 어땠어?"

"괜찮아. 걱정하지 마. 다만 지금은 아무 말도 하고 싶지 않아. 알았지?"

"하지만……."

리지가 고개를 흔들었다.

우리는 말없이 좀 전과 같은 방향으로 걸었다. 몇 걸음마다 나는 힐끔힐끔 리지 눈치를 살폈지만 리지는 곧장 앞만 보고 걸었다. 이제 가게들 대부분이 문을 열었고 해변 산책길에는 훨씬 많은 사람들이 있었다. 목에 출입증을 건 직장인들이 빠르게 우리를 지나쳐 걸어갔다. 서로 손을 잡고 있는 가족들과 부부들도 눈에 띄었다. 우리는 탁자를 앞에 놓고 앉아 있는 여자 쪽으로 갔지만 그 여자는 점을 보는 사람이 아니라 5달러를 받고 일회용 문신을 그려 주는 사람이었다.

리지가 드디어 침묵을 깨고 입을 열었다.

"문신 할래?"

"오늘 넌 정말 계속해서 사람을 깜짝깜짝 놀라게 하는구나."

"난 할래."

"왜?"

"하면 안 되니? 일주일이면 싹 지워질 건데."

나는 이런 일로 말싸움할 생각이 없었다. 우리는 여러 가지 문양을 펼쳐 놓은 가판대로 갔다. 리지는 중국 글자를 가리키며 물었다.

"이거 어때?"

아래쪽에 영어로 번역된 게 보였다. 나는 더 가깝게 몸을 숙여 그걸 읽었다. '삶.'

리지가 물었다.

"딱 맞지 않냐? 우린 지금 삶의 의미를 탐색 중이잖아."

"어디에 할 건데?"

"팔 위쪽에 할까 해."

"선원들처럼?"

리지는 반팔 옷을 어깨까지 걷어 올리며 말했다.

"걱정 마. 커다란 하트 안에 '엄마' 라고 새기진 않겠지."

문신 여인이 껌을 딱딱 씹으며 물었다.

"너희 둘 다 준비됐니?"

그 여인의 팔을 덮고 있는 문신은 일회용이 아닌 것 같았다.

“쟤만 할 거예요.”

나는 얼른 뒤로 한 걸음 물러서서 리지를 가리키며 대답했다.

“어떤 걸로 할 거야?”

리지는 자기가 바라는 걸 가리켰다.

“아아, 삶이라. 탁월한 선택이야.”

그 여인은 텍사스의 느린 말투로 말했다. 그러면서 리지를 데리고 가 의자에 앉힌 뒤 화장지로 리지의 팔을 닦았다.

“땀을 깨끗하게 없애야 선명하게 잘 나오거든.”

이렇게 설명을 한 여인은 아주 가는 붓과 헤나 병을 꺼냈다. 몇 초마다 한 번씩 문양을 봐 가면서 여인은 섬세한 손길로 그려 나가기 시작했다.

나는 목을 가다듬었다.

“혹시 이 근처에, 어, 점쟁이 아시는 분 있어요?”

“무슨 점? 카드 점을 치거나 네 물건을 보고 네가 어떤 사람이랑 결혼할 건지 말해 주는 점쟁이는 있는데. 그리고 손금 보는 사람들도 있어.”

“손금 보는 사람들이요?”

리지가 소리를 꽥 질렀다.

“제레미! 문신하는데 자꾸만 방해하지 마!”

문신 여인이 웃었다.

“걱정 마세요, 아가씨. 이걸 몇 년을 했는데. 탭 댄스를 추거나 달걀 프라이를 하면서 해도 전혀 망치지 않는답니다. 그래서 손금 보는 사람 누구 찾는데?"

갑자기 내가 그 점쟁이를 잘 모른다는 사실이 기억났다.

"음, 노인일 거예요. 아주 파파 할머니요."

여인이 다시 웃음을 터뜨렸다. 이번에는 붓이 살짝 빗나갔다. 여인은 재빨리 종이 수건 끄트머리를 적셔서 그걸 고쳤다. 리지가 날 째려보았다.

여인이 물었다.

"나랑 비교해서 늙었다고? 아님 너희에 비해서 나이가 많다는 거야? 너희 또래 아이들은 마흔이 넘은 사람은 무조건 늙었다고 생각하니까."

"그 누구랑 비교해도 늙었어요. 그리고 그 사람은 독특한 억양으로 말해요. 러시아나 뭐 그쪽 억양 같은."

여인이 리지의 문신을 끝내고 뒤로 물러서서 마지막 점검을 했다.

"러시아 사람이라고 했니? 머리가 커? 큰……."

여인은 잠시 말을 멈추었다 다시 말을 했다.

"이. 이가 대문짝만 해. 그 사람 같은데?"

나는 솔직하게 대답했다.

"잘 몰라요. 우리 아빠가 그 사람 이 얘긴 안 했어요."

문신 여인이 낄낄거리며 웃었다.

"길 아래 카지노 몇 개를 지나 트로피카나 바로 다음에 있는 작은 가게에 한번 가 봐라. 거기 사람들이 러시아 사람들처럼 좀 우스꽝스럽게 말하던데."

내가 알려 줘서 감사하다는 말을 꺼냄과 동시에 리지도 말을 했다.

"있잖아요. 여기서 일하시니까 삶에 대해서 많은 걸 알겠네요?"

나는 얼굴이 달아오르는 걸 느꼈지만 리지의 질문을 막진 않았다.

"모든 삶을 다 봤지. 그런데 그건 왜 묻니?"

"우린 지금 삶의 의미를 찾아가는 중이거든요. 마감 시한 같은 것도 있어요."

여인은 가느다란 붓으로 리지의 팔에 마지막 장식을 한 뒤, 자신의 작품을 감상하기 위해 뒤로 물러섰다. 만족스럽게 고개를 끄덕이며 여인이 말했다.

"5달러다."

리지는 의자에서 일어나 문신을 보려고 어깨를 비틀었다.

"멋있어요."

리지는 주머니를 뒤져 꾸깃꾸깃한 5달러짜리 지폐를 내밀었다.

여인은 지폐를 자신의 셔츠 앞섶에 집어넣으며 말했다.

"삶의 의미라. 그건 쉬운 문제야. 하느님의 사랑이 삶에 의미를 주는 거야. 나는 하느님이 성경에 제시한 길만 따른단다. 그것만 알면 돼. 하느님의 지침을 따라 봐. 그건 지금의 삶을 지나 천국으로 가는 지도나 다름없어. 올바른 선택을 하고 있는지 아닌지 불안해할 필요가 없게 돼. 널 위해 항상 옳은 것이 거기에 있으니까."

문신 여인은 더 얘기할 참인 것 같았지만 목에 커다란 사진기를 두른 여섯 식구가 몰려왔다.

리지가 물었다.

"하지만 옳은 종교를 선택했는지는 어떻게 알아요? 올바른 길인지 아닌지는요?"

여인은 전엔 그런 질문을 받아 본 적이 없는 사람처럼 눈썹을 치켜 올렸다. 그러더니 싱긋 웃었다.

"내 머리론 잘 알지 못하지. 마음으로 느낄 뿐이야."

"하지만……."

리지는 문신 문양을 진열해 놓은 곳으로 몰려와 서로에게 가장 못생긴 걸 권하며 야단법석을 떠는 시끄러운 대학생들 때문에 말이 막혀 버렸다.

"어, 여러 가지로 감사했어요."

나는 큰 소리로 말하고 리지가 더 나서기 전에 팔을 단단히 붙잡았다.

여인은 몰려든 새 손님들에게서 고개를 들고 우리에게 고갯짓을 했다.

"아냐, 나도 즐거웠다. 행운을 빌게."

그곳에서 물러나면서 리지가 말했다.

"세상에는 자기 것만 옳다고 주장하는 종교가 수없이 많다는 사실이 이해가 안 돼."

"글쎄, 잘은 모르지만, 그래서 전쟁이 많은 거겠지."

리지는 대답이 없었다. 문신을 감상하느라 고개를 외로 꼬고 있었다. 나는 리지가 사람들과 부딪치지 않게 요리조리 인도를 해 주어야 했다.

내가 물었다.

"사람들이 그게 무슨 뜻인지 몰라도 괜찮니? 중국 사람들만 알잖아."

리지는 머리를 흔들었다.

"내가 알잖아. 그거면 돼. 내가 일회용이라고 말하기 전까지 우리 아빠가 얼마나 안달을 하실지 정말 기대된다."

우리는 트로피카나를 지났다. 문신 여인이 말한 대로 우리는 바로 '손금, 5달러'라고 쓰인 가게 앞에 도착했다.

하지만 우리 둘 다 감히 안으로 들어갈 엄두를 내지 못하고 있었다. 리지가 농담을 건넸다.

"여기 해변 산책길에선 뭐든지 5달러인가 봐."

그래도 난 꿈적하지 않았다.

"그 여자가 없으면 어떡하지? 아니, 있는 게 더 나쁜가? 뭐라고 해야 할까? 우리 아빠한테 그런 점을 봐 주지 않았다면 아빠가 좀 더 조심했을지도 모른다고 말해?"

326

"너, 진짜 그런 걸 믿니?"

나는 어깨를 들썩했다.

"조금은, 그런지도."

"난 네가 그 여자한테 열쇠 위치를 물어볼 거라 생각했는데."

"그래, 그것도 물어봐야지."

"네가 싫으면 안 들어가도 되잖아."

나는 숨을 깊게 들이마시고 맘이 바뀌기 전에 얼른 문을 밀었다.

"시도도 안 해 보면 절대 알 수 없는 법이니까."

우리는 분홍과 주황빛 색실로 짠 태피스트리로 둘러싸여 있는 방 안에 발을 들여놓았다. 방 한가운데 향이 타고 있었다. 선반에는 온갖 크기의 수정 구슬들이 가지런히 놓여 있었다. 구슬로 된 발은 공간을 나누는 칸막이 구실을 하고 있었다.

리지가 입을 열었다.

"야, 아주 으스스한 곳이네. 우리 짧고 깔끔하게 끝내고 나가자."

나는 구슬발이 쳐진 곳으로 걸음을 옮겼다.

"실례합니다. 아무도 안 계세요?"

뒤쪽에서 부스럭거리는 소리가 들리더니 선명한 분홍빛 손톱들이 발을 헤치고 쑥 나왔다. 나는 뒷걸음질 치다 리지 손에 들린 수정 구슬을 떨어뜨릴 뻔했다. 그 손과 함께 나온 아줌마는 많아야 서른 살쯤 되어 보였다. 그리고 이도 대문짝만 한 것 같지 않았다.

아줌마는 리지에게서 수정 구슬을 뺏어 선반 위에 올려놓으며 말했다.

"끄거 장난감 아니야. 지금 너희 쏜금 보려고 온 거야?"

아줌마는 기대에 찬 눈으로 우릴 바라보았다.

우린 고갤 저었다.

"잘못 찾아왔나 봐요."

나는 그렇게 말하고 문 쪽으로 돌아섰다.

아줌마가 큰 소리로 말했다.

"순 엉터리! 짤레스키 여사의 쏜금 보는 집에 씰수로 들어오는 싸람은 아무도 없어! 알 쑤 없는 큰 힘이 여기로 오게 한 거야."

잘레스키 여사라는 소리에 순간 기억이 되살아났다. 언젠가 아빠가 그 이름을 말했던 것 같다.

내가 물었다.

"아줌마가 잘레스키 여사님인가요?"

아줌마가 살짝 무릎을 굽혀 인사를 했다.

"여기 대령했습니다! 자, 누구 먼쩌 볼 건가?"

리지가 아줌마를 뚫어지게 빤히 쳐다보며 말했다.

"아니, 그럴 리가. 그분은 지금 적어도 아흔 살은 될 텐데."

아줌마가 눈살을 찌푸렸다.

"너희 눈엔 내가 아흔 살로 보이니?"

나는 리지를 나무라는 눈빛으로 바라보며 말했다.

"아니, 아니, 절대 아니에요. 예전에 해변 산책길에서 일하셨던 다른 잘레스키 부인은 안 계신가요? 한 30년 전에요."

아줌마의 얼굴이 부드러워졌다.

"아, 우리 할머니! 할머니께서 내게 모든 걸 전수해 주셨지. 싸람들이 우리 할머니한테 그렇게 하는 게 아니었어."

리지와 난 서로 눈길을 주고받았다.

"왜요? 사람들이 어떻게 했는데요?"

"싸람들이 할머니를 해변 산책길에서 쫓아냈어. 그 싸람들이 그렇게 했어. 20년이나 일했는데!"

리지가 물었다.

"왜요?"

아줌마는 손을 까딱하면서 그 물음을 무시해 버렸다.

"다 부질없는 얘기! 아무것도 아니야. 할머니가 싸람들에게 겁을 준다고 그랬지. 만날 똑같은 얘기만 한다고도 했꼬."

오싹오싹한 한기가 등줄기를 타고 올라왔다. 나는 있는 힘을 다해 물었다.

"그분이 무슨 말씀을 하셨는데요?"

아줌마는 다시 손사래를 쳤다.

"모든 싸람들한테 마흔 쌀이 되면 죽을 거라고 겁을 줬다는 거야."

이제 온 다리와 팔까지 한기가 쫙 퍼졌다. 리지가 내 팔을 잡았다. 꽉. 어찌나 꽉 잡았던지 피가 돌지 않을 정도였다. 나는 한 마디 한 마디 신중하게 내뱉었다.

"그러니까 아줌마 말은 할머니가 사기꾼이었다는 건가요? 할머니가 그렇게 말해 준 사람들이 사실은 마흔이나 아니면 서른아홉에 죽지 않은 사람도 있었다는 거예요?"

"물론 죽지 않았지. 하지만 엄밀히 말하면 할머닌 사기꾼은 아니야. 그냥 이것저것 상황을 꾸며 본 거지. 만날 같은 말만 하는 건 재미없잖아. '기차에서 당신이 꿈에 그리던 사람을 만날 거예요.' '아이가 둘이네요. 딸 하나, 아들 하나.' '당신은 여행을 참 많이 하네요.' 하는 식으로 말이야. 여기, 작은 글씨를 읽어 봐."

그러면서 아줌마는 긴 치마 주머니에서 명함 두 장을 꺼내 우리에게 한 장씩 주었다. 거기엔 '그냥 재미 삼아 볼 것'이라고 쓰여 있었다.

리지가 명함에서 눈을 떼더니 아줌마에게 물었다.

"그런데요, 아줌마 말투가 바뀌었네요?"

아줌마는 어깨를 움찔했다.

"손금 볼 거야, 안 볼 거야? 조금 있으면 손톱 관리 예약이 있어."

리지가 대답했다.

“이번엔 그냥 가야 될 것 같네요. 가자, 제레미. 여기서 나가자.”

정말이지 발길이 떨어질 것 같지 않았다. 막 고래고래 소리 지르고 싶은 심정이 굴뚝같았다. 그 아줌마 앞에서 눈물을 흘릴까 봐 애써 눌러 참느라 눈이 따가워졌다. 나는 아줌마 눈을 똑바로 바라보며 말했다.

“우리 아빠가요, 열세 살부터요, 마흔이 되면 죽을 거라고 생각했어요. 사는 동안 내내 그 생각만 하셨다고요. 그러다 마흔이 되기 몇 달 전에 돌아가셨어요.”

리지가 다시 자기 손을 내 팔에 올렸지만 나는 그걸 뿌리쳤다.

“아줌마 할머니가 우리 아빠한테 그런 저주를 했단 말이에요!”

아줌마의 기가 푹 꺾였다.

“그렇게 끔찍한 일을 겪었다니 정말 유감이다. 하지만 우리 할머니가 그분께 저주를 내린 건 아니야. 오히려 축복을 내린 거라고 해야 맞아.”

이제 리지가 으르렁거리며 달려든다.

“어떻게 그런 말을 할 수 있죠?”

“우리는 모두 마치 영원히 살 것처럼 믿고 있어. 그렇지 않다는 걸 알면 삶이 달라 보이는 거야.”

“맞아요, 더 짧아지는 거죠! 제레미, 이제 갈까?”

내가 말했다.

"한 가지만 더요. 우리 아빠가 내게 남긴 열쇠는 어디 있는 거죠?"

리지가 한숨을 쉰다.

"제레미! 어떻게 지금 저 아줌마 말을 믿을 수 있니?"

나는 대답하지 않고 여자는 눈을 감았다. 그 순간에 리지는 쌓아 놓은 향 더미에서 하나를 집어 몰래 주머니에 밀어 넣었다. 그래도 난 화조차 나지 않았다.

잘레스키 여사라는 사람의 눈이 확 떠졌다. 그러더니 마치 신이라도 들린 듯한 목소리로 말했다.

"너흰 이미 너희가 찾고 있는 열쇠 가까이에 와 있어. 곧 찾게 되겠지만 열씸히 노력해야 해."

아줌마는 그걸 떨쳐 버리려는 듯 머리를 흔들더니 손을 내밀며 말했다.

"5달러야."

리지가 말했다.

"지금 우릴 놀리시는 거예요? 고소하지 않는 것만으로도 다행인지 아세요. 가자, 제레미."

나는 리지 뒤를 따라 밖으로 나왔다. 아줌마는 우릴 잡으려고 하지 않았다. 우리는 해변 산책길을 건너 계단을 몇 개 내려가 모래사장으로 갔다. 리지는 그러는 동안 내내 중얼거렸다.

"왕 배짱이야! 끝에 가서 다시 그 엉터리 같은 말투로 말하다니! 지금이라도 그 여자를 고소하는 게 마땅해!"

물가까지 거의 반쯤 와서 나는 모래 위에 털썩 주저앉았다. 손 밑이 따뜻했다. 리지도 내 옆에 앉았다.

"괜찮니? 지금까지 너 한마디도 안 하고 있잖아."

내 눈앞에서 모래들이 춤을 추기 시작했다. 나는 얼른 눈물을 훔쳤다. 그리고 나지막하게 말했다.

"그건 그냥 사고였을 뿐이야."

"뭐가?"

"아빠가 돌아가신 거. 젊어서 돌아가신 게 아빠 운명은 아니야. 그냥 단순한 사고였어."

리지는 대꾸하지 않았다. 나는 리지가 모래 한 줌을 퍼 올려 손가락 사이로 빠져나가게 하는 모습을 가만히 지켜보고 있었다.

"그렇게 말하면 더 편하니, 아니면 더 힘드니?"

"모르겠어. 하지만 다른 것 같아. 이제 아빠 상자 안에 무엇이 있을까 더 궁금해졌어. 그게 무엇이든 최소한 편지 같은 것도 들어 있으면 좋겠다. 아빠가 날 위해 그 상자를 준비하면서 어떤 생각을 하셨는지 정말 알고 싶으니까."

"벌써 넌 알고 있잖아. 우리가 열쇠를 찾지 못해도 넌 이미 아빠의 생각을 알고 있어."

"내가?"

리지가 고개를 끄덕였다.

"내가 모르는 뭔가를 알고 있는 거니?"

리지가 고개를 저었다.

"난 네가 왜 치유를 받겠다고 나섰는지도 몰라."

"나도 몰라."

"진짜?"

리지가 고개를 끄덕였다.

"넌 무슨 일을 할 때면 언제나 그 이유를 아니?"

"그래."

"나는 안 그래."

"그럼 그때 기분은 어땠어?"

"그건…… 다른 때랑 달랐어. 기분이…… 차분해졌어. 뭐냐면, 아주 짧지만 머릿속이 평온해졌어."

우리는 잠시 아무 말도 하지 않았다. 나는 두 아이가 물가에 앉아 모래성을 쌓고 있는 걸 바라보았다. 몇 초도 안 돼 파도가 오더니 반을 쓸어가 버렸다. 하지만 아이들은 그다지 신경 쓰지 않는 것 같았다. 그냥 곧바로 다시 짓기 시작했다.

내가 물었다.

"아까 점쟁이가 말한 건 어떻게 생각하니? 우리가 이미 열쇠 가까이 와 있다고 했던 거 말이야. 그게 무슨 말일까? 우리 아파트일까? 벼룩시장? 가게? 그게 해럴드 아저씨 사무실에 있더라도 다시 갈 순 없잖아."

“그 여자가 한 말 하나도 믿을 수 없어. 그 여잔 다만 5달러를 위해 한 거니까. 이제 가자.”

리지는 일어서면서 다리에 묻은 모래를 털며 말했다.

“우리 몰래 카지노에 들어가서 돈 딸 수 있는지 해 볼래?”

“말썽 일으키던 시절은 다 옛이야기라며? 너 우리 엄마한테 그랬잖아.”

“야아, 유럽에서는 더 어려도 도박할 수 있대. 텔레비전에서 봤어.”

“여긴 뉴저지거든. 알겠니?”

리지는 어깨를 들었다 내렸다.

“그러니까 우리 외국 사람처럼 말하자.”

“러시아 사람처럼 하는 건 빼고!”

“아까 그 말투는 러시아 사람 말투도 아닌 것 같아. 우리, 달리기 시합하자.”

내가 미처 대답하기도 전에 리지는 산책길로 출발했다. 리지가 애쓴 덕분에 내 기분이 풀렸는지는 잘 모르겠다. 나는 리지가 말총머리를 까딱이며 뛰어가는 모습을 지켜보았다. 리지가 아무리 먼저 출발해도 유달리 긴 내 다리로 리지를 따라잡는 건 식은 죽 먹기다. 하지만 그러지 않았다. 절친한 친구라면 서로를 위해서 그래야 하니까.

16. 잡동사니

　두말할 필요도 없이 우리는 카지노에 들어가지 못했다. 리지는 작년 불어 시간에 배웠던 것 중 딱 하나 기억나는 문장을 실습해 보았다. "봉주르. 주 느 콩프랑 파 앙글래(안녕하세요. 저는 영어를 못합니다 : 옮긴이)." 리지가 밸리스 카지노에 있는 경비원에게 그렇게 얘기하자 경비원은 웃음을 터뜨렸다. 점심으로 피자 몇 조각을 먹은 뒤, 엄마는 짐 옮기는 곳을 통해 몰래 우리를 이모네 전시회에 데리고 들어갔다. 나는 이모의 조각 작품이 괴상하다고 생각했지만, 전시 중인 다른 작품들에 비하면 그나마 나은 편이었다.

　집으로 돌아오는 길은 훨씬 편안했다. 주디 이모의 작품 네 점이 룰렛으로 5천 달러를 딴 어느 통 큰 도박꾼에게 팔렸기 때문이었다. 그 남자는 시가를 뻑뻑 빨면서 내게 이렇게 충고했다.

"내기를 할 땐 언제나 네 생일 날짜에 걸어라. 그게 최고 행운의 숫자니까."

나는 그 사람에게 그러겠노라고 대답했다.

이제 나는 집으로 돌아와 박물관에서 있었던 일을 쓰려고 한다. 이 일에 제레미 시간을 할애하는 세 번째 날이다. 나는 그레디 박사가 들려준 많은 이야기들이 헛되지 않도록 정성 들여 기록하려고 무진 애를 썼다. 그래서 쓰다가 찢고 쓰다가 찢어 꾸깃꾸깃 뭉쳐서 버린 공책 종이가 쓰레기통을 하나 가득 채운 뒤에야, 비로소 다음과 같이 마무리할 수 있었다.

박물관에서 나는 우주가 생각보다 엄청나게 거대하다는 걸 알게 되었다. 태양은 매일 새로 태어나고 죽는다. 우리도 언젠가는 죽게 될 것이다. 시간의 궤적으로 따지면 우리 인간은 이 우주에 온 신 참내기들에 불과하며, 운이 아주 좋은 편에 속한다. 역사를 다 뒤 져도 제레미 핑크는 유일무이한 딱 한 사람이며(타임머신 같은 걸 로 내가 둘이 되지 않는 한 말이다. 하지만 이젠 그런 일은 꿈도 꾸지 않는다.), 다른 사람들도 모두 마찬가지다. 멍멍이, 야옹이, 햄스터와 페럿에게도 그 어느 때보다 깊은 정이 느껴진다. 비록 개 들은 물고기고 난 인간이지만, 어쨌든 더 깊이 들어가 화학적인 수 준에서 보면 우린 모두 연결되어 있다. 우리는 같은 우주 안에 존재하고, 또 우주는 우리 안에 존재한다. 다른 이유가 아니라 바로 우리가 여기 있기 때문에 이곳에 존재하게 된 것이라 쳐도, 우리가 여기에 있는 목적을 밝히는 데는 그다지 도움이 되지는 않는 것 같다. 그걸 알아내기엔 아직 갈 길이 멀지만 지금 당장 풀어야 할 과제 같지는 않다. 천천히 기다리면서 내 안에 사과가 몇 개나 들어 있는지 알아볼 참이다. (이 마지막 말은 며칠 전 루돌프 아저씨랑 나눈 대화 중 나온 말이다.)

다음 날 아침 한창 옷을 입고 있는데 전화벨이 울렸다. 엄마가 받았다. 얼마 안 있어 내가 화장실에서 이를 닦고 있는데 엄마가 나타났다.

"제임스 아저씨야. 오스월드 할아버지가 편찮으시대. 그래서 할아버지가 너희들한테 일 시키실 만큼 회복되면 그때 다시 전화하겠대."

나는 입안 가득 거품을 머금은 채로 칫솔을 내려놓았다.

"괜찮으신 거죠?"

"제임스 아저씨 말로는 심각하진 않대. 내 생각도 걱정할 필요 없을 거 같아. 덕분에 박람회 준비할 시간이 생긴 것 같다. 우린 일주일 후에 출발할 거야."

나는 눈을 동그랗게 뜨며 물었다.

“일주일밖에 안 남았어요?”

엄마는 고개를 끄덕였다.

“올해는 좀 일찍 시작하나 봐. 그 일정에 맞춰서 할머니랑 내가 여행 계획을 짰는데. 미안하다. 난 네가 날짜를 알고 있을 줄 알았다.”

나는 머리를 흔들었다.

“그렇다면 내 생일에 거기 있게 되겠네요.”

엄마는 내게 입을 닦으라고 수건을 건네주며 물었다.

“그럼 안 되는 거니?”

“아빠 상자의 열쇠 찾을 시간이 줄어들잖아요.”

엄마는 걱정스럽게 물었다.

“아직도 그 문제에서 헤어나지 못하고 있니? 그것 때문에 여름 방학 망칠까 봐 걱정된다. 아마 아빠도 그건 원치 않으실 거야.”

나는 빠르게 고개를 저었다.

“그런 거 아니에요. 그것 때문에 방학을 망친 거 절대 아니에요. 다만 좀 특별한…… 방학을 보내고 있는 거죠. 그게 다예요.”

“이제 출근해야겠다. 하지만 꼭 명심해라. 세상만사는 모두 나름의 방식대로 풀린다는 걸. 세상만사가 다 우리 맘대로 되는 건 아니란다.”

“알아요, 엄마. 정말, 알고 있어요.”

"좋아. 그래서 말인데, 네 오늘 아침은 오트밀이다. 매주 새로운 걸 하나씩 먹겠다고 했던 약속, 잊지 않았지? 지금 가스레인지에다 데우고 있다. 복숭아랑, 빻지 않은 통귀리. 네 맘에 들 거야."

하지만 내 배는 벌써 거북하게 뒤틀리고 있었다.

"네가 혹 그걸 쓰레기 처리기에 넣어도 엄만 금방 다 안다."

나는 눈을 굴리며 말했다.

"엄마들은 뭐든 다 아니까요."

엄마는 거울 앞에서 '독서는 꼭 필요하며 즐거운 일이다.'라고 쓰인 배지를 달며 덧붙였다.

"맞아. 그러니까 물고기 먹이로 줄 생각도 하지 마."

엄마가 나가고 나는 억지로 끈적끈적 축 늘어진 오트밀 몇 숟가락을 먹었다. 하지만 복숭아 한 조각을 베어 문 순간 토할 것 같았다. 얼른 뱉어 내야만 했다. 멘토스 사탕에 들어 있는 복숭아 맛은 좋아하는데, 왜 진짜 복숭아는 못 먹는 걸까? 나는 복숭아한테 지지 않으려고 다시 한 조각을 골라, 거기 붙어 있는 오트밀을 냅킨으로 깨끗하게 닦아 낸 뒤 입 안으로 톡 던졌다.

얼마 지나지 않아 배가 요동을 치기 시작했다. 나는 화장실 변기에 무릎을 꿇고 앉아 내가 처음으로 먹은 오트밀 한 사발과 작별을 했다. 변기 안의 오트밀은 내가 먹기 전의 모습과 똑같았다. 다만 보기가 좀 그랬을 뿐이었다.

방으로 돌아와 보니 리지에게서 쪽지가 와 있었다.

열두 시에 밖에서 만나 연습할래? 내가 우리 아빠 대고모 할머니 꽃병을 깬 이래로 절대 거실에서 훌라후프 못하게 하시거든.

나는 대충 '좋아.' 라고 끼적거려 다시 구멍 안으로 집어넣었다. 그러고는 만화책을 들고 침대 위로 풀썩 몸을 날렸다. 하지만 책을 펴기 전에 손금 본 사람이 했던 말들이 스멀스멀 내 머릿속으로 들어왔다. 만약 열쇠들이 바로 여기 내 코 밑에 있는 거라면? 그러고 보니 우리 집은 찾아보지 않았다. 엄마가 이곳엔 없다고 얘기했고 그 말을 믿었다. 하지만 엄마가 잘못 알고 있는 거라면? 방법은 딱 하나. 나는 만화책을 치웠다.

나는 부엌부터 시작해서 열쇠가 있을 만한 모든 서랍을 다 뒤졌다. 각종 음식점 전단지 밑에서 내가 찾아낸 건 여러 개의 단추와 종이 집게와 메모지였다. 엄청 많은 작은 구슬, 좀 더 큰 구슬, 우표(옛날 우표는 아님), 할머니가 세상에서 가장 큰 털실 뭉치가 있는 곳으로 여행을 가서 보낸 오래된 엽서 한 장, 색깔별로 구색을 갖춘 틱택 사탕도 있었다. 열쇠 세 개를 찾긴 했지만 나는 곧 그게 아빠 가게의 현관문 열쇠인 걸 알 수 있었다.

거실에는 서랍이 없었지만 커튼 뒤랑 탁자 아래, 책꽂이 뒤까지 다 찾아보았다. 그리고 몽고 아래쪽에 손을 뻗어 보았는데 뭔가 물컹한 게 손에 닿았다. 그걸 집어 꺼내 보니 오래전 부활절에 받은 주황빛 토끼 모양 핍스 마시멜로였다. 아무리 나라도 그런 건 먹지 않는다. 그런데 겁나는 건 아직도 완전히 정상처럼 보인다는 것이다. 먼지가 끼긴 했지만 전혀 상하지 않았다. 그래디 박사님 말씀이 틀린 것 같다. 세상이 끝나도 박테리아와 바퀴벌레와 핍스 마시멜로는 영원할 거다.

엄마 방을 뒤지려니 기분이 영 찜찜했다. 난 발을 들여놓았다가 금세 후다닥 물러 나왔다. 그건 도저히 할 수 없었다. 그냥 이곳에 열쇠가 없다는 엄마 말을 믿기로 했다.

나는 벽을 통해 쪽지를 밀어 넣어 리지에게 리지네 아파트도 찾아보라고 부탁했다. 엄마 말로는 한동안 상자가 그곳에 있었다고 했으니까. 리지는 자기가 찾아보겠다는 답장을 보내 왔다. 20분이 지나고 나는 쪽지에 싸인 두 개의 열쇠를 받았다.

우리 아빠 화장대 위에 작은 쟁반이 있는데 거기에 있었어. 어떨 것 같아?

나는 열쇠를 내 손에 놓고 요리조리 뒤집어 보았다. 우리가 찾는 것보다는 약간 작아 보였다. 하지만 한번 시도는 해 볼 만하겠지. 나는 열쇠를 가지고 책상 앞으로 가 의자에 앉았다. 상자를 살짝 내 앞쪽으로 당겨 보았다. 하지만 딱히 열쇠를 넣어 보지 않아도 너무 작다는 걸 한눈에 알 수 있었다. 그래도 어쨌든 열쇠를 집어넣어 본 다음, 다시 싸서 구멍에 넣었다. 쪽지를 보낼 필요는 없었다.

12시에 나는 밖에서 리지를 만났다. 리지 허리에 걸린 훌라후프가 점차 크게 눈에 들어왔다. 리지는 오래된 훌라 치마를 입고 있었다. 여덟 살 때 입었던 거라 지금은 많이 짧아져 있었다. 리지는 지난주에 실력이 꽤 늘었다. 다른 소도구들은 수건 위에 놓여 있었다. 나는 축구공을 집어 리지에게 던졌다. 깔끔하게 공을 받았다.

리지는 훌라후프를 돌리며 공을 머리 위로 들어 올리고 말했다.

"관중들이 환호합니다."

그때 릭이 양손에 장바구니를 흔들며 우릴 향해 걸어왔다. 저번 투명 인간 사건 이후로 릭을 처음 보는 것이었다. 리지는 다른 쪽을 보고 있어서 릭을 보지 못했다. 나도 리지의 집중력이 방해받지 않길 바랐다. 리지는 공을 다시 내게 던졌고 나는 받았다. 릭이 조용히만 지나가 줬으면 리지가 전혀 몰랐을 텐데. 릭 녀석이 그럴 리가 없었다.

릭이 터져 나오는 웃음을 꾹꾹 눌러 참으며 물었다.

"너네 도대체 뭐 하는 거냐?"

리지가 답했다.

"뭐 하는지 안 보이니?"

"훌라후프 가지고 놀고 있는 건 알겠다만, 뭐냐, 훌라 치마까지 입고서."

리지가 턱을 들어 올리며 말했다.

"그러는 거라면 어쩔 건데? 훌라 춤은 하와이에선 국민 운동이야."

"지난번에 확인해 봤는데, 여긴 미국이야."

내가 릭의 말을 고쳐 줬다.

"하와이도 미국에 속하거든."

"내 말이 무슨 뜻인지 잘 알잖아."

그러면서 릭은 리지에게서 고개를 돌리고 계단을 올라갔다. 릭은 안으로 사라지기 전에 소리쳤다.

"트랙터 끌기 잘 해 봐라!"

리지도 맞고함을 쳤다.

"마지막으로 말하는 건데, 우리 지금 트랙터 끌기 하는 거 아니거든."

리지의 훌라후프가 바닥으로 떨어져 몇 초 동안 데굴데굴 구르다 멈췄다.

리지는 허리에 손을 얹고서 말했다.

“우리가 일등 먹으면 다신 놀리지 않을 거야.”

나도 훌라후프를 집어 리지에게 주면서 맞장구쳤다.

“그리고 상금으로 사게 될 스니커즈 초콜릿 바도 절대 주지 말자. 자, 이제 다시 바나나 껍질 벗겨 봐.”

우리는 그날 이후로도 이틀이나 더 훌라후프 돌리기 연습을 아주 열심히 했다. 리지는 자기 허리에 빨간 자국이 영원히 남을 거라고 우겼다. 목요일 아침 제임스 아저씨가 우릴 데리러 오겠다고 전화했을 땐 우리의 연습 열기가 많이 식은 상태였다.

리지는 시원한 뒷좌석으로 스르르 미끄러져 들어가면서 말했다.

“제임스 아저씨! 정말 보고 싶었어요!”

아저씨도 길가에 세워 놓은 차를 출발시키면서 맞장구를 쳤다.

“너희가 없는 리무진도 예전 같지 않았단다.”

내가 물었다.

“오스월드 할아버진 괜찮으세요?”

“오스월드 씨는 스스로 ‘노구’라고 말하곤 하지. 많은 일을 다 해내기엔 가끔 벅차신 거야. 하지만 많이 좋아졌고 너희를 무척이나 보고 싶어 하신단다."

그 소릴 들으니 마음이 놓였다. 리지도 미소를 지었다. 우리 둘 다 얘기한 적은 없지만 적어도 내게는 오스월드 할아버지가 친할아버지처럼 느껴지기 시작했던 것이다.

리지가 물었다.

"오늘은 뭘 돌려주러 가야 하죠?"

제임스 아저씨는 어깨를 들썩했다.

"나도 너희와 같은 시간에 지시를 받는단다."

그 말과 함께 아저씨는 유리 칸막이를 올렸다.

나는 뒤로 기대고 앉아 거리 풍경을 감상했다. 보통 때 같으면 5번가처럼 번잡한 거리를 메운 사람들을 보면 가슴이 울렁거리고 머리가 핑핑 돌았겠지만, 오늘은 그다지 신경에 거슬리지 않았다. 세상 모든 존재들은 무엇이나 다 관계가 있다는 뭐 그런 사실 때문인지, 나와 같은 인간들이 오늘따라 더 다정하게 느껴졌다. 나는 흡족한 마음으로 샌드위치를 우적우적 씹어 먹었다.

"제레미?"

리지가 갑작스럽게 부르는 통에 깜짝 놀랐다.

"너한테 얘기 안 하고 내가 한 일이 있는데."

나는 샌드위치가 무릎 위로 떨어진 것도 무시하고, 리지가 나 몰래 할 만한 일이 도대체 뭘까 머리를 굴리느라 정신이 없었다. 혹시 상자를 열었단 말인가? 정말 엄청난 뭔가를 훔

첬을까? 남자아이와 키스했나? 릭이랑! 틀림없이 릭이랑 키
스했나 보다! 언제? 강신술을 하고 나서? 그것도 아니면 트
랙터 끄는 얘기 하고 나서?

"뭐냐면, 메이블 빌링슬리랑 관계있는 거야.《아기 곰돌이
푸우》책 할머니 말이야."

나는 안도의 한숨을 내쉬었다.

"그분이 뭐?"

"저번에 오스월드 할아버지가 나더러 사람들이 무슨 말을
하는지, 그 말을 들으면 기분이 어떤지 좀 더 느껴 보라고 했
던 거 너도 알지?"

나는 리지가 도대체 무슨 말을 하려고 하는 건지 종잡을
수 없었다. 암튼 릭이랑 키스했다는 얘기는 아닌 것 같아 일
단 감사하는 마음으로 고개를 끄덕였다. 리지가 누군가와 키
스를 하든 말든 상관 않겠지만 릭만은 안 된다.

"그러니까 그날 밤 내가 빌링슬리 부인 전화번호를 찾아서
전화했거든."

"정말?"

리지가 고개를 끄덕였다.

"그리고 그분한테 삶의 의미가 뭐라고 생각하느냐고 물었
어."

"말도 안 돼."

"말이 돼."

"뭐라고 그러셔?"

"그게 참 요상한데."

리지는 음료수 한 모금을 홀짝이더니 다시 캔을 컵 받침에 돌려놓았다.

"그분은 삶의 의미는 우정이라고 그러셨어. 하지만 실제로 그분은 그 책을 파는 바람에 60년 전에 가장 친한 친구를 잃었잖아. 그런데 그분에게는 항상 우정이 가장 소중했다는 거야."

"놀랍다!"

"맞아. 그래서 생각을 해 봤는데 우리가 그분 옛 친구를, 이름이 좀 웃겼지, 한번 찾아보면 어떨까? 우리가 두 분이 다시 우정을 나눌 수 있게 해 드릴 수도 있잖아."

"비치, 그분 이름은 비치 솔로몬이었어."

"맞아, 비치! 네 생각은 어때?"

나는 조용히 말했다.

"그분은 몇 년 전에 돌아가셨어."

"저런."

리지는 얼굴을 찌푸리더니 다시 물었다.

"그걸 어떻게 알았어?"

나는 인터넷을 통해 알게 된 사연을 말하며 비치 할머니가 자신이 세운 재단 이름을 두 분이 차고 있던 목걸이 이름을 따서 지었다는 얘기도 들려주었다.

"와, 그거 빌링슬리 할머니도 알고 계실까?"

"그럴지도."

얼마 동안 우리 둘은 아무 말도 하지 않았다. 그러다가 리지가 물었다.

"너는 이 일이 뭘 뜻하는지 알고 있겠지?"

나는 머리를 흔들었다.

"네가 정 떨어지게 굴어서 우리 우정이 끝난다면, 60년쯤 뒤엔 날 그렇게 대했던 걸 엄청 후회할 거라는 뜻이야."

나는 세븐업 캔 하나를 땄다.

"명심할게."

"그러는 게 좋을 거야."

리지는 그렇게 말하고는 창문으로 눈을 돌렸다. 그 뒤로 차를 타고 가는 동안 내내 창밖만 바라보았다.

오스월드 할아버지가 직접 문을 열어 주었다. 할아버지가 평범한 바지에 단추 달린 셔츠를 입고 흰 챙 모자를 쓴 모습을 본 건 처음이었다. 할아버지는 지난번보다는 조금 기운이 없어 보이긴 했지만, 이런 옷차림을 하고 있어서 양복 차림이었을 때보다 훨씬 좋아 보였다. 자연스러운, 뭐 그런 모습 말이다. 리지가 달려가서 할아버지를 안는 바람에 우린 모두 깜짝 놀랐다.

할아버지가 웃었다.

"왜 그러니?"

리지는 대답도 하지 않고 할아버지를 놓아 주지도 않았다.

할아버지가 말했다.

"나 안 죽는다! 그냥 잠시 늙고 지친 뼈들에게 휴식 시간을 준 것뿐이야."

내가 리지를 떼어 내자 할아버지는 옷을 잡아당겨 고르게 폈다. 안으로 들어가니 이제 집 안의 짐은 거의 다 싼 것 같았다. 온통 상자들이었다. 하지만 할아버지 사무실 선반엔 아직도 물건들이 그득했다. 나는 우리가 오늘은 뭘 배달해야 할까 궁금해졌다. 오래된 지구본? 야구 장갑?

할아버지가 물었다.

"공책들은 가져왔니?"

우리는 공책을 끄집어내 할아버지에게 건넸다. 할아버지는 그걸 건네받더니 커다란 가죽 의자에 앉았다. 그런데 놀랍게도 두 권 다 맨 앞쪽을 펼쳐 뭔가를 쓱쓱 쓰더니 다시 우리에게 돌려주었다. 나는 내 공책을 펴 할아버지가 본인 이름과 날짜를 적은 걸 확인했다.

내가 물었다.

"안 읽으실 건가요?"

할아버지는 고개를 저으며 두 손을 모았다.

"인생에서 너희들이 관찰한 건 너희들 몫이야. 더 이상 나나 누군가로부터 어떻게 하라고 이러쿵저러쿵 얘기 들을 필요가 없다."

이번엔 리지가 물었다.

"그래요? 그럼 사회봉사 담당자들이 보자고 그러면 어떻게 해요?"

"아마 그러지 않을 거다. 만약 그럴 경우를 대비해서 내가 서명했잖니."

나는 공책을 슬며시 배낭 속으로 밀어 넣으며 물었다.

"오스월드 할아버지?"

"얘기해라, 제레미."

"저희 엄마가 일요일에 뉴저지에 갈 거라는 말씀 할아버지께 하셨나요? 그래도 괜찮겠죠? 일을 못하게 돼서 죄송해요."

할아버지는 미소를 지었지만 왠지 모르게 슬퍼 보였다.

"오늘이 우리가 함께하는 마지막 날이다."

나와 리지가 동시에 외쳤다.

"네?"

"생각보다 이사가 빨라질 것 같구나. 떠나기 전에 해결해야 할 일들이 무척 많단다."

가슴이 콱 막혔다. 우리가 다시 자유로워지는 걸 기뻐해야 하는 게 마땅하지만, 온통 내 가슴을 짓누르는 것은 상실감뿐이었다.

리지가 물었다.

"이제 리무진도 못 타겠네요?"

오스월드 할아버지가 답했다.

"그러겠지. 하지만 너희 둘 다 아주 애써 주었으니 감사 표시로 각자 저기 선반 위에 있는 것 중에서 마음에 드는 걸 하나씩 주겠다. 뭐든지 다 괜찮아."

리지의 몸은 벌써 반쯤 의자에서 일어나 있었다.

나도 일어나려다 주춤하며 물었다.

"하지만 어렸을 때 물건을 맡긴 사람들에게 되돌려줘야 할 것들 아닌가요?"

오스월드 할아버지가 고개를 저었다.

"망원경이 마지막이었다. 여기 남아 있는 물건들은 오랜 세월에 걸쳐 내게 들어온 물건들이다. 가서 보거라."

리지는 무섭게 생긴 파란 눈 인형 앞으로 줄달음을 쳤다. 어릴 때 아빠가 아이에게 인형이 아니라 트럭을 가지고 놀게 하면 저렇게 되나 보다 싶었다. 하긴 리지 아빠 얘기로는 리지에게 바비 인형을 가지고 놀게 하려고 무진장 애를 썼지만 리지는 창밖으로 내던져 버렸다고 했지.

나는 선반을 쭉 훑어보았지만 진짜 내게 필요한 걸 고를 수가 없었다. 낡은 녹음기도 근사해 보였고 진열대 위에 놓인 큼직한 사전도 내 마음을 끌었다.

오스월드 할아버지가 내게로 한 걸음 다가오며 물었다.

"고르기 힘드니?"

"못 고르겠어요."

할아버지는 아래 선반에 놓인 단단한 재질의 가방을 가리
키며 제안을 했다.

"저 가방은 어떠니? 너 여행 갈 때 가져가면 좋잖아."

조금 전까지만 해도 전혀 내 눈에 띄지 않았는데. 나는 몸
을 구부려 자세히 들여다보았다. 그건 아주 구식 가방이었는
데, 전 세계의 여러 항구에서 산 스티커들이 가방 전체를 뒤
덮고 있었다. 처음엔 디자인이 그렇게 된 거라고 생각했는데
자세히 살펴보니 그 스티커들은 모두 진짜였다. 스티커에는
저마다 20년대부터 50년대까지의 날짜가 찍혀 있었다. 정말
너무 너무 근사했다. 거기다 책이나 만화를 넣어 둬도 되고,
아니, 뭐든지 다 가능할 것 같았다.

"감사합니다. 정말 멋져요!."

나는 가방을 쉽게 선반에서 내릴 수 있을 거라고 생각하며
손잡이 가까이로 손을 가져갔다. 하지만 나는 하마터면 앞으
로 고꾸라질 뻔했다.

오스월드 할아버지가 말했다.

"오, 저런! 미안하구나. 내가 산 고가구 속에 있던 잡동사
니들을 오랜 세월 거기다 보관해 둔 걸 깜박했다."

리지가 물었다.

"도대체 잡동사니란 게 뭔데요?"

"안전핀이나 연필, 단추, 열쇠 따위의 작은 물건들이지. 서
랍 안쪽에 박혀 있던 걸 찾아낸, 뭐 그렇고 그런 것들 말이

야. 그걸 골라내는 것도 쉽진 않았단다."

리지와 나는 할아버지가 껄껄 웃으며 말하는 중간에 구미가 당기는 눈길을 서로 나누었다.

"우리 집을 한 번 쭉 훑어만 봐도 충분히 알 수 있을 거다. 제임스 아저씨 시켜서 가방 비워 오게 하면 너희가……."

리지와 나는 동시에 꽥 소릴 질렀다.

"아니에요!"

오스월드 할아버지는 한 발짝 뒤로 물러섰다.

나는 이유를 설명하느라 마음이 바빴다.

"괜찮으시다면 그 잡동사니째 가져가도 될까요?"

"물론 그래도 되지만 뭣 때문에?"

나는 대답을 하려다가 먼저 리지의 눈치를 살폈다. 리지가 고개를 끄덕이자 그제야 입을 열었다.

"제가 보여 드렸던 상자 기억하시죠? 열쇠 구멍이 많았던 상자요."

"당연히. 재미있는 상자였지. 특이하고."

"그런데, 그걸 여는 열쇠가 없어서 찾아야 하는데, 딱 일주일밖에 시간이 없어요."

"그래서 혹시 그 안에 열쇠가 있을 수도 있다고 생각하는 거니?"

할아버지는 의심의 눈초리로 가방을 바라보았다.

이번엔 리지가 나섰다.

"저흰 벌써 이 도시 안에 있는 열쇠의 반은 꽂아 보았을 거예요. 이왕에 그것도 한번 해 보려고요."

"그렇다면 꼭 가져가라. 물건 수집가로서 난 땀 흘려 찾아다니는 걸 높이 평가하니까. 제레미가 들려준 얘기에 의하면 제레미 아빠도 분명 그랬을 거라고 생각한다."

그러면서 할아버지는 내 어깨를 토닥여 주었다.

"난 그렇게 어딘가에 흠뻑 빠지는 걸 소중하게 여긴단다. 전 생애를 다 바쳐 우표 한 장 찾는 일처럼 말이야. 보통 사람들은 그런 일을 짜증날 거라고 생각할 수도 있지만, 그건 그렇지가 않아. 그 탐색 자체에 즐거움이 있는 거야. 신나는 일이야."

나는 고개를 끄덕였다.

"우리 아빠도 꼭 그렇게 생각하셨어요. 기억나지, 리지?"

리지는 미소를 지었다.

"그래서 우리에게도 직접 수집을 해 보라고 하신 거지."

오스월드 할아버지는 인터폰을 눌러 제임스 아저씨에게 바퀴 달린 손수레를 가져오도록 했다. 기다리는 사이에 할아버지가 말했다.

"내 말을 오해해서 듣지 마라. 너희가 지금 바라는 걸 찾게 되는 것도 아주 멋진 일이야. 손에 넣기 힘든 것일수록 천신만고 끝에 찾아냈을 때 훨씬 더 흥분되는 법이니까."

제임스 아저씨가 왔다. 오스월드 할아버지는 가방을 차까지 날라 주라고 부탁했다. 제임스 아저씨가 가방을 손수레에 실었다. 아저씨는 웃음을 숨기려고 애쓰며 리지에게 물었다.

"네 인형도 실어다 줄까?"

"괜찮아요."

하지만 리지는 우리가 모두 '오, 인형을 안고 있는 모습이 귀엽군.' 하는 표정으로 자기를 바라보는 걸 눈치 챘는지, 부랴부랴 인형을 가방 위로 던졌다.

"왠지 좀 무거워졌는데요."

나는 손을 내밀며 오스월드 할아버지에게 인사를 했다.

"할아버지, 지금까지 여러 가지로 감사했어요."

할아버지는 내 손을 꼭 잡았다.

"너희와 함께 일하면서 내가 더 즐거웠다. 아무쪼록 너희들이 원하는 것 꼭 찾길 바란다. 한 가지만 하지 말고 여러 방법을 동원해 봐라."

리지도 할아버지와 악수를 나누었다.

"플로리다도 할아버지 마음에 들었으면 좋겠어요. 어쩌면 거기서 할아버지 친구가 되어 줄 멋진 숙녀분을 만나실지도 모르잖아요."

"리지!"

나는 소리를 질렀다.

할아버지는 그저 웃기만 했다.

"그래, 어디 두고 보자."

집으로 오는 길은 조용했다. 우리는 버튼을 있는 대로 다 눌러도 보고 처음으로 텔레비전도 켜 보며 전에 하지 않던 짓을 했지만, 우리를 짓누르고 있는 정적을 떨쳐 버릴 수가 없었다. 나는 리지를 보며 말을 걸었다.

"우주 대폭발 때 나온 어떤 방사능이 텔레비전 정전기와 관련이 있다는 거 아니?"

"그런 건 어떻게 아니?"

"요즘 우주에 관한 책을 읽고 있거든. 제레미 시간에 말이야."

"그거 꽤 구미가 당기는 얘긴데."

내 눈이 동그래졌다.

"정말?"

내가 기억하는 한 리지는 어떤 과학적 설명에도 관심이라는 걸 보인 적이 없었다.

제임스 아저씨가 아파트 앞에 차를 세웠지만 리지랑 나는 내릴 생각을 안했다. 나는 냉장고 문만 계속 열었다 닫았다 하고 리지는 의자 팔걸이만 쓰다듬고 있었다. 끝내 제임스 아저씨가 뒷문을 열었고 우린 더 이상 어쩔 도리가 없었다.

우리는 보도 가장자리에 서서 아저씨가 가방을 꺼내 길 위에 놓는 걸 지켜보았다. 아저씨는 리지 인형도 건네주었다. 리지는 혹시 누구 아는 사람이 보고 있지나 않는지 한 번 휘둘러본 뒤 인형을 받았다.

리지가 말을 꺼냈다.

"아저씨, 정말 보고 싶을 거예요. 아저씬 진짜 말씀이 없으세요."

아저씨가 껄껄 웃었다.

"내 자신이 한 말에서 배운 게 없으니까."

내가 물었다.

"오스월드 할아버지랑 플로리다에 함께 가실 거예요?"

"잠시 가 있을 거다. 오스월드 씨가 잘 정착하시도록 도와드려야지. 거기서는 내가 없어도 될 거야. 한두 달이면 골동품 거리나 벼룩시장에 가게를 여실 게 분명해. 그분은 그런 걸 떠나선 못 사시거든. 수집가들과 만나는 일도 좋아하시고. 그런 쪽으로 타고난 분이야."

"무슨 말인지 알아요. 제 피도 그래요."

"잘 지내라."

아저씨는 리지에게 손을 내밀었지만 리지는 손 대신 아저씨를 껴안았다. 그 사이에 낀 인형이 찌그러졌다. 둘은 웃음을 터뜨렸다.

나는 아저씨와 악수를 했다.

"아저씨, 여러 가지 다 감사했어요. 그 갑각류 화석들 잘 지키세요."

아저씨는 모자 테두리에 살짝 손을 대며 말했다.

"늘 잘 지키겠습니다."

우리는 아저씨의 리무진이 도로 끝에서 모퉁이를 돌아 사라질 때까지 지켜보며 서 있었다. 나는 가방을 내려다보았다. 도저히 계단으로 끌고 갈 방법이 없었다.

"우리 여기 밖에서 물건 골라내자. 그러면 열쇠만 가져갈 수 있고 가방도 옮길 수 있을 거야."

"잡동사니들을 여기서 골라내잔 말이야?"

리지는 벌써 가방 옆에 쪼그리고 앉았다.

"네가 버릴 걸 골라. 난 건질 만한 걸 고를게."

리지는 토라진 척 입을 쏙 내밀며 말했다.

"매번 자기만 건질 만한 걸 고른대."

"넌 사람들이 우리 얘기를 들으면 이상하게 볼 것 같지 않니?"

리지는 커다란 인형이 우릴 지켜볼 수 있도록 조심스럽게 계단 위에 얹어 놓으며 말했다.

"항상 그래. 언제나."

17. 삶의 전환점

우리가 가방 속 내용물을 정리하고 있는 사이에 아파트에 사는 사람들 반이 지나갔다. 산체즈 아줌마는 우리가 배고파 보인다며 타코를 가져다주었다. 나는 먹는 척만 하고 가방 안에 찔러 넣고, 대신 내 땅콩버터 샌드위치를 한 개 먹었다. 바비가 다가와 리지 인형을 가지고 놀아도 되냐고 묻자, 리지는 마지못해 위층으로 가져가서 놀라고 허락을 했다. 내가 인형 가지고 리지를 놀리지 않은 걸 보면, 내게도 인격이란 게 좀 생긴 것 같다. 예전 같으면 어림도 없었을 텐데.

가방 안에는 오스월드 할아버지가 말한 것 말고도 6달러 되는 지폐와 32센트나 되는 동전들이 있었고, 골무 두 개, 녹슨 못 열여덟 개, 유리가 금간 낡은 시계 하나, 오래된 음료수 캔에서 떼 낸 수십 개의 고리, 갖가지 크기의 은박지 공들, 내용물이 새는 전지 세 개, 죽은 벌레 몇 마리도 함께 들어 있었다.

가방에 열쇠만 남겨 두니 나 혼자서도 옮길 만했다. 나는 우리 집으로 들어가기 몇 발짝 앞에서 잠시 쉬어 가려고 걸음을 멈추며 리지에게 물었다.

"열쇠가 몇 개쯤 되는 거 같니?"

"한 200개?"

내가 고개를 끄덕였다.

"적어도 그렇겠다. 다 맞춰 보려면 몇 시간은 걸리겠는데. 아니 며칠 걸릴지도 모르겠다."

"네 할머니 댁에 갈 때도 가져가야겠다."

"오늘 밤에 시작하면 내일쯤 끝낼 수 있겠지."

리지는 고개를 저었다.

"나 지금 상태가 별로 안 좋아. 아까 먹었던 타코 때문에 문제가 생겼나 봐. 내 말 무슨 뜻인지 알겠지? 너 혼자라도 먼저 해."

나도 고개를 저었다.

"내일 하도록 하자. 맞는 열쇠를 찾든 못 찾든 둘 중 하나니까."

나는 다시 가방을 들고 계단에 부딪쳐 가며 끌고 올라갔다.

"필요하면 우리 엄마 약 상자에 배 아픈 데 먹는 약이 있을 텐데."

리지는 나지막하게 끙끙대며 대답했다.

"고마워. 그냥 일단 가서 누울래."

몇 시간이 흐른 뒤 엄마랑 식탁에서 카드놀이를 하고 있는데 리지가 문을 두드렸다. 리지는 창백한 얼굴로 배를 움켜잡고 있었다.

"아줌마, 저 좀 도와주세요."

엄마는 식탁에서 벌떡 일어나 리지를 화장실로 몰고 갔다. 둘이서 애기하는 소리가 들리긴 했지만 정확히 무슨 말을 하고 있는지는 들리지 않았다. 나는 끼어들고 싶은 마음은 추호도 없었지만 내심 걱정스러웠다. 리지는 아픈 적이 없었으니까. 나처럼 리지도 강철 위장을 가졌다. 내가 막 화장실로 가는 모퉁이를 돌 때 엄마가 리지의 뺨을 때리는 모습이 눈에 들어왔다. 엄마가 손을 치우자 빨간 손자국이 선명하게 보였다. 그러더니 엄마는 리지를 끌어당겨 와락 껴안았고, 둘은 웃기 시작했다. 웃고 있다니!

말 그대로 난 너무 놀라 입이 떡 벌어졌다. 엄마가 날 때린 적도 없지만 리지 아빠도 절대로 리지를 때리지 않는데.

"엄마, 뭐 하시는 거예요? 리지가 혹시 무슨 잘못을 했더라도 그럴 만큼은 아닐 텐데. 게다가 리지는 지금 아프잖아요."

리지가 눈물을 닦아 내며 말했다.

"제레미, 나 괜찮아."

나는 두 볼이 확 달아오르는 걸 느꼈다.

"그게 어떻게 괜찮은 거야? 엄만 왜 리지를 때렸어요?"

엄마는 부드럽게 말했다.

"오, 애야. 그건 오래된 관습인데, 여자아이가, 어, 그러니까 뭐냐면……."

엄마는 얘기를 계속해야 할지 말아야 할지 모르는 것처럼 리지를 힐끔거리며 말꼬리를 흐렸다.

그러자 리지가 외쳤다.

"나 생리 시작했어. 축하해 줘. 난 이제 어엿한 여자가 된 거야."

솔직히 난 만약 바닥이 입을 벌려 나를 삼키고 싶어 했다면 기꺼이 그 안으로 들어갔을 것이다. 나는 시선을 어디에 두어야 할지 몰라 허둥댔다. 물론 나도 5학년 때 학교 여자아이들 모두가 '여자가 되는 것'에 대한 특별 영화를 관람했던 사실을 알고 있다. 그때 우리 남자아이들은 운동장으로 나가 피구를 했다. 그리고 작년에 학교에 있는 사이에 '일'이 터져 윗옷을 허리 둘레에 걸쳐야 했던 여자아이들에 대해 쑥덕거리는 소리를 들은 적도 있다. 하지만 그게 어떤 건지 진짜 이해를 한 건 아니었다. 리지가 삶에서 매우 중요한 전환점에 서 있는데 난 아무것도 해 줄 게 없었다. 나는 무용지물이 된 기분이 들어 한 걸음 뒤로 물러서며 중얼거렸다.

"어, 축하해, 멋진 일인데, 어, 괜찮지, 잘 가!"

엄마가 화장실 문을 꼭 닫았지만 상자 여는 소리가 새어 나왔다. 나는 개수대 밑에 엄마가 '여자' 물품을 놓아 둔 걸 알고는 있었다. 하지만 그 상자들 안에 뭐가 들어 있나 전혀 궁금하지 않아서 아예 눈길조차 주지 않았다. 나는 내 방에서 현관문이 닫히는 소리를 들었다. 한 1분쯤 있다 엄마가 내 방문을 두드렸다.

엄마는 내가 누워 있는 침대에 걸터앉으며 말했다.

"우리 아들 이상 없다는 걸 확인하고 싶어서."

나는 읽고 있던 만화책을 내려놓으며 어정쩡하게 고개를 끄덕였다.

"그냥 기분이 좀 묘해요."

엄마도 고개를 끄덕였다.

"그래, 안다. 너희 둘 다 너무 빨리 자라고 있어. 넌 벌써 엄마보다 키가 크지, 그리고 이번엔 리지가."

엄마 눈에 눈물이 글썽거렸다.

"시간이 어떻게 가는 건지? 얼마 안 있으면 대학 가겠다며 너희 모두 떠나겠지."

엄마가 이처럼 감상적이 될 때면 대화가 진행되지 않는다. 엄마가 계속 흐르는 시간 타령을 하는 동안 나는 내내 무릎에 놓인 만화를 힐끔힐끔 읽었다. 결국 엄마가 눈치를 챘다. 나는 이상하게 군 내 행동을 사과하는 쪽지를 대충 적어 구멍으로 밀어 넣으려고 했는데, 들어가지 않았다. 다시 힘껏 쑤셔 넣어 보았지만 역시나 마찬가지였다. 나는 종이를 빼내고 구멍에 눈을 갔다 댔다. 당연히 구멍은 막혀 있었다. 거기에 늘 걸려 있던 포스터 뒷면 대신, 은박지 뭉치가 내 눈에 들어왔다. 나는 벽을 두 번 두드려 보았다. 리지에게서는 아무런 답이 없었다. 이메일을 보내 볼까도 생각했지만 우린 지금까지 서로에게 이메일을 보낸 적이 없었다.

문 옆에 놓인 가방이 날 유혹하고 있었다. 리지가 날 거부한다면 열쇠나 찾아보는 게 좋을 듯싶었다. 나는 무릎을 꿇고 앉아 가방을 열었다. 하지만 가방을 확 열어젖히는 순간 그러면 안 된다는 걸 깨달았다. 우린 처음부터 늘 함께 해 왔으므로 이러는 건 옳지 않았다. 나는 열쇠는 제쳐 두고 대신 여행용 짐을 꾸리기 시작했다.

다음 날 거의 정오가 다 되어서야 리지가 우리 집에 나타났다. 리지는 내 책상에 비스듬히 기대서서 말했다.

"야!"

리지는 별반 달라진 게 없었다.

"왜!"

리지가 침대 발치에 놓인 다 꾸려 놓은 여행용 배낭을 보았다.

"짐 다 챙겼어?"

"어. 너는?"

"아직."

나는 우리 사이에 흐르는 어색한 분위기가 익숙하지 않아서 어서 빨리 사라지기만을 바랐다.

리지가 말을 꺼냈다.

"음, 어제 은박지, 미안해."

"괜찮아."

"글쎄, 뭐라고 해야 할까. 사생활 같은 게 필요한가 봐. 그저 잠시만."

"알아."

"고마워."

나는 갑작스레 어젯밤처럼 다시 난감한 기분이 들었다. 어떻게든 여기서 빠져나갈 궁리를 해야 했다.

"어, 지금은 나아졌니?"

리지가 고개를 끄덕였다.

"조금 불편하긴 하지만 좋아졌어. 네 엄마가 정말 많은 도움을 주셨어. 우리 아빤 전혀 도움 안 돼. 어쩔 줄 몰라 거실에서 뱅글뱅글 돌기만 하셨어. 진짜 웃겼어."

"맞아. 우리 엄마도 횡설수설했어. 우리가 나이 먹는 거랑 뭐 그런 거에 대해서 말이야."

리지는 가방 옆 바닥에 주저앉으며 말했다.

"심각한 얘긴 그만 하고. 이제 우리 일이나 하자."

나는 더 이상 그런 얘기를 하지 않아도 된다는 사실에 안도의 한숨을 쉬고는, 잽싸게 책상에서 상자를 가져와 리지 옆에 앉았다. 상상 가능한 온갖 종류의 열쇠들이 가방 밑바닥에서 우릴 올려다보고 있었다. 청동, 구리, 은, 황금빛 열쇠를 비롯해 심지어 투명 열쇠도 몇 개 있었다. 크고 작고 통통하고 가냘픈 열쇠들. 어떤 것들은 얼마나 녹이 슬었는지 손에 쥐면 금방이라도 부서져 버릴 것 같은가 하면, 1년 전에 만들어진 것처럼 보이는 것들도 있었다. 우리는 열쇠를 구멍에 맞춰 보느라 계속 서로 부딪쳤다. 한 번에 한 사람씩 하면 그렇게 오래 걸리지는 않을 텐데. 하지만 우리는 곧 박자를 맞추게 되었고 그래서 네다섯 번 만에 한 번씩만 팔꿈치를 부딪쳤다. 일을 끝내고 퇴근한 엄마는 점심으로 구운 치즈 샌드위치를 가져다주었다. 우리는 화장실을 가야 할 경우에만 잠깐 쉬었다.

4시에 기적이 일어났다. 열쇠 중 하나가 구멍 끝까지 들어간 것이다. 나는 리지의 팔을 잡았고 리지는 굳어져 꼼짝하지 않았다.

리지가 외쳤다.

"해 봐. 돌려 보란 말이야."

나는 숨을 깊이 들이마시고 열쇠를 오른쪽으로 돌렸다. 하지만 아무 일도 없었다. 리지가 다시 외쳤다.

"반대로, 반대로 돌려 봐."

"어디서 들었던 소린데."

나는 해럴드 폴가드 아저씨의 사무실 문이 떠올라 중얼거리면서 돌려 보았다.

그런데 돌아갔다! 부드럽게 돌아갔다. 기계의 아귀가 들어맞을 때처럼 찰칵 하는 소리가 들려왔다. 우리는 놀람과 환희로 서로를 빤히 바라보았다. 그러다가 둘 다 자리를 박차고 뛰어오르며 환성을 질렀다. 우리는 소리를 꽥꽥 지르며 버린 열쇠 더미 주변을 뱅글뱅글 뛰어다녔다. 엄마가 들어와 우리랑 같이 빙빙 돌았다. 그렇게 여러 곳을 뒤지고 다닌 끝에 맞는 열쇠 하나를 찾았다는 사실이 도저히 믿기지 않았다. 우리 생각이 옳았다. 열쇠를 많이 찾다 보면 그중에 맞아떨어지는 열쇠가 하나라도 있을 거라는. 드디어 우리가 해냈다!

정신없이 뛰고 소리 지르던 우리는 다시 코를 빠뜨리고 가방을 뒤졌다. 내가 경고를 했다.

"너무 서두르다 빼먹지 않게 조심해."

"걱정 마. 내가 얼마나 조심하고 있는데. 아까 전에 찾았던 거랑 비슷하게 생긴 걸 찾아."

좀 전에 딱 들어맞았던 열쇠는 긴 은빛 열쇠였다. 우리는 닮은 구석이 조금이라도 있는 열쇠는 모조리 맞추어 보았지만 모두 허사였다.

6시가 되자 엄마는 저녁을 먹으라며 우릴 불렀다. 내겐 햄버거를, 리지에게는 야채 버거를 주었다. 리지 아빠도 함께 식사했다. 아저씨와 엄마는 어른들이 먹는 음식을 먹었다. 쌀과 토마토와 다진 고기를 채워 넣은 파란 고추 요리였다.

내가 리지 아빠에게 물었다.

"리지 없는 동안 뭐 하실 거예요?"

아저씨는 고추 요리를 맛있는 척 먹으면서 대답했다.

"평소와 다름없지. 새벽까지 춤추며 즐기는 광란의 파티나 뭐 그런 거 하면서."

리지가 끼어들었다.

"그러다 아마 제가 그리워질걸요."

"당연히 네가 보고 싶겠지. 하지만 난 우리 딸이 시골에 가는 게 아주 좋아. 사람은 누구나 가끔 신선한 공기를 마셔 줘야 하거든."

리지가 아저씨 말에 토를 달고 나섰다.

"소들이 엄청 많아서 공기가 그다지 신선하지 않을 거예요."

"우리 할머니 민박집엔 소 없거든."

"그래도 뭔가 구린내가 나, 거기도."

"고양이 때문이야. 너 고양이 좋아하잖아!"

리지가 내 말을 바로잡았다.

"난 내 고양일 좋아하는 거거든. 아무 고양이나 다 좋아하는 게 아니야. 네 할머니는, 그러니까, 뭐냐, 고양이를 열두 마리나 키우시잖아."

나는 고개를 끄덕여 리지 말을 인정했다.

"고양이 열두 마리에, 방도 열두 개. 고양이를 좋아하는 사람만 거기 있을 수 있어."

리지는 이미 고양이 따위엔 전혀 관심이 없다는 듯 화제를 돌렸다.

"아빠, 있잖아요, 어떤 일이 있었는지 아세요?"

"모르겠는걸."

"우리가요, 제레미 상자 열쇠 하나를 찾았어요!"

아저씨는 날 바라보며 씩 웃었다.

"그거 참 잘됐구나."

"네, 하지만 아직도 갈 길이 멀어요."

이번엔 엄마가 말했다.

"너희들이 원하면 가서 그 일 해도 좋다. 하지만 먹던 건 끝까지 마저 먹고 가라."

5분 후 우린 다시 열린 가방 앞에 무릎을 꿇고 앉았다. 그 후로 다시 50분이 흐른 뒤 우린 두 번째 열쇠를 찾아냈다. 이번엔 둘 다 조용히 앉아 있었다. 비록 내 마음은 콩닥콩닥 방망이질을 하고 있었지만. 두 번째 열쇠는 짧고 뭉툭하게 생겼다. 첫 번째 것과는 전혀 딴판이었다.

리지가 갈라지는 목소리로 말했다.

"여기 열쇠가 다 있는지도 모르겠다. 그렇게만 된다면 네 생일에 가방을 여는 건 아무 문제도 없을 텐데."

“나도 알아.”

나는 대답했지만, 진짜 그런 일이 생길 거라고 믿기지는 않았다.

“그렇다면 뭘 기다리고 있어?”

두 시간쯤 지나자 눈앞이 흐릿해지며 거의 실신할 지경이었다. 하지만 우리는 더욱 박차를 가했다. 곧이어 엄마가 방문을 두드리며 리지에게 그만 돌아가는 게 좋겠다고 말했다.

“엄마, 앞으로 스무 개쯤만 더 하면 되는데요.”

“좋아, 하지만 기차가 펜 역에서 9시에 출발하거든. 그러니까 빨리 일어나야 해.”

열쇠가 여덟 개 남았을 때 우린 세 번째 열쇠를 찾았다. 이 열쇠는 스르르 매끄럽게 안으로 들어갔다. 이렇게 되자 우린 나머지 열쇠 여덟 개를 미친 듯이 구멍에 넣어 보았다. 하지만 그중 어떤 것도 열쇠 구멍 반까지도 들어가지 않았다.

그걸로 끝이었다. 난 도저히 이렇게 끝이 난 걸 믿을 수 없었다. 그저 멍청하게 뒤죽박죽 버려진 열쇠 더미만 물끄러미 바라보았다.

리지가 입을 열었다.

“음, 여기서 걸리네.”

나는 아무런 말도 하지 않았다. 세 개의 열쇠가 꽂힌 채로 상자를 들어 올리며, 마치 그렇게 하면 열리기라도 할 것처럼 상자를 마구 흔들었다. 뚜껑을 잡아당겨도 보았다. 있는 힘껏 당기고 또 당겨 보았지만 꿈쩍도 하지 않았다.

리지가 물었다.

"이제 우리 어떻게 하지?"

나는 열쇠 더미를 내려다보며 아플 정도로 빡빡 이를 갈았다.

"하나하나 다시 해 보자. 구멍 하나만 맞춰 보면 되니까 이번엔 더 빨리 끝날 거야."

"오늘 밤엔 열쇠처럼 생긴 건 꼴도 보기 싫어. 제레미 시간에 너 혼자 해 보든지."

나도 너무 피곤해서, 제레미 시간에 잠자는 일 말고는 그 어떤 것도 하기 싫었다. 하지만 나는 고개를 끄덕였다.

"알았어. 그게 좋겠다."

리지는 천천히 몸을 일으키며 말했다.

"난 짐도 꾸려야 하고. 아침 일찍 상쾌한 상태로 만나자."

나는 투덜거리며 어쩔 수 없이 남아 있는 한 개의 열쇠 구멍에 모든 열쇠를 쑤셔 보았다. 모두 허탕이었다. 이 지경에 이르자 나는 어찌나 피곤하던지 거의 환각 상태에 빠진 것 같았다.

마지막 수단 삼아 나는 맞는 열쇠 세 개까지도 나머지 열쇠 구멍에 끼워 보았다. 아무 성과가 없었다.

나는 너무 너무 실망해 가슴속이 텅 빈 느낌이었다. 나는 찍찍 몇 자 휘갈겨 쓴 쪽지를 구멍에 쑤셔 넣었다. 은박지는 치워지고 없었다. 떠나기 전날에 열쇠 하나가 부족하다는 사실은 네 개 다 없는 것보다 더 나쁜 것 같았다. 그래, 더 나쁘다. 오늘은 천당과 지옥을 오간 스물네 시간이었다. 이제 그만 롤러코스터에서 내리고 싶었다.

아침에 나는 여행용 배낭에 꾸려 놓았던 짐을 모두 새 여행 가방으로 옮겨 담았다. 오래된 천 가방보다는 훨씬 더 어른스러워 보였다. 우리를 데려다 줄 택시가 아래층에서 경적을 울렸다. 엄마가 얼른 나오라고 성화여서 나는 서둘러 내 물고기들에게 작별 인사를 했다. 리지는 벌써 입구 계단에 나와 있었다. 리지는 마지막 열쇠를 못 찾았다는 어젯밤 쪽지를 손에 들고 있었다. 날 바라보는 리지의 눈빛에 근심이 서려 있었다.

"괜찮아?"

나는 고개를 끄덕이며 용감한 척 억지웃음을 지어 보였다. 달리 내가 어떤 행동을 할 수 있겠는가? 웃지 않는다면 울어야 할 테니까. 나는 택시 기사가 우리 가방을 트렁크 안에 싣는 모습을 물끄러미 바라보았다.

"우린 최선을 다했잖아, 그렇지?"

리지는 쪽지를 구겨서 주머니 안으로 밀어 넣었다.

"그건 분명해. 그거로도 충분한 가치가 있어. 자, 이제 우린 그냥 네 할머니 댁에서 즐겁게 지내도록 하자. 알잖아, 루돌프 아저씨가 말한 대로 일이 돌아가는 대로 있어 보자고."

나는 솔직하게 대답했다.

"내가 그럴 수 있을지 잘 모르겠다."

"거기 가면 퍼넬 케이크가 있을 거야."

나는 빙긋 웃었다. 이번엔 진심으로.

"그리고 꼬치도. 꼬챙이에 꽂은 요리는 언제나 더 맛이 좋은 것 같아."

엄마는 우릴 택시 뒷좌석으로 안내하며 말했다.

"그게 바로 기분 탓이라는 거다."

역에 도착하자 엄마는 수많은 기차 탑승 정보를 안내하는 전광판 쪽으로 우릴 끌고 갔다. 우리는 뉴저지 주 도버 행 기차를 탈 예정인데 한 시간 반쯤 걸릴 거란다. 시카고 행, 마이애미 행도 있었고, 심지어 로스앤젤레스까지 가는 기차도 있었다. 출발 시간까지 6분밖에 남지 않아서 우리는 거의 역 전체를 뛰어가야 했다. 리지는 한쪽 어깨에 훌라후프를 걸치고 달리는 바람에, 훌라후프가 리지 머리 주변을 뱅글뱅글 돌며 사람들을 쳤다. 몇 발자국마다 한 번씩 리지는 사람들에게 이렇게 외쳤다. "죄송합니다!", "오, 저런! 미안해요!"

우리는 겨우 출발 2분을 남겨 놓고 기차에 올랐다. 머리

위 선반에 가방은 올렸지만 훌라후프를 얹기에는 너무 좁았다. 리지가 좌석 아래 바닥에 훌라후프를 놓자, 우리는 뒷좌석으로 미끄러지지 않게 그 속에 발을 집어넣었다. 리지는 이 일만 끝나면 이 망할 물건을 태워 버리겠다며 투덜거렸다. 나는 훌라후프가 플라스틱이라서 잘 타지 않을 거고 아마도 유독 가스를 내뿜을 거라고 말했다.

리지는 내가 알아듣지 못하게 뭐라고 중얼거리면서 훌라후프를 한 번 뻥 찼다.

할머니가 역으로 우릴 마중 나와 있었다. 몇 달 만에 할머니를 보는 건데 그다지 더 늙어 보이시진 않았다. 아빠 사건이 나고 할머니는 하룻밤 새에 열 살은 더 나이 들어 보였었다. 그때 이후로는 늘 그대로였다. 할머니는 내가 찾은 부활절 마시멜로 과자 같았다. 영원히 이곳에 계실 것이다.

할머니는 우리가 말리기도 전에 벌써 우리 짐을 할머니 밴에 옮겨 싣고 있었다. 할머니는 숙박하는 사람들 짐 옮기는 일에 능숙해져서인지 눈에 띄게 몸도 튼튼해졌다. 할머니는 훌라후프를 보고는 미소를 지으며 리지에게 물었다.

"장기 자랑 준비 많이 했니?"

나는 리지가 투덜거릴 거라고 예상했지만 리지는 억지웃음을 지으며 고개를 끄덕였다.

"사실은 제레미가 더 신나 있어요. 안 그러니, 제레미?"

이미 밴에 타고 있었던 나는 어물어물 중얼거리며 대답했다.

"엄청 신나지."

할머니는 뒷문을 닫으며 엄마에게 물었다.

"근데 왜 난 쟤들 말이 믿기지 않는 거냐?"

45분 후에 '고양이 민박'에 도착했을 때 나는 약간 멀미 기운을 느꼈다. 시골길을 가면 언제나 멀미가 난다. 도시 도로는 곧게 뻗어 있고 거의 울퉁불퉁하지도 않은데. 리지와 나는 비틀거리며 밴에서 나왔다. 리지도 조금 창백해 보였다. 엄마가 리지에게 괜찮은지 묻자 리지는 배가 좀 아프다고 작게 말했다. 엄마는 진통제를 주면서, 그러는 게 정상이며 며칠 지나면 없어진다고 설명해 주었다. 나는 그제야 엄마랑 리지가 차멀미가 아니라 여자들 문제에 대해 이야기한다는 걸 알아챘다. 나는 가방을 가지고 얼른 민박집 안으로 들어갔다. 고양이 여섯 마리가 갖은 자세로 날 맞이했다. 혀로 몸 구석구석을 핥고 있는 녀석들도 있고, 잠을 자는 녀석들도 있었다. 한 녀석은 실로 만들어진 쥐와 실랑이를 하고 있었고, 한 녀석은 의자 다리를 할퀴고 있었다. 하지만 내가 가장 좋아하는 녀석은 눈에 띄지 않았다.

할머니가 내 뒤로 다가오며 말했다.

"투치 롤은 벌써 네 방에 데려다 놓았다."

할머니는 역시 최고!

나는 끙끙대며 짐을 끌고 계단으로 올라가서, 할머니 집에 오면 쓰는 내 방으로 갔다. 엄마가 쓰는 방은 거실 건너편에 있고 리지 방은 내 방과 문을 나란히 하고 있는 방이었다. 몸이 기다랗고 갈색인 투치 롤은 베개 위에서 날 기다리고 있었다. 내가 쓰다듬어 주자 기분 좋게 가르랑거렸다. 질라처럼 사납게 으르렁거리지 않는다. 할머니네 고양이들은 고양이 옷을 입혀 놓은 선사 시대 맹수가 아니라 지극히 정상인 보통 고양이들이다. 할머니는 침대 옆 작은 탁자에 민박집을 찾았던 우리 가족 사진을 놓아 두었다. 민박집을 연 지 몇 년 되지 않았을 때이고, 나는 세 살이었다. 그때 투치 롤은 새끼 고양이였고 할머니가 나더러 이름을 지어 주라고 했다. 나는 사진 속 웃고 있는 아빠 얼굴에서 눈을 돌렸다.

나는 서둘러 가방에서 옷을 모조리 다 꺼냈다. 안 그러면 정말 내 마음을 어쩌지 못할 것 같았다. 내가 서랍 속에 물건을 정리하고 있을 때 리지와 엄마가 터벅터벅 계단 올라오는 소리가 들렸다. 엄마는 리지에게 몇 시간 누워 있으라고 했다. 인정머리 없다는 타박을 들을지도 모르지만, 혹시라도 리지가 이번 주 내내 몸이 안 좋으면 엄청 심심할 게 뻔해서 좀 걱정이었다.

이제 내가 신문으로 정성 들여 싼 세 가지 물건만 빼고는 가방을 다 비웠다. 먼저 나는 아빠의 상자를 꺼내 탁자 위 사진 옆에 놓았다. 상자를 열지는 못하겠지만 덩그러니 집에 그냥 놔두고 올 수는 없었다. 다음으로 지금은 살짝 물컹해진 루돌프 아저씨가 준 사과를 꺼내어, 할머니가 방마다 책상 위에 비치해 둔 《고양이 돌보기와 먹이 주기 지침서》라는 인쇄물 옆에 놓았다.

나는 침대 가장자리에 앉아 투치 롤을 쓰다듬었다. 소음이라고는 전혀 없는 이곳이 오히려 귀를 먹먹하게 만들었다. 뭐든지 익숙해지려면 항상 시간이 걸린다. 창문 너머로 진짜 살아 있는 사슴 한 마리가 덤불을 야금야금 뜯어 먹고 있다. 하지만 이제 이곳은 더 이상 내가 사는 거리랑 정반대는 아니었다.

나는 내 방과 리지 방을 가르는 문에 귀를 대 보았지만 아무 소리도 들리지 않았다. 정말로 리지는 대낮에 잠을 자고 있었던 것이다. 꼬마였을 때도 낮잠 자기를 거부했던 아이였는데. 진짜 아프긴 아픈 모양이다. 처음은 아니지만 난 내가 남자인 게 기뻤다.

어느새 지겨워진 나는 카드놀이로 기분을 돋워 볼 심산으로 아래층으로 내려갔다. 박람회가 한창일 때는 할머니네 방이 거의 만원인데, 보통 개인으로 찾아온 손님들은 같이 묵을 사람을 찾으려고 공동 휴게실에 머무르는 경우가 있다. 그런데 지금은 아무도 없었다. 이곳은 무덤 속처럼 조용했다. 물론 고양이들은 빼고. 리지의 훌라후프가 벽에 기대어져 있었다. 젠장, 정말 아무도 없었다. 나는 훌라후프를 허리

에 걸치고 방 한가운데로 걸어가 엉덩이를 빙빙 돌리기 시작
했다.

 이런 꽤 잘하는군! 타고났나 봐! 훌라후프가 빙글빙글 잘
도 돌아가고 안에 들어 있는 구슬들이 타닥타닥 박자를 맞췄
다. 나는 계속 엉덩이를 돌리면서 무릎을 구부렸다. 훌라후
프가 바닥에서 겨우 30센티미터쯤 떨어져 있는데도 여전히
타닥타닥 돌아간다. 나는 서서히 몸을 일으켜 세웠다. 훌라
후프도 나를 따라 올라온다. 이렇게 몇 분이 지나자 다시 차
멀미가 찾아왔다. 나는 허벅지로 돌리다 무릎으로도 돌려 보
고, 종아리로도 돌린 다음 훌라후프를 바닥에 내려놓았다.
갑자기 등 뒤에서 박수갈채와 나지막한 휘파람 소리가 터져
나왔다. 나는 휙 돌아섰다. 그러다가 훌라후프 모서리를 밟
았다.

 리지와 엄마, 할머니가 박수를 치면서 거기 서 있었다. 얼
굴이 확확 달아올랐지만 나는 어색하게 답례 인사를 했다.

 리지가 다가와 훌라후프를 집어 들었다.

 "이런 비밀스런 재주를 얼마 동안이나 숨겨 온 거니?"

 엄마도 한마디 거들었다.

 "나도 궁금하다."

 나는 리지에게로 화살을 돌렸다.

 "너 자는 줄 알았는데."

 할머니도 끼었다.

"장기 자랑 대회에 훌라후프로 널 신청할 걸 그랬다."

나는 현관문으로 뒷걸음질 치며 말했다.

"모두 그만 좀 하세요. 그냥 장난삼아 한번 해 본 거니까, 방금 전에 봤던 건 깡그리 다 잊어 주세요."

하지만 리지는 훌라후프를 내게 떠밀며 몰아붙였다.

"다시 해 봐, 제레미!"

엄마는 위층으로 뛸 자세를 취하며 말했다.

"잠깐, 비디오카메라 가져올게."

나는 입구를 확인한 다음 냅다 문밖으로 뛰쳐나갔다. 뒤에서 웃는 소리가 들렸다. 나를 비웃는 여자들이 수적으로 우세할 때면 최대한 빨리 도망가는 것이 상책이라는 사실을 나는 잘 알고 있었다.

18. 주 박람회

다음 날 아침 할머니는 우리를 일찍 깨웠다. 박람회 첫날이어서 할머니는 손수 만든 잼도 가져가고 배당받은 자리도 확인해야 하기 때문이었다.

"엄마는 왜 아무 데도 안 나가요?"

그러면서 나는 괜히 달걀 스크램블에 대해 시비를 걸었다. 보통 나는 달걀을 먹지 않지만 할머니 표 달걀 스크램블은 먹는다. 할머닌 그 안에 엠앤엠 초콜릿을 넣어 주기 때문이다. 하지만 엄마는 집에서는 절대 해 주지 않는다.

할머니가 하품을 하는 리지에게 오렌지 주스를 부어 주면서 대답했다.

"엄마는 내기에서 지지 않았지만 너흰 졌잖아."

리지가 말했다.

"우린 배운 게 하나 있는데요. 다시는 내기를 하지 않겠다
는 거예요. 이제 다시 자러 가도 되나요? 이번 여행은 휴가
처럼 지내기로 했거든요."

할머니는 고개를 내저었다.

"늦잠은 내일 자거라. 화요일 장기 자랑에 나가려면 눈도
초롱초롱 빛나고 꼬리도 북슬북슬 탐스러워야('기운이 펄펄
넘친다' 는 뜻의 관용구 : 옮긴이) 하겠지?"

내가 물었다.

"그 표현, 고양이랑 상관있는 거예요?"

할머니는 내 맞은편에 앉으며 물었다.

"뭐가?"

"금방 할머니가 초롱초롱한 눈이랑 탐스러운 꼬리 얘기하
신 거요."

"아, 그런 것 같진 않은데. 뭐 그럴 수도 있고."

리지는 달걀을 먹는 사이사이에 이리저리 눈알을 돌렸다.

"쟤는 휴가 중에도 뭐든지 다 알아야 직성이 풀리나 봐요.
그냥 속담 같은 거니까 깊이 파고들지 마."

나는 중얼거렸다.

"어떤 속담이든지 다 생겨난 근원이 있는 법인데."

그때 옆 탁자에 앉아 있던 남자의 목소리가 신문 너머로
들려왔다.

"그건 다람쥐 얘기에서 나온 말이란다."

나는 내 편을 들어 준 그 사람에게 말했다.

"감사합니다."

그 사람은 답으로 신문을 팔락거렸다.

나는 리지에게로 고개를 돌렸다.

"이렇게 알고 나면 기분이 훨씬 개운하지 않니?"

"난 다시 침대에 가 누워야 개운해질 거 같아."

"근데 할머니, 우리 엄만 어디 계세요?"

할머니는 대답 대신 의자를 밀치며 다른 손님들의 빈 커피 잔부터 채워 주었다.

"내가 너희 둘을 박람회에 데려갈 수 있게 나 대신 심부름 갔다. 자, 이제 서둘러라. 솜사탕이 다 팔리기 전에 가야지."

할머닌 확실히 사람들을 움직이게 하는 방법을 잘 알고 있다.

할머니가 입장료를 내고 입구로 들어가기 무섭게 나는 흠 뻑 공기를 들이마셨다. 퍼널 케이크, 솜사탕, 초콜릿 과자, 옥수수 핫도그. 아마 천국에 가면 이런 냄새가 날 것이다. 나 는 올해 새로 만든 코너를 지나면서 그 자리에 우뚝 멈춰 섰 다. 빨간 앞치마를 두른 남자가 막대기에 꽂은 트윙키 빵을 퍼널 케이크 만들 때 쓰는 튀김 반죽에 담그는 게 아닌가.

와, 트윙키 튀김이다! 입안에 침이 잔뜩 고였다. 침이 살짝 흘러내려 옷으로 닦아야 했다.

할머니가 약속을 했다.

"조금 있다 먹자."

그 남자는 이 우주에서 가장 운 좋은 꼬마 숙녀에게 트윙키 튀김을 건네준 다음, 이번엔 스니커즈 초콜릿 바가 꽂힌 막대기를 그 안에 밀어 넣었다. 이번엔 스니커즈 튀김이다! 이 사람 정말 끝내준다!

나는 할머니가 가슴에 십자가를 그으며 모든 신성한 것을 걸고 우리가 박람회장을 뜨기 전에 꼭 둘 다 사 주겠다는 맹세를 한 후에야 그곳에서 발걸음을 옮겼다.

잼 단지를 가져다주러 가는 길에 우린 돼지 경주와 트랙터 끌기 시합장을 지났다. 두 곳 다 출전 선수들을 응원하는 사람들로 인산인해를 이루고 있었다. 리지는 두 시합장의 시간표가 기록된 전단지를 가져왔다. 리지는 그걸 주머니에 찔러 넣으며 말했다.

"집에 가면 릭한테 줘야지. 그러면서 우리가 돼지 경주랑 트랙터 끌기 둘 다 우승했다고 말해 줄 거야."

할머니는 복장을 갖춰 입은 남자들이 확성기에 대고 소리소리 지르고 있는 부스 몇 개를 서둘러 지나갔다.

"세상에서 가장 작은 여인을 보러 오세요! 여기 있습니다! 진짜 사람입니다! 여러분께 말을 걸기도 한답니다! 일평생

잊지 못할 경험을 위해 딱 50센트만 쓰십시오!"

"세상에서 가장 큰 말을 보러 오세요! 저 멀리 아미시 마을에서 왔답니다! 얼마나 큰지 여러분의 눈을 믿지 못할 겁니다!"

나는 걸음을 늦추며 물었다.

"할머니, 펜실베니아 주에 있는 아미시 마을이 여기서 한 시간 정도밖에 걸리지 않죠? 저 사람한테 말해 줄까요?"

"저 사람도 다 알고 있을 거야. 이 사람들은 돈만 번다면 어떤 얘기든지 다 하는 사람들이란다."

이번엔 리지가 물었다.

"그럼 작년에 우리 몸무게를 맞히던 그 아줌마랑 비슷하다는 말씀이세요?"

"그렇지."

리지와 내가 동시에 펄쩍 뛰었다.

"그렇죠!"

내가 외쳤다.

"그러니까 할머닌 지금 그 아줌마가 우릴 속였다는 걸 인정하시는 거죠? 할머닌 알면서도 그런 내기를 하신 거고요!"

할머니가 입술을 꼭 오므렸다.

"알았다, 알았어. 속임수라는 거 다 알고 있었다. 하지만 맹세컨대 이번 장기 자랑 끝나면 틀림없이 너희가 나한테 고맙다고 할 거야."

리지가 허리에 손을 얹고 말했다.

"그런데요, 저는 할머니들은 친손자랑 손녀나 다름없는 아이를 속여 내기에서 지게 하는 사람이 아니라, 자상하고 사랑이 넘치는 분일 거라고 생각했어요."

"아, 그래. 하지만 할머니들도 이따금씩 친손자는 물론이고 손녀나 다름없는 아이가 여러 가지 경험에 눈뜨게 하려고, 그 아이들에게 가장 필요해 보이는 일을 시켜야 할 때가 있단다. 그것이 너희 가능성을 발견하는 유일한 방법이니까. 빨리 가자. 잼이 흐물흐물해지겠다."

리지와 나는 어쩔 수 없이 할머니를 따라 '공예와 요리' 코너로 들어갔다. 토마토소스와 잼, 과자, 퀼트, 새 모이통과 파이가 가득한 탁자가 우리를 맞았다. 어떤 것들은 벌써 리본이 달려 있었다. 리본에는 '훌륭함', '아주 좋음', '좋음' 혹은 '괜찮음'이라는 말이 적혀 있었다. 그런데 왜 '윽'이나 '부족함', '먹어 본 것들 중 최악' 같은 말들은 없는 걸까? 나는 할머니가 접수대에 등록을 하고 잼 단지에 22라는 숫자가 적힌 꼬리표를 붙이는 걸 지켜보았다. 잼 단지를 다른 것들 사이에 끼워 놓고 돌아서는 할머니에게, 지금까지 이런 대회에서 떨어진 사람도 있는지 물었다.

할머니는 고개를 저었다.

누구나 다 이기는 경기에 왜 나가느냐고 물으려는 순간,

동양계 여자아이들 셋이 리지에게 손가락질을 하며 낄낄거리는 모습을 보고 그쪽으로 주의를 돌렸다. 나는 잽싸게 어마어마하게 큰 호박을 넋 놓고 바라보는 리지를 끌어냈다.

"있잖아, 왠진 모르겠지만 저 여자애들이 너에게 손가락질을 하고 있어."

리지가 돌아섰다.

"누구?"

그 여자애들이 리지에게로 오고 있어서 내가 대답할 필요가 없었다. 여자아이들은 계속 킥킥거리면서 서로 상대방을 앞으로 밀쳤다가 주춤거렸다 소란을 떨더니, 그중 하나가 리지에게로 한 걸음 다가서며 말했다.

"너 순무를 정말 좋아하나 보다!"

그 여자애는 그렇게 말해 놓고 또 픽 웃음을 터뜨렸다.

리지는 그 아이를 노려보며 호박이 놓여 있는 탁자를 얼른 돌아보았다. 그곳에 순무 같은 건 없었다.

"뭐라고? 무슨 얘길 하는 거야?"

그 여자아이는 리지의 팔을 가리켰다.

"문신 말이야! '순무' 라고 쓰여 있잖아."

리지는 뾰로통하게 대꾸했다.

"아닌데. '삶' 이라고 쓰여 있는 건데."

그러자 여자아이들은 서로 뒤엉켜서는 배꼽이 빠져라 웃어 댔다. 우리는 걱정스런 눈길을 주고받았다.

리지가 기어 들어가는 목소리로 물었다.

"그런 거 아니야?"

여자아이들은 머리를 절레절레 흔들었다. 리지는 얼른 소매를 내려 문신을 가렸다. 그러더니 내 팔을 잡아당기며 말했다.

"가자, 제레미. 여기서 나가자."

우리는 여자아이들을 뒤로 하고 나왔지만, 걔네들 웃음소리가 천막 밖까지 따라 나왔다. 나도 터지려는 웃음을 참느라 무진 애를 써야 했다.

리지가 말했다.

"아, 이건 공인된 사실이네. 애틀랜틱시티 해변 산책길에서 장사하는 사람들은 아무도 믿을 사람이 없어."

"스니커즈 튀김 먹으면 기분이 풀리지 않을까?"

"그럴지도."

할머니가 나오길 기다리면서 리지는 손가락에 침을 묻혀 문신을 문질렀다. 조금 희미해지긴 했지만 문신은 아직 그 자리에 있었다. 약속대로 우리는 새로 생긴 코너에 들렀고, 할머니는 우리에게 두 가지 튀김을 사 주었다. 한 손엔 트윙키 튀김을 들고 다른 손엔 스니커즈 튀김을 들자, 리지도 금세 화를 풀 수 있었다.

할머니가 테이블 세팅 대회의 자리 배정을 받으러 간 동안 우리가 앉아 있을 의자를 찾으면서 리지가 주절댔다.

"난 순무가 어떻게 생긴지도 모르는데. 알지도 못하는 걸 어떻게 좋아할 수가 있겠니?"

나는 먼저 트윙키를 한입 먹고 다음엔 스니커즈를 한입 베어 물며 대답했다.

"그럴 수는 없지."

트윙키랑 스니커즈 모두 다 내가 상상한 만큼 맛있었다.

"원래 이 문신 일주일이면 지워진다고 하지 않았니? 지금 일주일 됐는데."

"걱정 마. 네가 많이 지워 없애서 '삶'이라고 쓴 건지 '순무'라고 쓴 건지 '힘내라, 양키즈'라고 쓴 건지 아무도 알아보지 못해."

"진짜?"

"진짜로."

"그렇게 말해 줬으니 보답으로 할머니네 민박에 돌아가면 내 훌라후프를 빌려 줄게."

"웃기지 마."

"아냐. 아까 너 진짜 잘했어."

나는 마지막으로 스니커즈를 마저 다 먹고 막대기를 쓰레기통으로 던졌다.

"그래. 나도 잘 알고 있어."

우리는 나머지 시간을 평소대로 연습을 하며 보냈고, 그다음 날도 대부분의 시간을 연습하는 데 썼다. 리지는 이제 눈을 감고도 축구공을 받을 수 있었다. 어쩌면 할머니 말이 옳은지도 모르겠다. 장기 자랑 대회는 그렇게 나쁘지 않을 수도 있다.

아나운서가 목청을 가다듬은 뒤 마이크 시험을 했다.

"무대 매너와 자신감, 독창성, 오락성에 대해 점수를 매기게 됩니다."

리지가 내 쪽으로 몸을 기울이며 물었다.

"내 예쁜 외모는 상관없나? 그것도 꽤 영향을 미치지 않을까?"

"쉿!"

우리는 다른 참가자들과 함께 앞줄에 앉아 있었다. 나는 대회가 시작되기도 전에 세 심사 위원들 중 어느 누구라도 우리 때문에 기분이 상할까 봐 겁이 났다. 아나운서가 심사 위원들을 소개했다. 대머리인 브로드웨이 연극 감독, 연예기획사 대표, 광고용 노래를 부르는 사람 들이었다. 사람들이 박수를 치는 사이 나는 잠시 우리의 경쟁자들을 살펴보았다. 내 맞은편에 앉은 아이는 코를 후비고 있었고, 그 옆의여자아이는 자기 머리카락을 잘근잘근 씹고 있었다. 줄 맨끝에는 리지의 문신을 보고 뭐라 했던 세 여자아이가 착 달라붙는 타이츠를 입고 번쩍이는 부츠를 신고 있었다. 리지는 아직 못 본 것 같은데 참 다행이다 싶었다. 리지는 아마도 긴장하지 않았다고 말하겠지만, 연거푸 훌라 치마의 술을 잡아당기고 있었다.

"자, 이제 왕년의 멋진 디스코 히트 곡 〈하늘에서 남자가 내려와요〉에 맞춰 춤을 출 세 명의 수 자매를 소개합니다."

세 여자아이가 무대 계단을 오르자 사람들이 박수를 쳤다. 리지 눈이 작아지며 의자 깊이 몸을 낮추었다. 음악이 조금 찌지직거리기도 하다가 다시 정상으로 돌아왔다. 여자아이들은 공연 내내 우산을 가지고 춤을 췄는데 잘하긴 잘했다. 관중석에 앉은 사람들이 함께 노래를 부르기 시작했다. 나는 몸을 돌려 세 번째 줄에 앉은 엄마와 할머니에게 손짓을 했다. 엄마는 빈틈없이 비디오카메라를 맞춰 놓고 있었다. 내가 이런 일을 해야 한다니 도저히 믿기지가 않았다. 열세 살이 다 되도록 무대라는 곳에 서지 않고도 잘 살아 왔는데. 상황이 내 생각과 엇나가고 있다. 하지만 이런 상황은 곧 끝이 날 것이고, 어쨌든 힘든 일은 대부분 리지가 할 거니까.

세 여자애들이 공연을 마치고 조금 지나치다 싶게 여러 번 절을 한 다음 자리로 돌아가 앉았다. 뒤이어 남자아이가 바이올린을 켰고, 그다음엔 오누이가 나와 이중창을 했다. 바이올린 소년의 공연은 좀 괴로웠지만, 오누이의 노래는 들어 줄 만했다. 나는 리지의 옆구리를 찌르며 말했다.

"다음은 우리 차례야."

리지는 약간 창백한 얼굴로 고개를 끄덕였다.

"자, 이번엔 동부 최고의 훌라후프 달인인 리지 멀던이 무대에 오르겠습니다. 친구인 제레미 핑크가 보조로 같이 나올 겁니다."

우리가 무대 위로 오르자 관중들이 의례적인 박수를 보냈다. 나는 보조 도구를 담은 가방을 무대 옆쪽에 놓고, 리지가 서 있을 무대 중앙으로 눈길을 돌렸다. 리지의 모습이 보이지 않았다. 휙 돌아서 두리번거리자 내 뒤쪽에 서 있는 리지가 보였다. 리지는 살짝 무대 밖으로 벗어나 서서 자기에게 가까이 오라며 손짓을 했다. 나는 심사 위원들에게 손가락으로 1분만 시간을 달라는 신호를 보낸 뒤, 급히 리지에게로 갔다. 나는 속삭이듯 말했다.

"뭐 하고 있는 거야? 무대에 올라왔잖아."

리지는 엄청나게 빨리 고개를 흔들었다. 그러더니 배를 움켜쥐며 말했다.

"못하겠어. 경련인가 봐."

"너 분명히 나 놀리고 있는 거지. 언제부터 그랬는데?"

"미안해. 어떻게 해야 할지 모르겠어."

관중들이 웅성대기 시작했다. 사람들이 속닥거리는 소리가 들렸다. 나는 더 가까이 몸을 숙였다.

"넌 아주 열심히 했잖아. 참고 이것만 끝내면 안 될까?"

리지는 다시 고개를 흔들었다.

"네가 내 대신 해! 훌라후프를 돌리진 못하지만 너한테 보조 도구 던져 주는 일은 할 수 있을 거 같아."

"뭐라고? 말이 되는 소릴 해라."

브로드웨이 심사 위원이 무대 위로 올라왔다.

"무슨 일 있니?"

나는 어떻게 대답을 해야 할지 답답했다. 그런데 리지가 입고 있던 훌라 치마를 확 잡아 벗어서 내 손에 쥐여 주었다.

"제레미가 제 대신 할 거예요. 제가 보조를 하고요."

심사 위원이 약간 눈살을 찌푸리며 말했다.

"좋아. 하지만 우린 계속 진행을 해야 하니까 10초의 여유를 주겠다."

이제 리지가 아예 애원을 했다.

"부탁이야. 제레미, 날 위해서 해 줘. 내가 어떻게든 신세 진 걸 갚을게. 내 사정 다 알잖아. 내가 너랑 함께 있어 줄게."

심사 위원이 큰 소리로 외쳤다.

"5초 남았습니다."

내가 왜 깜짝 쇼를 싫어하는지를 보여 주기에 정말 안성맞춤인 상황이다. 나는 거칠게 관중석의 엄마와 할머니를 보았다. 두 사람도 황당무계한 표정으로 자리에서 일어나 있었다. 나는 리지 배를 가리켰다. 할머니는 당황한 기색이 역력했지만 엄마가 할머니에게 귓속말을 했다. 그러자 할머니는 갑자기 구호를 외치기 시작했다.

"제레미! 제레미!"

기절초풍하게도 다른 관중들까지 구호를 따라 하기 시작했다. 발을 구르며 내 이름을 외치는 사람들이 족히 백 명은 될 것 같았다. 그건 마치 허접한 청소년 영화에서 매력적인 패배자가 마침내 터치다운을 향해 뛰거나 학교에서 인기 최고인 여자애한테 다가서는 장면 같았다.

확성기를 통해 우리 음악이 흘러나오기 시작했다. 누군가는 빙글빙글 돌아야 한다. 베이비. 레코드판처럼 빙글빙글 말이다. 그 누군가가 나라는 사실이 분명해졌다. 나는 반바지 위에 훌라 치마를 걸쳤다. 무릎에도 못 미쳤다. 나는 리지 손에서 훌라후프를 뺏어서 무대 중앙으로 갔다. 무대 위에 서면 눈에 비치는 조명 탓에 사람들이 보이지 않는다는 얘길 어디선가 읽었던 기억이 났다. 하지만 그 이야긴 대낮 천막의 경우엔 해당되지 않는 모양이다. 내 눈엔 사람들의 기대에 찬 얼굴들이 똑똑히 보였으니까. 놀랍게도 사람들은 내가 엉덩이를 움직이기도 전에 환호성을 질렀다.

나는 숨을 깊게 들이마신 뒤 훌라후프를 허리에 올리고 고르게 리듬을 타기 시작했다. 나는 리지에게 고갯짓으로 축구공을 던지라고 신호를 보냈다. 쉽게 공을 받아 다시 돌려줬다. 내가 진짜 이런 일을 하고 있다는 사실을 반쯤만 느낄 수 있었다. 나머지는 과연 리지가 뭘로 내게 보답을 할까에 대한 생각뿐이었다. 나는 백 명이나 되는 낯선 사람들 앞에서 훌라 치마를 걸친 채 훌라후프를 하고 있다는 생각을 떨치고, 할머니네 민박집 거실에서 나 혼자 있는 척했다. 그렇게 하지 않으면 꽁꽁 얼어붙어서 꼼짝도 못 할 게 분명했다.

1분쯤 있다 리지가 바나나를 던져 주었다. 바나나 껍질을 벗겨 막 입으로 가져가려는 찰나, 내가 바나나를 싫어한다는 사실이 떠올랐다. 그래도 나는 억지로 한입 베어 문 다음 잽싸게 삼키며 얼굴을 찡그렸다. 그러고는 나머지 바나나를 뒤로 던졌는데 그게 커튼을 때렸다. 관중들의 웃음소리가 떠나갈 듯했다. 사람들을 웃길 생각은 추호도 없었는데 말이다.

영원처럼 느껴졌지만 사실은 1분 53초에 지나지 않는 시간이 지나고, 우리는 드디어 대단원으로 향하고 있었다. 나는 계속 훌라후프를 돌리면서 음료수 뚜껑을 따 조금 마신 다음 내 옆 바닥에 내려놓았다. 훌라후프는 음악이 멈출 때까지 무릎 주변에서 돌았다. 그러고는 그걸 쑥 목까지 끌어올린 다음 절을 했다. 박수갈채를 충분히 새겨들을 만큼 내 머리는 맑아졌다. 조금은 기분이 그럴싸했음을 인정한다. 사람들이 내게 박수를 쳐 준 건 6학년 때 낱말 맞히기 시합에서 '신경증(neurotic)' 이라는 낱말의 철자를 정확하게 맞혀서 낱말 왕이 됐을 때가 마지막이었다.

리지가 무대 여기저기 다니며 보조 도구들을 챙기는 동안

나는 훌라 치마를 벗으며 무대 아래로 뛰어 내려갔다. 엄마
와 할머니도 뛰어나와 우리를 맞아 주었다.

나는 할머니를 보았다.

"이게 제가 할머니께 감사드려야 할 부분인가요?"

"정말 훌륭했어. 이걸 해냈는데 네가 못할 게 뭐가 있겠
니?"

엄마는 비디오카메라를 쓰다듬으며 말했다.

"내가 여기다 다 담아 놓았다."

그러고는 리지에게 물었다.

"얘야, 괜찮니?"

리지는 고개를 끄덕였다.

"진짜 미안해, 제레미. 하지만 넌 정말 정말 잘했어. 내가
했어도 너만큼은 못했을 거야."

나는 그 말이 거짓말이라는 걸 알았지만 다음 공연이 시작
되고 있어서 일단 자리에 앉았다. 그 뒤로도 열 번의 장기 자
랑이 이어졌다. 거의 대부분의 참석자들이 노래를 부르거나
춤을 추거나 악기 연주를 했는데, 단독 코미디를 선보인 아
이와 발로 봉고를 연주한 소녀도 있었다. 심사 위원들이 점
수를 집계하는 동안 사람들이 끊임없이 내게 다가와 악수를
청했고 용기와 배짱이 대단하다며 칭찬을 아끼지 않았다. 도
대체 어떻게 된 영문인지 가늠할 수가 없었다. 아직도 허리
에 훌라후프가 걸려 있는 듯한 느낌이 없었다면 나는 아마

꿈을 꾼 것이라고 생각했을 것이다. 내가 감히 훌라 치마를 걸치고 장기 자랑 대회에 나와 훌라후프를 돌리는 건 백만 년이 지난다 해도 어림없는 일이었다. 앞으로도 또 내가 생각조차 할 수 없었던 어떤 일들을 하게 될까?

우리가 상을 타게 될 가능성은 전혀 없어 보여서, 나는 엄마를 설득해 트윙키 튀김을 사 먹으러 가자고 하려던 참이었다. 하지만 엄마는 조금만 있어 보라고 했다. 심사 위원들이 드디어 수상자를 결정했다고 발표했다.

삼등 상은 수 자매에게 돌아갔는데, 그 아이들은 20달러와 작은 동 트로피를 받으러 나가면서도 그다지 감격스러워하지 않았다.

리지가 소곤거렸다.

"이제 누가 웃게 될까?"

나는 이등 상에 우리 이름이 불리는 소리를 듣고 깜짝 놀랐다. 리지가 자리에서 나를 벌떡 일으켜 세우며 말했다.

"우리야!"

심사 위원이 리지에게 은 트로피와 35달러를 주었다. 리지는 그 둘을 곧바로 내게 전달했다. "내가 할 수 있는 최소한의 일이야."라는 말과 함께. 나는 이의를 제기하지 않았다.

일등 자리와 50달러라는 큰 상은 발로 봉고를 연주한 여자애가 차지했다.

19. 행복한 생일

태양이 빛나고 수탉들이 아침을 알렸다. 내가 더 어른스러워진 느낌이다. 하지만 화장실 거울에 비친 내 모습은 전혀 그렇게 보이지 않았다. 나는 잠시 내게도 가슴 털이 났다고 착각했다. 이런, 머리카락이 빠져 거기에 붙어 있었던 것이다. 어젯밤 잠들려고 애쓰는 중에, 불쑥 오늘이 내 열세 번째 해가 시작되는 날이 아니라 열세 번째 해가 끝나는 날이라는 생각이 들었다. 한 살이 되기 전에 우린 온전히 열두 달을 사는 것이기 때문에, 열세 살이 된다는 것은 실제로 우리가 에누리 없이 13년을 이 지구상에 있었다는 말이 된다. 그러니까 엄밀히 말하자면 열네 살로 들어가는 첫날이 되는 것이다. 그러니 내가 더 어른스러워졌다고 느끼는 건 당연지사!

방문을 두드리는 소리가 들리자 나는 후다닥 셔츠를 입었다. 엄마와 할머니, 리지가 생일 축하 노래를 부르며 방으로 들어왔다. 할머니는 13이라는 숫자 모양으로 초를 꽂은 케이크를 들고 있었다. 할머니는 그걸 작은 책상 위에 있는 이등상 트로피 바로 옆에 놓았다. 내가 청소년기에 들어온 걸 공식적으로 축하해 줄 녀석들은 어디에 있는가? 내 비밀 악수는 어디에?

내가 촛불을 불어 끄자 모두 박수를 쳤다.

엄마가 물었다.

"근사한 소원 빌었니?"

나는 손으로 이마를 쳤다. 완전 깜박했다.

그러자 할머니는 재빠르게 앞치마 주머니에서 라이터를 꺼내 들며 말했다.

"다시 불 켜면 되지 뭐."

리지가 불만스럽게 말했다.

"그럼 생일 축하 노래도 다시 해요?"

내가 말했다.

"제발 그러지 마."

이번엔 눈을 감고 집중을 했다. 먼저, 나는 가족과 친구들이 또 한 해 건강하고 평안하길 빌었다. 하지만 내가 진짜 원하는 건 엄밀히 따지면 소원이 아니었다. 차라리 기대에 가까웠다. 아빠가 어디에 있든 지켜보고 있다면 내가 오늘 상자를 열기 위해 얼마나 최선을 다해 지시 사항을 따르려고 노력했는지 이해해 주기를 빌었다. 무엇보다도 아빠가 상자를 준 것만으로도 내게는 엄청나게 큰 의미였다는 사실을 아빠가 알 수 있기를 빌었다. 맞아. 바로 그거였을 것이다! 내가 배움을 얻는 건 상자 안에 들어 있는 것이 아니라 아마 선물 그 자체에서였을지도 모른다. 안에 있는 게 무언지는 영원히 모를 수도 있다.

리지가 말했다.

"이제 됐다. 역사상 이렇게 긴 생일 소원은 없을 거야."

내가 눈을 떴다.

"알았어, 알았어. 다 끝났어."

나는 숨을 깊게 들이마신 뒤 한 번에 촛불을 모두 껐다.

할머니가 케이크를 자를 때 엄마가 말했다.

"모슬리 호수로 소풍을 갈까 하는데, 너흰 어때?"

"아빠가 저 데리고 낚시 가셨던 곳이잖아요, 그렇죠?"

엄마가 고개를 끄덕였다.

리지는 싫은 표정이 역력했다.

"낚실 갔었다고?"

엄마가 웃음을 터뜨렸다.

"걱정 마라, 애야. 핑크 가의 두 남자가 호수에서 낚시를 했어도 피해를 입은 물고기는 한 마리도 없으니까. 진짜 미끼가 아니라 고무로 만든 지렁이를 썼단다."

할머니가 케이크 한 조각을 담은 종이 접시를 내게 줄 때 나는 씩 웃었다.

"아빠는 또 호수에다 물고기 모양 사탕을 뿌려 놓고 그걸 낚는 척했어. 하지만 동작이 빨라야 했지. 왜냐고? 돌처럼 금방 가라앉아 버리거든."

할머니가 한마디 덧붙였다.

"그것도 얼마 뒤엔 호수 관리원이 못하게 했단다. 진짜 물고기들이 물고기 사탕을 먹고 탈이 날까 봐 말이지."

"그래서 아빠는 물안경을 끼고 하나도 빠짐없이 다 건져 내느라 호수 전체를 헤엄쳐 다녀야 했어."

리지가 웃음을 터뜨렸다.

"네 아빠다우시다. 근데 만약에 어떤 사람이 진짜 물고기를 잡아 요리하려고 배를 갈랐는데, 그 안에 물고기 모양 사탕이 들어 있는 걸 보면 얼마나 웃길까?"

나는 입안 가득 들어 있던 케이크를 꿀꺽 삼키며 소리쳤다.

"난 초록 물고기!"

리지도 소리를 질렀다.

"난 주황색 물고기!"

할머니는 남은 케이크를 치우며 말했다.

"너희가 그렇게 농담하고 노는 동안 우린 점심 준비 하러 가야겠다. 준비 다 되면 부르마."

리지와 나는 물고기 배 안에서 찾게 될 여러 가지 과자 종류를 말하며 낄낄거리면서 케이크를 마저 다 먹었다. 나는 리즈 땅콩버터 과자가 제일 기가 막힐 거라고 말했다. 왜냐면 땅콩버터를 먹는 물고기는 누구도 상상해 본 적 없을 테니까. 하지만 리지는 솜사탕 먹은 물고기가 최고라고 했다. 박람회장 카니발 게임에서 어렵사리 건져 올린 물고기가 도망쳤다는 얘기니까. 리지는 케이크 접시를 쓰레기통에 버리고 옆문으로 갔다.

"네 선물 포장하는 것 마저 끝내야 해. 호수에 갈 때 가져가려고."

리지 방문이 빼끗하게 열려 있어서 포장하는 게 뭘까 슬쩍 엿보고 싶은 마음이 동했지만, 매해 생일마다 같은 선물을 주고받는데 괜히 들키면 나만 곤란할 테니 그럴 것 없었다. 해마다 리지는 내게 종합 사탕 세트와 만화책을, 나는 리지에게 디브이디와 책을 선물로 주었다. 나는 혹시라도 리지가 읽게 되면 마음에 들어 할 책을 찾으려고 무진 애를 썼지만, 거의 매번 결국은 다시 내 책꽂이로 돌아오고 말았다. 나는 이미 올해 할 선물을 정해 놓았다. 바로 아주 예쁘게 장정이 된 《아기 곰돌이 푸우》 책이다. 메이블 빌링슬리 할머니와의 경험도 있으니 분명 좋아할 것이다.

우리 차가 호수로 들어갈 때 나는 호수가 그다지 붐비지 않는 걸 보고 놀랐다. 다 합쳐서 열 사람이나 될까? 호수 한쪽에 매어 놓은 낡은 나룻배도 텅 비어 있고 인명 구조원도 없었다. 완벽한 여름 날씨인데. 나는 호수에 오면 사람들이 바글바글할 거라고 생각했었다. 할머니 차에서 내려서야 비로소 왜 호수가 거의 우리 차지가 되었는지 그 이유를 깨달았다. 우리가 더 이상 이곳에 오지 않았던 이유를 까맣게 잊고 있었던 것이다.

리지가 코를 움켜잡으며 물었다.

"이게 뭐예요?"

엄마와 나도 코를 쥐었지만 할머니는 공기를 흠뻑 들이마셨다.

"그냥 좋지 않니? 여기 오면 우리 할머니 할아버지랑 낚시 왔던 생각이 나. 그땐 진짜 지렁이를 썼지."

리지가 할머니를 빤히 바라보았다.

"네스 호의 괴물이 여기 와서 죽은 것 같은 냄새가 나요."

엄마도 코를 잡았던 손을 놓고 깊이 숨을 들이마셨다.

"이렇게 하면 금방 악취에 익숙해진단다. 나쁜 냄새가 콧속으로 한번 들어가면 더 이상 느끼지 못하게 되거든."

나는 얼른 엄마의 방법을 따라해 봤다. 효과가 있는 것 같았다. 이젠 이따금 한 번씩 늪지대 냄새만 느껴졌다.

리지가 애원을 했다.

"차에서 먹으면 안 될까요?"

엄마가 고개를 저었다.

"자, 가자. 정말 아름다운 날이다. 물가로 가까이 가면 더 좋을 거 같아."

리지는 툴툴거리며 우리 뒤를 쫓아왔다.

"물가로 가면 더 나쁘지 않아요?"

나도 리지와 같은 생각이었지만 결과는 엄마 말이 맞았다. 우리는 일광욕을 즐기는 젊은 부부와 용 모양 연을 날리는 꼬마 아이 사이에다 모포를 깔았다. 하지만 서로 방해가 안 될 만큼 충분히 거리를 두었다.

할머니가 아이스박스에서 음식을 꺼내 놓았다. 하나씩 하나씩 끄집어낼 때마다 호수 냄새보다 더 지독한 냄새가 풍겨 나왔다. 참치를 얹은 통밀 빵, 호밀 계란 샐러드와 올리브, 그리고 피클. 리지는 계란 샐러드를 먹었지만 나는 꾹 참고 내 땅콩버터 샌드위치가 나오길 기다렸다. 언젠가는 분명히 나올 것이다. 할머니는 레모네이드가 담긴 보온병과 냅킨, 종이컵, 포크를 차례로 꺼냈다.

"자, 모두 와서 먹자."

나는 아이스박스를 내 쪽으로 살짝 기울여 보았다. 텅 비어 있었다.

"어, 제 땅콩버터는요?"

"그렇게 흥분하지는 말고."

엄마는 그러면서 내게 참치 샌드위치를 내밀었다.

"할머니와 난 네가 이제 열세 살이 되었으니까 다른 것도 먹어 봐야 할 때가 되었다고 생각했단다."

내 두 눈이 커졌다.

"장난치지 마세요!"

내 생일인데 어떻게 이럴 수가 있지? 배고파 죽겠는데. 그리고 아침이라고 먹은 게 고작 생일 케이크밖에 없었다.

엄마가 미소를 지었다.

"그래, 농담한 거다."

엄마는 비치백 안으로 손을 집어넣었다.

"여기 있다, 네 샌드위치."

할머니가 깔깔깔 웃고 리지도 씩 웃었는데, 리지 이에 온통 계란 샐러드가 끼어 있었다. 리지는 자기 이에 뭐가 끼어 있으면 지체 없이 말해 달라고 신신당부를 했지만 이번엔 못 본 척했다. 나의 아픔을 비웃었기 때문이다.

나는 내 샌드위치를 덥석 잡으며 말했다.

"하하, 아주 웃겼어요. 생일에 아이를 놀리다니 정말 심했어요."

"그에 대한 보상으로 여기 네 선물이다."

엄마는 내게 파란 봉투를 내밀었다. 난 엄마한테 카드를 받은 적이 거의 없어서 놀랐다. 엄마는 늘 모든 기념일은 다 카드 회사가 만든 것이라고 주장하곤 했다.

"열기 전에 미리 얘길 할게. 그건 그냥 내가 줄 선물 사진이야. 여기까지 낑낑대며 끌고 오고 싶진 않았거든."

헉, 호기심 발동! 그러니까 낑낑 끌고 와야 할 만큼 크단 말이지. 나는 봉투를 찢어서 즉석 사진기로 찍은 망원경 사진을 꺼냈다! 뒷배경으로 보아 엄마는 그걸 리지네 거실에 숨겨 놨던 모양이다.

내가 리지에게 물었다.

"너도 알고 있었어?"

리지가 고개를 끄덕였다.

"비밀 지키는 거 왕년에 비해 아주 잘하거든."

이번엔 엄마가 물었다.

"맘에 드니?"

나는 엄마를 얼싸안았다.

"정말 좋아요."

"내가 지붕 위로 올라가 시험해 봤는데, 주변 불빛들 때문에 조금 흐릿하게 보이긴 했지만 생각보단 훨씬 작동이 잘 되더구나. 여기까지 못 가져와서 유감이다. 도시하고 멀리 떨어진 이곳에선 훨씬 더 선명하게 별을 관찰할 수 있었을 텐데 말이야."

할머니가 말했다.

"내년에 가져오면 되지. 사진 좀 뒤집어 봐라."

사진을 뒤집어 보니 '천체 망원경 협회 1년 회원권'이라고 적힌 쪽지가 뒷면에 붙어 있었다.

"그건 내가 한 거다. 조사하고 싶은 게 있거나 취미가 같은 사람들이랑 얘기하고 싶으면 언제든지 협회 건물에 올라갈 수 있단다. 하지만 시내에 있으니까 지하철을 타거나 버스를 타야 할 거야."

엄마가 물었다.

"괜찮겠니? 너만 좋으면 약속을 정해서 내가 데려다 줄 용의가 있는데."

나는 잠시 생각을 한 뒤 대답했다.

"아뇨. 됐어요. 이젠 제가 할 수 있어요. 교통 카드만 있으면 돼요."

리지가 잔뜩 기대에 부풀어 무릎을 들었다 놨다 안절부절못하며 물었다.

"이제 내 선물 볼래?"

나는 얼른 샌드위치를 또 한입 베어 물며 고개를 끄덕였다. 리지는 자기 비치백 안으로 손을 집어넣더니, 지난주 일요 만화로 포장한 상자 하나를 꺼냈다. 포장지를 뜯어 보니 울퉁불퉁 포장된 작은 꾸러미와 내가 좋아하는 만화 네 권과 《베티와 베로니카》 최신 합본호가 들어 있었다. 리지가 웃으며 말했다.

"전단지를 안 보고 사기도 한다는 걸 보여 주려고 그 책 사주는 거야."

"정확히 그런 건 아니야. 넌 전단지 봤잖아."

"아냐, 아주 조금만 봤어. 나머지도 열어 봐."

나는 작은 꾸러미를 풀었다. 평소와 다름 없는 사탕 꾸러

미였다. 트위즐러, 스키틀, 펀딥, 바틀캡, 런츠, 페퍼민트 패
티 두 개.

할머니가 물었다.

"그거 네가 다 먹을 거니? 치과 비용이 엄청 나오겠다."

나는 할머니에게 약속했다.

"시간을 두고 먹을게요. 하루 종일 조금씩요."

엄마가 머리를 흔들었다.

"노력할게요. 노력할게요."

나는 리지를 보며 말했다.

"다 고마워. 근사해."

앞으로 일어날 일을 미리 정확히 알 수 있다는 건 마음 편
한 일이다. 그런데 올 여름엔 그런 일이 아주 드물었다. 나는
행복에 겨워 샌드위치를 야금야금 씹어 먹었다. 연을 날리던
아이가 내 사탕 주머니를 힐끔거렸지만 나는 모른 척했다.

리지가 가방 안으로 손을 밀어 넣으며 말했다.

"조그만 거 한 가지 더 있는데."

리지는 자그마한 빨간 상자 하나를 끄집어냈다. 포장은 되
어 있지 않았지만 나는 쉽게 알아보았다. 작년 성탄절에 리
지가 아빠 선물을 고를 때 내가 함께 골랐던 바로 그 지갑 상
자였다. 리지 아빠가 그걸 나한테 다시 선물하는 걸까? 그렇
다 해도 상관없었다. 그건 아주 좋은 거여서 얼마든지 쓸 수
있다. 나는 날렵하게 생긴 갈색 지갑을 머리에 그리며 상자

를 받아서 열었다. 그러나 지갑이 아니라 하얀 솜 위에 은빛 열쇠 하나가 달랑 놓여 있었다. 열쇠를 상자에서 꺼냈다. 처음엔 도무지 이해가 가지 않았다. 이건 올 여름 우리의 열쇠 찾기를 상징적으로 나타내는 건가?

그때 퍼뜩 떠오른 게 있었다. 눈이 얼마나 커졌던지 눈알이 아플 지경이었다. 나는 세차게 머리를 흔들었다.

"이게, 그러니까, 이게 바로 그, 그거……."

리지가 펄쩍 뛰어오르며 외쳤다.

"맞아. 그게 네 번째 열쇠야."

엄마와 할머니가 나를 보며 환한 미소를 짓고 있었다. 왠지 모르게 두 사람 다 이걸 알고 있었다는 기분이 들었다. 놀람과 기쁨, 안도와 분노의 느낌이 한꺼번에 날 엄습해 왔다.

"하지만 어떻게 네가, 어디서, 어떻게……."

"그 가방 안에 있었어. 우리가 두 번째 열쇠를 찾고 나서 한 시간쯤 있다 찾은 거야. 너는 그때 화장실에 있었어. 그래서 내가 몰래 주머니에 숨긴 거야."

리지가 이런 사실을 일주일 동안 내게 숨겼다는 건 열쇠가 나타난 것만큼이나 믿기 힘든 사실이었다.

"그런데 왜 그랬어? 나는 내내 가망 없는 일이라고 생각하고 있었는데. 하지만 넌 알고 있었다고? 알고 있었다니!"

불안한 표정이 리지의 얼굴을 싹 스치고 지나갔다. 그러더니 왠지 편치 않은 표정으로 입을 열었다.

"힘들게 얻은 것일수록 마침내 찾게 되었을 때의 만족감이
더 크잖아. 많이 들었던 얘기 아냐?"

나는 머리를 주억거렸다.

"오스월드 할아버지가 한 말이잖아. 마지막 날에."

리지는 불안하게 레모네이드를 홀짝거리며 물었다.

"할아버지 말이 맞지 않니? 난 그냥 너한테 절대 잊지 못
할 선물을 주고 싶었을 뿐이야. 그래도 내가 밉니?"

나는 열쇠를 내려다보았다. 햇빛을 받아 반짝반짝 빛이 났
다. 나는 열쇠를 손으로 꼭 쥐었다. 내가 일주일 전에 열쇠가
있다는 사실을 알았다면 어땠을까?

"다신 그런 짓 하지 마."

리지는 자기 가슴에 손가락으로 가위표를 그렸다.

"안 할게. 약속해. 나의 참을 수 없는 도벽은 이미 깨끗이
없어졌거든. 그래도 이런 일을 꾸밀 수 있었던 건 다 그 덕분
이었다고 생각해."

"잘했다. 그건 그렇고 네 이가 계란 샐러드 모두 먹은 거
같은데."

리지는 곧장 내가 다 깨끗해졌다고 할 때까지 혀로 이를
닦아 냈다.

엄마는 쓰레기를 모으기 시작했다.

"할머니랑 나는 좀 걸을 생각이다. 너는 리지랑 나룻배 타
고 큰 바위에 가 보는 게 어때?"

그러면서 엄마는 호수 가운데를 가리켰다. 여기서 보면 커다란 바위 한 개처럼 보이지만, 가까이서 보면 사실은 바위 무더기였다. 예전에 아빠가 날 데리고 간 적이 있던 곳이다.

나는 샌드위치를 마저 다 먹고 레모네이드를 단숨에 들이켜며 말했다.

"좋은 생각이에요."

열쇠를 어찌나 꼭 쥐고 있었던지 손바닥에 열쇠의 윤곽이 새겨져 있었다. 상자를 가져올걸 하는 아쉬움이 일었다. 이제 열쇠가 다 있으니 상자가 내게 소리치고 있는 것 같았다.

리지는 마지막으로 한 번 더 금속 보온병 옆면에 자기 이를 비추어 보고는 일어섰다.

"이거 가져갈까?"

리지는 자기 가방 안으로 손을 집어넣어 내 상자를 꺼내고 뒤이어 나머지 열쇠 세 개도 꺼냈다.

나는 기쁨에 겨워 덥석 상자를 빼앗아 내 가슴에 꼭 안았다.

"너 더 이상 나 놀라게 하지 않는다고 약속했잖아."

"그게 진짜 마지막이야. 맹세해."

리지는 호수 선창에 매어 놓은 두 척의 나룻배 중에서 좀 나은 걸 골랐지만 그다지 차이는 없었다.

리지가 물었다.

"설마 물에 빠지진 않겠지?"

"음, 반반이라고 말해 두지. 하지만 배 밑바닥에 물이 없는 걸 보니 적어도 새는 건 아닌 것 같아."

나는 리지가 배에 오르는 동안 흔들리지 않게 배를 잡아 준 다음, 기둥에서 줄을 풀고 리지를 따라 배 안으로 올라탔다. 리지는 옆에 노가 붙어 있는 자리를 비워 놓고 앉았다. 나는 양쪽 노의 끝 부분을 물로 밀어 넣었다. 배는 쉽게 호숫가로부터 멀어져 갔다. 우리는 바위에 가까이 다가갈 때까지 아무 말도 하지 않았다. 내 머리엔 온통 상자 생각뿐이었다. 내 앞으로 서서히 점점 더 크게 다가오는 상자.

그때 리지가 물었다.

"그런데 이거 어떻게 세워 놓지?"

"우리 아빤 작은 바위를 골라 거기에 줄을 묶어 놓았던 거 같아. 그렇게 하면 움직이지 않고 그 자리에 있었어. 네가 손을 뻗쳐서 바위 하나를 꼭 잡고 있어 봐. 내가 너한테 줄을 던질게."

리지가 중얼거렸다.

"그거 참 재밌겠다."

나는 가능한 한 가깝게 배를 댔다. 배가 바윗돌 옆면에 부딪혔다. 리지는 가장 가까운 바위를 잡고 내가 줄을 던져 줄 때까지 힘겹게 버티고 있었다.

"이제 배에서 내려서 배가 떠내려가지 않게 줄을 꼭 붙잡고 있어. 그럼 내가 내려서 묶을게."

리지는 물살 때문에 몸이 젖고 바위에 부딪힌다며 쫑알거리더니 겨우겨우 아무 일 없이 배에서 내렸다. 곧 나도 배를 묶어 놓고 가장 큰 바위에 있는 리지에게로 갔다. 나는 우리 둘 사이에 수건을 깔고 그 위에 가방을 놓고 상자를 꺼냈다. 나는 두 다리를 쭉 펴고 허벅지 위에 상자를 올렸다. 이런 순간이 오리라고 감히 생각지도 못했는데. 리지는 눈을 감고 해를 향해 머리를 삐딱하게 기울였다.

나는 저 멀리 물을 바라보며 나를 여기까지 오게 한 모든 일을 생각했다. 얼마나 기이한 여정이었나. 이 상자가 없었더라면 나는 지하철도 버스도 타 보지 못했을 거고, 사무실에 몰래 들어갔다 잡혀서 오스월드 할아버지 심부름을 하는 일도 없었을 것이다. 리무진을 타 보지도 못했을 것이고, 제임스 아저씨, 빌링슬리 할머니, 루돌프 아저씨, 그래디 박사님, 그리고 무엇보다 오스월드 할아버지 같은 사람들을 어찌 만날 수 있었겠는가. 나는 지금의 나와는 딴판인 사람이었을 것이다. 이 상자 안에 무엇이 들어 있든지 간에 나는 벌써 내게 상자를 남겨 준 아빠에게 진심으로 감사했다.

리지가 내 귀에 대고 "야, 뭘 기다려?" 하고 소리를 지르는 바람에 놀라 자빠질 뻔했다.

나는 귀를 문지르며 상자를 수건 위로 옮겼다.

"1분만 더."

리지는 투덜투덜하면서 햇볕 차단제를 바르느라 정신없었

다. 리지가 빨간 머리인데 얼굴까지 타면 안 된다고 리지 아빠가 차단 지수 40인 햇볕 차단제를 쓰도록 했던 것이다.

그런데 생각만으로도 죄책감이 드는 어떤 생각이 떠올랐다. 하지만 자꾸만 드는 생각을 떨쳐 버릴 수가 없었다. 만약 상자 안에 들어 있는 것 때문에 실망하게 되면 어쩌지? 나는 리지에게 말했다.

"어쩌면 우리가 이걸 열면 안 되는지도 몰라. 그리고 열쇠도 찾지 말았어야 할 수도 있고. 그냥 상자를 물속에 던져 버리자."

리지는 마치 심장 마비에 걸린 사람처럼 두 볼이 붉으락푸르락했다. 리지가 꽥 소리를 질렀다.

"너, 미쳤니?"

"아니야. 열어 보자!"

리지는 있는 힘껏 날 밀쳤다. 나는 단단히 버티고 있었기 때문에 바위에서 미끄러지는 건 겨우 모면할 수 있었다.

나는 리지에게 리지 쪽 열쇠 두 개를 주었다. 리지는 열쇠를 스르르 밀어 넣었다. 그런 다음 나도 열쇠를 꽂았다. 하지만 우리는 둘 다 똑같이 감히 열쇠를 돌리지 못하고 가만히 있었다. 그러다 리지가 내 지시를 기다리고 있다는 걸 깨달았다.

"좋아, 돌려!"

우리는 열쇠 네 개가 동시에 철컥하는 소리를 들었다. 안에서 뭔가가 미끄러졌다. 나는 숨을 깊이 들이쉬고 뚜껑을 들어 올렸다. 밀고 당기고 별의별 것들을 다 쑤셔 넣어도 안 되던 것이 이렇게 쉽게 돌아가다니, 그저 놀랍기만 했다.

맨 위에는 내 이름이 적힌 봉투 하나가 놓여 있었다. 상자 안의 다른 물건들은 포장지로 싸여 있었다.

리지가 입을 열었다.

"와, 나 이 포장지 알아. 네 여덟 살 생일잔치할 때 썼던 거 잖아. 내가 왜 기억하냐면, 네가 선물을 열었을 때 내가 조금 훔쳤거든. 내가 훔친 물건 모아 둔 곳에 이게 있어!"

포장지를 보자 아빠가 얼마나 오래전에 이걸 준비했는지 새삼 뼈저리게 다가왔다. 아빠는 내 아홉 번째 생일잔치엔 결국 오지 못했으니까. 아니, 내가 생일잔치를 했는지도 기억나지 않았다.

나는 봉투를 뒤집어 보았다. 열려 있었다. 그냥 꺼내기만 하면 됐다. 손을 떨지 않으려고 무지 애를 썼지만 허사였다. 나는 떨리는 손으로 봉투를 열었다. 아빠 글씨는 아주 깔끔한 건 아니었다. 아빤 항상 농담처럼 얘기했었다. 자신은 의사가 되어야 했다고. 의사들은 글씨를 못 쓰기로 유명하다면서. 내가 잘 알아볼 수 있게 하려고 얼마나 심혈을 기울여 글씨를 썼는지 알 수 있었다. 나는 있는 힘을 다해 큰 소리로 읽으려고 노력했지만, 몇 줄에 한 번씩 목이 메어서 잠깐 잠깐 잠자코 있어야 했다.

사랑하는 제레미,

이 편지를 쓰고 있는 지금, 좀 전에 네 여덟 번째 생일잔치를 했단다. 우리는 널 브롱스 동물원에 데리고 갔지. 그런데 거기에 태어난 지 딱 이틀 만에 엄마를 잃은 새끼 곰이 있었단다. 기억나니? 동물원 관리인들이 그 새끼 곰을 며칠 전에 새끼를 낳은 호랑이에게 보냈대. 그 호랑이는 자기 새끼처럼 새끼 곰을 받아들였단다. 너는 어느 때보다 오래 거기에 서 있었어. 말없이 뺨 위로 눈물을 줄줄 흘리면서 호랑이가 새로운 아기를 돌보는 모습을 지켜보더구나. 내가 너한테 왜 그러느냐고 묻자 넌 이렇게 대답했어. "이보다 더 아름다운 일은 없는 것 같아요." 네 엄마랑 나는 서로를 바라보며 너에게 감탄했지. 지금 네가 이 일을 기억할지는 모르겠다. 어린(아니, 미안! 십대가 되었겠구나.) 시절의 5년이란 아주 긴 시간이니까. 하지만 그 일로 인해서 언젠가는 네가 이 상자를 받을 준비가 되어 있을 거라는 확신을 하게 되었단다. 네가 실망하지 않기를 바란다.

애틀랜틱시티의 그 점쟁이가 아빠한테 너무도 끔찍한 운명을 얘기해 준 뒤로 25년 동안 내가 알게 된 것들을 몇 가지 너에게 들려주고 싶구나. 물론 너의 열세 번째 생일에도 네 옆에서 내가 직접 말해 줄 수 있다면 더할 나위 없이 좋겠지. 만약 그러지 못하더라도 내가 늘 네 곁에 있다고 느껴 줬으면 좋겠다. 이런 말이 얼마나 감상적으로 들릴지 알지만, 언젠가 네 아이를 갖게 되면 너도 날 이해하게 될 거야.

아빠가 열세 살 생일날 애틀랜틱시티에서 브루클린으로 돌아오자, 네 할머니는 아서 삼촌과 내게 아주 특별한 저녁을 지어 주셨단다. 아서 삼촌도 야구 시합에서 지고 돌아왔기 때문에 우린 둘 다 축하고 뭐고 할 기분이 아니었거든.

나는 우리 아버지에게, 그러니까 너의 할아버지시지, 어떤 사람이 다른 사람의 운명을 점칠 수 있느냐고 물었다. 할아버지는 미래란 날마다 바뀌는 거라고 말씀하셨어. 그리고 우리의 삶을 꾸려 가는 힘은 다른 사람이 아니라 바로 우리 자신에게 있다는 말씀도 하셨단다. 그러면서 오래된 민담 하나를 들려주셨는데, 나는 나중에 할아버지께 그걸 글로 써 달라고 부탁을 했단다. 그래서 그걸 지금 너에게 전해 주고 싶어.

어떤 노인이 자기 손자에게 인생에 대해 가르치고 있었단다. 그는 이렇게 말했지. "우리 안에서는 언제나 싸움이 일어나고 있단다. 아주 끔찍한 싸움이지. 두 마리 늑대가 싸우는 거야. 한 마리는 '악'이란다. 그것은 분노, 시기, 슬픔, 후회, 탐욕, 오만, 자기 연민, 범죄, 원한, 열등감, 거짓말, 그릇된 자존심, 우월감, 자만이다. 또 다른 늑대는 '선'이란다. 그것은 기쁨, 평화, 사랑, 희망, 평온, 겸손, 친절, 자비, 공감, 관대함, 진실, 연민, 믿음이야. 네 안에서 이런 똑같은 싸움이 끊임없이 일어나는 거란다. 다른 사람들도 모두 마찬가지야."

손자는 잠시 생각을 하다가 할아버지에게 물었어. "그럼 어떤 늑대가 이기나요?"

할아버지는 짧게 대답했단다. "네가 키우는 늑대지."

아무리 아이라 할지라도 우린 누구나 우리 자신의 삶을 만들어 나갈 힘을 지니고 있단다. 우리가 어떤 늑대를 키우기로 선택을 하느냐에 따라 어떤 사람이 될지, 세계를 어떻게 바라볼지, 우리에게 주어진 아주 짧은 시간에 무엇을 할 건지가 달라지는 거란다. 열세 살 생일이 지나고부터 나는 늘 머릿속에 마감 시간 같은 걸 정해 놓고 살았단다. 그 여자 말이 맞으면 어떡하나 하는 생각이 머리에서 떠나질 않았으니까. 내가 40년만 살 수 있다면 몇 번이나 더 초콜릿 케이크를 먹게 될까? (당연히 엄청나게 많겠지.) 바닷가에 떠오르는 해를 얼마나 더 많이 바라볼 수 있을까? 네 번, 아니 다섯 번? 몇 번이나 더 재즈 음악을 듣게 될까? 열 번? 백 번? 얼마나 더 많이 내 아들에게 잘 자라며 포옹해 줄 수 있을까?

나는 언제나 무슨 일이든 집중해서 하려고 했단다. 그 순간에 완전히 몰입하는 것 말이야. 삶이란 네가 함께 엮어서 늘 가지고 다니는 순간들의 띠거든. 다행히 이런 순간들 대부분은 멋지지만, 항상 그렇다고는 말할 수 없어. 명심할 건 중요한 순간을 알아보는 거야. 다른 사람과 그 순간을 함께 한다고 해도 그건 여전히 너의 것이지. 너의 띠는 다른 사람들 것과는 달라. 어느 누구도 너에게서 뺏어갈 수 없는 중요한 것이지. 그것이 널 보호해 주고 이끌어 주는 거야. 왜냐고? 그건 바로 네 자신이니까. 그리고 네가 지금 네 손에 꼭 붙들고 있는 그 상자 안에 들어 있는 것이 바로 내 띠란다.

나는 최근에 이르기까지 삶에 의미를 부여하는 건 죽음이고, 끝나는 시점이 있다는 것 때문에 우리는 살아 있는 동안 삶을 꼭 껴안도록 자극을 받는다고 생각했었다. 하지만 틀린 생각이었어. 삶에 의미를 주는 건 죽음이 아니야. '삶' 자체가 삶에 의미를 주는 거야. 삶의 의미에 대한 해답은 바로 그 질문 안에 숨겨져 있단다.

중요한 건 그 띠를 꽉 붙잡아서, 다른 사람들이 우리 목표가 크지 않으니 어쩌니, 우리의 관심이 바보 같으니 어쩌니 하며 간섭하지 못하도록 하는 거야. 물론 우리가 다른 사람들의 견해만 조심해야 하는 건 아니야. 우리는 우리 자신에 대해 최악의 비평가가 되는 경향이 있어. 랠프 월도 에머슨은 이렇게 썼지. "삶의 그림자는 대부분 우리가 자신의 태양을 등지고 서기 때문에 만들어진다."라고. 나는 이 문구를 괘종시계 몽고 뒤에 붙어 있던 종이 쪼가리에서 찾았단다. (네 엄마가 그 시계를 버리라고 늘 으름장을 놓았었는데, 혹시 버렸을지도 모르겠구나.) 지혜란 우리가 예기치 못한 곳에서 찾게 된단다. 그러니 항상 눈을 뜨고 있어야 한다. 네 자신의 태양을 가리지 말고 커다란 만족으로 충만하길 바란다.

네가 이 상자를 여는 게 그리 녹록지 않았으리라는 걸 잘 안다. (어떻게 그걸 알까 궁금해하지 마라. 부모들은 다 아는 법이니까.) 삶이란 그러한 여정이다. 이걸 절대 잊지 않았으면 좋겠다. 사랑한다, 제레미. 난 네가 정말 자랑스럽다. 항상 리지와 함께하길 빈다. 리지도 분명히 아름다운 숙녀가 되어 가고 있으리라 생각한다. 아직도 변함없이 혈기 왕성하겠지. 여기에 리지를 위한 것도 들어 있다고 전해 주렴. 서로에게 잘해 줘라. 나 대신 엄마와 할머니 많이 안아 드리고, 최선을 다해서 너의 띠들을 엮어 가렴.

사랑한다,
아빠가

나는 편지를 다 읽고도 눈을 떼지 못했다. 상자 위에 쓰인 글씨를 더듬었듯이 나는 손가락으로 편지 속의 아빠 글씨를 더듬어 보았다. 아무렇게나 휘갈겨 쓴 선과 점들이 인생을 바꿔 놓는 글자와 말이 된다는 게 얼마나 이상한 일인지. 리지에게 고개를 돌렸다. 리지 얼굴은 눈물범벅이 되어 있었다. 편지 속에서 자신에 대한 부분을 읽을 때 나는 리지가 격하게 숨을 들이마시는 소리를 들었다. 내가 물었다.
"너 괜찮니?"
리지는 눈물범벅인 채로 고개를 끄덕였다.
"너……는?"
나는 편지를 무릎에 놓았다.
"괜찮은 것 같아."
리지는 옷소매로 눈과 코를 닦았다. 여전히 코를 훌쩍이며 물었다.
"우리, 포장지로 싼 것 안에 뭐가 들어 있나 볼래?"

나는 그 위에 손을 올렸다. 부피가 아주 컸다.

"뭐일 것 같니? 아빠는 이곳에다 아빠의 순간들의 띠를 어떻게 만들어 놓았을까?"

"네 아빤 아무도 모르게 은밀하게 행동하시니까."

나는 상자 안으로 손을 집어넣어 기이한 모양의 꾸러미 윤곽을 더듬어 보았다. 조금 울퉁불퉁한 듯했다. 나는 그걸 밖으로 꺼내다가 엄청난 무게에 놀랐다. 여태 상자 자체가 무거운 걸로 생각했었는데 물건을 꺼낸 뒤의 빈 상자는 너무나 가벼웠다. 나는 포장지를 열어젖히기에 알맞은 틈을 만들기 위해 조심스럽게 천천히 찢어 나갔다.

"말도 안 돼!"

리지는 이렇게 말하며 고개를 뒤로 젖히더니 웃음을 터뜨렸다.

포장지 안에는 나의 상상력으로는 도저히 따라잡을 수 없는 물건이 들어 있었다.

오래된 책도 아니고, 저축 통장도 아니었으며, 보물 지도는 더더욱 아니었다. 아니, 이럴 수가. 날 빤히 올려다보고 있는 것은 돌무더기였다.

20. 띠

꿈이 아니었다. 그건 진짜 돌무더기였다. 하나를 들어 올려 보고 다시 다른 돌을 집어 올렸다. 멘토스 사탕만 한 것부터 리즈 땅콩버터 컵만 한 것에 이르기까지 크기도 천차만별이었다. 어떤 건 하얗고 어떤 건 갈색, 어떤 건 매끄럽고 어떤 건 거칠었다. 대략 스무 개 쯤 되어 보였다. 돌 사이에 공책 한 장이 끼워져 있었다. 종이를 펼쳤다. 다시 눈에 들어오는 아빠의 글씨!

1번 돌 : 애틀랜틱시티 해변 산책길에서, 13세.

2번 돌 : 첫 키스를 했던 여자아이 집 밖에서, 13 1/2세.

3번 돌 : 부모님과 함께 간 퀸즈의 벼룩시장에서, 14세.

4번 돌 : 네 엄마를 처음 만났던, 3개 주 커플 댄스 대회장 밖에서, 15세.

　5번 돌 : 아버지가 나 혼자 핑크 만화 가게를 보게 해 준 날 가게 밖에서, 16세.

　6번 돌 : 고등학교 졸업식 날 학교 안뜰에서, 17세.

　7번 돌 : 처음으로 태평양을 본 오레곤 주에서, 19세.

　8번 돌 : 아버지 장례식 날 묘지에서, 23세.

　나는 내 이름이 나올 때까지 몇 개 더 대충 훑어보았다. '10번 돌 : 제레미 핑크가 태어난 병원 밖에서, 30세.' 나머지 대부분은 나와 관계가 있는 것이었다. 내가 걸음마를 시작했던 공원의 돌이나 아빠가 이 호수로 낚시하러 처음으로 나를 데려온 날 주운 돌처럼 말이다. 목록 맨 마지막은 아빠랑 엄마가 마지막 결혼기념일에 갔던 호텔 연못에서 가져온 돌이었다.

　이런 것들이 아빠의 순간들이며 아빠가 엮은 띠였다. 나는 목록을 리지에게 주었다.

　리지가 그걸 보는 동안 나는 돌들을 하나하나 헤쳐 가며 살펴보았다. 아빠가 과연 어떤 돌이 어디서 난 건지 기억하고 있었을까 궁금했다. 도무지 아빠의 방식을 알 수 없었다. 돌무더기 아래 푸르스름한 게 눈에 들어왔다. 나는 돌들을 헤치고 그걸 집었다.

　"음, 리지야, 이건 네 것인가 봐."

나는 그 꾸러미를 리지 쪽으로 밀었다. 리지는 어리둥절한 표정으로 그걸 바라보다가 빠르게 손을 뻗어 그 어느 때보다도 조심스럽게 카드 한 장을 끄집어냈다. 첫눈에 들어온 건 카드 뒷면의 파란 문양이었다. 리지가 그걸 제꺼덕 뒤집으며 숨을 몰아쉬었다. 그건 리지가 수집한 카드 모음에서 아직 못 찾은 마지막 두 장 중 하나인 다이아몬드 잭이었다. 나는 좀 더 자세히 들여다보았다. 한가운데 아빠가 긁적거린 게 분명한 글씨가 쓰여 있었다. '예상 밖의 사건들을 기대하라.'

리지는 그걸 빤히 내려다보며 더듬거렸다.

"하지만 어떻게…… 아저씨가 어떻게……."

나도 리지만큼이나 황당하긴 마찬가지였다. 아빠의 사고가 나던 때 리지는 막 수집을 시작했었다. 나는 목소리가 떨리지 않도록 애를 쓰면서 대답했다.

"네 말대로 우리 아빤 정말 알 수 없는 분이야."

나는 한순간이라도 상자 안 내용물이 실망스러울까 봐 걱정했다는 사실이 못내 부끄러웠다. 그건 그야말로 안성맞춤이었으며 더할 나위 없이 완벽했다.

리지가 외쳤다.

"하지만 너도 봤잖아. 내가 하트 8을 찾아낸 게 겨우 몇 주 전인데."

"나도 알아."

"그런데 어떻게 아저씨가……."

"모르겠어."

"하지만……."

나는 돌무더기를 다시 상자 안으로 집어넣었다.

"이해할 수 없는 일들이 있나 봐. 그냥 그대로 받아들여야 하는 일들이."

리지는 눈을 반짝거리며 말했다.

"마법 같아. 아이 귀에서 동전을 꺼내는 그런 마술이 아니라 진짜 마법 같은 거 말이야."

나는 달리 설명할 도리가 없어 그냥 고개만 끄덕였다. 리지는 카드가 빠져나가지 못하게 손에 꼭 쥐고서 내가 물건들을 다시 가방에 담는 걸 도왔다. 나는 리지가 배에 올라탈 수 있게 배를 잘 잡아 준 다음 줄을 풀고 배에 올랐다. 호숫가까지 돌아가는 동안 내내 리지는 카드 건은 정말 믿을 수 없을 뿐 아니라, 우리 아빠가 자기까지 마음을 써 준 게 정말 감사하다는 말을 쉬지 않고 되풀이했다. 리지는 얼마나 행복한지 얼굴이 발그스름해지며 홍조를 띠었다. 나는 지금까지의 모든 일을 생각하느라 듣는 둥 마는 둥 했다. 바로 그때 어마어마한 힘으로 내 머리를 강타하는 게 있었다. 카드가 어떻게 거기에 들어가 있는지를 알게 된 것이다. 상자를 여는 게 힘들 거라는 사실을 아빠가 알고 있는 이유를 눈치 챈 것이다. 나는 머릿속으로 쏟아져 들어오는 여러 가지 생각 때문에 어찌나 충격을 받았던지 배가 호숫가에 닿자마자 정신없이 배에서 내렸다.

하지만 호숫가 주변 그 어디에도 배가 보이지 않았다. 서서히 정신이 들면서 나는 어깨 깊이 정도 되는 호수 가운데 서 있다는 걸 깨달았다. 리지는 뱃전 너머로 몸을 기울여 미친 듯이 날 부르고 있었다.

리지가 소리소리 질렀다.

"도대체 이게 무슨 일이니? 좀 전까지 여기 앉아 있던 네가 갑자기 귀신처럼 얼굴이 하얘지더니 배 밖으로 엎어지는 거야. 난 이렇게 희한한 경우는 난생처음이다. 아니, 이 카드 다음으로 기이한 일이었어. 너 괜찮아?"

이 순간 내가 할 수 있는 일이라곤 고개를 끄덕이는 것뿐이었다. 내 머리는 아직도 인형을 하나씩 분리해 낼 때마다 그 안에 더 작은 인형이 나오는 마트로시카 인형처럼 여러 가지 사건들을 한 겹 한 겹 벗겨 내느라 정신이 없었다.

엄마와 할머니가 물가로 달려와 팔을 흔들었다. 목소리가 들리긴 했지만 무슨 말인지는 알 수가 없었다. 리지가 물었다.

"다시 배에 타는 거 도와줄까? 내 손을 잡아."

나는 머리를 흔들었다.

"걸을게. 그다지 멀지 않은데, 뭘. 네가 노 저을 수 있겠지?"

리지는 가운데 자리로 옮겨 앉으며 말했다.

"어떻게든 해 볼게. 너 진짜 괜찮은 거지? 네 아빠가 서로 잘 챙겨 주라고 말한 게 채 10분도 안 됐는데 널 물에 빠지게 방치하다니. 도대체 어떻게 생각하시겠니?"

나는 리지에게 내가 알아낸 걸 말해 주고 싶었지만 왠지 할 수 없었다. 리지를 위해 조금만 더 카드의 신비를 간직해 주고 싶었다. 내가 물가로 걷기 시작하자 리지도 내 옆에서 느리게 노를 저었다. 몇 걸음에 한 번씩 발을 살짝 헛디디는 바람에 헤엄을 쳐야 했다. 아직도 내가 배 밖으로 떨어졌다는 사실이 믿기지 않았다. 아무튼 가방은 그래도 배 안에 안전하게 있었다. 혹시라도 아빠의 편지와 목록이 물에 젖기라도 했다면 나 자신을 결코 용서하지 못했을 것이다.

내가 물을 뚝뚝 흘리며 가까스로 뭍으로 올라가자 엄마가 물었다.

"어떻게 된 일이야?"

"모르겠어요."

"암튼 무사한 것 같긴 하다. 상자는 열었니?"

나는 고개를 끄덕였다.

"아빠가 엄마께 드리라고 한 거예요."

그러면서 나는 더 가까이 다가가 엄마를 정말이지 꼭 안아 드렸다. 온몸이 흠뻑 젖고 호수 냄새가 온통 배어 있었지만, 엄마는 리지가 헛기침을 하며 "에헴, 내 카드 다 모은 것 좀 볼래요?"라고 할 때까지 계속 날 꼭 끌어안고 있었다.

그런 다음 나는 할머니에게로 가 할머니를 껴안았다. 나에게 아빠가 없다는 사실과 엄마가 남편을 잃었다는 사실이 얼마나 힘든 일인지 한시도 잊은 적이 없지만, 할머니가 아들을 잃은 게 얼마나 뼈저리게 힘들었을까는 그다지 많이 생각하지 못했다. 나는 그래서 더욱 꼭 할머니를 껴안았다. 상자 안에 무엇이 들어 있었는지에 대해 엄마랑 할머니에게 얘기를 할 작정이지만 지금은 아니었다. 먼저 몇 가지 정리해야 할 일이 있었다. 아니, 많이 있었다.

토요일 아침 우리가 탄 기차가 펜 역에 들어서자 난 엄마를 돌아보며 물었다.

"저, 몇 시간만 해야 할 일이 있어요. 괜찮죠?"

"지금 말이냐? 일단 집에 가서 좀 쉬고 싶지 않니? 물고기 밥도 주고?"

나는 머리를 흔들었다.

"리지네 아저씨가 죽게 내버려 두시지는 않았을 거예요. 나한테 말도 않고 바꿔 놓지도 않았을 거고요."

엄마 얼굴이 빨개졌다. 이건 우리끼리 하는 오래된 농담이다. 어느 날 내가 학교 간 사이 햄스터가 죽었는데, 엄마는 햄스터랑 닮은 다른 물고기를 사다가 넣어 두고 진짜 햄스터인 것처럼 모른 척 지나가려고 한 일이 있었다. 엄마는 내 신통한 관찰력을 믿지 않았던 것이다.

기차 승무원이 플랫폼으로 우리 가방 옮기는 일을 도와주었다. 엄마가 물었다.

"네가 가려고 하는 곳에 어떻게 갈 건데?"

나는 벌써 다 생각해 놓고 있었다.

"버스로요. 딱 맞게 잔돈이 있거든요."

이번엔 리지가 미심쩍다는 듯이 고개를 돌리며 물었다.

"너 혼자서?"

내가 고개를 끄덕였다.

엄마가 다시 물었다.

"어디 갈 건지 말 안 해 줄 거지?"

"괜찮다면 안 하고 싶어요."

엄마는 무슨 말인가를 하려고 입을 열다 곧 다물었다. 그저 알 수 없는 야릇한 표정으로 이렇게 말했을 뿐이다.

"저녁 시간에 꼭 맞춰 돌아오너라."

"일단 택시에 짐 싣는 거 먼저 도와 드릴게요."

나는 양손으로 내 가방과 엄마 가방의 손잡이를 잡았다. 우리가 역 구내를 빠져나오는 동안 내내 리지는 옆눈으로 힐끔힐끔 내 눈치를 살폈다. 나는 리지가 묻고 싶어 안달이 나 있다는 걸 잘 알고 있었다.

나는 내 가방만 짊어진 채 기사 아저씨가 가방을 모두 택시에 싣는 걸 도왔다. 엄마와 리지가 떠나자 나는 숨을 깊게 들이마시고는 모퉁이로 갔다. 내가 탈 버스는 목적지에서 두 블록 좀 못 미치는 곳까지만 간다. 나는 기다리는 동안 호주머니 안에 있는 25센트짜리 동전을 짤랑거렸다. 버스가 정류장에 멈추어 서자 이번에는 정확히 어떻게 해야 할지를 알았다. 나는 작은 구멍에 동전을 집어넣고 맨 먼저 눈에 띈 빈자리에 앉았다. 이번엔 마늘맨도 없었다. 토요일 승객은 완전히 분위기가 달랐다. 서류 가방도 들지 않았다.

버스가 내가 내려야 할 정류장에 가까이 다가가자 단추를 누르려고 손을 뻗었는데, 누군가 나보다 빠른 사람이 있었다. 나는 몇몇 사람들을 따라 버스에서 내렸다. 하지만 그 사람들은 모두 내 방향과 반대쪽으로 갔다. 어떤 부인이 푸들을 데리고 내 옆을 지나갔다. 둘 다 서로 짝 맞춰 선글라스를 끼고 있었다. 리지가 보았으면 재미있어 했을 것이다.

리지에게 어떤 카드가 필요한지 아는 사람은 딱 한 사람이다. 그리고 그 카드를 상자 안에 집어넣을 방법도 딱 한 가지다. 나는 한 치의 머뭇거림도 없이 문으로 걸어가 초인종을 눌렀다.

문이 열리자 내가 물었다.

"얼마나 오랫동안 열쇠를 가지고 계셨어요?"

오스월드 할아버지는 미소를 지었다.

"들어와라, 제레미. 기다리고 있었다."

할아버지는 이제는 텅 비어 버린 집 안을 지나 안뜰로 앞장서 갔다. 그러고는 주머니에서 봉투 하나를 꺼내 앞에 있는 탁자 위에 놓았다. 그 위에 내 이름이 인쇄되어 있었다. 할아버지는 내게 그걸 밀어 주려고 하지도 않고 가만히 있었다.

"네 아빠가 돌아가셨을 때부터 계속 가지고 있었다."

"하지만 어떻게 그럴 수 있는 거죠? 아빠는 엄마에게 그걸 맡겼고, 엄마는 다시 해럴드 폴가드 아저씨에게 보냈는데, 그분이 잃어버리셨잖아요."

오스월드 할아버지는 고개를 저었다.

"해럴드 폴가드는 없다. 네 엄마가 열쇠와 상자를 내게 보냈다."

이건 내가 전혀 예상하지 못했던 것이다!

"해럴드 폴가드 아저씨가 없다는 게 무슨 말이에요? 있는 게 당연하잖아요. 리지와 내가 그분 사무실에 갔었고, 그래서 결국 할아버지 일을 맡게 된 거잖아요."

"너흰 문에 명패만 붙인 빈 사무실에 간 거야."

"하지만 경비 아저씨랑…… 경찰은요……."

"좋은 일을 위해 사람들이 힘을 합친다는 건 정말 멋진 일이란다. 너희 집에 간 우편배달부까지도 엄마가 집에 안 계셔서 틀림없이 네가 상자를 받을 수 있게 협조를 해 주었단다. 하물며 자물쇠 가게 래리 영감도 자기 역할을 톡톡히 해 줬지. 착한 래리 영감. 네가 열세 살이 되길 얼마나 애가 타 게 기다렸는데. 그날이 올 때까지 은퇴하는 일을 미루었을 거야. 아마도 이 모든 일을 하면서 가장 힘든 분은 네 엄마였 을 거다."

나는 너무 놀라 할아버지를 빤히 바라보았다.

"이해가 안 돼요. 할아버지께서 절 위해 이 모든 걸 하셨다 고요? 왜 하셨는데요? 절 알지도 못했잖아요. 그러니까 제 말은 이 일을 하기 전까진 절 모르셨단 애기죠."

할아버지가 설명을 시작했다.

"내가 한 게 아니다. 네 아빠가 하신 거지. 이 모든 걸 네 아빠가 하신 거란다. 나에게 시행해야 할 세부 사항만 맡긴 거야. 네가 날 위해 한 일, 그러니까 전당포에 맡긴 물건 돌 려주기 말이야, 그건 모두 연극이었지."

"하지만 제가 만약 제 노트에 리지가 그 마지막 카드를 찾 았다는 걸 쓰지 않았다면, 그리고 어떤 것 두 장이 남았었는 지 말하지 않았다면 어떻게 되었을까요? 할아버지께서 알아 낼 도리가 있었을까요? 그랬다면 아빠는 리지를 위해 상자 에 뭘 남기셨을까요?"

"네가 말해 주지 않았더라면 아마 내가 너의 수집에 대한 이야기를 끄집어냈겠지. 네 아빠는 리지가 모으고 있는 걸 아직 마무리하지 못했기를 바라며 카드 한 벌인 52장의 카드에 모두 글씨를 써 두셨던 거야. 혹시 리지가 다 모았다면 나더러 원하는 게 뭔지 알아내서 대신 넣어 달라고 부탁하셨단다."

"언제 그걸 거기다 넣으셨어요?"

"제임스 아저씨가 언젠가 차에 네 가방을 놔두라고 했을 때였어. 난 열쇠를 이용해서 포장지 틈새에 그걸 끼워 넣은 거란다."

나는 할아버지에게 쉴 새 없이 질문을 퍼붓고 있다는 걸 알았지만 어쩔 수가 없었다.

"언제부터 저희 아빠를 아셨어요? 아빠는 왜 제게 할아버지 말씀을 한 적이 없을까요?"

"내가 널 처음 만나던 날, 네 아빠와도 첫 만남이었다. 7년 전에."

"하지만 저는 겨우 몇 주일 전에 할아버지를 만난 것뿐인데요."

할아버지는 고개를 저었다.

"그땐 내가 좀 더 젊어 보였고, 밀짚모자를 쓰고 작업복을 입고 있었을 거다. 아마 네가 너무 어려서 기억나지 않을 거야. 네 아빠가 26번 가에서 열린 벼룩시장에서 내게 다가왔지. 내가 팔고 있던 상자들이 맘에 들었던 모양이야. 넌 그 자리에 그리 오래 있지 않았단다. 네 아빠가 엄마한테 부탁해서 너를 다른 곳으로 데려가게 했거든. 네 선물을 사려고 말이야."

그래서 내가 계단에서 할아버지를 처음 본 순간 할아버지가 밀짚모자를 쓰고 작업복을 입으면 좋을 것 같다는 말도 안 되는 생각을 했었나 보다.

"네 아빠와 나는 우리가 서로 아주 많은 공통점을 가졌다는 걸 알았다. 네 아빠 상자를 산 것과 거의 동시에 이런 계획을 세우기 시작했단다. 네 아빠 우리가 만나게 되었을 때 네가 전혀 의심하지 못하도록 내 얘길 절대 하지 않은 거야."

나는 도저히 믿기지 않아 고개를 흔들었다.

"하지만 아빤 왜 이런 일을 하고 싶었을까요? 왜 제게 직접 열쇠와 상자를 주지 않았을까요?"

할아버지는 몸을 앞으로 기울이며 물었다.

"이유를 모르겠니?"

나는 또 고개를 저었다.

"너한테 모험을 하게 하려고 그런 거지. 그렇게 하지 않으면 네가 결코 만나지 못할 사람을 만나고 경험을 해 보라고 말이야. 인생에 대한 네 아빠의 얘기를 듣기 전에, 네가 먼저 직접 생각해 보게 하려고. 그걸 위해 노력도 좀 해 보라고 말이지. 아니지, 힘껏 노력해 보라고!"

할아버지가 말하는 걸 듣고 있긴 했지만 내 머릿속엔 끊임없이 수많은 '하지만'이 맴돌았다.

"하지만 아빠는 우리가 래리 자물쇠 가게나 해럴드 폴가드 사무실에 갈 거라는 걸 어떻게 알았죠?"

할아버지가 빙그레 웃었다.

"네 아빤 넘치도록 너희를 믿은 거지. 너랑 리지가 계속 친구로 지낸다면 너의 타고난 호기심과 리지의 결단력이 합쳐져서 너희 둘 다에게 커다란 발전이 있기를 바라신 거야. 우리는 너희들의 행동에 따라 계획을 변경해야 하기도 했단다. 중요한 일인데 혹시 잘못된 길로 빠지는 경우가 생기면 네 엄마가 다른 방향으로 가도록 슬쩍 유도를 했어."

와, 엄마의 연기 실력이 그렇게 출중한지 어찌 알았겠는가?

"아무쪼록 이 일에 협조를 해 준 모든 사람들을 용서하기 바란다."

"전 다만 그렇게 많은 사람들이 저 하나를 위해 너무 많은 일을 해 주셨다는데 충격을 받았을 뿐이에요. 리지를 위해서도요. 리지도 늘 저와 같이 했으니까요."

"맹세컨대 '작전명: 제레미 핑크와 삶의 의미'라는 일에 참여한 사람은 누구나 다 무엇인가 얻은 게 있을 것이다."

내가 웃음을 터뜨렸다.

"그걸 그렇게 부르신 거예요?"

할아버지도 웃으며 고개를 끄덕였다.

하지만 바로 그 순간 뇌리를 스치는 게 있어 나는 웃음을 그쳤다.

"제 아빠가 이렇게 세심하게 모든 걸 계획하신 거라면, 여기에 계시지 못할 거라는 사실을 정말 믿고 있었던 거군요."

오스월드 할아버지는 깊은 한숨을 내쉬었다.

"그랬던 것 같다. 그래서 아빠는 네 열세 번째 생일을 영원토록 기억에 남는 날로 만들어 주고 싶었던 거야."

"영원히 잊지 못할 거예요. 이번 여름 모두를요."

할아버지는 의자를 뒤로 밀치며 일어섰다.

"잘됐구나. 자, 이제 내 임무를 완성했으니 나는 플로리다 행 다음 비행기를 타야겠구나."

내가 벌떡 일어섰다.

"정말 가시는 거예요? 그것도 그냥 꾸민 이야기가 아니었나요?"

할아버지가 빙그레 웃었다.

"진짜 가는 거야. 사실 네가 날 붙들었던 셈이지."

나는 얼굴을 찡그렸다.

"하지만 할아버지가 여기 계시지 않았다면 어땠을까요? 제가 이 모든 걸 알아낼 수 있었을까요?"

할아버지는 내 이름이 적힌 봉투를 집어 나에게 주었다.

"이 안에 다 들어 있다. 내가 너에게 주는 이별 선물이랑 함께."

또다시 예의 그 울컥한 혹 같은 것이 목에 느껴졌다.

"이 모든 일들에 대해 어떻게 감사를 드려야 할지 모르겠어요."

할아버지가 내 어깨 위에 손을 얹고서 집 안으로 들어가 문으로 향했다.

"가끔 내게 엽서 보내 줄 거지? 리지도. 그 안에 내 주소 적어 뒀다."

"당연하죠."

나는 할아버지가 따라 나오리라 생각하며 현관 계단에 발을 내디뎠다. 하지만 오스월드 할아버지는 그러지 않았다. 한 손을 문에 얹은 채 안에 그대로 있었다.

"그런데 제레미."

"네?"

"고마웠다."

"저에게 고맙다고요? 왜요?"

"지난 몇 주 동안 네 눈을 통해서 세상을 보게 해 줘서. 네 앞날에 근사한 일이 많을 거다."

이젠 그런 일을 할 만큼 어리지 않다는 걸 잘 알고 있었지만, 나는 안으로 들어가 할아버지를 꼭 안아 드렸다. 그러고는 행여 더 진한 감상에 빠질까 봐 돌아서서 계단을 마구 뛰어 내려갔다. 오스월드 할아버지가 문 닫는 소릴 듣고서야 나는 돌아섰다. 현관 옆에 키 작은 관목들이 있었는데 그 주변에 흰 돌들이 많았다. 나는 돌 하나를 주워 호주머니 깊숙이 넣었다.

'1번 돌: 사랑은 죽음보다 강하고, 내가 잘 모르는 사람들도 내게 감동을 줄 수 있다는 걸 깨달은 날, 13세.'

버스 정류장으로 걸어가는 동안, 상자가 도착한 직후 엄마가 했던 말들이 내 머리에서 둥둥 떠돌아다녔다. 엄마는 세상만사는 모두 나름의 방식대로 풀리는 법이라고 했다. 그때는 너무 뻔한 말이어서 그다지 신경을 쓰지 않았었다. 하지만 삼촌네 가게에서 빈둥거리던 그날부터 바로 지금 이 순간까지 많은 우여곡절을 겪고 나니, 비로소 그 말이 의미 있게 다가왔다. 전에 느껴 보지 못했던 평온함이 물밀듯 밀려왔다. 더불어 내 삶을 내가 주관한다는 느낌까지. 내가 선택한 모든 건 우리가 어떤 사람이고 무엇을 원하느냐에 따른 것이었다. 물론 리지도 마찬가지다. 그것이 앞으로도 내가 계속해야 할 일이며 결코 선택의 옳고 그름을 걱정할 필요가 없는 것이다. 진짜 옳고 그른 게 있는 게 아니라 단지 존재하는 것이 있을 뿐이므로. 만약 결과가 마음에 들지 않는다면 또 다른 선택을 하면 그만인 것이다.

그렇다면 당장 시작해 보는 거다. 지하철을 타면 버스보다 집에 빨리 갈 수 있다. 여기서 한 블록 되는 거리에 역이 있다. 아까 버스를 타고 지나오면서 봐 두었다. 역이 점점 가까워 오자 조금 초조해지긴 했지만 나는 계속 걸음을 재촉했다. 몇 분이 흐른 뒤 나는 처음 지하철을 타던 때 했던 것처럼 벽에 붙어 있는 지하철 노선도를 확인했다. 중간에 갈아 타야 해서 실제로는 지하철을 두 번 타는 셈이 되는 것이다. 나는 교통 카드를 사는 데 나머지 동전을 다 쓰고 아주 능숙하게 카드를 대고 통과했다. 오늘은 행운을 기대하는 양키즈 팬들의 도움을 받을 필요가 없었다.

기차를 기다리면서 나는 리지에게 이야기를 들려주더라도 오스월드 할아버지가 상자에 카드를 넣었다는 부분은 빼고 하기로 결심했다. 자리를 잡고 기차가 다시 움직이기 시작하자 나는 오스월드 할아버지가 준 봉투를 열었다. 편지를 꺼내 대충 훑어보니 할아버지가 좀 전에 얘기했던 내용들이 쓰여 있었다. 그런데 조그마한 노란 봉투 하나가 편지 밑바닥에 클립으로 끼워져 있었다. 그 봉투 안에는 조그만 얇은 판지 한 장이 들어 있었다. 그리고 그 한가운데에 비닐 보호막으로 덮은 우표 한 장이 붙어 있었다. 귀에서 쿵쿵 심장 뛰는 소리가 들렸다. 아빠의 우표! 아빠가 일생 동안 찾아 왔던 바로 그 우표! 나는 판지를 뒤집었다. 이런 글이 적혀 있었다.

제레미에게

나는 작년에 우연히 이 우표를 발견했단다. 네 아빠의 기억을 따라 나는 늘 그것을 찾으려고 두 눈을 크게 뜨고 있었다. 네가 우표를 가졌으면 해. 너에게 주겠다고 벌써 네 엄마에게 허락을 구했단다. 이걸 현명하게 투자한다면 네 대학 학자금뿐 아니라 어쩌면 대학원 학자금까지도 충분할 거다. 축하한다! 이제 넌 필라텔리스트가 된 거야.

　너의 친구,
　오스월드

　어찌나 울었던지 눈이 따가웠다. 오늘 같은 날은 다시는 없을 것이다.

　바로 그때 내가 환승할 역으로 기차가 진입하고 있었다. 나는 우표가 손상되지 않도록 다시 작은 봉투 안으로 조심조심 밀어 넣은 다음, 주의를 기울여 물건들을 챙겨 배낭에 넣었다. 이렇게 작고 인쇄된 종이 한 장에 불과한 우표가 내 미래라니, 이 얼마나 놀라운 일인가!

　플랫폼으로 나왔을 때 누군가가 라디오를 켜 놓고 있었다. 소리가 귀에 익었지만 전에 들어 본 노래 같진 않았다. 사람들이 모두 사라지자 나는 그 소리가 라디오에서 나온 소리가 아니라는 걸 알았다. 그건 축구를 해야 할 것 같은 외모를 지닌 기타 연주자였다. 분명 그 사람을 또 만난 것이다!

　나는 잘 들어 보려고 가까이 다가갔다. 기타 연주자가 노래를 끝내자 나는 열려 있는 기타 케이스에 1달러를 떨어뜨렸다.

　그 사람은 기타 줄을 조이려고 기타 위로 몸을 숙이며 말했다.

"고맙다, 꼬마야."

"그런데요, 제가 뭐 좀 물어봐도 돼요?"

아저씨가 날 쳐다보았다.

"그럼. 뭐가 궁금한데?"

"왜 이곳 지하철역에서 연주하시나요? 제 말은 아저씨가 정말 잘하신다는 뜻이에요."

아저씨가 미소를 지었다.

"이곳이 소리가 가장 잘 나는 곳이거든, 멋쟁이 친구. 이곳에서 나는 음향은 환상이야. 그게 바로 최고의 소리인 거지. 록밴드인 그레이트풀 데드의 한 멤버가 말한 것처럼 음악이란 삶의 소리인 거야. 그게 그러니까, 온 천체와 그 이상의 음악!"

나는 고개를 저었다.

"무슨 말인지 잘 모르겠어요."

주변으로 몇몇 사람들이 모여들어 듣고 있었다.

그 사람이 설명을 계속했다.

"우주는 어떤 음악적인 진동을 울려 퍼지게 만든단다. 모든 별과 위성들은 그것과 조화를 이루면서 움직이지. 하나의 커다란 우주의 춤처럼 말이야. 내가 연주를 하는 것도 그것의 한 부분이고, 너도 들으면서 그 일부가 되는 거야."

그 사람은 기타 줄 조이는 걸 끝내고 시험 삼아 줄을 튕겨 보았다.

"신청곡 있습니까?"

한 남자가 소리를 쳤다.

"〈자유로운 새〉요!"

이번엔 어떤 숙녀가 외쳤다.

"〈험한 세상에 다리가 되어〉요!"

하지만 내가 탈 기차가 오는 바람에 나는 어떤 곡을 연주하는지 듣지 못했다.

'내가 탈 기차가 도착했어요.' 나는 이 말이 좋았다. 내가 탈 기차가 왔고 날 집으로 데려다 줄 거다. 내가 무척 용감해진 것 같다. 아마도 저녁 식사로 꽃양배추나 아스파라거스, 또는 괴롭지만 사탕무를 먹어서 엄마를 깜짝 놀라게 해 드릴 수도 있을 것 같다.

아니다. 아빠 말대로 인생은 짧다. 나는 앞으로도 계속 후식을 먼저 먹을 거다.

나는 배낭에 손을 집어넣어 리지가 생일 선물로 준 편딥사탕을 꺼냈다. 파란 통에 사탕 막대기를 집어넣을 때 내 옆에 앉은 꼬마 여자아이가 내 티셔츠 소매를 잡아당겼다. 그 아이는 다섯 살 쯤 되어 보였고 노란 옷을 입고 있었다.

"나도 하나 먹으면 안 돼?"

나는 아이의 엄마를 슬쩍 보았는데 그 엄마는 자기 무릎에서 울부짖고 있는 그 아이 동생에게 온통 신경을 쏟고 있었다. 나는 설탕 통을 내밀었다. 여자아이는 잠시 그걸 찬찬히 바라보더니 입으로 손가락을 빨아 통에 집어넣고는 휘휘 저었다. 몇 주 전 같았으면 엄청 기분 나쁘게 생각했을 것이다. 일단 모르는 아이인 데다 그 아이의 손 상태를 전혀 알 길이 없었으니까. 하지만 이제 나는 우리 모두가 하나의 커다란 우주 가족에 속해 있다는 걸 알고 있기 때문에 그게 그리 거슬리지 않았다.

아, 내가 농담을? 아직도 난 그게 더럽다고 생각한다. 아이는 손가락 끝까지 입속에 집어넣었다가 쪽쪽 소리를 내 가며 설탕을 빨아먹었다. 아이가 빙그레 미소를 짓자 그 아이의 이가 몽땅 파래져 있었다. 다음 정류장에서 그 아이와 엄마가 내리려고 일어섰다. 아이가 내리기 전에 나는 사탕 통을 아예 통째로 그 아이 손에 슬쩍 쥐여 주었다.

네 정거장을 더 가야 해서 나는 우표를 다시 꺼내 보았다. 지금 이 순간 아빠가 지켜보기를 간절히 소망했다. 오래된 레코드나 만화를 발견했을 때 길거리에서 남모르게 살짝살짝 춤을 추었던 아빠! 만약 아빠의 최고 보물인 이걸 보면 어떤 행동을 할지 상상을 해 보라. 분명 온 천체의 음악에 버금갈 것이다. 나라도 아빠 대신 그걸 해야겠다. 하지만 훌라 치마는 절대 입지 않을 거다.

나랑 같이 기차를 타고 있던 사람들은 잘 몰랐지만, 내 머릿속에서 나는 춤을 추고 있었다.

옮긴이의 말

　주인공 제레미는 마치 어항 속 물고기처럼 안전하고 익숙한 환경만 고집하고, 친구는 딱 하나면 충분하다고 주장하는 진지하지만 조금은 따분한 모범생입니다.

　그런데 열세 살 생일을 얼마 앞두고 배달된 소포 하나가 제레미를 자신의 영역 밖으로 끌어냅니다. 소포로 배달된 작은 나무 상자를 열 열쇠를 찾기 위해 제레미와 단짝 친구 리지가 벌이는 모험은 도시에서 자란 아이들이 도시를 무대로 벌이는 모험이라는 점에서 《클로디아의 비밀》의 주인공 남매를 생각나게 합니다.

　제레미와 리지는 열쇠를 찾는 과정에서 뜻하지 않게 잘못을 저질러서 사회봉사를 하게 되고, 사회봉사를 하면서 다양한 삶과 만납니다. 여러 인물들의 지난날과 현재의 모습을 비교해 보며 자연스레 삶의 의미에 대해 생각하게 되지요. 결국 제레미는 돌아가신 아빠가 보낸 상자를 생일날 열게 되는데, 알고 보니 이 모든 과정이 전부 아빠가 기획한 생일 선물이었습니다.

제레미의 아빠는 마흔 살에 죽을 거라는 점쟁이의 말 때문에 이렇게 정성스럽고 대단한 생일 선물을 기획했겠지만, 저는 작가의 기발함에 진심으로 박수를 보내고 싶습니다. 물론 요즘 아빠들 대부분이 제레미네 아빠처럼 자식의 선물을 준비할 수는 없을 것입니다. 하지만 자식이 행복하게 자라기를 바라는 마음만큼은 다 같지 않을까요?

우리는 살아가는 동안 자식에 대해, 부모에 대해 어떤 생각을, 얼마나 많이 하게 될까. 그리고 나는 자식에게 어떤 존재로 기억될까. 내가 만일 자식의 앞날을 염려하여 좋은 대학에 보내려고 밤낮으로 애쓴다면 아이들은 과연 나를 자신의 성장을 옆에서 지켜보며 밑거름이 되어 준 사람으로 따뜻하게 기억할까.

번역을 마치고 저는 제레미와 그 아빠에게서 선물을 받은 기분이었습니다. 그리고 제레미와 리지가 정말 부러웠습니다. 무엇보다 성격이 정반대인 둘의 깊은 우정이 부러웠고, 한 부모 가정인 두 아이의 집에서 서로 부족한 엄마, 아빠의 역할을 해 주고, 주변 사람들이 모두 협력해서 두 아이를 돌보아 주는 모습이 어떤 풍족한 집보다 행복해 보였습니다.

'아이를 키우는 데 온 마을이 필요하다.'란 말이 절절이 가슴에 와 닿았습니다.

여러분은 앞으로 어떤 모양의 삶의 띠를 엮고 싶나요? 이 세상에는 아침 이슬처럼 영롱한 삶의 띠도, 무지개처럼 찬란한 삶의 띠도, 수수하지만 알찬 삶의 띠도 있을 것입니다. 어떤 모양의 삶의 띠라도 그 안에 나의 소중한 순간들이 담겨 있어 모두 다 귀할 것입니다. 제레미의 아빠처럼 돌멩이에 귀한 삶의 의미를 새기는 것 또한 색다른 삶의 띠가 될 것입니다. 여러분도 나름의 독특한 삶의 띠를 엮어 보십시오. 다만 내 삶의 띠는 나 스스로 엮어 가야 하겠지요. 남들이 이러쿵저러쿵 끼어들지 못하게 굳건히 내 삶의 띠를 꼭 쥐고, 시인 에머슨의 말처럼 나의 해를 내가 가리는 우를 범하지 않는 현명하고 사랑이 가득한 삶의 띠를 엮었으면 좋겠습니다.

2009년 무더운 여름날에
모난돌

*시공 청소년 문학은 계속 출간됩니다